国家『非遗』资金资助出版项目

Chuju Jubenxuan

楚剧剧本选

第一辑

第一卷 大型古装剧目 ①

● 主编／李志高 高翔

策划
湖北省文化和旅游厅
湖北省演艺集团

合编
湖北省戏曲艺术剧院
武汉楚剧院

版 HAN BOOK

武汉出版社
WUHAN PUBLISHING HOUSE

（鄂）新登字08号

图书在版编目（CIP）数据

楚剧剧本选. 第二辑. 第一卷, 大型古装剧目. ① / 李志高, 高翔主编. — 武汉：武汉出版社, 2023.6

ISBN 978-7-5582-6011-7

Ⅰ.①楚… Ⅱ.①李… ②高… Ⅲ.①楚剧—地方戏剧本—作品集—中国 Ⅳ.①I236.63

中国国家版本馆CIP数据核字（2023）第 082762 号

主　　编：李志高　　高　翔
责任编辑：王　玥
封面设计：刘　勋
出　　版：武汉出版社
社　　址：武汉市江岸区兴业路136号　　　　邮　　编：430014
电　　话：(027)85606403　　　85600625
http://www.whcbs.com　　E-mail: whcbszbs@163.com
印　　刷：武汉市籍缘印刷厂　　　经　　销：新华书店
开　　本：787 mm×1092 mm　　　1/16
印　　张：29.25　　字　　数：480 千字
版　　次：2024 年 11 月第 1 版　　2024 年 11 月第 1 次印刷
定　　价：130.00 元

关注阅读武汉
共享武汉阅读

本书编委会

主　　　编：李志高　高　翔

副 主 编：雷文洁　肖伟池　陈　周　李耀华
　　　　　　肖肇中　杨　俊　江清和

工作组成员：胡关丰　王文华　陈建顺　邓　熠
　　　　　　郭国炜

目 录
Contents

第二辑

第一卷 大型古装剧目①

楚 剧 剧 本 选

双揭榜

余少君、林海波根据传统剧目《假洞房》整理改编

剧情简介

明朝末年，秀才洪丙月离别妻子叶兰英进京赶考，在黄家庄拾得黄秀英定亲彩箭。纨绔王乙侯行凶抢箭，幸遇壮士张廷玉搭救。洪丙月得知张廷玉未婚，悄悄留下彩箭，成人之美。张廷玉知洪丙月意在报恩，便在黄秀英处以洪丙月之名订下终身。半年后，叶兰英见洪丙月杳无音讯，便冒夫之名女扮男装进京寻夫，不料在黄家庄被黄员外误作女婿拉进洞房。黄、叶二人各自疑团难解，分别踏上寻夫路。洪丙月、张廷玉分别考中文武状元后，因在朝堂直谏，被奸相派往边关征战。后，黄、叶二妹双揭榜，投军杀敌，平定边关，各自找到心爱的丈夫。

人　物

洪丙月	叶兰英	张廷玉	黄秀英	王　成	春　香
秋　花	黄员外	黄安人	王乙侯	金　鳌	中　军
老　军	小　军	众军士	众家丁	众番兵	众随员

第一场　新婚别

[明代。

[蕲水。

[洪丙月家花厅一角，叶兰英在花园舞剑。

[洪丙月兴冲冲上。

洪丙月　[唱]　绿阳桥边会学友，

相约应试赴京都。

只觉心中喜掺忧，

新婚又添离别愁。

娘子，娘子！

春　香　禀公子，夫人她……

叶兰英　我在这里。（舞剑亮相）

洪丙月　娘子的剑法又有长进了。

叶兰英　相公见笑了。相公，请坐。

洪丙月　娘子请坐。

叶兰英　相公面色喜中带忧，不知有何要事？

洪丙月　适才与学友相约，同赴京城应试。

叶兰英　何时启程？

洪丙月　即刻登程。

叶兰英　春香，拿酒来。

[春香端酒上。

[唱]　郎君攀登青云路，

但愿此去壮志酬。

洪丙月　[唱]　多谢娘子饯行酒，

大鹏展翅冲斗牛。（饮酒）

叶兰英　[唱]　不见朝云莫上路，

未见日落先投宿。

丛林险境绕道走，

		祝君平安到京都。
洪丙月	[唱]	娘子金言似甘露，
		点点滴滴润心头。
		此去功名有成就，
		请来冠诰把妻酬。
叶兰英	[唱]	不求冠诰添锦绣，
		只愿恩爱共白头。
		春风得意须回首，
		蕲水筑有望夫楼。

洪丙月		娘子呀！
	[唱]	手捧娘子鸾凤剑，
		面对青锋告苍天。
		我若得中不回转，
		三尺剑下无生还。
叶兰英	[唱]	相公休要表心愿，
		深信郎君情意坚。
洪丙月	[唱]	辞别娘子跨雕鞍，
叶兰英		洪郎慢走！（取下剑上玉坠）
	[唱]	双蝶玉坠带身边。
洪丙月	[唱]	见玉坠如见娘子面，
叶兰英	[唱]	好似妻千里做伴共苦甘。
洪丙月 叶兰英	[唱]	今朝送妻 君含情去，
		金榜题名捷报还。

[洪丙月上马，叶兰英目送，二人依依惜别。

[幕徐落。

第二场 鸳鸯箭

[花山脚下。

[王乙侯带众家丁冲上。

王乙侯 [念] 茶不思,饭不进,

一心想娶黄秀英。

咳!黄秀英今日要在花山以彩箭定亲。这花山方圆几十里,叫我到
哪里去找?到哪里去寻?岂不是大海里捞针吗?

家丁乙 小人有个主意。

王乙侯 讲!

家丁乙 俗话说,船随流水走,箭随顺风行。只要我们看准风向,占好地势,
彩箭唾手可得!

王乙侯 嘿,有道理!今天是什么风?

众家丁 东风!

王乙侯 好,听见弓响箭飞,你们就与我——

众家丁 抢!

[众家丁随王乙侯下。

[花山迎春亭。

[黄秀英内唱:跨马提弓花山奔——

[众丫鬟捧弓持箭引黄秀英上。

黄秀英 [唱] 黄秀英戎装出闺门。

王乙侯纨绔子弟下流成性,

我怎能惧权势自误终身?

父亲访友离家境,

我只有用计谋巧拒狂生。

趁此时各路主子把京进,

彩箭送与意中人。

扬鞭催马上山岭——

丫 鬟 禀小姐,西山脚下遍布王府家丁!

双 揭 榜

黄秀英	（笑）哼！王乙侯妄想顺风抢箭，姑娘要你事与愿违！
	［唱］　逆风满弓射雕翎！
	［众丫鬟随黄秀英下。
	［洪丙月乘骑而上，一支飞箭落在马前。
	［洪丙月下马，拾箭。
洪丙月	哎呀，哪里飞来一支箭？
	［念］　有人拾得鸳鸯箭，
	崔屏中选定终身。
	黄秀英……
	原来是黄小姐彩箭选亲……哎呀，我是有妇之夫，怎能拾此选亲之箭？待我放回原处。
	［洪丙月欲放箭，王府家丁上。
家丁甲	嘿嘿，公子，这箭是你拾得的么？
洪丙月	二位可是黄府来人？
王乙侯	（脱口而出）什么黄府，老子乃是王……
家丁甲	（支吾地）对！我们正是黄府来的，公子贵姓？
洪丙月	小生洪丙月，适才拾得此箭，本当面交黄小姐……
王乙侯	那就交给我吧！（迫不及待地夺箭）
	［洪丙月迟疑地。
洪丙月	（怀疑地）你们真是黄府来人？
王乙侯	那还有假？
洪丙月	（背躬）看他们鬼鬼祟祟，行踪可疑，倘若此箭落入小人之手，岂不害了黄小姐？（欲走）
二家丁	站住！快把彩箭交出来！
洪丙月	你等为何蛮横无理？
王乙侯	什么有理无理，不交彩箭就抢！
	［二家丁推洪丙月倒地，夺箭，张廷玉路见不平，上前制止。
张廷玉	住手！光天化日之下为何行凶？
	［王乙侯等上。
家丁甲	哼！你——
王乙侯	是谁敢管老子的闲事？

5

张廷玉	管了又怎么样？
王乙侯	你睁开眼睛看看爷们是哪里来的？
张廷玉	我知道你们是王府的几条狗！
王乙侯	他说什么？
众家丁	他骂我们是狗！
王乙侯	打！

[众家丁冲向张廷玉，被张廷玉打得仓皇逃走。张廷玉扶起洪丙月。

张廷玉	公子受惊了。
洪丙月	（感激地）多谢义士救命之恩。
张廷玉	（扶起洪）请问公子高名上姓？
洪丙月	我乃湖广蕲水人氏，名叫洪丙月。进京赴试，路过此地，拾得此箭，偶遇狂徒，多亏义士相救，感激不尽！
张廷玉	仁兄不必多礼。
洪丙月	请问义士高名上姓，今欲何往？
张廷玉	大比之年，进京赴试。
洪丙月	啊！（背躬）我看他少年英俊，何不将此箭……（对张廷玉）贤弟可曾婚娶？
张廷玉	功不成名不就，何谈婚娶？
洪丙月	张贤弟，速拿此箭前往黄府定亲。
张廷玉	呃！此箭是仁兄所拾，天赐良缘，理当仁兄应聘。
洪丙月	愚兄早有妻室了。
张廷玉	我看你是想成人之美，故意推辞。
洪丙月	这……（计上心来）贤弟，你看那伙狂徒又来行凶来了。

[张廷玉回身观望，洪丙月将箭放在地上，悄悄上马疾去。
[张廷玉回头见洪丙月离去，追喊。

张廷玉	洪仁兄……

[洪丙月内白：箭在脚下，后会有期！

张廷玉	（回头见箭，拾起，感叹地）洪仁兄真乃仁义君子呀！

[唱]　　洪仁兄赠彩箭令人可敬，

　　　　　我怎能受馈赠夺人婚姻。

啊！有了。

[唱]　假冒仁兄名和姓，

　　　　与他代定这门亲。

[秋花伴黄秀英上。

秋　花　　相公慢走！

张廷玉　　大姐何事呀？

秋　花　　请问相公，今向何往？

张廷玉　　到黄府交还彩箭。

秋　花　　她就是黄府小姐，芳名秀英。

张廷玉　　啊！黄小姐，失敬了！（行礼）

[黄秀英不知所措。

秋　花　　（调皮地）小姐，还礼呀！（拉黄秀英的双手）相公，小姐在还礼！

[黄秀英羞躲一边。

秋　花　　（打破僵局）小姐，说话呀！相公，小姐有话问你。

张廷玉　　小姐有何赐教？

黄秀英　　请问相公高名上姓，贵乡何处，今欲何往？

张廷玉　　禀小姐，学生洪丙月，乃湖广蕲水人氏，今逢大比之年，进京赴试，
　　　　　有幸得见芳颜。

秋　花　　说了半天，你看见箭上的诗文没有？

张廷玉　　看过了。

黄秀英　　不知公子意下如何？

张廷玉　　洪丙月一介寒儒，犹恐高攀不上。

秋　花　　哎呀！你们这些读书人说话，总爱转弯抹角。干脆，答应还是不答应？

张廷玉　　如蒙小姐不弃小生……

秋　花　　小姐，你该不会嫌弃吧？

[黄秀英含笑不语……

秋　花　　（拍手叫好）答应了，答应了！

张廷玉　　（施礼）多谢小姐。

秋　花　　好，大事已定，请新姑爷快快上马回府。

张廷玉　　且慢！本应登府拜望，只是考期逼近，不能久留，此去若能高中，自有

佳音，若不得中……

黄秀英	男耕女织，绝无怨言。
张廷玉	多谢小姐！告辞了！（欲走）
黄秀英	公子保重，早日归来。
张廷玉	但放宽心。（欲走又止）小姐，我乃湖广蕲水……
秋　花	洪丙月！
张廷玉	对对对！

[黄羞怯，张含笑下。

[黄追至高坡，遥望远方，依依不舍。

秋　花	（调皮地）小姐，人家走远了！

[黄秀英移步，频回首，秋花对黄秀英做怪相，黄秀英羞下，秋花随下。

[急落幕。

第三场　双挂帅

[二幕外。

[道锣响亮，众随员拥文武状元洪丙月、张廷玉分别从两侧乘骑而上。

洪丙月	［念］	文章锦绣登金榜，
张廷玉	［念］	银枪勇冠武科场。
洪丙月	［念］	万岁殿试文武魁，
张廷玉	［念］	满朝齐赞双栋梁。

[洪丙月、张廷玉相见，惊喜。

洪丙月	张仁兄！
张廷玉	洪仁兄！
洪丙月	今日，万岁以黑水国战和为题进行殿试，仁兄力举迎战，可敬可佩！
张廷玉	仁兄禀忠进谏，斥责老丞相王召吉屈膝求和，满朝文武无不称赞。
洪丙月	啊！
张廷玉	哦！

洪丙月 张廷玉	（大笑）哈哈……
洪丙月	仁兄，花山一别，可曾会见那黄小姐？
张廷玉	仁兄走后，黄小姐寻箭而来。
洪丙月	（关切地）那黄小姐品貌如何？
张廷玉	飒爽英姿，品貌不凡。
洪丙月	（高兴地）仁兄你可满意？
张廷玉	（赞美地）我看满意得很哪！哈哈……
洪丙月	（祝福地）只要你满意，我也就放心了！
张廷玉	（背躬）他放心，我就更放心了。仁兄，这喜酒……
洪丙月	那是一定要喝的呀！哈哈……
张廷玉	哈哈……
洪丙月	贤弟，殿试之时，幸得王大人相助，我欲登府拜谢！
张廷玉	弟愿同往。
洪丙月	请，开道！

［众随员列队，行走，落轿。

［王成府，王成出府相迎。

王　成	二位状元公请！
洪丙月 张廷玉	老大人请！

［洪丙月、张廷玉进。

洪丙月 张廷玉	老大人在上，学生参拜！（叩）
王　成	哎，罢了、罢了！二位状元公请坐。
洪丙月 张廷玉	谢坐！

［洪丙月、张廷玉坐。

洪丙月	殿试之上，多蒙老大人相助。
王　成	唉！相助是相助，可那王老丞相记恨了。
洪丙月 张廷玉	啊！
王　成	那老儿密奏了一本，万岁命你二人挂帅出征，戎马边关！

洪丙月	啊！命我文职官员出征，这是何意？
王　成	文职？还要命你为主帅呀！
洪丙月	这……
张廷玉	挂帅就挂帅，怕他不成？
王　成	是呀！还怕他不成？
洪丙月	不知何时起程？
王　成	明日五鼓起程，随我上殿接旨。
洪　张	请！

　　　　　　　［洪丙月、张廷玉随王成下。

　　　　　　　［幕落。

第四场　错招婿

　　　　　　　［荒郊。

　　　　　　　［叶兰英内唱：离蕲水奔京都翻山越岭。

　　　　　　　［叶兰英女扮男装骑马上。

叶兰英　　　［唱］　乔装改扮，辞别双亲，

　　　　　　　　　　长途跋涉，历尽艰辛，

　　　　　　　　　　急匆匆寻找夫君，

　　　　　　　　　　洪郎一去两年整，

　　　　　　　　　　望穿秋水不见归人。

　　　　　　　　　　莫不是关山阻隔难传音讯？

　　　　　　　　　　莫不是道路崎岖灾祸临身？

　　　　　　　　　　莫不是困旅途身染重病？

　　　　　　　　　　莫不是科场失意羞见兰英？

　　　　　　　　　　莫不是皇榜高中春风得意，

　　　　　　　　　　别抱琵琶忘却旧情？

　　　　　　　　　　心焦急恨路长催马前进，

不觉得日西坠宿鸟归林。

何处安歇解劳顿……（四顾）

哦！

[唱]　　遥见翠竹掩山村。

披星戴月下山岭，

借一宿明早便登程。（下）

[二幕开：黄员外家。

[黄员外与黄安人相互争执上。

黄员外　[念]　乞婆做事无主见，彩箭定亲惹麻烦。

黄安人　[念]　女儿选婿遂心愿，你不乐意我喜欢。

黄员外　[念]　惹麻烦，惹麻烦！

黄安人　[念]　我喜欢，我喜欢！

[二人互为不满，各坐一旁。

黄员外　俗话说，母鸡生蛋，公鸡司晨；男人主事，女人照门。选女婿这大的事，你怎么擅自做主呀？

黄安人　当时你不在家。

黄员外　我不在家你也不该答应哪！如今姑娘想女婿，吵着要进京，你说怎么办？

黄安人　怎么办？你陪她进京去找。

黄员外　我陪她进京？唉！

黄安人　我们大半辈子只有这么一个姑娘，你到底管不管？

黄员外　我还没管？我从小把她当儿子看，她要念书我请师，她要习武我访教；她要骑马我买马，她要射箭我备弓。我就是天上的星星没去摘，你还要我么样管？

黄安人　我要你陪她进京去找！

黄员外　我看你是老疯了！

黄安人　我看你是老癫了！

黄员外　你老疯了！

黄安人　你老癫了！

[老两口口角不止。

[家院上。

家　院　　禀员外、安人，门外有位外乡人借宿。

黄员外　　(不耐烦地) 叫他另寻别处!

黄安人　　慢! 既然是外乡人，天黑路险，叫人家哪里安身?

黄员外　　我自己都不得安身，管他哪里安身!

黄安人　　你一向助人为乐……

黄员外　　那是想你生个儿子! 如今连女婿也无影无踪，我再也不乐了。

黄安人　　你收留人家，说不定感动上天，保佑你女婿早日归来。

黄员外　　哎! 说得有点道理。家院，请。

家　院　　是。(下)

黄员外　　安人，你再去劝劝姑娘，暂等几天，女婿再不回来，我就陪她进京去找。

黄安人　　唉! (下)

[家院引叶兰英上。

叶兰英　　员外请上，学生请安! (施礼)

黄员外　　不客气! 不…… (看见叶兰英，盯视，叶兰英不知所措) 天呐，世上竟有这么漂亮的公子! (又看叶兰英) 你看他天庭饱满，地阁方圆，鼻似悬胆，眉似春蚕，举止潇洒，我的姑娘就该选这样的女婿呀! 唉! 可惜，晚了，晚了!

家　院　　员外，要不是晚了，人家怎么借宿呢?

黄员外　　(被提醒) 啊……哦……公子请坐。

叶兰英　　员外请坐。

黄员外　　请问公子贵乡何处，高名大姓?

叶兰英　　学生湖广蕲水人氏，姓洪名丙月。

黄员外　　(惊) 啊! 你再……再说一遍……

叶兰英　　家住湖广蕲水，我名洪丙月。

黄员外　　(猛抓住叶兰英) 乖乖我的儿! 总算把你盼回来了哇!

叶兰英　　(诧异地) 员外，你我素不相识……

黄员外　　你是湖广蕲水的洪丙月?

叶兰英　　(点头) 嗯……

黄员外	那你就是我的女婿！儿呀！自你走后，可怜我的姑娘，朝也盼暮也等，茶饭不思，忧心如焚。今天喜从天降，阿弥陀佛，感谢神灵！哈哈……
叶兰英	呀！

    [唱]   黄员外认女婿心情高兴，

               叶兰英见此情陡起疑云。

               两年前夫进京必过此境，

               莫非他忘前情黄府定亲？

               莫不是有人与夫同名共姓？

               莫不是黄员外认错了人？

               是真是假难轻信……

    黄员外，素不相识，你怎能认我为婿？

黄员外	我不认识你，我的姑娘认识你呀！
叶兰英	令爱她……
黄员外	两年前，你们不是当面定亲？那时，你要进京赴试，行期在急，我又不在家，今日翁婿相见……
叶兰英	（打断）老丈，我……
黄员外	哎，什么老丈，要改口，喊岳丈！哈哈……
叶兰英	啊！

    [唱]   我不免会小姐试探假真。

          员外，小姐今在何处？

黄员外	后楼攻读。
叶兰英	我想见见她。
黄员外	（高兴地）你看，你看，他都等不得了哇！哈哈……儿呀，天色不早，等到明天你们再好好叙谈叙谈。
叶兰英	明天……明天我要登程赶路！
黄员外	什么！明天就走？
叶兰英	我……我要返乡省亲。
黄员外	儿呀，你暂且安歇，等我和你的岳母商量商量。
叶兰英	员外……
黄员外	家院！

家　院	姑爷请！

[叶兰英无奈下。

黄员外	今天来，明天走……前车之鉴，不得不防，不能让他走，不能让他走。安人快来，安人快来呀！
黄安人	（上）员外何事？
黄员外	恭喜贺喜！我们的女婿洪丙月找上门来了！
黄安人	（惊喜）哎呀！谢天谢地！快叫女婿伢来拜见丈母娘。
黄员外	你站到哟！我还有事要跟你商量。
黄安人	你说哩。
黄员外	我想今天晚上就跟伢们拜堂成亲。
黄安人	今晚就拜堂成亲？员外，等女婿伢金榜题名，再拜花堂，岂不是双喜临门？
黄员外	双喜临门？到那时只有他看的戏，没有你看的灯。让他进了京，亲事就结不成。
黄安人	怎么？你怕他飞了不成？
黄员外	你晓得么事啊！
	［唱］　我平生办事情从无差错，
	四乡里谁不夸我是土诸葛。
	今夜晚好机缘不能错过，
	办婚事越快越好不能再拖。
黄安人	［唱］　为什么嫁姑娘急如星火？
	又不是农忙季节抢插抢割。
黄员外	［唱］　误农时误一季算不了什么，
	误婚姻误一生不能随和。
黄安人	［唱］　过几天再行婚礼有何不妥？
黄员外	［唱］　这婚事稍拖延夜长梦多。
黄安人	［唱］　嫁女儿无嫁妆我心里难过，
黄员外	［唱］　待来日多买些绸缎绫罗。
黄安人	［唱］　众亲朋来不及恭喜祝贺，
黄员外	［唱］　婚礼后再酬客多办几桌。

黄安人	［唱］	你说话办事情风风火火， 是哪个要把你的女婿抢夺？
黄员外	［唱］	洪相公人品好文章定不错， 进京去状元大有把握。 京都地名门闺秀如花似朵， 像他这样的好女婿谁不抢夺？
黄安人	［唱］	老员外一番话提醒了我， 今夜晚拜花堂棋先一着。
黄员外	［唱］	你快去铺新床， 多撒些红枣白果， 煮熟了的鸭子他就飞不脱。
黄安人	［唱］	谁打锣钹谁奏乐？ 拜堂还少个牵亲婆。
黄员外	［唱］	叫家院吹唢呐傧相就是我， 你就是现成的牵亲婆。
黄安人	［唱］	依你依你就依你，
黄员外	［唱］	家和人和万事和。 打铁要趁热，
黄安人	［唱］	我再添把火。
黄员外	［唱］	打锣敲边鼓，
黄安人	［唱］	你我巧配合。
黄员外	［唱］	我喊一声作大乐，
黄安人	［唱］	我就把姑娘女婿往外拖。
黄员外	［唱］	拜天地，入洞房，
黄安人	［唱］	才子佳人永偕和。
黄员外	［唱］	花开之后必结果，
黄安人 黄员外	［唱］	你当家公我当家婆。
		（同笑）哈哈……
黄员外		快去与姑娘梳妆去。
黄安人		（高兴）我这就去。（下）

黄员外　　家院，有请姑爷。

家　院　　是！（欲下）

黄员外　　转来！

　　　　　[黄员外对家院耳语，家院会意，将唢呐藏入袖内。

家　院　　有请姑爷。（下）

叶兰英　　（双眉紧锁上）员外，何事呀？

黄员外　　儿呀，适才与你岳母商议已定，今晚你们小夫妻拜堂成亲。

叶兰英　　（惊）拜堂成亲？……哎呀！员外呀！这，这……实难从命哪！

黄员外　　实难从命？你前次进京，一去两年杳无音讯，今天你又百般推辞，
　　　　　不肯成亲，莫非你想赖婚？

叶兰英　　赖婚？……不，不……

黄员外　　不赖婚就好。（向家院示意）

　　　　　[家院取新衣悄悄递给黄员外。

黄员外　　（突如其来地）五世其昌，龙凤呈祥，快作大乐，新人拜堂！（将新衣强
　　　　　行披在叶兰英身上）

　　　　　[家院吹起唢呐。叶兰英欲躲，黄员外拉住叶兰英。

　　　　　[黄安人、秋花扶黄秀英上。

　　　　　[众丫鬟递过红绫，拉拉扯扯，一片忙乱，

　　　　　[幕急落。

第五场　假洞房

　　　　　[洞房。红烛通明，兰麝高烧。

　　　　　[叶兰英新郎打扮，黄秀英红绫盖头，二人对坐。

　　　　　[黄员外夫妇将门锁上，喜乐止。

黄员外　　（满意地）走，去喝两杯。

　　　　　[黄员外夫妇高兴地下。

　　　　　[叶兰英上前开门，发现房门上锁，无可奈何。

叶兰英　　唉！这是从何说起哟！

[唱]		黄员外强行婚礼不容分讲,
		将裙钗当新郎实在荒唐。
		他以为渡银河双星喜降,
		哪知道两个织女并无牛郎。
		我指望见小姐查明真相,
		不料想被他们拖进洞房。
		别人欢乐嫌夜短,
		我是愁眉恨更长。
		悔不该来到这黄家庄上,
		今夜晚我只得坐等天光。

[夜深，远处更鼓声声。

[黄秀英悄悄揭开盖头，掩面偷看。

叶兰英 黄秀英	[唱]	耳听得樵楼上更鼓声响——
叶兰英 黄秀英	[唱]	倚纱窗想前情思念洪郎。 红盖头半遮面偷看洪郎。
黄秀英	[唱]	我这里迎洪郎如愿以偿,
叶兰英	[唱]	我这里想亲人遥望远方。
黄秀英	[唱]	初更过二更起他一声不响,
叶兰英	[唱]	冬去两春来不见他回乡。
黄秀英	[唱]	他为何不语？
叶兰英	[唱]	我苦思冥想。
黄秀英	[唱]	他为何少欢笑？
叶兰英	[唱]	我愁断了肝肠。
叶兰英 黄秀英	[唱]	洪郎啊！
黄秀英	[唱]	当初你接彩箭心情欢畅,
叶兰英	[唱]	当初你接玉坠情绵意长。
黄秀英	[唱]	为什么喜庆良宵冰霜一样？
叶兰英	[唱]	为什么珍重惜别把我遗忘？
黄秀英	[唱]	莫不是怕我笑你名落皇榜？

17

叶兰英	[唱]	莫不是你弃牡丹又采海棠？
黄秀英	[唱]	不由我满心惆怅，
叶兰英	[唱]	猜不透古怪文章。
黄秀英	[唱]	羞答答唤洪郎把知心话讲，

洪郎！

叶兰英　(慌张地) 啊！

　　　　[唱]　她那里唤洪郎我意乱心慌……

　　　　　　　捧书本坐桌前装模作样，

[叶兰英侧坐观书。

黄秀英　[唱]　有哪个花烛洞房还攻读文章？

　　　　　　　春宵夜值千金他全然不想，

　　　　　　　书呆子哪知道惜玉怜香。

　　　　　　　含羞愧取兰衫与他披上——

[黄秀英取衣，走近叶兰英，轻轻披衣，叶兰英惊回头，二人目光相对，黄秀英惊。

黄秀英　你、你……你不是？

叶兰英　(紧张地) 啊！不……不是什么？

[黄秀英欲往外闯，叶兰英急阻拦。

　　　　(误以为黄秀英看出破绽，哀求地) 小姐呀！

　　　　[唱]　小姐千万莫声张。

黄秀英　(又气又羞) 哎呀！

　　　　[唱]　无耻狂徒实可恨，

　　　　　　　冒充新郎假乱真。

　　　　　　　年纪轻轻无德性，

　　　　　　　损人名节淫乱闺门。

叶兰英　(松了口气) 呀！

　　　　[唱]　秀英见我怒难忍，

　　　　　　　她骂我冒充新郎假乱真，

　　　　　　　趁此机会将她问，

　　　　　　　顺水推舟探真情。(伴装)

走上前来细温存，

娘子为何怒气生？

| 黄秀英 | ［唱］ | 你是何人冒名姓？ |

| 叶兰英 | ［唱］ | 我就是洪丙月来成亲！ |

| 黄秀英 | ［唱］ | 鱼目珍珠难相混， |

魔鬼休想装正神。

| 叶兰英 | ［唱］ | 一非怪，二非神， |

我本是堂堂一书生。

黑夜借宿黄府进，

员外百般献殷勤。

小生刚刚报名姓，

你父犹如获救星。

说什么小姐为我得了病，

要我连夜就成亲。

不是令尊逼得紧，

我也不会跳火坑。

看起来你爹是一女行二聘，

黄小姐早有意中人！（故作生气）

| 黄秀英 | | 哎呀！ |

| | ［唱］ | 愧得我无地自容语塞喉哽， |

恨爹爹错把黄铜当真金。

公子呀！

适才是我言不慎，

请君原谅且宽心。

我与洪郎早结秦晋，

求你成全有情人。

| 叶兰英 | ［唱］ | 你与那洪丙月怎相认？ |

你二人又是怎样订终身？

说得清，我能谅情再思忖，

道不明，休怪为夫铁石心！

黄秀英	（无可奈何）公子呀！
	［唱］　两年前花山上鼓乐声震，
	迎春亭迎来了燕舞莺鸣。
	黄秀英提弓跨马登上山顶，
	彩箭选郎定终身。
	春风有意牵红线，
	洪郎赶考赴帝京，
	我爱他风华正茂暗自高兴，
叶兰英	［唱］　他们欢欣我伤心。
黄秀英	［唱］　在花山订终身彩箭为聘，
叶兰英	［唱］　在花园赠玉坠怪我痴情。
黄秀英	［唱］　最难忘与洪郎离别情景，
叶兰英	［唱］　夫妻们似胶漆难舍难分。
黄秀英	［唱］　求公子成人之美感激不尽，
叶兰英	［唱］　恨洪郎攀花拾柳负心之人。
黄秀英	［唱］　他那里满腔怒火不肯答应，
	我定要施巧计赶快脱身……
叶兰英	［唱］　洪丙月负前情实在可恨，
	我定要责问他赴京城。
叶兰英 黄秀英	［唱］　时间紧心更急主意难定……
	［黄秀英、叶兰英各自沉思，二人同时发现酒。］
叶兰英 黄秀英	酒……
	［唱］　离此境要借助这美酒金樽。
黄秀英	公子，你不肯答应，那就从长计议吧。来，此处有酒，我敬你几杯，解解你的愁闷。
叶兰英	小姐请！
	［二人举杯，各自暗暗倾酒。］
叶兰英	今夜花月良宵，我们共饮一杯。
	［黄秀英、叶兰英各自再次倾酒。］

叶兰英　(佯装) 哎呀! 小姐, 我……我过量了……

[黄秀英、叶兰英都佯倒在桌上。

[更鼓起。少顷, 黄秀英悄悄离案, 看叶兰英, 喊她。叶兰英装作昏睡。

黄秀英　看他酒醉如泥, 趁天色未明, 我不免私奔京都寻找洪郎!

[黄秀英脱衣, 持剑开门而去。

叶兰英　(急起身) 黄小姐有意将我劝醉, 逃出洞房, 其中必有缘故, 我此时不走, 又待何时?

[叶兰英脱衣, 逃出洞房。

[幕急落。

第六场　败边关

[边关, 战场。

张廷玉　[唱]　奉旨领兵来征战,

　　　　　　　被贼暗算困深山。

　　　　　　　重整旗鼓越天堑,

　　　　　　　杀出重围回边关。

[张廷玉率众军士突围。

[金鳌太子领众番兵冲上。

金　鳌　[念]　孤王兴兵犯中原, 要夺他国锦河山。

　　　　巴图鲁!

众番兵　喳!

金　鳌　刀出鞘, 弓上弦, 将张廷玉团团围住!

众番兵　喳!

[金鳌率众下。

[边关大营, 辕门帐内。

[洪丙月焦急上。

洪丙月　[念]　贤弟困峡谷, 急难盼援兵。

中　军　(上) 禀元帅, 卫国公王老大人到。

洪丙月	（惊喜）动乐，有请！
中　军	有请王大人！

[众随员引王成上。

洪丙月	（迎上）卫国公！
王　成	洪元帅！
洪丙月	老元戎！
王　成	好娃娃！
洪丙月	请！
王　成	请！

[入内，王成上坐。

洪丙月	学生与大人请安！
王　成	免了、免了，你也是一军之主嘛！
洪丙月	老大人年过花甲，不畏风霜，堪称晚辈师表！学生摆宴与老大人接风。
王　成	慢点，还是先谈军情再喝酒。
洪丙月	老大人……
王　成	元帅，听说张元帅被困了吧？
洪丙月	可恨王老丞相处处刁难，贻误战机，使得三关失守，主帅被困。我无奈修本进京，向朝廷求援。
王　成	万岁准本，要我押运粮草，又派正殿将军率精兵三万，向边关进发……
洪丙月	（喜出望外）粮草，精兵！哈哈……
王　成	娃娃，你为何发笑？
洪丙月	有了援兵、粮草，不仅可解张元帅被困之危，还可平定边疆，叫我怎的不笑？
王　成	笑？我的话说完，只怕你哭都有得眼泪啊！
洪丙月	却是为何？
王　成	粮草虽然运到，但精兵行至中途，被那王老贼用金牌召回京都去了！
洪丙月	（大惊）……你在怎讲？
王　成	援兵撤回去了！
洪丙月	（晴天霹雳）哎呀！……

[中军扶王成下。

洪丙月	［唱］	听说是截援兵气炸肝胆！
		面对着金鳌贼大兵压境，
		号角冲天，前无良将后无援，
		叫我怎能挽狂澜?!
		实指望援兵到一场血战，
		救元帅杀金鳌夺回三关。
		又谁知王召吉把君蒙骗，
		中途路截援兵断我喉咽。
		张元帅困峡谷望穿双眼，
		无兵将又怎能克敌攻坚。
		骂一声老奸贼狠毒奸险，
		贻误军机罪恶滔天。
		万民之忧你不管，
		山河危急抛一边。
		棋错一着满盘乱，
		惊涛骇浪怎行船?
		左思右想无主见，
		我好似马临悬崖进退难。

中　军　（上）元帅，营门之外，有几位壮士要求从军杀敌。这有禀帖，元帅
　　　　请看。

　　　　　［王成上。

洪丙月　（无心观看）卫国杀敌，忠心可表，只是……

王　成　元帅，有兵有将了！

洪丙月　将在何处，兵在何方?

王　成　（指帖）这不是兵将么?

洪丙月　几名壮士难挽危局。

王　成　中原大地岂无栋才?若在边关高悬榜文，定能招雄兵百万，战将千员。

洪丙月　（惊喜）大人言之有理！只是千军易得，一将难求。

王　成　老夫愿助一臂之力，招兵选将之事就交给我办吧！

洪丙月　多谢大人，待本帅写下榜文！

　　［洪丙月奋笔疾书。

　　［幕落。

第七场　双揭榜

　　　　［城楼一角，墙上贴有榜文。

　　　　［老军、小军上。

老　军　　［念］　挂榜招贤三天整，

小　军　　［念］　从军的百姓挤破门。

老　军　　［念］　父母牵儿入行伍，

小　军　　［念］　媳妇送郎来从军。

老　军　　伙计，今天会有更多的人前来揭榜。

小　军　　你放心，花名册我带得多，来多少，收多少。

老　军　　好，我们把榜文挂起来呀！

小　军　　挂！

　　　　［老军、小军倚坐墙脚。

　　　　［黄秀英背弓骑马，急驰而上。

黄秀英　　［念］　京城寻夫探音讯，洪郎远征到边庭。

　　　　　　　　日夜兼程边关地，（发现榜文）"边关元帅洪丙月……"

　　　　（惊喜）好呀！

　　　　［念］　走尽银河会牛星。

　　　　［黄秀英下马，欲揭榜。

黄秀英　　二位军爷请了！

老　军　　请了，这一姑娘，你要干什么？

黄秀英　　揭榜！

老　军
小　军　　（惊诧）啊？你要揭榜？

黄秀英　　正是！

老　军　　（不大相信）你有多大本领？

黄秀英	二位军爷听了！
	[念] 弯弓能射天上雕，宝剑能斩海底蛟；
	单枪能挑连环马，双刀出鞘劈金鳌！
老　军	哟！三十斤的鳊鱼，我还把她窄看了呢！
小　军	女将军，请把姓名写在军册簿上。
黄秀英	是。(接簿书写)
	[黄秀英揭榜。
老　军	这是火签，到女营报到，明日在校场再看你的武艺。
黄秀英	揭下军文榜，营中会洪郎！(下)
老　军	伙计，看来我们元帅只怕要转运了。
小　军	那为么事？
老　军	连女将都惊动了。
小　军	是呀！我们再将榜文挂起来哩！
老　军	(兴奋地) 挂！
小　军	挂！
	[二人挂榜。
	[叶兰英骑马奔上。
叶兰英	[唱] 离黄庄进京城四处查探，
	洪丙月遭陷害困守边关。
	胸中疑云涌又散，
	不知冤家在哪边？
	催动了白龙马往前赶——
	见一榜文挂城边。
	[念] "边关元帅洪丙月"啊……
	二位军爷请了！
老　军	女将何事？
叶兰英	我要揭榜！
老　军	哟！(对小军) 伙计，今天南天门只怕是佘太君管事呀！
小　军	么样？
老　军	你看啰，怎么一个接一个都是女将？

小　军	不管白猫黑猫，也不管是男将女将，能打仗就是好将。
老　军	有道理。女将军，你有多高武艺？
叶兰英	十八般武艺件件皆通！
老　军	伙计，这个比那个还厉害些哩！
小　军	好！请女将将名姓写在军册簿上。
叶兰英	（打开军册簿）"湖广孝感黄秀英……"（对老军）请问，适才可有一女子前来投军？
老　军	是……是有一女子前来投军。
叶兰英	（猛抓住老军追问）多大年纪？
老　军	十七八岁。
叶兰英	什么样儿？
老　军	眉清目秀，品貌不凡。
叶兰英	今向何往？
老　军	往大营去了。
叶兰英	你在怎讲？
老　军	往大营去了！
叶兰英	（丢开老军）二位军爷，少陪了！（急上马奔下）
老　军	（不明白）这是为么事啊！
小　军	呀！她还有留下姓名哩！
老　军	快追！
	［幕急落。

第八场　校场会

　　　　　［校场，军士林立，旌旗飞舞。

　　　　　［王成端坐于上。

王　成	中军，命二位女将演武上来！
中　军	二位女将演武上来！

[鼓声震天。

叶兰英 黄秀英	[唱]	跨白龙提银枪奔向校场—— 跨红鬃提金枪奔向校场——

[叶兰英、黄秀英披挂跃马冲上。

叶兰英 黄秀英	[唱]	中原儿女当自强。

比武场夺先行当仁不让，

使出绝招战一场！

[叶兰英、黄秀英双方提枪比武，亮相，互惊。

叶兰英	[唱]	叶兰英坐马上仔细观望， 果然是黄秀英来到校场。 金盔银甲闪闪亮， 亚赛洞房女红妆。

黄秀英	[唱]	黄秀英勒住马打量女将， 在何方似曾见这位娇娘？ 她好像洞房中狂生模样， 为什么在黄庄女扮男装？

叶兰英	[唱]	黄小姐到边关大白真相， 定是来找负心郎。

黄秀英	[唱]	假新郎到此地实难猜想， 疑云阵阵涌胸膛……

[战鼓响。

叶兰英 黄秀英	[唱]	耳听得战鼓声声响， 暂忍疑虑战一场！

[叶兰英、黄秀英对阵，不分胜负。

中　军	禀大人，二女将不分胜负。
王　成	(大喜) 好！二女将上前。
叶兰英 黄秀英	参见大人！
王　成	叶兰英为左先行。
叶兰英	谢大人！

王　成　　黄秀英为右先行。

黄秀英　　谢大人！

王　成　　这正是：山穷水尽疑无路，岂料天降女神兵。

　　　　　[叶兰英、黄秀英再次打量。

　　　　　[幕急落。

第九场　夜探帐

　　　　　[秋夜。

　　　　　[营帐。

　　　　　[帐内，叶兰英独坐灯下，望玉坠，抽泣。

叶兰英　　[唱]　孤灯荧荧光暗淡，

　　　　　　　　秋虫唧唧添愁烦。

　　　　　　　　望玉坠，泪泫然，

　　　　　　　　历历往事涌胸间，

　　　　　　　　男儿负义古皆然。

　　　　　　　　一阵春风送郎去，

　　　　　　　　两度寒秋人未还。

　　　　　　　　月复月，年复年，

　　　　　　　　魂牵梦绕眼望穿，

　　　　　　　　千里寻夫历艰难。

　　　　　　　　想当初与洪郎齐眉举案，

　　　　　　　　恰似那比翼鸟双飞蓝天。

　　　　　　　　新婚宴尔蜜月未满，

　　　　　　　　与郎惜别楼台前。

　　　　　　　　不料想他赴京途中把心变，

　　　　　　　　可怜我朝朝暮暮望断关山。

　　　　　　　　多情女偏遇上负心汉，

边关地重见秀英真相了然。

早知今日两拆散，

当初何必配鸾缘？

恨不得持宝剑把情丝斩断！

可怜我似孤雁飞向哪边？

[洪丙月兴高采烈上。

洪丙月　[唱]　适才中军传喜讯，

左先行名叫叶兰英。

情急星夜来询问，

但愿她是结发人。（进帐）

[洪丙月、叶兰英四目相对，洪丙月惊喜异常，叶兰英冷若冰霜。

洪丙月　兰英，你来了？

[叶兰英转面不理，走至一旁。

洪丙月　娘子，你……

叶兰英　（冷淡地）洪元帅，你是认错人了吧？

洪丙月　娘子，你不要错怪于我。为夫虽然两载未归，可我人在塞外，心在蕲水，巡营见月千滴泪，思卿望断万重山啊！

叶兰英　（语中带气）哼！万重山，千滴泪，花言巧语能骗谁？

洪丙月　（赔笑而亲切地）兰英，夫妻久别重逢，理当庆幸，何必生气？

叶兰英　（避开，严肃地）元帅，你乃一军之主，我是有夫之妇，请你自重！

洪丙月　（大惊）啊！你……你讲些什么？

叶兰英　（狠狠地）请你自重！

洪丙月　啊！

[唱]　怪不得她对我心寒意冷，

原来她别抱琵琶另配夫君。

忍住了满腔怒火将她来问，

你为何不守忠贞负义忘情？

叶兰英　[唱]　元帅说话欠思忖，

你我之间有什么情？

洪丙月　[唱]　你我是恩爱夫妻情深意盛，

似鸳鸯比连理海誓山盟。

曾记得一潭碧水照双影，

最难忘夜读伴我到天明。

花园送别热泪滚，

频频软语细叮咛。

情意绵绵说不尽，

解下玉坠表寸心。

天作凭，地作证，

想不到你言而无信变了心。

叶兰英 [唱] 人间本来无忠信，

誓言犹如鸿毛轻。

玉坠原是顽石琢，

可磨尖来可磨平。

有情可作泰山证，

无情可以弃埃尘。

洪丙月 [唱] 叶兰英自甘堕落失本性，

有多少节烈女怎不遵循？

孙尚香为刘备投江自尽，

孟姜女送寒衣哭倒长城。

薛平贵十八载离乡别井，

王宝钏守寒窑凛冽如冰。

叶兰英 [唱] 节妇烈女皆可敬，

感人的身世动鬼神。

王宝钏守妇道寒窑苦等，

薛平贵在西凉另娶新人。

陈世美杀前妻儿女不认，

蔡伯喈弃糟糠入赘豪门。

男子汉伤天害理无人过问，

女儿家是祸水承担了千古罪名。

洪元帅你能否主持公正？

洪丙月	［唱］	你强词夺理掩秽行，
叶兰英	［唱］	你口是心非有心病。
洪丙月	［唱］	我行得正坐得稳磊落光明！
叶兰英	［唱］	既然你大元帅言行端正，
		为什么两个夫人到边庭？
		左营来了兰英女，
		右营来了黄秀英。

洪丙月　（惊异）黄秀英……什么黄秀英？

叶兰英　洪元帅，你前年路过孝感花山，与黄秀英一见钟情，当面定亲，你……

洪丙月　（猛想起）哎呀！

　　　　［唱］　兰英她一言来提醒，
　　　　　　　莫非是彩箭上的黄秀英？
　　　　　　　此箭转赠张贤弟，
　　　　　　　难道其中有隐情？（沉思）

　　　　（解释）兰英，我与黄小姐并未相识，只是……

叶兰英　（咬牙切齿）呸！

　　　　［唱］　瞒心昧己说假话，
　　　　　　　冠冕堂皇伪圣人。
　　　　　　　蕲水抛下兰英女，
　　　　　　　孝感又娶黄秀英。
　　　　　　　喜新厌旧失大体，
　　　　　　　你无情无义无良心！

洪丙月　（委屈地）哎呀！

　　　　［唱］　我好似白布掉在染缸里，
　　　　　　　跳进黄河也洗不清。

　　　　［洪丙月难申辩。
　　　　［叶兰英失声痛哭。
　　　　［黄秀英气冲冲上。

黄秀英　［唱］　元帅黉夜进女营，
　　　　　　　满腹猜疑难放心，

不速之客要闯进——

洪丙月	娘子……
黄秀英	（见此情景，倍加气恼）哎呀！

[唱]　活活气坏黄秀英！

洪丙月	我与你跪下了！
黄秀英	洪元帅，堂堂元帅跪在一个妇人脚下，成何体统！

[洪丙月欲走。

叶兰英	洪元帅！你怎么不敢见人？

[黄秀英、洪丙月相见，各感诧异。

黄秀英	（不知所措）你不是？……元帅，我打搅你们了！

[黄秀英羞愧地挥泪奔下。

[叶兰英欲下，洪丙月拉住叶兰英。

叶兰英	（加深误会）是我打搅你们了！……（泣不成声奔下）
洪丙月	兰英、兰英……（更加茫然）唉！

[唱]　从空降下无情棒，

　　　　打得我难招又难防。

　　　　这才是平地起风浪——

[王成上。

王　成	哈哈……

[唱]　天赐良机解危亡。

洪元帅，张元帅派人潜回边关！

洪丙月	啊！有何军机？
王　成	约定今日他从左侧突围，要你从右侧攻打，夹击金鳌，一举全歼！
	娃娃，如今你的难题可迎刃而解了！哈哈……
洪丙月	好倒是好，只是左右先行……
王　成	那是两员好将呀！
洪丙月	老大人，你——
王　成	走，快到校场调兵遣将吧！

[王成拖洪丙月下。

[幕落。

32

第十场　斩金鳌

[深山峡谷。

[战鼓震天，马嘶人喊。张廷玉、金鳌双方率兵激战。

[张廷玉势单力薄，马失前蹄，黄秀英冲上，见张廷玉，惊喜；黄秀英救张廷玉欲出重围，金鳌奋起大战黄秀英。

[叶兰英上阵迎战。

[叶兰英挥刀劈死金鳌，大获全胜。

[幕急落。

第十一场　双告状

[军营。一片欢乐气氛。

[王成喜气洋洋上。

王　成　前日一战，收复三关；今日犒赏三军，老夫要另设一席，专请二位战功显赫的女先行！对！还要请两位元帅作陪。哈哈……

[叶兰英、黄秀英持状纸上。

叶兰英
黄秀英　启禀卫国公，你要与我作主呀！（哭）

王　成　二位先行有什么事，快讲。

叶兰英
黄秀英　大人请看！（呈状）

王　成　（看状）"……状告洪丙月停妻再娶，状告张廷玉更名毁约……"呵呵！

　　　　[唱]　这才是一波未平一波又起，

　　　　　　　两个元帅两个先行都为婚姻扯皮。

　　　　　　　贤小姐莫急躁平心静气，

　　　　　　　有老夫伸张正义，

叶兰英
黄秀英　[唱]　万分感激。

王　成　[唱]　你们去叫两个元帅来见老夫，

叶兰英 黄秀英	[唱]	老元戎做了主我去把人提！(下)
王　成	[唱]	年轻人不讲德性我一听就有气， 得意忘形见好爱好不是个东西。
洪丙月	(上)	
	[唱]	求国公解危难，(进内)
王　成	哎！	
	[唱]	我正要找你， 你为什么愁眉苦脸？
洪丙月	[唱]	我又遇到难题。 左先行叶兰英，
王　成	[唱]	你们是什么关系？
洪丙月	[唱]	我与她婚配三载，
王　成	[唱]	那是结发夫妻。
洪丙月	[唱]	怎奈她太固执蛮不讲理，
王　成	[唱]	你怪她她怪你究竟谁是谁非？
洪丙月	[唱]	求大人体谅我，
王　成	[唱]	想要我包庇？
洪丙月	[唱]	老大人指责我？
王　成	[唱]	你看看状词。

[洪丙月阅状，叶兰英上。]

叶兰英	[唱]	进帐去找洪郎当面质对，
洪丙月	唉！	
	[唱]	这才是冤天冤地冤案一笔。

[叶兰英欲入内，止步谛听。]

王　成	[唱]	无风不起浪，
洪丙月	[唱]	听我申辩，
叶兰英	[唱]	还想强词夺理，
王　成	[唱]	是则是非则非有一说一。
洪丙月	[唱]	两年前路过花山把彩箭拾起， 原来是黄小姐彩箭选婿。

王　成	[唱]	你有妻又拾箭？
叶兰英	[唱]	问得有理，
王　成	[唱]	瓜田李下你应该各避嫌疑。
洪丙月	[唱]	我将箭转交给廷玉贤弟，
		成全他定良缘我暗作红媒。
王　成	[唱]	是真话？
洪丙月	[唱]	不信可问廷玉，
叶兰英	(释疑地)	啊！
	[唱]	却原来这内中另有曲直。
王　成	[唱]	怪不得黄秀英也送来了状纸，
		[叶兰英入内。
王　成	[唱]	叶先行你错怪他，
叶兰英	[唱]	我一概全知。
王　成	[唱]	你的冤还伸不伸？
叶兰英	[唱]	状纸作废，
王　成	[唱]	好好好风吹云散百事大吉。
		[黄秀英拉张廷玉上。
张廷玉	[唱]	黄小姐谅解我，
黄秀英	[唱]	进帐去辩理，
		为什么自食其言？
张廷玉	[唱]	洪兄快解围。
		那彩箭是你捡姻缘在你，
洪丙月	[唱]	黄小姐休听他扯东盖西。
张廷玉	[唱]	这个玩笑开不得，
洪丙月	[唱]	你把人抛弃，
叶兰英	[唱]	既定婚又赖婚，
王　成	[唱]	太把人欺！
黄秀英	(气)	哎呀！
	[唱]	红颜薄命遭遗弃，
		一片痴情化灰泥。
		有何面目在人世，

拔出龙泉列首级。(欲刎)

王　成		扯着、扯着!
	[唱]	黄小姐寻自尽非同儿戏,
洪丙月	[唱]	王大人快说明,
王　成	[唱]	我来点破奥秘。
		洪丙月让彩箭合情合理,
		叶先行她就是丙月之妻。
洪丙月 叶兰英	[唱]	黄先行张元帅天生一对,
王　成	[唱]	有老夫为你们重作冰媒。
洪丙月	[唱]	张贤弟快拜谢,
张廷玉	[唱]	深施一礼,
叶兰英	[唱]	黄小姐可满意?

[黄秀英撒娇。

黄秀英	[唱]	我偏不依!
叶兰英	[唱]	为什么?
黄秀英	[唱]	他无有爱慕之意,
洪丙月	[唱]	张贤弟——
叶兰英	[唱]	你爱不爱?
张廷玉	[唱]	我高攀桂枝。
王　成	[唱]	四位情侣正相配,
		两对夫妻都相宜。
洪丙月	[唱]	张元帅,重义气,
张廷玉	[唱]	洪元帅,情第一。
叶兰英	[唱]	黄先行,多情义,
黄秀英	[唱]	叶先行,志不移。
众	[唱]	雨过天晴花更丽,
		愿天下有情人都成夫妻。

[众亮相。

[幕落。

剧终

罗家剑

红安县楚剧团集体创作
执笔：胡志华

剧情简介

　　纨绔子弟沈廷芳看中扫北大将军罗通后人罗煜的未婚妻柏玉霜，伙同其做太师的奸臣父亲克扣军需供给，导致边疆失利，罗家获罪，仅罗煜一人逃脱。沈廷芳料定罗煜投奔淮安柏府，埋伏于半路截杀。罗煜寡不敌众，弃剑而逃，沈廷芳则以此罗家剑往淮安柏府冒名骗婚。柏玉霜表哥侯登见色起意，幸得丫鬟秋红周旋，未能得逞。怀恨在心的侯登将投亲而来的罗煜麻翻，报官请赏。恰巧假扮罗煜的沈廷芳被柏玉霜识破，柏玉霜借酒将之灌醉，也把他送到了官衙。柏玉霜呈上信物罗家剑，证明沈廷芳是真钦犯，暗将太师手谕递给罗煜，罗煜谎称自己是太师之子。最终善恶有报，罗煜逃出生天，与柏玉霜共谋来日。

人物

柏玉霜　罗煜　沈廷芳　侯氏　侯登　知府
秋红　景上天　牢头　衙役　家院　捕快
军士甲乙　柏府家丁　沈府家丁

第一场　失　剑

[唐代。

[荒郊路口，军士甲乙上。

军士甲　　[念]　　三岔路口严查问，

军士乙　　[念]　　缉捕皇犯小罗焜。

军士甲　　[念]　　远望山坳现人影，

军士乙　　[念]　　闪在道旁对图形。

[军士甲乙下。二家丁引沈廷芳趱马上。景上天赶上。

沈廷芳　　[唱]　　打马离了京都境，

　　　　　　　　　捉拿皇犯小罗焜。

　　　　　　　　　爹争权势奏假本，

　　　　　　　　　抄斩罗家一满门。

　　　　　　　　　我今借机捉皇犯，

　　　　　　　　　夺罗焜未婚妻绝代佳人。

哈哈……

[军士甲乙上，拦住沈廷芳，对图形。

军士甲　　朝廷皇犯，还不下马受擒？

[沈廷芳骄横不睬。

景上天　　(对军士甲) 哎，他不是皇犯罗焜，乃是当朝一品太师的大公子沈
　　　　　廷芳。

[军士甲一怔。

军士乙　　他与榜文的图形一样，竟敢冒充太师之子?!

沈廷芳　　哼! 瞎了儿的狗眼! (将手谕掷于地)

军士甲　　(拣起手谕) 太师手谕! (念) 吾子廷芳，奉命捉拿皇犯，沿途关卡，
　　　　　一律放行，各州府县，听其调遣…… (纳头便拜) 沈大公爷在上，恕
　　　　　小的有眼无珠——

军士乙　　(跪拜) 不识泰山。

沈廷芳　　来呀!

家　丁	有。
沈廷芳	挖了儿的双眼。
军士甲 军士乙	公爷饶命,公爷饶命!(跪到沈廷芳脚下)
沈廷芳	(踢倒军士甲乙)挖去双眼!
景上天	大公爷,这也不能全怪他们,谁叫你与罗焜长得十分相像。再说,他们是为捕捉罗焜尽力,你就饶了他们吧。
沈廷芳	叫他们对打十耳光。
军士甲 军士乙	这……
景上天	听见没有?对打十耳光!

[军士甲乙为难地互相轻打。

沈廷芳	嗯?(拔剑欲杀)

[军士甲乙快速互相狠打,幕后传来马嘶声。

景上天	大公爷,你看,那边山脚之下,有一少年飞马而来。
沈廷芳	(远望)此人好像罗焜,你等快去捉拿。
景上天	且慢。罗焜乃是将门之子,武艺超群,我等之辈,岂是他的对手?
沈廷芳	依你之见?
景上天	绊马索擒拿。
沈廷芳	好,撒下绊马索!
军士甲 军士乙	遵命。(布绊马索)

[沈廷芳、景上天、家丁、军士甲乙分下。

罗　焜	(内)

[唱] 　脱虎口出京城(上)只身逃奔——
　　　我罗家蒙奇冤祸及满门。
　　　心怀仇恨落荒走岭,
　　　身带着罗家剑淮安投亲。
　　　到柏府求岳父报仇雪恨,
　　　扬鞭催马赶路程。

[罗焜落马,军士甲乙、沈廷芳、景上天、家丁杀上,小开打。罗焜剑刺军士乙,正欲拔剑,沈廷芳砍来,罗焜无奈,弃剑而逃。

家　丁　　大公爷，罗焜逃跑了。

沈廷芳　　他跑不了。此去淮安，是他未婚之妻柏玉霜的家园；此去西安，是
　　　　　他岳丈柏文连的任所，我们来个兵分两路，叫他无处可藏。

家　丁　　好！

景上天　　公爷，恭喜、恭喜！

沈廷芳　　喜从何来？

景上天　　（取剑）公爷，你看。

沈廷芳　　（接剑）越国公！

景上天　　公爷，你不是朝思暮想，要把罗焜的未婚之妻柏玉霜弄到手吗？

沈廷芳　　咳，罗焜不除，美人难得啊！

景上天　　今日得此宝剑，正是天赐良缘。

沈廷芳　　此话怎讲？

景上天　　公爷，你的相貌与罗焜十分相像，如今又有罗家宝剑为凭，岂不正
　　　　　好来他个移花接木？

沈廷芳　　移花接木？好！
　　　　　［念］　宝剑怀中抱，

景上天　　［念］　一箭得双雕。

沈廷芳　　［念］　你往西安城，

景上天　　是。
　　　　　［念］　你去渡鹊桥。

沈廷芳　　（喜悦地）啊，哈哈……（持剑狂笑）
　　　　　［幕急落。

第二场　催　婚

　　　　　［柏府客厅。

　　　　　［侯登拿图形高兴地上。

侯　氏　　（内喊）侯登！（上）叫你用心读书，眨眼工夫，人影不见。我把你当

40

亲生，望你继承家财，你却成天东游西荡，你这脑壳里想的是些么
事哟！

侯　登　我想……哎呀姑母吔！

　　　　[唱]　牡丹艳，蜡梅香，

　　　　　　　怎及表妹柏玉霜。

　　　　　　　朝不相见晚相见，

　　　　　　　同屋同桌不同房。

　　　　　　　爱玉霜，恋玉霜，

　　　　　　　思玉霜，想玉霜，

　　　　　　　爱霜、恋霜、思霜、

　　　　　　　想霜难成双……

　　　　　　　都怪你这个姑母娘。

侯　氏　娘为你的这桩亲事，心都操碎了，你还怪我啊？

侯　登　光打雷，不下雨。去年要你提亲，你不答应。

侯　氏　她早已许了罗焜，叫我如何开口。

侯　登　如今罗焜成了皇犯，(展图形) 你怎么还不开口呢？

侯　氏　你表妹惦念罗家，心情不好，要提亲也得等几天再说。

侯　登　(不耐烦地) 等等等，等到哪一天？跟我同年的，伢都这么大了。(比画)

侯　氏　(抚慰地) 乖乖儿呀……

侯　登　算了哟，什么儿呀、乖呀，都是假的！

侯　氏　唉！你哪知娘的苦衷啊！

　　　　[唱]　你姑母嫁柏家填房为继，

　　　　　　　未生男未生女贵中有卑。

　　　　　　　打算你过继，再招坐堂婿，

　　　　　　　都为你呀——

　　　　　　　就怕你狗肉不能上正席。

侯　登　[唱]　我和表妹成夫妻，

　　　　　　　你既有儿来又有媳。

　　　　　　　表妹心喜欢，姑爹心欢喜，

　　　　　　　都满意呀——

我这块狗肉上席味道更好吃。

侯　氏　　[唱]　玉霜姑娘知书达理，

才高貌美人称双奇。

要想她嫁你，

侯　登　　[唱]　你有么好主意？

我的姑母娘吔——

莫让我狗咬刺猬干着急。

侯　氏　　[唱]　爹娘疼的顺心儿，

姑娘爱的至诚婿。

从今后你再改惰性去恶习，

读诗书、学礼义、献殷勤、用心机，

我的乖乖吔——

功到自成莫性急。

这桩婚事有娘作主，你快去书斋用心攻读，随娘来吧。（下）

侯　登　　哼！莫性急？看着干鱼吃白饭，怎么叫人不急哟！（略思）指望别人靠不住，要摘墙头花，自己去搬梯。对，自己去搬梯！（暗自得意地下）

[幕落。

第三场　拒　婚

[柏玉霜绣楼，罗家剑斜挂醒目处。

[幕启：柏玉霜独立窗前，凭栏远眺，思绪万千。

柏玉霜　　[唱]　梧桐叶落遍庭院，

孤雁哀鸣惊愁眠。

罗家剑，凝眸看，

锋利光泽似当年——

睹物愁更添。

订婚凭此剑，

剑合人团圆。

忠良将，遭诬陷，

赠剑的人儿在哪边？

盼君眼望穿。

秋　红　　(端莲子汤上) 小姐，请用莲子汤。

柏玉霜　　[唱]　　叫秋红为姑娘摆设香案，

[秋红下，复上，摆香案毕。

檀香炉升起了霭霭青烟。

柏玉霜在楼台望空遥奠，

满腔情随青烟飘上九天。

请婆母在泉下宽心莫怨，

慰慈爱儿定要申雪沉冤。

求神灵举正义惩恶扬善，

佑公子脱虎口一路平安。

可叹他家破人亡谁怜念，

担心他四方受敌无有救援。

知心唯有玉霜女，

避难怎不来淮安？

儿时一别再相见，

生相伴死相随共渡难关。

莫道眼前天地暗，

熬过残冬春又还。

君要学雪压寒梅梅更艳，

雨打青松松更坚。

你我同磨罗家剑，

报国仇雪家恨斩恶魔除群奸，

拨开云雾见青天。(奋笔疾书"扶忠除奸")

[秋红看后拿下。

[侯登换了新衣，轻手轻脚，绕到柏玉霜背后，欲动手，又不敢放肆。

侯　登　　(体贴地) 表妹！

柏玉霜　　你来做甚？

侯　登　　为兄特来向表妹问安！

柏玉霜　　多谢兄长，请兄回房攻读去吧。

侯　登　　表妹，我做了件新衣，特地送给你看。你看，合身啵，漂亮啵？

柏玉霜　　(冷淡地) 池中有水，室内有镜，还是你自己品评吧。

侯　登　　我自己觉得还看得一下，你要说好才行。

柏玉霜　　(厌恶地) 如果没有要紧的事，你就请便吧。(欲走)

侯　登　　(拦住) 表妹，我知道你这些时心里不快活，我特意为你采来鲜花，
　　　　　与你消愁解闷。

柏玉霜　　(制止地) 表兄！

侯　登　　(温柔地) 表妹！

　　　　　[唱]　　表妹平素爱戴花，

　　　　　　　　　花园多的就是花。

　　　　　　　　　春季有菊花夏季有梅花，

　　　　　　　　　秋季开桃花冬季开荷花。

　　　　　　　　　一年四季都有花，

　　　　　　　　　只要妹妹爱戴花，

　　　　　　　　　哥哥天天来采花。

　　　　　[秋红暗上。

柏玉霜　　(克制地) 表兄，柏府家规森严，你我都要自重……

侯　登　　自重？么事自重？男大当婚，女大当——嘻嘻，反正都要那样。

柏玉霜　　(指桑骂槐) 秋红，你怎么到处乱跑，太无家教！从今往后，姑娘的
　　　　　深闺，闲杂人等，不得擅入！(拂袖而下，侯登呆立)

秋　红　　侯大少爷，你该下楼去咧！

侯　登　　(恋恋不舍地) 下楼？

秋　红　　刚才小姐的话你该听见了吧，小姐的深闺，闲杂人等，不得擅入。

侯　登　　这……

秋　红　　(计上心来，耍弄地) 侯大少爷，看样子，你是爱上了我家小姐吧？

侯　登　　(脱口而出) 那还用问，硬是爱得饱！

秋　红　　既然爱嘛，你怎么不想个法子咧？

侯　登　连睡觉都在想法子，再好的法子也有得效。

秋　红　那，你么样不找个人领教领教？

侯　登　（高兴地）秋红，只要你跟大少爷想个法子，我今生今世都忘不了你。

秋　红　你莫急吵，（示意侯登出门）等小姐睡熟了……

侯　登　那要等到几咱呢？

秋　红　你等不等得？（欲走）

侯　登　（拦住秋红）我等得，等得。

秋　红　附耳上来。

侯　登　（喜）好，我还是躲在楼角里。

秋　红　先关照你一声，这是见不得人的事，我不叫你，你就不要出来。

侯　登　好！（躲至楼角）

　　　　　　〔秋红下，提桶上。

秋　红　〔唱〕　提来一桶洗脚水，

　　　　　　　　　要叫猴头吃点亏。

　　　　　　　　　绣楼之上惩色鬼，

　　　　　　　　　治他一回做二回。（放桶至窗前，开窗）

　　　　　　侯大少爷！

侯　登　秋红。

秋　红　侯大少爷，我家小姐睡熟了。

侯　登　（高兴地）睡熟了……

秋　红　哎，你看看楼下有人无有。

侯　登　（看）冇得，冇得。

　　　　　　〔秋红趁机将水泼在侯登的头上，侯登惊昂（āng）鬼叫，连滚带爬地下了楼梯。

　　　　　　〔侯氏正欲上楼，险被侯登撞倒。丫鬟随上。

侯　氏　这是怎么回事？

侯　登　都怪她……她把我……

侯　氏　（明白事态）丫头，带大少爷换衣去。（侯登不愿去）滚下去！

侯　登　（边走边说）秋红，你……秋红，你……

侯　氏　去，去……（侯登随丫鬟下）不争气的东西……秋红！

秋　红　啊！夫人，来了。

侯　氏　　你家小姐呢?（上楼）

秋　红　　现在楼上。小姐，夫人来了。

柏玉霜　　（上）母亲万福!

侯　氏　　我儿少礼，一旁坐下。

柏玉霜　　多谢母亲。

侯　氏　　儿呀，你近来身体如何?

柏玉霜　　敢劳母亲动问，孩儿……唉!

秋　红　　夫人，自从罗家噩耗传来，小姐终日忧愁，寝食不安……

侯　氏　　（关心地）长此下去，如何得了? 儿呀，你要想开些呀!

柏玉霜　　罗家满门抄斩，公子下落不明……叫儿怎不忧虑!

侯　氏　　唉，真是料想不到啊!

　　　　[唱]　遭不幸儿的生母早把命丧，

　　　　　　　你爹爹为国辛劳远在他乡。

　　　　　　　原以为许罗家儿的终身有望，

　　　　　　　不料想罗亲翁投敌叛唐。

　　　　　　　忠义节烈人敬仰，

　　　　　　　叛逆之臣臭名远扬。

柏玉霜　[唱]　罗家世代出名将，

　　　　　　　先辈个个是忠良。

　　　　　　　曾祖罗成群雄聚义瓦岗寨上，

　　　　　　　保太宗定社稷创建大唐。

　　　　　　　祖父罗通扫北番万夫莫当，

　　　　　　　界牌关盘肠大战血染沙场。

　　　　　　　公爹罗增带病远征把敌抗，

　　　　　　　罗焜他文韬武略、不畏奸邪、

　　　　　　　锄强扶弱、侠胆义肠，是国家的栋梁。

　　　　　　　罗家将功盖山河谁不敬仰?

　　　　　　　恨权奸耍阴谋残害忠良。

侯　氏　[唱]　忠与奸是和非难辨清楚，

柏玉霜　[唱]　我愿与罗家共荣辱!

侯　氏　　[唱]　罗公子四处逃奔音讯无有,

你等到何日是尽头?

柏玉霜　　[唱]　该等多久等多久,

粉妆楼当作望夫楼。

侯　氏　　[唱]　光阴似箭催人老,

转眼红颜变白头。

娘替我儿择佳偶,

淑女自有君子逑。

柏玉霜　　[唱]　改配二字免开口,

老死不离粉妆楼。

侯　氏　　[唱]　皇犯罗焜命难救,

误儿终身娘担忧。

得罢手,且罢手,

罗家婚事一笔勾。

你和侯登表兄妹,

都是娘的亲骨肉。

你二人配良缘、结佳偶,恩恩爱爱到白头,

我的玉霜儿娘是心满意足。

柏玉霜　　(强忍地)

[唱]　人各有志难强勉,

劝娘不必苦纠缠。

罗家不幸遭劫难,

公爹远征未生还。

全家满门被抄斩,

世代忠良蒙奇冤。

天亦怒,地亦怨,

铁石人儿也心寒。

见义勇为真君子,

乘人之危心何安?

落井下石最卑贱,

劝儿改配难上难。

纵然公子有意外，

柏玉霜宁为玉碎绝不瓦全。

［柏玉霜拂袖而下。秋红欲随下。

［侯氏呆立，家院急上。

家　院　禀夫人，姑爷罗焜……

［秋红闻声止步，谛听。

侯　氏　嘘——（急下楼拉家院到一边）罗焜怎么样？

家　院　罗焜姑爷投亲来了！

侯　氏　罗焜投亲……（思索，主意已定）客厅相见。

家　院　是！

［幕急落。

第四场　投　亲

［柏府客厅。

［幕启。

家　院　（牌子声中，内喊）有请姑爷！（引罗焜上，向内）有请夫人！

［侯氏上。秋红上，谛听片刻，下。

罗　焜　上面敢是……

侯　氏　我是玉霜的继母。

罗　焜　岳母在上，受小婿大礼参拜。

侯　氏　起来、起来，家院，看茶。（入座，家院献茶）罗家遇难，公子如何脱
　　　　险？（罗焜迟疑地。侯氏见状，示意家院退下）闻听人言，儿父投降鞑靼，
　　　　叛逆朝廷，不知是真是假？

罗　焜　（义愤填膺地）嘻！

［唱］　怒火难平一腔悲愤，

　　　　朝廷中是非颠倒黑白不分，

权奸专横正义难伸，

怎不叫忠良寒心?!

鞑靼铁蹄扰边境，

我爹爹受王命带病出征。

抗强敌孤军奋战人乏马困，

沈谦贼克扣粮草撤回援兵。

诬我爹反朝廷奏上假本，

派禁军围府宅抄斩满门。

罗焜脱虎口淮安投奔，

暂避难待来日扫除佞臣。

危难中望岳母隐儿名姓，

岳母娘把孩儿权当亲生。

侯 氏	[唱]	最亲莫过母子亲，
		丈母娘疼女婿更是真心。
罗 焜	[唱]	各府县捕捉皇犯风声紧，
侯 氏	[唱]	藏我家绝不会走漏风声。
		饮食起居娘照应，
罗 焜	[唱]	只恐连累岳母大人。
侯 氏	[唱]	瓜连藤，藤连根，
		柏罗两家心贴心。
		我家只有玉霜女，
		你家只剩儿罗焜。
		柏罗两家一条根，
		儿有伤损绝两门。
罗 焜	[唱]	厚义深情感恩不尽，
侯 氏	[唱]	书房内摆酒宴与儿压惊。
罗 焜		多谢岳母。
侯 氏		我儿起来，随我来。(引罗焜下)
		[侯登兴冲冲上。
侯 登	[唱]	转了运，转了运，转了运了!

> 门外来了小罗焜，小罗焜啦。
>
> 只要拔掉眼中钉，
>
> 表妹定会嫁侯登。

（得意地）嘻嘻，抓皇犯还能得赏银。（回身）罗家公子，请。

沈廷芳　（大摇大摆地上）你是柏府何人？

侯　登　在下侯登，柏玉霜的表哥。

沈廷芳　（大模大样地）哦，表——哥？

侯　登　嘿嘿，不敢，请。（沈廷芳、侯登入座）罗公子远道而来，意欲……

沈廷芳　一来避难，二为求婚。

侯　登　（强忍醋意）嘿嘿，避难加求婚，有苦有乐，苦中作乐，是乐而忘忧……

沈廷芳　（不耐烦地）小姐今在何处？

侯　登　她有长翅膀，飞不了。你是初上门的贵客，先要摆酒接风。请稍等，我即刻就来。（下）

沈廷芳　（看剑）哈哈……

　　　　[唱]　罗家剑，牵红绳，

　　　　　　　假罗焜变成了真罗焜。

秋　红　（上）

　　　　[唱]　秋红奉了小姐命，

　　　　　　　速迎姑爷进花亭。

　　　　姑爷请了！

沈廷芳　你是何人？

秋　红　小姐的贴身丫头秋红，奉小姐之命，请姑爷花园相会。

沈廷芳　（惊喜）你在怎讲？

秋　红　奉小姐之命，请姑爷花园相会。（沈廷芳欣喜若狂，正欲前往，秋红拦住）姑爷你太性急了。

沈廷芳　（忙稳住）秋红带路。（随秋红下）

　　　　[侯氏、侯登分上。]

侯　登
侯　氏　[唱]　酒里下了蒙汗药，

　　　　　　　叫他有腿跑不脱。

侯 登	（喊）罗公子！（找人）咦，罗焜呢？姑母！
侯 氏	登儿。
侯 登	罗焜来了。
侯 氏	你晓得？
侯 登	我还不晓得，他的人呢？
侯 氏	我把他引到书房去了。
侯 登	我准备了蒙汗药酒，把他灌醉之后，送官领赏。
侯 氏	我娘儿两个想到一块去了。
侯 登	我报官！
侯 氏	我劝酒！
侯 登	需谨慎。
侯 氏	要迅速。
侯 登 侯 氏	走！（分下）

[幕落。

第五场　识　奸

[柏府花园，月夜。

[秋红上，查看花园动静，见四下无人，向内招手，沈廷芳急上。

秋 红	公子少待，我去请小姐来。（下）
沈廷芳	哈哈……
	[唱]　巧巧巧来真正巧，
	果然一箭得双雕。
	自从庙会见淑女，
	朝思暮想魂欲销。
	但盼能遂平生愿，
	喜做牛郎渡鹊桥。

柏玉霜	（内）秋红，带路了！（随秋红上）
	［唱］　庆幸公子脱虎口，
	喜讯传来扫忧愁。
	劫后余生来相会……
	公子在哪里？
沈廷芳	小姐在哪里？
柏玉霜	公子！
沈廷芳	小姐！（沈廷芳欲拥抱柏玉霜，不料柏玉霜伏在秋红肩头恸哭）
柏玉霜	［唱］　悲喜交加热泪流。
沈廷芳	（举手落空，急忙收敛）
	［唱］　看她一眼我神魂颠，
	好似梦中结良缘。
	今日如能偿凤愿，
	纵然一死也心甘。
秋　红	小姐，公子脱险，乃是大喜临门，应当高兴才是。你们都站着干什么？坐下，坐下。
柏玉霜	公子请坐。
沈廷芳	小姐请坐。
	［柏玉霜、沈廷芳落座，僵持，静场。
秋　红	哎，你们怎么不讲话呀？（乖巧地）哦，小姐，我与你们端茶去。（下）
柏玉霜	公子呀！
	［唱］　闻噩耗心伤痛将你惦念，
	在绣楼盼君至望眼欲穿。
沈廷芳	［唱］　思卿夜夜难合眼，
	恨不能肋生双翅飞到你身边。
柏玉霜	［唱］　我也曾对飞鸿遥寄心愿，
	我也曾求上苍佑君平安。
沈廷芳	［唱］　为小姐费尽心机敢冒风险，
	想小姐日夜兼程赶到淮安。
柏玉霜	［唱］　闻听公参遭诬陷，

仇人可是贼沈谦？

沈廷芳	是沈谦，是沈谦啦！
柏玉霜	沈谦，老贼子！
沈廷芳	（难忍地）这？（附和地）贼呀！
柏玉霜	你身为当朝一品，实为误国奸佞，上欺天子，下压群僚，擅专朝政，陷害忠良，生就豺狼本性，蛇蝎心肠。

　　　[唱]　大骂沈谦贼奸佞，

　　　　　　欺天子压群僚任意横行。

　　　　　　罗家与你有何仇恨，

　　　　　　为何苦苦害忠臣！

秋　红	（上）

　　　[唱]　老贼生来豺狼性，

　　　　　　老贼长就蛇蝎心。

　　　　　　切齿骂，难消恨，

　　　　　　恨不得剥他皮来抽他的筋。

沈廷芳	[唱]　丫头更比主人狠，

　　　　　　当着儿子骂父亲。

　　　　　　她要骂，由她骂，

　　　　　　忍气吞声为美人。

柏玉霜	公子，你虎口余生，应该设法，报国除奸。
沈廷芳	报国除奸？唉……罗家大势已去，我是回天无力呀！今后，只要与小姐朝夕相伴，了此余生，我愿足矣！
柏玉霜	公子呀！

　　　[唱]　劝公子休丧志要发奋上进，

　　　　　　切莫要空叹息自甘沉沦。

　　　　　　勿仿效申生无志入绝境，

　　　　　　要学那壮士荆轲易水行。

　　　　　　要学那公子重耳不忘寄生耻，

　　　　　　要学那越王勾践尝胆卧薪。

沈廷芳	[唱]　非是我不求上进心灰意冷，

只因是大厦倾独木难撑。

君子报仇十年不晚，

你我应该早成亲。

花前月下留形影，

朝夕与共闺房情深。

柏玉霜　　(惊) 公子，你当真如此打算？

沈廷芳　　句句是真，绝无戏言。

柏玉霜　　呀！

　　　　　[唱] 听罢言来吃一惊，

　　　　　　　真好似冷水淋头怀抱冰。

　　　　　　　他先祖开国元勋世人敬，

　　　　　　　他父辈驰骋沙场留英名。

　　　　　　　他为何这样胸无志？

　　　　　　　他为何这般软弱无能？

　　　　　　　他为何一心一意恋脂粉？(对沈廷芳)

　　　　　　　你、你、你不是罗家公子，

　　　　　　　你、你、你不像罗家子孙。

沈廷芳　　(惊惧) 小姐？

柏玉霜　　(克制地) 公子见谅，只因我报仇心切，方出此言。

沈廷芳　　(如释重负，编造) 小姐呀！

　　　　　[唱] 我立志报仇雪恨除奸党，

　　　　　　　投淮安为的是请你帮忙。

　　　　　　　适才间一番话把你试探，

　　　　　　　只因我是皇犯不得不防。

柏玉霜　　[唱] 听公子一番话报仇有望，

　　　　　　　施一礼请坐下共叙衷肠。

　　　　　　公子，请坐。

沈廷芳　　小姐请坐。

柏玉霜　　(感慨地) 公子，寒来暑往，韶华易逝。你可记得我们分别几载了？

沈廷芳　　(支吾地) 呃，大约……三年了吧！

柏玉霜　（惊疑地）怎么，你连我们分别几载都记不得了？

沈廷芳　（搪塞地）事隔多年，哪里记得许多。

柏玉霜　那，我们分别的地方，你总不会忘记吧？

沈廷芳　这……小姐，还是不谈这些吧！

柏玉霜　（疑心地）这么说你……

沈廷芳　（心虚地）我，我是罗焜，我是罗焜哪！小姐不信，这有宝剑为凭。
　　　　（呈剑）

柏玉霜　（接剑观看）越国公！公子，罗家剑原是一双，你为何只带来一把？

沈廷芳　这……小姐有所不知，那一把在抄家之时，被人抢走了。

柏玉霜　（由震惊转为镇定，急思对策）秋红，看、剑、来。（秋红端剑上）你那把
　　　　被人抢走的宝剑，在我这里。

沈廷芳　（震惊）啊！（看）越国公？越国公——小姐……

柏玉霜　住口！你明明是借此宝剑，前来冒充罗焜。说！你是何人？剑从何
　　　　来？到此作甚？还不与我讲个明白。

沈廷芳　好厉害呀！

　　　　［唱］　她一眼看穿我打诨，

　　　　　　　一语道破假充真。

　　　　　　　事已至此难遮隐，

　　　　也罢！

　　　　　　　何惧对她讲真情。

　　　　老实告诉你，我就是当朝一品太师的大公子沈廷芳！

秋　红　（沉不住气）沈廷芳！

柏玉霜　（沉着地，对沈廷芳）你适才冒充罗焜，现在又冒充沈太师的公子，这
　　　　堂堂御史府，岂能容你胡作非为，不说实话，小心狗命。

沈廷芳　罗焜是假，沈廷芳是真。你若不信，这有手谕为凭。（拿出手谕，递给
　　　　柏玉霜）

　　　　［柏玉霜看完手谕，震惊。沈廷芳得意地拿过来。］

柏玉霜　［唱］　见手谕犹如是霹雳轰顶，

　　　　　　　沈廷芳冒充罗焜设陷坑。

　　　　　　　罗家剑为何落入淫贼手，

公子的安危我更担心。

秋　红　　[唱]　替小姐诛淫贼——

柏玉霜　　(拦住秋红)

　　　　　[唱]　需要谨慎，

　　　　　　　　我还要将计就计查明真情。

　　　　　(对沈廷芳) 你既是沈家公子，来到此处为了何事？

沈廷芳　　实不相瞒，自从庙会有幸看见小姐，我是日夜思念于你。今日到此，
　　　　　一为追捕罗焜，二为当面提亲。

柏玉霜　　我却不信。

沈廷芳　　若有半句假话，天地不容。(跪地)

柏玉霜　　言重了，公子请起。秋红，沈公子乃是贵客，摆宴侍候。

　　　　　[秋红会意下。

沈廷芳　　[唱]　她是好心还是恶意我揣摩不定……

　　　　　[秋红端酒上。

柏玉霜　　[唱]　敬一杯接风酒略表寸心。

沈廷芳　　(疑惑，不饮) 这……

　　　　　[柏玉霜示意秋红劝酒。

秋　红　　公子！

　　　　　[唱]　小姐她有心与你把终身定……

沈廷芳　　(惊疑地) 啊？

秋　红　　[唱]　又怕你朝三暮四不真情。

沈廷芳　　她爱的不是罗焜么？

柏玉霜　　[唱]　世人都把叛逆恨，

　　　　　　　　谁愿牵连落骂名。

沈廷芳　　此话当真？

柏玉霜　　[唱]　一品太师威风凛，

　　　　　　　　谁不爱——

秋　红　　[唱]　找棵大树好歇荫！

沈廷芳　　[唱]　如此说来我把酒饮，

　　　　　　　　你我席前结同心。(饮酒)

柏玉霜　[唱]　结同心，订终身，

公子对我心不真。

沈廷芳　[唱]　我千里迢迢来投亲，

廷芳何以不诚心？

柏玉霜　[唱]　你本堂堂太师子，

理当托媒来求婚。

为何要冒名顶皇犯？

不讲实话心不诚。

沈廷芳　说来话长，为得小姐，早想除掉罗煜。真是冤家路窄，在三岔路口相遇，正欲将他置于死地……（柏玉霜一惊）不想他武艺高强，失剑逃走，我才得了罗家这把宝剑，加之又与罗煜长得相像，故而冒名投亲，只望能与小姐早成佳偶，并无恶意呀！

柏玉霜　[唱]　听他席前吐真情，

幸喜公子又脱身。

面对仇人心怀恨，

不惩淫贼恨难平。（对沈廷芳）

二杯酒，满满斟，

谢公子对玉霜一片至诚。

沈廷芳　[唱]　多谢小姐赐甘霖，

英雄怎不爱美人。（饮酒）

柏玉霜　[唱]　三杯酒——

沈廷芳　（醉眼淫视）

[唱]　三杯酒凤求凰交杯同饮，

鸳鸯交颈正逢良辰。

[柏玉霜嫣然一笑，秋红机警地上前对沈廷芳。

秋　红　[唱]　秋红斟上一杯酒，

愿你们银河岸上渡双星。

沈廷芳　好！（一饮而尽）

秋　红　[唱]　花好月圆助酒兴，（劝酒）

叫姑爷莫负小姐一片心。

沈廷芳　　好!

　　　　　[唱]　酒逢知己千杯少……

　　　　　[秋红劝酒,沈廷芳狂饮,呕吐,醉倒。

秋　红　　(推沈廷芳) 公子! 公子! (转对柏玉霜) 小姐,沈贼已经醉了。

柏玉霜　　好哇!

　　　　　[唱]　一见淫贼已醉倒,

　　　　　　　　惩治仇人在今朝。

　　　　　　　　秋红快将手谕找……(秋红取过手谕,交给柏玉霜)

　　　　　　　　手谕在握不把贼饶。

　　　　　　　　他与罗焜同相貌,

　　　　　　　　正好真假两混淆。

　　　　　　　　护身之符拿过了,

　　　　　　　　再叫家丁来捆牢。

　　　　　　　　报于官府捉皇犯,

　　　　　　　　他有口难辩自承招。

　　　　　　　　恶贯满盈劫数到,

　　　　　　　　自作自受罪难逃。

　　　　　[柏玉霜下。

秋　红　　(向内) 快来人啊,花园有贼呀!

两家丁　　(上) 贼在哪里?

秋　红　　将这皇犯罗焜,与我绑了!

两家丁　　绑了! (架住沈廷芳,切光)

　　　　　[幕急闭。

第六场　捕　焜

　　　　　[二幕前。

　　　　　[侯登引捕快、衙役跑上,知府打马上。

知　府	[唱]	财帛星照乌纱顶，
		官运亨通喜临门。
		此去捕得小罗焜，
		又升官来又得赏银。
		莫道罗焜是皇犯，
		他是我的活财神。
		为官之道非德性，
		只要鸡爪扒动老爷的祖坟。

侯　登　禀大人，柏府已到。

知　府　将这柏府，团团围住。

侯　登　随我来。(带捕快下)

　　　　　[二幕启：柏府客厅。

衙役甲　知府大人到。

侯　氏　(内应) 有请！(上) 迎接大人。

知　府　请问夫人，皇犯罗焜，可曾捉到？

侯　氏　已经捉到。

知　府　来呀！带罗焜。

衙役甲　带罗焜——

　　　　　[捕快、家丁内喊："走！"各推罗焜和沈廷芳上。侯登、秋红随上。

侯　登　大人，罗焜带到。

秋　红　大人，罗焜带到。

知　府　嘟！你们柏府有几个罗焜？

侯　氏　一个罗焜。

知　府　一个罗焜？(指沈廷芳和罗焜) 为何出了两个？

侯登
秋红　两个？(分看) 哎呀！

侯　登　未必是眼睛花了？

秋　红　莫非他 (指罗焜) 是真？

侯　氏　哎呀，这是哪来的双胞胎呀？

知　府　嘟！你们认来认去，谁是真罗焜，可曾分清？

侯　登
秋　红　　大人，小人分不清楚。
侯　氏

知　府　　站过一旁，本府自有办法。(拿图形对罗焜) 你是罗焜! 嘟，胆大的罗
　　　　　焜，你竟敢……

捕　快　　大人，他吃醉了。

知　府　　他吃醉了……

秋　红　　大人，他 (指沈廷芳) 才是真罗焜。

知　府　　啊，(对沈廷芳) 哎呀，你才是真罗焜! 嘟，胆大的罗焜，你竟敢……

家丁甲　　大人，他喝麻了。

知　府　　喝麻了? 吔嗨，一个吃醉了，一个喝麻了，老爷我也分不清了!

　　　　　[唱]　巧得很，巧得很，

　　　　　　　　柏府出了两个罗焜。

　　　　　　　　一个酒醉人未醒，

　　　　　　　　一个醉酒不吭声。

　　　　　　　　问又不能问，

　　　　　　　　辨又分不清，

　　　　　　　　好似双胞一母生——

　　　　　　　　有点叫人伤脑筋。

　　　　　　　　乐极生悲，我高兴过了分……

侯　登　　大人，那个 (指沈廷芳) 是假的，这个 (指罗焜) 是真的。

侯　登
秋　红　　(同争) 这是真的，这是真的。

知　府　　嘟……

侯　氏　　大人，你管他几个罗焜，只要是皇犯，何不一同带回衙去 (示意砍头) ……

知　府　　有一点道理，我说来呀!

捕　快　　有。

知　府　　将两个罗焜，一起上刑，带回衙去。

捕　快　　是。(带罗焜、沈廷芳下)

　　　　　[知府、衙役随下。

侯　登
侯　氏　　送老爷。

秋　红　　待我报于小姐。(急下)

侯　登　　姑母!

　　　　　[唱]　再该我与表妹配成婚。

侯　氏　　儿啊!要等案情了结了,为娘才能与你……

侯　登　　(明白地)哦……(同下)

　　　　　[秋红引柏玉霜上,目送人马远去。

柏玉霜　　[唱]　人走马去,我心如潮滚,

　　　　　　　　一波未平一波又生。

　　　　　　　　指望能将淫贼惩,

　　　　　　　　谁知又来一罗焜。

　　　　　　　　若是夫君来投亲,

　　　　　　　　羊落虎口难脱身。

　　　　　　　　断头桩前他丧命,

　　　　　　　　望夫台上我哭灵。

　　　　　　　　一命幽幽黄泉去,

　　　　　　　　谁是罗家报仇人?

　　　　　　　　秋风阵阵吹得紧,

　　　　　　　　残叶片片叩窗棂。

　　　　　　　　阵阵风,片片叶,

　　　　　　　　一声一声催我心。

　　　　　　　　哭天喊地皆不应,

　　　　　　　　活活急煞女钗裙。(欲出门,风起。秋红拿披风上)

秋　红　　小姐,门外风寒,小心着凉。(风起,秋红给柏玉霜披衣,无意中掉出手谕)小姐,这不是沈贼的手谕么?

柏玉霜　　手谕……

　　　　　[唱]　沈贼的手谕将我提醒,

　　　　　　　　猛然一计想在心。

　　　　　　　　身藏手谕淮安进,

　　　　　　　　死囚牢内去探询。

　　　　　　　　倘若真是罗公子,

　　　　　　暗赠手谕我夫君。

　　　　　　罗家公子改姓沈，

　　　　　　沈家淫贼代罗焜。

　　　　　　抽梁换柱布疑阵，

　　　　　　来一个真作假，假作真，

　　　　　　真真假假、假假真真，

　　　　　　李代桃僵救夫君。

　　　[亮相。幕徐闭。

第七场　探　监

　　　[监牢。

牢　头　　（上）

　　　　[念]　昨晚半夜囚犯到，两个罗焜押进牢。

　　　　　　　酒醉如泥睡大觉，鼾声如雷阵阵高。

　　　　[内喊："知府大人到！"知府上。

知　府　　两个罗焜可曾醒来？

牢　头　　（静听）此刻鼾声止息，想是醒来了。

知　府　　传话下去，带罗焜。

牢　头　　是。（向内）带——罗——焜。

　　　　[禁卒甲乙丙丁内喊："走！"各推罗焜、沈廷芳上。

罗　焜
沈廷芳　　[唱]　昨晚饮酒人醉倒，

　　　　　　　　今朝醒来在监牢。

沈廷芳　　[唱]　手谕为何不见了？

罗　焜　　[唱]　铁链在身怎脱逃？

罗　焜　　（正气凛然地）哼！
沈廷芳　　（骄横地）

牢　头　　见了大人，怎不下跪？

罗 家 剑

沈廷芳	老子冇得跪的习惯!

沈廷芳　老子冇得跪的习惯!

知　府　放肆!

沈廷芳　狗官!

知　府　大胆!

沈廷芳　呸!

　　　　［唱］　骂声狗官瞎了眼,

　　　　　　　　敢把老子押进监。

　　　　　　　　还不与我解锁链……

知　府　拖下去打!

沈廷芳　你——敢——

　　　　［唱］　你可知我父是太师沈谦?

知　府　(惊呆) 啊?

罗　焜　［唱］　狗官难辨真皇犯,

　　　　　　　　我何不随机应变混过头?

知　府　(清醒,对罗焜) 对,你就是皇犯罗焜。

罗　焜　(见状急中生智) 狗官!

　　　　［唱］　骂声狗官瞎了眼,

　　　　　　　　敢把老子押进监。

　　　　　　　　还不与我解锁链……

　　　　　　　　你可知我父就是太师沈谦!

知　府　(惊呆) 啊……

沈廷芳　老子是沈廷芳!

罗　焜　老子是沈廷芳!

沈廷芳　他是罗焜!

罗　焜　他是罗焜!

罗　焜
沈廷芳　呸! (举链欲打)

知　府　拖下去,拖下去! (禁卒分拖罗焜、沈廷芳下。知府惊魂未定)

　　　　［唱］　荒唐荒唐真荒唐,

　　　　　　　　捉小鬼抓到了五殿阎王。

　　　　　　放走了皇犯吃罪不起，

　　　　　　得罪了太师的爱子更遭殃。

　　　　　　如何了结这笔糊涂账，

　　　　　　迎财神碰到了催命无常。

秋　红　　（上）禁大哥请了！

牢　头　　请了何事？

秋　红　　柏小姐前来探监。

牢　头　　探望何人？

秋　红　　探望罗焜。

　　　　　　[知府注目静听。

牢　头　　他是死囚，又是皇犯，不许探监。

秋　红　　妻探夫监，违了何法？

知　府　　你在怎讲？

秋　红　　妻探夫监，人之常情。

知　府　　好一个妻探夫监，人之常情。本府法外施恩，容她夫妻相见。

秋　红　　谢大人！（下）

牢　头　　大人，死囚是不许探监的呀！

知　府　　你懂得个屁。为了找出真罗焜，老爷的头发都急白了，她来帮我认
　　　　　　出真罗焜，你还不准人家进去？

牢　头　　（会意）哦……大人真聪明。

知　府　　我几时又糊涂过？传话下去，有请柏小姐。

牢　头　　有请柏小姐。（下）

秋　红　　（提篮上）小姐随我来。

柏玉霜　　（上）

　　　　　　[唱]　死囚牢犹如虎口，

　　　　　　　　　挺身救夫出牢狱。

知　府　　你是柏小姐？

柏玉霜　　见过大人。

知　府　　不必客气。啊，柏小姐，你可知这死囚、皇犯是不许探监的？

柏玉霜　　大人，监中之规，玉霜我并非不知。只是我与罗焜有夫妻之情，如

今生离死别，还望大人高抬贵手，让我与他见上一面。

知　府	小姐有此好心，实是难得。看在令尊的份上，本府破此一例，让你探监。
柏玉霜	谢大人，秋红。(示意秋红拿出银锭)
秋　红	大人，这是小姐的一点心意，望请笑纳。
知　府	何必如此多礼！
秋　红	应该的。(递银)
知　府	恭敬不如从命。(接过银锭，背躬) 大鱼不放手，虾子也要抓。
秋　红	小姐，我们进去吧。
知　府	慢，监中规矩，只许一人探问。

　　　　　　[唱]　　小姐随我监牢进……

　　　　(圆场，秋红下，牢头上。知府对牢头) 带两个罗焜。(退后，监视，谛听)

牢　头	是。(分对两边) 带罗焜！带罗焜！

　　　　　　[罗焜、沈廷芳分上。

知　府	[唱]　　且看她对谁仇来对谁亲？
牢　头	(对柏玉霜) 两个罗焜都在此地，请小姐认来。(下)
柏玉霜	[唱]　　两个罗焜相貌相似难辨认，

　　　　　　　　　我不免投石问路冒叫一声。

　　　　(无目标地) 公——子——

　　　　　　[沈廷芳、罗焜皆惊。

罗　焜	(自语) 玉霜来了。
沈廷芳	(怒骂) 柏玉霜，小贱人！你不该笑里藏刀，暗设圈套，趁我酒醉，将我捆绑送官。手谕何在？你来此做甚？还不与我快讲！

　　　　　　[沈廷芳骂柏玉霜时，罗焜侧耳细听。

柏玉霜	(背躬)

　　　　　　[唱]　　听声音已辨清贼子姓沈，

　　　　(对沈廷芳) 公子呀！

　　　　　　　　　请公子对玉霜休起疑心。

　　　　　　　　　既害你我又何必入监探问？

　　　　　　　　　设圈套绝不会许诺终身。

柏玉霜岂是那庸俗脂粉，

我怎能朝秦暮楚厌旧喜新？

沈廷芳　　〔唱〕　既如此你怎不为我作证？

知　府　　对。

　　　　　　〔唱〕　问得妙问得好且听下文。

柏玉霜　　〔唱〕　公子不必太急性，

　　　　　　　　　凭证我已带在身。

　　　　　　　　　你二人相貌相似同样英俊，

　　　　　　　　　我最怕把疯狗错当麒麟。

　　　　　　　　　请容我反复查看仔细辨认，

知　府　　（摇头晃脑地）

　　　　　　〔唱〕　这句话我以为合理合情。

沈廷芳　　（自信地）

　　　　　　〔唱〕　是珍珠岂怕他鱼目杂混！

罗　焜　　〔唱〕　听其言观其行若暗若明。

　　　　　　　　　盼相见又怕她真来相认……

柏玉霜　　（对罗焜）

　　　　　　〔唱〕　问公子是沈廷芳还是罗焜？（眼色暗示）

罗　焜　　〔唱〕　我本是沈廷芳何必多问，

柏玉霜　　〔唱〕　好一位沈廷芳聪明过人！（否定语气，赞许的手势）

　　　　　　　　　他说他不是罗焜有宝剑为证，

　　　　　　　　　你说你是沈廷芳可有证凭？

　　　　　　　　　你二人真真假假，假假真真，

　　　　　　　　　无证无凭，谁肯相信……

　　　　　〔知府点头赞许。

罗　焜　　〔唱〕　听出了柏小姐话外有音。

　　　　　　　　　莫非她抽梁换柱布下疑阵？

知　府　　〔唱〕　闺房中出了一个女孔明！

柏玉霜　　〔唱〕　沈廷芳理当有太师的凭证，（示手谕）

　　　　　　　　　你休想张冠李戴改名换姓以假乱真。

　　　柏玉霜有把柄将你辨认……

　　　[柏玉霜走近罗焜身边，示手谕，罗焜会意欲取，知府走上前来，柏玉霜急转身将手谕插入罗焜怀中。

罗　焜　（仰天大笑）

　　　[唱]　笑尔等机关算尽枉自费心。

　　　（假装愤怒地）嘟！大胆柏玉霜，你竟敢与这狗官通同作弊，诬我为皇犯，放走真正的罗焜。我沈廷芳出监之后，绝不轻饶尔等！

知　府　（胸有成竹，走上前）柏小姐，你还是没有认出罗焜吧？

柏玉霜　（无奈何地）他二人相貌一般，真假难辨呀！

知　府　我晓得你不行，且看本府的。来呀，站班伺候。（四衙役站班，牢头搬椅，知府上坐，对沈廷芳）嘟！你是何人？

沈廷芳　你老子沈廷芳！

知　府　空口无凭，有何为证？

沈廷芳　（大模大样地）我是何人？你问问柏小姐就一清二楚了。

知　府　柏小姐，你能替他作证吗？

柏玉霜　（叫苦地）我凭什么替他作证？

沈廷芳　（提醒地）小姐，你不是把我的证据带来了吗？拿给狗官看看！

柏玉霜　（装领悟地）哦。（向内）秋红。（秋红端剑上）大人请观。

知　府　（看剑）越——国——公！

沈廷芳　（惊）啊！（焦急地对柏玉霜）你，你怎么不拿出手谕来呢？

柏玉霜　（假装不知地）我，我哪来的什么手谕呀？

罗　焜　（逼视地）好一个沈廷芳，你的手谕？（严厉地）手谕？

沈廷芳　（语塞）我，我……

罗　焜　（大笑）哈哈……护身的法宝竟然拿不出来，你以为狗官糊涂可欺？

沈廷芳　（反咬一口）我无手谕，你有手谕吗？

知　府　（对沈廷芳）住口！你欺本官糊涂，今天我就明白得你看看。（转对罗焜客气地）他无证据，想必你是有证据的啰？

罗　焜　（故弄玄虚地）我……哼！

沈廷芳　（进攻地）谅你也拿不出证据！

知　府　（对罗焜威胁地）拿不出证据，你也莫想脱身！

67

罗　焜	(冷笑地) 嘿嘿，原想试试你这狗官的眼力，看你是否忠于职守，不料你是忠奸不辨，是非不分。来吧，你在我身上搜查搜查！

知　府　搜！(衙役在罗焜身上搜出手谕，呈给知府) 待我看来！(念) 吾子廷芳，奉命捉拿皇犯……沈谦。(吓得连滚带爬地跪在罗焜面前，磕头如捣蒜) 委屈了公子，我该死，我该死！(对牢头) 还不给公子松刑、更衣?

罗　焜　放走了皇犯，小心狗头！(看柏玉霜一眼，下)

沈廷芳　狗官！我是沈廷芳，他才是罗焜！

[知府欲对付沈廷芳，柏玉霜抢在前喊。

柏玉霜　公子！罗——郎——(蹉步向前)

　　　[唱]　我痛心我悲伤，

　　　　　　你为我煞费苦心只落得如此下场。

沈廷芳　我冤枉，冤枉啊——

柏玉霜　[唱]　我也知道你是冤枉，

　　　　　　你只有到阴曹地府去哀告阎王。

沈廷芳　(气愤地) 贱人，滚开！(举链欲打，柏玉霜闪开) 狗官，我是沈廷芳，(嚎叫地) 我是沈——廷——芳！(蹉步逼视知府，知府惊退，衙役架住沈廷芳)

知　府　(连骂带打地) 你是沈廷芳！你是沈廷芳！老爷的乌纱性命，差一点都送在你的手上，今天我要你吃点现亏。来呀！戴上重枷，钉上脚镣，打进囚车。老爷要亲自押解皇犯进京领赏。

[沈廷芳瘫软，切光。

[尾声：大锣两面，旌旗四面，四捕快分列两旁。知府骑马居中，囚车随后，罗焜衣冠楚楚立于高处，柏玉霜立于一旁与罗焜遥望。罗焜看着柏玉霜，露出胜利的微笑。

[幕徐闭。

　　　　　　　　　　　　　　　　　　　　　　　　　　剧终

探阴山

根据传统剧目整理
整理：武汉市楚剧团艺术室

剧情简介

　　书生颜春敏家道中落，投靠在定有婚约的姑表亲柳府。柳洪不悦，柳女金婵见怜，约三更以赠金银。冯君衡觊觎表妹柳金婵日久，趁夜逼奸不成，将其缢死，并嫁祸颜春敏。书童雨墨到南衙告状，包拯为辨明是非，夜下阴曹。判官张洪因私篡改生死簿，被油流鬼发现。包拯至阴山访得柳金婵鬼魂，得知原委，令油流鬼在五殿与张洪对质，真相得以大白。阎君怒斥张洪，将冯君衡押到阴司；包拯刀铡判官，油煎恶人。

人物

柳　洪	柳金婵	颜春敏	冯君衡	柳　贵	柳　福
雨　墨	秀　红	包　拯	秦广辉	张　洪	油流鬼
包　兴	王　朝	马　汉	张　龙	赵　虎	白无常
黑无常	四衙役	众鬼卒			

序

[合唱]　古今奇冤阴阳案，

　　　　溟蒙地府破奇冤。

　　　　森罗殿上铡奸判，

　　　　万世青天万古传。

第一场　投　亲

[音乐声中，雨墨、颜春敏上。

雨　墨　（大声）相公，等等我呀！

颜春敏　（上）

[唱]　家中奉了母亲命，

　　　　投亲寄读为功名。

　　　　遥望汴梁已临近，

雨　墨　[唱]　赶得我脚酸肩又疼。

　　　　相公，叫你慢点，你偏要直往前跑，我挑着这大担行李，怎么赶得上呢？

颜春敏　雨墨，你看前面就是汴梁城，我们赶行几步，进了城再歇息吧！

雨　墨　相公，我实在走不动了。

颜春敏　好好好，那就歇息一会吧。

雨　墨　相公，你看这阳关道上这般热闹，不知是何缘故？

颜春敏　怎么，你忘了？明天是正月十五元宵佳节，是汴梁城最热闹玩花灯的日子，老百姓都从几十里外赶来，投亲的投亲，访友的访友，明天好看花灯哪！就连宋王爷、满朝文武都要前往观灯哪！

雨　墨　哦，你这一说，我们来得正是时候了。

颜春敏　嗯！

雨　墨	相公，那我们快点进城。
颜春敏	怎么不累了？
雨　墨	听说有花灯看，我就不累了。
颜春敏	好，走哇！
	［唱］　跋涉风尘把路赶，
雨　墨	［唱］　元宵佳节是明天。
颜春敏	［唱］　雨墨喜得心似箭，
	扬鞭直奔汴梁关。

　　　　［下场。

第二场　借　读

　　　　［柳府客堂，张灯结彩，一派上元佳节景象。

秀　红	小姐！快来看灯哪！
	［唱］　一年一度好春景，
	家家户户挂红灯。
	阖府上下尽欢庆，
	彩灯高挂满楼门。

　　　　［柳洪、柳金婵、冯君衡等上。

秀　红	禀员外，这府门内外、前堂厅楼，俱已布置停当，到时彩灯齐放，保管府门内外美轮美奂、富丽堂皇。
柳　洪	好！办得好！员外我有赏啊！
秀　红	谢员外！

　　　　［柳贵高兴地喊"员外"，上。

柳　贵	哈……员外，贵客到了！
柳　洪	（惊喜）是哪家贵客到了？
柳　贵	是颜大相公到了！
柳　洪	（一愣）哪个颜大相公？

| 柳　贵 | 就是员外的外甥颜春敏，颜大相公！（秀红、柳金婵惊喜） |

柳　贵　　就是员外的外甥颜春敏，颜大相公！（秀红、柳金婵惊喜）

柳　洪　　怎么？颜春敏来了？他身上穿戴如何？

柳　贵　　倒还不错。

柳　洪　　好吧！你快去将颜大相公请了进来。我儿回避。

[秀红手势羞柳金婵，柳金婵羞涩地下。

柳　贵　　有请颜大相公！（颜春敏快步上场整衣，雨墨挑担随上）上面就是我家员外。

颜春敏　　孩儿春敏与舅父大人问安！（施礼）

柳　洪　　我儿一路辛苦，不必多礼，一旁坐下。

颜春敏　　谢坐。雨墨，上前叩见太老爷！

雨　墨　　雨墨与太老爷叩头！

柳　洪　　罢了！柳福，快带雨墨下面歇息。

柳　福　　是。小兄弟，随我来吧！

雨　墨　　哎！有劳老哥！（随柳福下）

柳　洪　　秀红看茶来！

秀　红　　来了！（捧茶上）颜大相公请茶！（秀红献茶毕，闪在屏风后听他们谈话）

柳　洪　　外甥儿！你母亲在家可好？

颜春敏　　承舅父动问，家母倒也康健，孩儿此番前来，家母再三吩咐叩问舅父金驾安好！

柳　洪　　承问了。外甥儿，数年前传闻你家家道衰落，不知当真否？

颜春敏　　所传属实，此乃孩儿家道不幸也！

柳　洪　　哦！你家当真衰落了！不知你此次来京何事，现住何处？

颜春敏　　此次来京，一来探望舅父舅母，二来投奔府上，寄居借读，以便秋闱应试。望舅父念在至亲骨肉分上，收留照看。

柳　洪　　这……儿啊！我两家本是至亲骨肉，你前来投靠借读，按理为舅应当允可，只是这几年为舅家里也不富裕，只恐担负不起，岂不误了你的大事？

颜春敏　　舅父，孩儿此番前来打扰，实出无奈，日后若有寸进，必定涌泉报答。何况孩儿此来，还要与舅父商议与表妹成亲之事。

柳　洪　　怎么？你还想与你表妹成亲？

颜春敏　　正是。盼能早日成亲，以践前约！

探阴山

| 柳　洪 | (尴尬地笑) 外甥儿！当初许婚，是你舅母一句戏言，你母怎么信以为真了！ |

| 颜春敏 | 舅父，婚姻大事岂当儿戏？听舅父之言，莫非想悔婚不成？ |

| 柳　洪 | 既未许婚，又何言悔婚呢？ |

| 颜春敏 | 呀！ |

[唱]　听他言犹如是晴天雷震，

这才是弦外音令人骇闻。

说什么他当初未把婚允，

分明他起了嫌贫爱富心。

想当年颜柳两家同朝奉君，

世代相交情谊深。

割袍为聘把亲定，

到如今说什么未允婚。

莫不是嫌我家如今贫困，

舅父不念往日情。

常言道人穷志高非下品，

男儿壮志气凌云。

莫看我今天遭穷困，

岂料他日不平步青云？

许婚悔婚人谈论，

劝舅父莫以钱财欺压寒贫。

| 柳　洪 | [唱]　颜春敏出言多锋利，

一番话说得我情亏理虚。

看起来想悔婚还须从长计议，

休怪为舅言语相激。

哈哈哈，外甥儿，适才为舅所言不过是试探你的志气如何。好！我儿不愧是宦门子弟，颇有志气。为舅即刻令人打扫书房，以便我儿攻读，完亲之事，来日再议。 |

| 颜春敏 | 舅父…… |

| 柳　洪 | 不必多言，随为舅到后堂备酒与你洗尘。 |

颜春敏　　　舅父请！唉！(跟随柳洪下，秀红上)

秀　红　　　哎呀不好了！员外这是有意悔婚，让我报于小姐知道。

　　　　　　[秀红急下，幕落。

第三场　遇　害

　　　　　　[绣楼，后暗转花园，颜春敏书房位于下场一侧，书案上有文房四宝、折扇、纱灯等物。上场门设有假山石景，山石前有石桌石凳。

　　　　　　[乐曲欢快，柳金婵飘然而上。

柳金婵　　　[唱]　紫燕飞来春满庭，

　　　　　　　　　红梅带笑柳色新。

　　　　　　　　　平日间锁深闺心烦闷，

　　　　　　　　　今天是缘何心难平。

　　　　　　　　　表兄他千里迢迢来投亲，

　　　　　　　　　金婵我终身有靠喜在心。

　　　　　　　　　愿青鸟，传喜讯，

　　　　　　　　　蓝桥月下搭彩门。

　　　　　　[音乐不断，秀红在音乐中急上。

柳金婵　　　秀红！你到哪里去了？怎么才来？

秀　红　　　我在堂前招呼客人吵！

柳金婵　　　那客人呢？

秀　红　　　恭喜小姐，贺喜小姐！颜姑爷是前来投亲的！

柳金婵　　　哦！是真的么？

秀　红　　　难道我还骗小姐？颜姑爷真是宦门之后，读书之人不但品貌出众，而且颇有志气。他言道此次前来是奉了母命，一来探望员外安人，二来寄居借读。

柳金婵　　　借读！那多多是怎样对他？

秀　红　　　员外对颜姑爷甚是冷淡，看样子是嫌颜姑爷如今家道衰落了！

柳金婵	颜柳两家原是骨肉至亲，既然颜家家道衰落，爹爹理当另眼看待才是！
秀　红	是的吵！
柳金婵	那后来咧？
秀　红	后来颜姑爷见员外冷眼相待，便说出求亲之言，不料员外忙说从前颜柳两家许婚之事乃是一句戏言！
柳金婵	戏言？婚姻大事岂能当成儿戏，爹爹口出此言，分明是起了嫌贫爱富之心哪！

[唱]　　颜柳本是骨肉亲，

当年爱好订婚姻。

爹爹嫌贫忘根本，

难道不怕落骂名。

纵然你有悔婚意，

女儿立志不变心。

秀　红	对！员外这是有意悔婚，颜姑爷一听，连忙据理力争，员外自知情亏理虚，便才将姑爷留住下来，现在后花园书房攻读。
柳金婵	我想爹爹既已起了嫌贫爱富之心，即便让颜姑爷在我家借读，难免日久不生变故。
秀　红	依小姐之见呢？
柳金婵	依我之见么？想世态炎凉、人情如纸，与其让颜姑爷在府中遭爹爹冷眼，不如赠送些银两，让他回归故里发奋攻读。大比之年若要得中，那时就不怕爹爹赖婚了！
秀　红	小姐此计甚好，只是如何前去赠送银两呢？
柳金婵	这……待我题诗一首，烦你送去，约颜姑爷今晚三更时分在后花园相见，我一来赠银，二来有话对他言讲！
秀　红	那事不宜迟，小姐快快题诗，我来与你溶墨！

[秀红溶墨，柳金婵展纸提笔，亮相，压光暗转。

[快速换景：书房、石桌二支点。

[秀红趁机闪进书房，将诗笺放入书本之中，下。

[颜春敏神情颓唐上。

颜春敏　[唱]　老舅父欺穷戚前婚不认，

奈不过骨肉亲勉强收容。

若不是为了把母命遵奉，

恨不得收拾行囊转回家中。

[雨墨端茶上。

雨　墨　相公呀！

[念]　劝相公展愁眉，何必叹气把心灰。

常言道老竹虽枯能生笋，一切事情在人为。

劝相公莫气馁，

寄居攻读志不摧。

等到秋闱去应试，包你金榜占高魁。

到那时明珠豪光射，平地响春雷。

接回柳小姐，气死那老乌龟。

颜春敏　休得胡言！

雨　墨　下次不敢。（闹花灯音乐大作，气氛突起，雨墨欢跃）相公！外面锣鼓喧天，好热闹，相公你快来看！（拉颜春敏出书房）

[冯君衡偷溜进颜春敏书房。

冯君衡　久闻颜春敏才高八斗、学富五车，待我看看他读的些么书。（走近桌边，拿起折扇展开观看）颜春敏题！好画扇，留给大爷用。（藏入袖。翻书，见内有字条，拿出）这是一张诗笺：金藤依玉树，坚贞百不屈；元宵等君子，月下吐肺腑。金婵题。好大胆的丫头，竟敢题诗约会。大爷的机会来了！这正是，无意获诗笺，天赐好良缘。（冯君衡展看诗笺，淫笑亮相）

[闹花灯前奏与合唱欢快热烈，充满浓郁的民族风情。

[合唱]　上元佳节喜迎春，

汴梁城里闹花灯；

十里长街狮龙舞，

高跷百戏醉游人。

[舞台后墙外出现舞龙灯、高跷、旱船场面。

[雨墨兴高采烈，颜春敏兴味索然。

[压光效果。三更后，天幕现出一轮冷月，秀红携包裹，柳金婵轻上。

| 柳金婵 | [唱] | 樵楼上打罢了三更鼓尽，ㅤ柳金婵轻悄悄离了楼门。ㅤ哪顾得初春夜朔风寒冷，ㅤ一心去会表兄赠送白银。 |

[秀红将包裹交与柳金婵，示意在外厢等候，忽然冯君衡由假山后蹑足闪出。

冯君衡ㅤㅤ（轻声地）金婵，小生这厢有礼！

柳金婵ㅤㅤ原来是表兄。小妹这厢有礼！

冯君衡ㅤㅤ不客气！（用手搀柳金婵，柳金婵急闪）

柳金婵ㅤㅤ啊！你是何人？

冯君衡ㅤㅤ我是你表兄冯君衡呀！

柳金婵ㅤㅤ（大惊）冯君衡，你深夜到此何事？

冯君衡ㅤㅤ我是应约前来等候你呀！

柳金婵ㅤㅤ你休得胡言乱语，我何曾与你有约？

冯君衡ㅤㅤ表妹，你不曾相约，可是我有诗笺为证！

柳金婵ㅤㅤ（大惊）这——

冯君衡ㅤㅤ这上面不是明明写着金婵题么！

[柳金婵抢夺诗笺，冯君衡闪身避过，柳金婵滑倒。

冯君衡ㅤㅤ表妹，事已至此（亮诗笺相逼）你是有口难辩。

柳金婵ㅤㅤ你意欲何为？

冯君衡ㅤㅤ表妹，（拉住）难得今晚天赐良缘，望求表妹与我成就佳偶，了却为兄相思之苦。

柳金婵ㅤㅤ再敢放肆，我要高声喊叫！

冯君衡ㅤㅤ表妹，你喊醒人来，难道你就不怕吗？（把诗笺一扬，柳金婵害怕，冯君衡强抱柳金婵，柳金婵闪身，给冯君衡一耳光）

柳金婵ㅤㅤ纵然大事败露，我宁可玉碎，不为瓦全！

冯君衡ㅤㅤ表妹！那又何必呢？（强拉，柳金婵挣脱，欲高喊："来……"冯君衡用手捂住柳金婵的嘴，两下争斗，最后柳金婵被掐死）叫你不要喊你偏要喊。（用手一摸）啊！（惊慌）我怎么把她掐死了！哎呀，这怎么办呢？（急，计上心来：将折扇、诗笺丢在尸旁，急隐下）

秀ㅤㅤ红ㅤㅤ（轻声地）小姐！天色不早了，快回楼吧！人到哪去了？（寻找。秀红被

　　　　　　　　绊倒，见柳金婵死尸，大惊，忙高喊）哎呀！快来人呀！有贼啊！

　　　　　　　　[柳洪、柳福、柳贵、颜春敏、雨墨、冯君衡等急上。

秀　红　　　员外，小姐她……她被人害死了！

柳　洪　　　金婵，儿呀！

　　　　　　　[唱]　　一见女儿死得惨，

　　　　　　　　　　　好似乱箭把心穿。

　　　　　　　　　　　儿平日与人无仇怨，

　　　　　　　　　　　是何人害死在花园？

冯君衡　　　是呀！表妹素来深居简出，与人无仇无怨，是谁做出这种伤天害理

　　　　　　　的事？

　　　　　　　[柳福、柳贵在柳金婵身旁拾得折扇、诗笺。

柳　福　　　禀员外，在小姐身旁拾得诗笺一张。

柳　洪　　　(接过书笺) 待我看来。

　　　　　　　[念]　　金藤依玉树，坚贞百不屈。

　　　　　　　　　　　元宵等君子，月下吐肺腑。

　　　　　　　金婵题！啊，这是一首与人约会的情诗呀！

冯君衡　　　啊！情诗，莫不是这个贱人与人私……

柳　洪　　　休得胡言！

柳　贵　　　员外，这还有折扇一把。

柳　洪　　　拿来我看。颜春敏题。

冯君衡　　　什么？折扇是颜春敏的？

秀　红　　　啊，是颜姑爷的扇子？

冯君衡　　　既是颜春敏的扇子，怎会落在金婵身边？那表妹一定是颜春敏害死的。

颜春敏　　　冯兄！人命关天，你可不能含血喷人哪！

雨　墨　　　适才我与相公在长街看灯，门都有出，你莫诬陷好人！

柳　洪　　　秀红，小姐与人约会，你不会不知，快快讲来！

秀　红　　　这……

冯君衡　　　这什么？你不老实讲出来，定要将你活活打死！

柳　洪　　　快讲。小姐是不是与颜春敏私下约会？

秀　红　　　(无奈地) 正是与颜姑爷私下有约，不过——

冯君衡　　姑爹！你看这还不明白？

柳　洪　　可恼呀！

　　　　　[唱]　人证物证俱不错，

　　　　　　　　小奴才你面善心恶。

　　　　　　　　快快与我将他锁，

颜春敏　　[唱]　舅父息怒听我说。

柳　洪　　人证物证俱全，还有何言辩？

冯君衡　　有话到公堂去讲。柳福、柳贵，将颜春敏抓起来。

颜春敏　　舅父！

雨　墨　　相公！（春敏被押下，雨墨跪步追赶下）

冯君衡　　（一脚踢倒雨墨）去你妈的！

　　　　　[切光，留追光，二幕急落。

第四场　告　状

　　　　　[画外音："衙役们，颜春敏害死柳金婵，现已招供，将他打入死牢。"

雨　墨　　[唱]　老天无情灾祸降，

　　　　　　　　相公他判死罪押在牢房。

　　　　　天哪，天哪！我家相公他乃是至诚君子，怎会做出逼奸害命之事？
如今相公在公堂招了供画了押，难道我雨墨就眼睁睁看着相公去死
不成？相公啊！（边说边急想）哦！我想起来了！

　　　　　[唱]　祥符县糊涂定了案，

　　　　　　　　要想翻案难上加难。

　　　　　　　　平日常听人称赞，

　　　　　　　　南衙有位包青天。

　　　　　　　　执法森严是铁面，

　　　　　　　　断案如神不会偏。

　　　　　　　　为救相公脱灾难，

　　　　　小雨墨我只得悲切切凄惨惨，

　　　　　悲悲切切，凄凄惨惨奔往南衙求青天，

　　　　　求他报仇伸雪冤。

　　[雨墨跄踉急奔，跌倒爬起，再跌倒再爬起，扑向堂鼓，强挣扎击鼓。

雨　墨　　冤枉……（昏倒）

　　[堂鼓声后，众喝堂威"噢"，声调低沉威严，包拯内声："校尉的，升堂！"

　　[二幕开：开封府大堂，王朝、马汉、张龙、赵虎、众校尉排列整齐，包拯急上。

包　拯　　[念]　赫赫威名开封府，

　　　　　　　　专与黎民断冤屈。

包　兴　　禀大人，衙外有一孩童喊冤。

包　拯　　怎么？孩童喊冤，定有蹊跷。不要惊吓于他，带上堂来。

包　兴　　是。（出衙）这一孩童，随我上堂。

雨　墨　　是。（进衙）

包　兴　　上面就是包大人。

雨　墨　　（鼓足勇气，大声地）包大人伸冤哪！（直冲桌案，众喝堂喊"噢"，雨墨忙跪，包拯手势制止。）

包　拯　　这一孩童，你叫什么名字？小小年纪有何冤屈之事？

雨　墨　　启禀包大人，我叫雨墨，是来替我家相公颜春敏伸冤的呀！

包　拯　　既是你家相公有冤，为何他不来申诉，要你前来？

雨　墨　　包大人，我家相公被押在祥符县监牢之中，他来不了！

包　拯　　原来如此。你家相公有何冤枉，从实诉来！

雨　墨　　大人容禀！我家相公颜春敏，他本是武进县人，奉了老母之命，来到汴梁投亲。他舅舅柳洪心不正，起了嫌贫爱富的心，虽允借读暂留住，却冷眼相待骨肉亲。不料未住三天整，昨夜飞来祸临身。他表妹金婵在花园遭惨死，柳洪趁机加罪名，诬赖我家相公逼奸不成反伤人命。祥符县屈打成招判死刑，我三次喊冤狗官不过问，无奈何我来到南衙求大人，望求大人悬明镜，替我相公把冤伸。只要能救我相公的命，雨墨我替大人烧香磕头不忘恩啦！

包　拯　　哦，原来你是告那祥符县不辨是非、草菅人命。

雨　墨　　对，对，对！还有柳洪、冯君衡。

包 拯	雨墨，你讲的可是实情？
雨 墨	若有虚谎，小人甘愿领罪。
包 拯	好，老夫立即将此案调来重审，若无有冤屈，老夫定要将你治罪。
雨 墨	是。
包 拯	王朝！速去祥符县，将该案一干人等提来听审。
王 朝	遵命！（急下）
包 拯	雨墨，难得你小小年纪有如此胆量，前来替主伸冤。快快站过一旁。
雨 墨	谢包大人。（雨墨站立一旁，王朝引祥符县、柳洪、冯君衡、颜春敏上）
祥符县	叩见大人。
柳 洪 冯君衡	叩见大人。
包 拯	贵县少礼，一旁站过。一干人犯可曾带齐？
祥符县	回禀大人，俱已带到，现在案卷与凶犯物证，大人请看。
包 拯	待老夫看来。（看卷）案卷上贵县判那颜春敏乃因贫志短才起不良之意，怎见得他是因贫志短呢？
祥符县	依卑职看来，他既来投亲借读，就为了家贫，有道是"饥寒起盗心"，因此才作出逼奸害命之事。卑职如此断法，大人以为如何？
包 拯	嘿！人命关天，这样凭空判断，难免无冤。下站！颜春敏，举起双手（颜春敏跪举双手）低头！你在祥符县招供之言，可是实情？当堂讲来！
颜春敏	包大人哪！

[唱]　　大人哪！

　　　　读书人性懦弱善良为本，

　　　　来投亲借居攻读只因家贫。

　　　　实指望结良缘终身荣幸，

　　　　怎能够害表妹手下绝情？

　　　　到府中三天未满闺阁严紧，

　　　　闭书斋内外相隔人未认清。

　　　　闻花园遭惨情大梦初醒，

　　　　好似那晴天雷平地风云。

冯君衡诬陷我逼奸害命，

老舅父盛怒下信以为真。

县太爷严刑拷问，

酷刑下有口难伸。

无奈何我只得把口供招认，

包大人哪！

求大人替学生伸雪冤情。

包　拯　起过一旁。冯君衡！

冯君衡　叩见大人。

包　拯　柳金婵被人掐死，怎见得颜春敏是真凶实犯？

冯君衡　启禀大人，我的表妹死在他的书房门外，后花园除了他一人攻读，并无别人居住。不是他，那还有谁呢？

包　拯　逼奸可是你亲眼看见？

冯君衡　不是。

包　拯　如果那夜你与颜春敏同在书房安歇，你二人谁是凶手？

冯君衡　这……

包　拯　哼！你既未亲眼看见，又未当场擒获，只凭可疑，你就指奸为奸，指盗为盗，真乃大胆！

冯君衡　是是是！（转身揩汗）

包　拯　柳洪，你告颜春敏淫乱闺门，引诱金婵，有何为证？

柳　洪　吾女死后，在她身旁拾得诗笺一张、折扇一把。

包　拯　颜春敏既是淫乱就不为引诱，既是引诱你女，诗笺又是你女儿亲笔所写，何况题诗约会，必然双方情投意合。再者，若当真是颜春敏逼奸不成，掐死金婵，被害者必定要挣扎相抗，你看颜春敏身上、脸上全无伤痕，依老夫判断是，颜春敏未必是真正的凶手。祥符县，老夫命你将此案带回衙去，重审重问，限你七日将真凶实犯拿获归案！

祥符县　哎呀老大人！这桩案情七天如何破案？恕卑职庸才无能，望求大人开恩！

颜春敏　大人呀！此案一日不清，学生的冤枉就一日难明，请大人早日破案，伸雪学生之冤呀！

包　拯　这……

柳　洪　还望大人替我女儿报仇雪恨哪！

雨　墨　哎呀青天老大人呀！你限这个糊涂太爷七天破案？就是限他七月、七年，他也难以破案。有道是盖塔盖到尖，送佛送到西天，这案件还求老大人做主，我的救苦救难的包青天哪！（高跪）大人若不受理此案，我、我、我就碰死在公堂！（雨墨跃起碰柱，王朝、马汉、张龙、赵虎拦阻，托起造型）

包　拯　[唱]　　雨墨南衙把冤喊，

　　　　　　　　　小小年纪忠义全。

　　　　　　　　　祥符知县少才干，

　　　　　　　　　屈断良善瞒含冤。

　　　　　　　　　此案若再交他审断，

　　　　　　　　　只怕翻案难上难。

　　　　　　　　　罢罢罢，管管管，

　　　　　　　　　为民岂能怕劳烦。

　　　　　　　　　祥符县，回衙转，

　　　　　　　　　原告归家听通传。

　　　　　　　　　雨墨留住开封府，

　　　　　　　　　颜春敏暂押监。

　　　　　　　　　老夫七日破此案，

　　　　　　　　　到那时仇报仇来冤报冤。

[众人齐呼："谢大人！"雨墨奔向颜春敏，跪地给他整理衣发，为其揩泪。

第五场　赴　阴

[转阴曹野景，深沉凝重的乐曲声中，包拯查阅案卷，心情沉重。

包　拯　[唱]　　祥符县出了这离奇案件，

　　　　　　　　　掐死了黄花闺女柳氏金婵。

颜春敏屈打成招有口难辩，

可叹他文弱书生含冤押监。

小雨墨仕忠义来把冤喊，

我也曾调人犯重审一番。

我观那颜春敏面貌良善，

斯文的他怎敢谋命逼奸？

何况那颜春敏，千里迢迢来到汴梁投亲借读，乃望日后金榜题名、花烛洞房，他岂会因逼奸不从掐死金婵，自绝其路？纵然他色迷心窍做出此事，也不会将两样铁证失落地上，让人告发，看来他一定是冤枉！

颜春敏既不是真凶实犯，

那真凶又是谁何处隐瞒？

未必是那柳洪兽心人面，

嫌女婿家贫寒移祸嫁冤？

想那柳洪年逾半百，仅有一女，纵然嫌贫爱富，也不至于谋杀亲生女儿去嫁祸于人，不是他！不是他！

未必是柳金婵自寻短见，

恨其父悔婚约不甘瓦全？

那柳金婵若真要是羞愤而寻短见，她一来不会题诗约会颜春敏，二来她不在绣楼自尽，为何要去花园寻死呢？越猜越不对了！

未必是柳府的人欲夺家产？

冯君衡屈赖好人所为哪般？（寻思踱步）

[王朝、马汉急上，神情懊丧。

王　朝 马　汉	叩见大人！
包　拯	你等回来了！老夫命你们查访之事，怎么样了？
王　朝	小人奉命，去往茶楼酒馆、花街柳巷、赌博场中明察暗访，均未曾查出什么线索。
包　拯	怎么？都未曾查着可疑线索？（挥手，王朝、马汉下）
包　兴	（上）大人请茶。
包　拯	放在桌上。

包　兴　是，(将茶放好) 大人！此案一无情迹，二无线索，七日之内怎能破
　　　　案？(见包公不理，自语地) 哎！真凶在逃，凶手是谁？只有鬼知道，
　　　　又不能到阴曹去问问柳金婵。

包　拯　啊！包兴，你在一旁讲些什么？

包　兴　我是说案犯在逃，凶手是谁，只有去问那死鬼柳金婵，她才知道。
　　　　可惜又不能下阴曹。

包　拯　下阴曹！

　　　[唱]　　包兴一言思绪转，

　　　　　　　我正想到阴曹去走一番。

　　　　　　　寻找那柳金婵查明此案，

　　　　　　　捉拿那真凶犯与她报冤。

　　　　　　　怎奈是阴阳相隔如同梦幻，(鼓打三更)

　　　　　　　烦闷间又听得三更鼓传。

　　　[包兴无奈退下，包拯入座，翻阅案卷，少顷精神困乏，倚靠桌上。

　　　[柳金婵魂魄飘然至包拯案前，包拯惊看，下位追赶柳金婵的身影。

　　　[灯暗，包拯入梦，变阴曹野景，王朝、马汉、张龙、赵虎手执阴曹太极旗上。

包　拯　王朝！前面是什么所在？

王　朝　禀大人，前面乃是幽冥地府酆都城！

包　拯　带马，酆都城去者！

　　　[王朝带马，众拥包拯造型，下场，灯暗。

　　　[空灵虚幻的音乐声中起光，烟雾缭绕，阴森可怖。

张　洪　(内声) 鬼卒们！与爷侍候了！

　　　[张洪藏于伞中，在众鬼卒簇拥下，快速至舞台中造型亮相。

　　　[念]　　明明暗暗阴与阳，善善恶恶两分张。

　　　　　　　赫赫神光如红日，幽幽地府似天堂。

　　　只因阎君朝贺冥王，将阴曹五殿之事命俺张洪掌管，执掌生死簿，
　　　赏罚任我行。看时辰已到，阎君就要起驾，鬼卒们！与爷带马！

　　　[鬼卒与张洪带马，众鬼卒在欢闹的锣鼓音乐声中翻舞，张洪在马上怡然自得。
　　　舞蹈紧凑流畅，边舞边下，在灯光变化中隐去。

　　　[灯光转蓝色调，紫外线灯的特殊效果营造舞台氛围。

柳金婵　(内)

[唱]　　遭屈死离人间天沉地暗——（上）

片刻间阴阳变，

青纱黑帛弱身缠。

三更相约未如愿，

一纸诗笺赴黄泉。

阴司地又添我薄命金婵。

在阳间不能够随心所愿，

到阴曹诉一诉满腹含冤。

要解脱无限苦新仇旧怨，

求阎君拿淫贼替奴伸冤。

悲切切去找那森罗殿，

凄惨惨飘荡荡去闯阴关。

[柳金婵圆场身段，平闪灯渲染气氛。

众鬼卒　（内）呔！何方孤魂，竟敢擅闯森罗宝殿？（上）

柳金婵　请问二位，这是什么所在？

鬼卒甲　这乃是阴司第一殿，阎罗天子宝殿。

柳金婵　哎呀！我的冤屈可以申诉了。二位，我乃阳间冤女柳金婵，求见天子替我伸冤。

鬼卒甲　天子不在殿内，朝贺冥王帝君去了。

柳金婵　如此我就求见判爷替我做主。

鬼卒乙　判爷送天子，也未曾回殿。

柳金婵　既是天子判爷都不在殿中，烦劳二位与我挂上号簿。

鬼卒甲　记上号簿？这倒可以。（示意乙取出号簿）你叫什么名字？

柳金婵　柳金婵。

鬼卒乙　（大声地）叫什么？

柳金婵　柳金婵。（鬼卒乙记入号簿）好，记下了。

鬼卒甲　喂！我劝你不要在此久等，到二殿去诉吧。

柳金婵　二位，我有满腹冤屈要见天子申诉，再多等一时也无妨。

鬼卒乙　叫你到二殿去诉不是一样，哪里又诉不了你的苦呢？

柳金婵　倘若二殿天子也不在呢？

鬼卒乙	你才死心眼吧！二殿不在还有三殿、四殿、五殿，衙门多得很，难道非要在这里申诉不成？快走！（发现柳金婵还未离去，就大声地呵斥）快走！（二鬼卒面目狰狞下）
柳金婵	（被惊吓哭泣）喂呀！

[唱]　阴阳二地俱一样，

　　　　哪管他人有冤枉。

　　　　无奈何我只得二殿往，

　　　　一心伸冤诉衷肠……（圆场）

[柳金婵孤魂飘荡，边寻找边喊冤枉，至舞台中转身面向天幕，慢步走上平台，在灯光中隐去。

第六场　换　簿

[森罗宝殿，在吹打的乐曲声中，张洪在众鬼卒率引下进入五殿落座。

[悬挂着和落地的鬼头灯闪闪发亮。

张　洪	[念]　送别天子回五殿，大小鬼卒来站班。
	生死大权我掌管，阎君不在由判官。
	送别天子回来，只觉身体有些劳倦。小鬼，快与判爷准备美酒，我要痛饮一番！
小　鬼	喳！
张　洪	你快些取来！
小　鬼	喳！
张　洪	你快与爷（身段，小鬼矮子步快下）取酒来！（坐椅亮相）
柳金婵	（内喊）冤枉！
张　洪	啊！何方孤魂，敢来五殿喊冤？鬼卒们，抓上殿来！
众鬼卒	喳！（急下抓柳金婵进殿，跪）
柳金婵	叩见阎君天子。
张　洪	嗯……嗳！咱不是阎君，咱是掌案的判官。

柳金婵	冤女与判爷叩头。
张　洪	嗯，好好好！掌起面来！（众鬼卒上前造型同看）咦！呔！哪里孤魂女鬼来到五殿喊冤，难道你不知森罗宝殿的厉害吗？
柳金婵	冤女冒死前来喊冤告状，求判爷做主。
张　洪	怎么讲？
柳金婵	判爷慈悲与我做主！
张　洪	哈哈哈！你来得好！今日森罗宝殿与往日不同。
柳金婵	怎见得？
张　洪	今日阎君天子不在殿上，乃是判官掌管。咱赏罚严明，你若诉得情通理正，判爷与你做主，那时节，你有冤的伸冤，有仇的报仇。
柳金婵	全凭判爷公断！
张　洪	好，如此咱就升殿理事！鬼卒们，与爷击鼓，与爷站班，升殿！（众鬼卒、牛头马面分立两厢，整齐排列，张洪入座，大鬼记录，小鬼端酒侍立于侧）呔！你将冤屈之事一一诉来，鬼卒，将她口诉记录在簿。
柳金婵	判爷容禀！ 〔唱〕　**冤女诉苦在森罗殿——**
张　洪	呔！这森罗殿非比别的所在，有何冤屈，你快快诉来！
柳金婵	〔唱〕　**都只为在阳间花园内遭暗算，** 　　　　**因此我命丧黄泉。** 　　　　**奴名叫柳氏金婵！**
张　洪	柳金婵！她叫柳金婵，（对大鬼）记下来。你家住在何处？因何遭人暗害？快快讲来。
柳金婵	〔唱〕　**奴家住在汴梁城祥符县。**
张　洪	你的父亲呢？
柳金婵	〔唱〕　**父名柳洪曾为官。**
张　洪	可有母亲？
柳金婵	〔唱〕　**生母袁氏把命断。**
张　洪	如此说来，你是宦门中还未出阁的千金小姐？
柳金婵	〔唱〕　**幼年许婚未把婚完。**
张　洪	未婚丈夫他叫何名？

柳金婵	[唱] 许配表兄颜春敏。
张　洪	既是姑表开亲，怎的还未完婚？
柳金婵	爹爹嫌贫赖婚，因此冤女遭害！
张　洪	听你之言，可是你父亲将你逼死？
柳金婵	不是的。
张　洪	哎，不是的。(对大鬼) 慢点写！哦！那一定是你表兄将你害死的？
柳金婵	也不是。
张　洪	也不是？嘿嘿！这倒是有些蹊跷，判爷今天要问个清楚。柳金婵，你要与我诉个明白。鬼卒！判爷的酒兴发了，快与爷看酒，看酒！往下讲！(小鬼斟酒，张洪豪饮)
柳金婵	[唱] 借居攻读把亲攀，
	可恨爹爹怀偏见，
	冷眼相待实难安。
	冯氏晚娘心艰险，
	宠爱内侄生祸端。
	引狼入室夺家产，(张洪停杯，注视柳金婵)
	屡次对奴苦纠缠。
	嫉妒颜生盗折扇，
	题诗约会种下冤。
	冯君衡贼子起邪念……
张　洪	冯君衡？柳金婵，那冯君衡作何生涯？
柳金婵	他是一个假借读书的浪荡之徒！
张　洪	他……多大的年纪？(下位)
柳金婵	二十余岁。
张　洪	他住在何处？
柳金婵	双塔寺浮屠巷！
张　洪	喳！……是他，是冯君衡！
柳金婵	正是冯君衡贼子！
张　洪	柳金婵！那冯君衡他是怎样起邪念，你要与我讲、讲、讲！(上位)
柳金婵	判爷啊！

[唱]　　他暗藏花园欲行奸。

　　　　金婵不从高声喊，

　　　　他掐……

张　洪　(突然大声)住口！(对小鬼)小鬼，咱的酒不用了，(对大鬼)你也不要写了，(夺过簿子)你们退下，退下！(众鬼卒被驱赶下，转笑脸)金婵，你慢讲，你慢慢讲。

柳金婵　[唱]　　他掐死奴家气绝喉咽。

　　　　移祸我表兄颜春敏，

　　　　屈打成招囚在监。

　　　　阳世赃官难雪冤，

　　　　啊！判爷呀！

　　　　求判爷拿淫贼替我伸冤。

张　洪　喳喳喳，哇呀！

[唱]　　听罢冤情心烦乱，

　　　　君衡做事罪滔天。

柳金婵，你的冤屈在前四殿可曾诉过？

柳金婵　未曾诉过。

张　洪　今后再不必向别殿申诉，自有判爷替你做主。

柳金婵　(感激地)多谢判爷！

张　洪　你且起来，在殿外侍候。

[张洪边安抚边送柳金婵下，急转身回殿内。

张　洪　冯君衡啊，小奴才！你在阳间不务正道、胡作非为，如今柳金婵告你逼奸害命，你是真该死！(怒从中来，气坐椅上)

[油流鬼提灯油壶上，正欲进殿，听见判官发怒，急止步。

张　洪　咳！你这小鬼真是该死！

[油流鬼被吓得匍匐在地，继而偷听。

张　洪　柳金婵哪柳金婵，你迟不来，早不来，恰巧今日告在我判爷的案下。想这森罗宝殿，公正无私，善恶分明，你叫我怎能不管，焉能不为！冯君衡呀小奴才，这是你自作自受，为舅我顾不了舅甥之情！(油流鬼听见，伸出大拇指。张洪转身从案上拿起生死簿和朱笔，油流鬼随张洪背后快

步进殿，观看张洪判案。张洪举起朱笔，转而犹豫）哎！我身为堂堂五殿判官，难道就眼睁睁将自己的外甥提到阴曹，拘至地府么？我不能如此绝情，我不能这样狠心，我不能……

[起情绪音乐，张洪在殿内思虑踱步，油流鬼矮子步尾随其后。

[张洪出殿查看两厢，见无动静，忙回殿内将簿录撕下一篇，扔于台前方。油流鬼在案下看得清楚，见张洪改写忙从案下溜到椅后，倒挂在灯链上偷看。

| 张　洪 | （执笔）这叫我写上哪一个呢？有了，待我改为颜春敏！（上位） |

[油流鬼由桌下钻出，偷偷拾起张洪撕下的一页偷看。

[张洪发现地上纸团不见，急寻，油流鬼扔出纸团，张洪忙拾起藏于背后，神情镇定，急转身案后，将纸搓成纸捻，钉簿。

| 张　洪 | 颜春敏逼奸掐死柳金婵。哈哈——以此偷天换日之计，冯君衡，儿就可以逍遥法外了。 |

[油流鬼蹑步拾起油壶，跨步出门，张洪觉有动静，回身发现油流鬼出门，急喊。

张　洪	回来！
油流鬼	侍候判爷！
张　洪	你前来做甚？（威逼地）
油流鬼	嗯……我是来添油的。
张　洪	啊！油流鬼，你来了多久？
油流鬼	判爷，我刚才前来，功夫不大。
张　洪	既然刚才前来，为何又要转去？（厉声地）
油流鬼	我见判爷在这里料理公文案卷，小鬼不敢打扰，故此来而复转。
张　洪	啊！如此看来，你倒是个聪明的小鬼！
油流鬼	判爷夸奖了。
张　洪	好，你去吧！
油流鬼	是（欲走）
张　洪	转来！
油流鬼	判爷何事？
张　洪	油流鬼，方才你判爷在殿上料理案卷之事，你可曾看见？（试探）
油流鬼	判爷，你是判爷，我是小鬼，你的事情我怎么能看得见呢？没有看见，没有看见！
张　洪	啊哈哈哈！（有恃无恐）看见也罢，没看见也罢，我看你倒还伶俐，判

爷我要提拔提拔你！

油流鬼　　多谢判爷。不知怎样提拔小鬼？

张　洪　　有一女鬼名叫柳金婵，我命你看管于她，这个差事，你可愿办？

油流鬼　　上命差遣，小鬼焉敢不遵？

张　洪　　好！你把这件事办好了，日后有机会，判爷定要提拔你。正是：上命下从要遵奉。

油流鬼　　顺使船，待机行！（随判身后，至下场门，放下油壶，急转身回殿内，翻看生死簿）

张　洪　　（内喊）油流鬼！

油流鬼　　哎，来了，来了！（放簿案上矮子步急下）

第七场　查　殿

　　[景同第五场，秦广辉在乐曲声中上场。

秦广辉　　[念]　朝罢冥王回五殿，赫赫森罗执法严。

大鬼卒　　（上）启奏阁君，今有阳世的包大人有帖呈拜。

秦广辉　　呈上来。大宋龙图阁大学士兼理开封府尹包拯。包拯来到阴曹见孤必有所为。

张　洪　　阁君，那包拯乃是阳世的官员，不见也罢。

秦广辉　　念他为国为民，忠心耿耿，孤就与他一见。来，说孤有请！

大鬼卒　　是。有请包大人！

　　[急切的乐曲中，王朝、马汉、张龙、赵虎、包拯上。

包　公　　[唱]　适才查过前四殿，

　　　　　　　　查不着冤鬼柳金婵。

　　　　　　　　再到五殿来查看，

　　[众挖场进殿，包拯看秦广辉气度不凡。

　　　　　　　　端端正正好威严。

　　　　　大宋包拯，不揣冒昧，来到森罗拜望，阁君海涵。

秦广辉	岂敢，包大人请坐！
包　拯	阎君请坐。
秦广辉	请问包大人，来到阴曹有何贵干？
包　拯	只因祥符县错断颜春敏掐死柳金婵一案，为验明此案，故而来到阴曹查勘。
秦广辉	包大人前几殿可曾查过？
包　拯	前四殿也曾查过，簿上有名，不见其魂。
秦广辉	谅她难过五殿。张洪，可有此案？
张　洪	嗯，有的。包大人，此案可是正月十五？
包　拯	不错，正是元宵之夜。
张　洪	柳金婵也曾来过五殿诉冤。
秦广辉	柳金婵是怎样而死？
张　洪	俱已记在簿上。
包　拯	(惊喜) 请借簿一观！
秦广辉	速速取来！
张　洪	(取簿) 大人请看。
包　拯	(看) 冤女柳金婵，控告表兄颜春敏，逼奸害命，掐死金婵，冤女魂归地府，求阎君拘拿凶手，为冤女伸冤报仇！哎呀！ 〔唱〕　**实指望下阴曹皂白可见，** 　　　　　**观供状反使我难解疑团。**
秦广辉	包大人，今见柳金婵亲口供词，案情已明，也不枉包大人下阴曹跋涉一番。
包　拯	包某还有些不解之处，请阎君将柳金婵带至五殿，包某要亲自一问。
秦广辉	好，张洪，带柳金婵。
张　洪	嗯，启奏阎君，那柳金婵魂飞魄散，化为乌有了！
包　拯	怎么？柳金婵魂飞魄散了？阎君，莫非其中另有隐情？
张　洪	啊！包大人，你此话何意？
包　拯	冤案未结，她大仇未报，那柳金婵岂能魂飞魄散？
秦广辉	张洪，可是你亲自审问？
张　洪	正是小官亲自审问。

秦广辉　　嗯，包大人，我阎罗殿处正无私，张洪掌案多年，执法严明，大人不必多疑。

包　拯　　阎君哪！

　　　　　[唱]　说什么柳金婵魂飞魄散，

　　　　　　　　执掌着生死权当昭雪沉冤。

　　　　　　　　有供词无金婵难以完案，

　　　　　　　　这公案有冤屈人命关天。

　　　　　　　　下阴曹为的是皂白察辨，

　　　　　　　　观供状反叫我难解疑团。

　　　　　　　　望阎君将此事追根查办，

　　　　　　　　方不愧执法严秦镜高悬。

秦广辉　　[唱]　包大人休得要疑信参半，

　　　　　　　　阳世的官怎知我地府阴间。

　　　　　　　　通关节徇私情谅他们不敢，

　　　　　　　　秦广辉掌森罗处正无偏。

包　拯　　[唱]　休怪包拯语冒犯，

　　　　　　　　你纵然执法严手难遮天。

　　　　　　　　说什么阴阳相隔你是巧言辩，

　　　　　　　　草菅人命头上有天。

　　　　　　　　祥符县错断了冤情案，

　　　　　　　　包拯岂能够袖手观。

　　　　　　　　挖树寻根到五殿，

　　　　　　　　又谁知寻不着冤鬼柳金婵。

　　　　　　　　你道她魂飞魄已散，

　　　　　　　　有什么证据你一派空谈。

秦广辉　　可恼！

　　　　　[唱]　人称你包青天我也是铁面，

　　　　　　　　生死簿请大人再查一番。

　　　　　[张洪指簿。

张　洪　　这就是口供！

94

秦广辉	这就是凭证！
张　洪	难道有假？
秦广辉	难道有私？
包　拯	哼！不见金婵，俺包拯绝不轻信！
秦广辉	啊！你出此言，我阴曹有什么舞弊不成？
包　拯	阎君！
	［唱］　无对证皂白难辨，
张　洪	［唱］　魂魄消散难复原。
包　拯	［唱］　俺包拯要四处查勘，
秦广辉	［唱］　秦广辉绝不阻拦。
包　拯	［唱］　有金婵——
秦广辉	［唱］　我愿让五殿，
包　拯	［唱］　有私弊——
秦广辉	［唱］　你法不容宽。
张　洪	［唱］　大人此去空往返，
包　拯	［唱］　为民何惧千险万难！
	告辞！（张洪暗示阎君）
秦广辉	且慢！包大人，你要是查不出柳金婵又待如何？
包　拯	这……查不出柳金婵，俺情愿五殿领罪。
秦广辉	如此你我打赌击掌！
包　拯	包拯不恭了！
	［三击掌，气氛紧张。
秦广辉	送客！
	［秦广辉、张洪拂袖急下。
包　拯	王朝马汉随老夫一殿一殿仔细查勘！
	［王朝、马汉齐声"喳"，亮相，暗转。张洪留在暗处。
张　洪	嗯……想柳金婵一案，包拯要亲自查勘，若查出真相被阎君知道，岂不要怪罪于我？……有了，我且让油流鬼将柳金婵押入阴山绝谷之中，让她永世不得超生。正是：任你纵有千般计，管叫你竹篮打水一场空。

第八场　探　山

[阴山景，灯光阴沉，凄云惨雾，阴寒逼人，包拯率众探山，音乐激越，具有强烈的流动感。

包　拯　[唱]　扶大宋锦华夷赤心肝胆，

[王朝、马汉、张龙、赵虎引包拯撩袍疾步上，众簇拥亮相。

坐开封理民案伸张正义。

惩治污吏与贪官，

无一日心不愁烦。

都只为柳金婵屈死可惨，

连累了颜春敏年幼儿郎，

俺包拯到阴曹地府亲自查看。

遇见的小鬼卒、大鬼判，

寻不着屈死的冤魂又到五殿。

一字字一篇篇生死簿上，

才寻那柳氏金婵。

那阎君道金婵魂飞魄散，

这番话他本是虚无之言。

察神色怎瞒我无私铁面，

带王朝和马汉巡查一番。（众搜寻）

我也曾为黎民案情判断，

今日里为颜生下阴曹游五殿，

一殿一殿查不明心怎安然。

柳金婵入地府怎能魂飞魄散，

俺包拯哪怕闯虎穴龙潭。

为金婵阴曹地府俱已查遍，（一阵阴风）

只见那黑巍巍一座高山。

阴雾迷蒙阴火闪，

阴风凄凉透骨寒。

进退难决且回转，

　　　　莫非内有巧机关？

　　　　包拯放开破天胆，

　　　　不见金婵誓不还。

　　　　叫王朝和马汉忙往前赶——（疾行）

　[油流鬼内喊："嘟，何方鬼魂，竟敢擅闯阴山？"翻上。

包　拯　哦！

　[唱]　山崖前一小鬼将我阻拦。

　　　　何处小鬼，胆敢挡住老夫去路？

油流鬼　我乃油流鬼。

包　拯　何谓油流鬼？

油流鬼　阎罗天子殿前的灯油都归我添，故而叫油流鬼。

包　拯　哦，油流鬼，这是什么所在？

油流鬼　此乃阴山！

包　拯　何谓阴山？

油流鬼　凡是永不超生的鬼魂，都打在阴山背后受罪。

包　拯　你既是添油的小鬼，来此做甚？

油流鬼　判爷调换了差事，命我在此看守孤魂野鬼。

包　拯　哦。你在此看守孤魂野鬼，但不知里面有冤魂无有？

油流鬼　（脱口而出）哪会没有哦！（觉失言）你是何人？问这些做什么？

包　拯　老夫乃是阳间大宋天子驾前龙图阁大学士，开封府尹包拯。

油流鬼　哦！（惊奇、敬仰地）原来是阳间包青天到了，小鬼不知，大人恕罪！
　　　　（倒立行礼）

包　拯　不知者不怪罪，起来讲话。油流鬼，你适才言道阴间也有冤枉屈赖，
　　　　未必说这阴司地府的官员也像阳世的官一样，糊涂断案屈赖好人不成？

油流鬼　大人！有道是瞒上瞒下，虽有阴阳之分，其实这阴间的官员还不是
　　　　贪赃枉法、徇私舞弊！

包　拯　噢！阴司的官员贪赃枉法徇私舞弊，难道阎罗天子就不管么？

油流鬼　阎罗天子哪能事事知晓，样样管到！（油流鬼伸出大拇指）噢大人，你
　　　　老人家来到阴曹，有什么公干呀！

包　拯　只因有一桩命案，冤屈好人在内，凶手又无从查访，特下到阴曹，
　　　　查访冤魂来了。

油流鬼　既是查访冤魂，就该到阎罗天子那厢去查呀！

包　拯　　适才查过五殿，只见其名，不见其魂。

油流鬼　　但不知你查的是哪一个冤魂？

包　拯　　她名叫柳金婵！

油流鬼　　(惊喜，脱口而出) 大人，小鬼看守的正是柳金婵！

包　拯　　你在怎讲？

油流鬼　　小鬼看守的正是柳金婵！

包　拯　　好哇！

　　　　　[唱] 听一言来愁眉展，

　　　　　　　柳金婵果然押在阴山。

　　　　　　　秦广辉他对我虚言谎骗，

　　　　　　　早猜透内中有瓜葛牵连。

　　　　　　　快带出柳金婵与老夫见面……

油流鬼　　包大人，恐怕判爷降罪，小鬼吃罪不起！

包　拯　　[接唱] 塌天大祸老夫承担。

油流鬼　　大人，柳金婵被判爷的阴锁锁住，如何得开？

包　拯　　用老夫的阴阳宝剑，将阴锁劈开！

　　　　　[油流鬼接过宝剑，跃上高台，举剑劈下，阴锁炸开，两山裂开，现出被锁住的柳金婵。

油流鬼　　柳金婵，今有包大人为你的案子查到了阴山，还不快快上前伸冤！

　　　　　(从高台翻下)

柳金婵　　(惊喜转身) 包大人！伸冤啦！

　　　　　[柳金婵急切地由平台上冲下，跪在包公面前。

　　　　　[唱] 柳金婵在阴山把冤情告禀，

　　　　　　　屈死鬼未开言泣不成声。

包　拯　　[唱] 休啼哭莫悲泪你把冤情诉禀，

　　　　　　　你家住哪州哪府你叫何名？

柳金婵　　[唱] 家住在汴梁城柳氏小姓，

　　　　　　　柳金婵就是奴的名。

包　拯　　[唱] 是何人谋害你身遭不幸？

柳金婵　　[唱] 冯君衡盗诗笺花园相会，

　　　　　　　顿起淫心掐死奴一命归阴。

包　拯　　[唱] 阴司地在何处把冤情诉禀？

柳金婵	[唱]	五殿上向判爷申诉冤情。
		他应允捉拿淫贼将他严惩，
		万不料他改判词立罪证，
		徇私枉法救他外甥，
		反将我压在阴山永不超生。
		想不到青天来到阴曹府，
		善恶昭彰两分明。
		捉拿淫贼将他惩，
		搭救我表兄出监门。
包　拯	[唱]	听罢金婵诉冤情，
		真凶就是那冯君衡。
		只说阴司悬秦镜，
		奸判枉法徇私情。
		金婵但把宽心放，
		包龙图我为你把冤伸。

油流鬼！带路五殿！

[众簇拥包拯亮相。

第九场　铡　判

张　洪		包拯去查勘，叫人心不安。(遥望包拯等来殿，溜下)
		[王朝、马汉、张龙、赵虎上。
包　拯	[唱]	油流鬼他对我讲一遍，
		张洪做事胆包天。
		来到五殿把理辩，

[在急切的音乐中时空转换，堂鼓声催，灯光骤亮，众鬼卒排列整齐，秦广辉、张洪快步上场。

秦广辉		何人击鼓？
大鬼卒		禀阎君，乃是阳间包拯！

99

秦广辉　　传包拯上殿！

大鬼卒　　包拯上殿！

包　拯　　（进殿）阎君！

　　　　　〔唱〕回五殿有要事与阎君相谈。

秦广辉　　包大人！

　　　　　〔唱〕去查那柳金婵可遂心愿，

包　拯　　〔唱〕查不清这冤案岂肯回还？

张　洪　　〔唱〕真口供记簿上是铁板证见，

包　拯　　〔唱〕休提那生死簿如废纸残篇。

秦广辉　　〔唱〕说此话你把我阴司小看，

包　拯　　〔唱〕今日里我要将此案推翻。

张　洪　　〔唱〕俺阎君掌森罗用不着你管，

包　拯　　〔唱〕宋王爷他封我阴阳二官。

秦广辉　　〔唱〕一无私二无弊何须你判断，

包　拯　　〔唱〕霎时间管叫你哑口无言。

　　　　　　　　叫人来将柳金婵带到五殿……

王　朝　　柳金婵上殿！

柳金婵　　（上）阎君伸冤！（进殿跪拜）

秦广辉　　你是何鬼？

包　拯　　〔唱〕她就是魂飞魄散的柳氏金婵。

秦广辉　　柳金婵，你不必害怕，从实诉来。

柳金婵　　〔唱〕状告那冯君衡贼子奸险，

　　　　　　　　为逼奸奴不从掐死金婵。

　　　　　　　　嫁祸表兄颜春敏，

　　　　　　　　判爷他用花言将我哄瞒。

　　　　　　　　顾亲眷不与奴报仇雪冤，

　　　　　　　　反将我押阴山受尽熬煎。

　　　　　　　　多亏了包大人查明此案，

　　　　　　　　求阎君拿淫贼替我伸冤。

秦广辉　　呀！

[唱]　柳金婵在殿前诉说一遍，

　　　　不由我秦广辉满面羞惭。

　　　　下得位来把礼见，（秦广辉向包拯打躬赔罪，包拯急扶）

　　　　打赌之事请包涵。

包　拯　阎君！

[唱]　　下阴曹为的是皂白查辨，

　　　　幸喜得到今日是非了然。

　　　　这判官徇私情口供改换，

张　洪　包大人，你不要信口雌黄！有何为证？

包　拯　怎么，你要见证？

张　洪　要见证！

包　拯　要质对？

张　洪　要质对！

包　拯　好！

[唱]　　叫王朝带油流鬼质对一番。

张　洪　（大惊）啊！

王　朝　油流鬼上殿！

油流鬼　来也！（快上）

　　　　[张洪暗使眼色，油流鬼点头。

　　　　[油流鬼与秦广辉叩头。

秦广辉　油流鬼，判官张洪撕毁生死簿，可是你亲眼所见？

油流鬼　是我亲眼所见！

秦广辉　在什么地方？

油流鬼　森罗宝殿。

秦广辉　什么日期？

油流鬼　正月十五！

秦广辉　学来孤看！（油流鬼学张洪撕簿改簿之动作）

张　洪　（气急败坏，踢油流鬼一脚）好小鬼！

秦广辉　张洪大胆！

[唱]　　到今天才知道你是奸判，

| 柳金婵 | [唱] | 求阎君要与我伸雪含冤。 |
| 包　拯 | [唱] | 叫王朝将生死簿仔细查看， |

[王朝取簿，抽出纸捻，呈上。张洪抢去欲毁，油流鬼夺过交与包拯。

　　　　　奸判做事罪滔天。

　　　　　借职权庇凶犯，

　　　　　害良善瞒屈冤。

　　　　　真相查明不重办，

　　　　　阴司威严一扫完。

　　　　　请借阎君森罗殿，

　　　　　俺包拯在阴曹要铡判官。

[王朝、马汉、张龙、赵虎站中场两边，众鬼卒移场旁边。

| 秦广辉 | [唱] | 升罗殿请大人按律判断！ |

升殿！黑白无常！速将冯君衡捉来阴司受审！

[黑白无常下。

| 包　拯 | [唱] | 包文拯坐森罗神鬼胆寒。 |
| | | 叫王朝将张洪打上铡案， |

秦广辉　来呀！将张洪冠戴摘掉！（王朝摘帽，阎君接过）油流鬼，孤升你为判官！

油流鬼　多谢阎君！

　　　　[唱]　想不到我油流鬼做了判官。

[张洪抢夺官帽，油流鬼踹张洪屁股，跳坐上椅子亮相。黑白无常抓冯君衡上。

黑无常
白无常　冯君衡拿到！

包　拯　好！且听老夫判断，柳金婵含冤惨死，立即送回阳间与颜春敏完婚。冯君衡逼奸害命屈赖好人，投入油锅。判官张洪执法徇私，败坏阴司，腰铡两段。来呀！将张洪搭上铡口，开铡！

[校尉将张洪上铡，鬼卒举冯君衡投入油锅。

[众拜谢包拯。

[幕徐落。

　　　　　　　　　　　　　　　　　　　　剧终

三拜堂

编剧：黄振

剧情简介

　　喻老四约张二妹去看会，因畏人言，不敢公开同游。好友溜老三热情相助，架独轮车相送，一路欢笑，同赴盂兰会。张母欲成全两个年轻人，邀来姐妹准备花烛喜堂。不料王老六不依，坚持说族长已将张二妹许给了他。溜老三劝说喻老四和张二妹走为上策，离开这是非地。二人一路奔逃，遇到热心快肠的五老爷夫妇。当他们准备再次拜堂时，被突然出现的两个差人锁住拿下。在溜老三的帮助下，喻老四和张二妹打赢了官司，有情人终成眷属。

人　物

溜老三	张二妹	喻老四	五老爷	五　嫂	张　母
德　安	张大爷	二　赖	县　官	王老六	地　保
男　禁	女　禁	打　手	衙　役	农　民	

第一场　推车赶会

[张二妹上。

张二妹　　[唱]　二妹暗把四哥想，

　　　　　　　　　我爱他人好手也强。

　　　　　　　　　春天帮我把活做，

　　　　　　　　　相亲相爱情意长。

　　　　　　　　　只说与哥永相爱，

　　　　　　　　　凭空掉下一把钢刀来。

　　　　　　　　　钢刀切藕丝不断，

　　　　　　　　　砍断的杨柳也能栽。

　　　　　　　　　众人不该见识浅，

　　　　　　　　　热火头上把油添。

　　　　　　　　　我若不是闺阁女，

　　　　　　　　　坐在门前要骂几天！

　　　　　　　　　妈去赶会了香愿，

　　　　　　　　　二妹心中暗喜欢。

　　　　　　　　　四哥若是聪明人，

　　　　　　　　　就该接我去看"盂兰"。

　　　　　　　　　走出门来偷眼望，

　　　　　　　　　看会的人儿走成行。

　　　　　　　　　看那人好像我的四哥样，

　　　　　　　　　不是四哥是鬼小张。

　　　　　　　　　未必四哥忘记了我？

　　　　　　　　　未必有事丢不开？

　　　　　　　　　四哥纵有天大的事，

　　　　　　　　　人不能来也该带信来！

　　　　　　　　　我本当托人把信带，

　　　　　　　　　含羞带愧口难开。

[喻老四上。

喻老四　　[唱]　圻州城唱会戏酬神许愿，

　　　　　　　　　有高跷和故事挂榜扬幡。

　　　　　　　　　一心想接二妹去把会看，

　　　　　　　　　湾子大人又多不好进湾。

　　　　　　　　　明地里接干妈暗把妹看，

　　　　　　　　　我既是走亲戚又怕谁谈。

　　　　　　　　　到门前不由得腿子发软，（进门）

　　　　　二妹！

张二妹　　[唱]　鬼四哥害得我等你半天。

　　　　　（俏皮地）四哥，今天是么风把你吹来的呢？

喻老四　　我特地来接干妈去看会哩！（假意地向内喊）干妈，干妈，干妈哪里
　　　　　去了？

张二妹　　姨妈早接走了，要是指望你呀，那不站酸了人家的腿！

喻老四　　干妈真的不在家？

张二妹　　哪个还哄你。（喻老四松了一口气。张二妹故意地）四哥，你来接我妈，
　　　　　她又不在屋里，那该么样办呢？

喻老四　　不在家怕好了！

张二妹　　道士打引魂幡——绕鬼哟。（试探地）四哥，你刚才说接我妈去看会，
　　　　　那是么会呀？

喻老四　　盂兰会。

张二妹　　盂兰会，有没有好看的呀？

喻老四　　多得很。你听咧：有高跷，有故事，有大戏、花鼓戏，还有皮影子
　　　　　戏；有穿红的，穿绿的，还有穿酱色的，几热闹啊！

张二妹　　真热闹！唉！想去看会又没得个落脚的地方。

喻老四　　看啰，我不是来接你的吗！

张二妹　　唔，烤狠了的锅巴有煳气。

喻老四　　是真心来接你呀。

张二妹　　哼！要是真接我，进门不就接了。我晓得，人家是来接干妈的，还
　　　　　不把我们这些人放在心上……

喻老四	这简直是天晓得——我不说干妈，么样好进来咧？这不过是个护身符。
张二妹	哎耶，就是你一个人聪明。(笑)
喻老四	再该要去吧？
张二妹	人家接得这样虔心，还能够不去？
喻老四	那就准备走咧。
张二妹	哎呀，四哥，我心里有点怕。
喻老四	不怕，走出湾子就好了。
张二妹	你不晓得湾里的嘴巴几厉害哟。
喻老四	找个人跟我们一路走。
张二妹	不，有人一路，那怎么好意思哩？
喻老四	找知己的人哟！
张二妹	哪个呢？
喻老四	溜老三。
张二妹	溜三哥，好，他顶喜欢我。
喻老四	他是我的好朋友。三哥的车子推得好，请他推车子来接你。
张二妹	哎哟！只要他跟我们一路走，哪个还想坐车哟。
喻老四	上门的客，哪能轻慢。我就去。
张二妹	四哥，我打几个鸡蛋你吃了再走。
喻老四	不，我昨天吃了饭的。
张二妹	那不饿呀？
喻老四	这要紧的事，还有空吃饭？
张二妹	你叫三哥快点嘞。
喻老四	你打扮一下啰。
张二妹	这还要你说。(笑下)
喻老四	走！

　　　[唱]　悄悄走出张家湾，

　　　　　　去找朋友溜老三。

　　　　　　过了小桥转个弯，

　　　　　　青天白日把门关。

[溜老三上。

溜老三	是哪个拍门哪？莫把两块板子跟我拍垮了嘞！
喻老四	青天白日把个门关倒，开门啰。
溜老三	呵，是喻老四，（故意地）冇得人在屋里呀。
喻老四	冇得人哪来的嘴巴说话咧？
溜老三	人去看会去了，留个嘴巴照门。
喻老四	有嘴必有人。
溜老三	好聪明，晓得有嘴必有人，那不要拿个人来开门？开门就吓掉你的魂！呃！是四老喻呀！
喻老四	是喻老四。
溜老三	那就到外头嘞。
喻老四	到屋里。
溜老三	你晓得到屋里嘛——还站在外面比长短。
喻老四	这不就进来了。（进门）三哥，来见过礼嘞。
溜老三	莫糟蹋了礼，我屋里冇喂菩萨。
喻老四	哎，以礼为敬吵。
溜老三	实在要见，那就来啊。
喻老四	一见——
溜老三	——大吉，
喻老四	东成——
溜老三	——西就，
喻老四	南通——
溜老三	——北达，
喻老四	请坐，
溜老三	喝茶！
喻老四	拿得来！
溜老三	我还没有挑水。
喻老四	你还是老脾气！
溜老三	你坐倒，我不陪你。（欲走）
喻老四	你往哪里去呀？

溜老三	我还有点瞌睡没睡完。
喻老四	(拉住) 来哟，不陪客，跑去睡瞌睡，那还像话？
溜老三	我去倒茶。(笑，端茶) 喻老四，听说城里出会，到底是么会呀？
喻老四	盂兰会。
溜老三	盂兰会——那该热闹吧？
喻老四	热闹得很！有高跷，有故事，有大戏，花鼓戏，还有皮影子戏……
溜老三	哎呀！我就是喜欢看戏。
喻老四	我就是来接你的哩。
溜老三	真的呀？
喻老四	哪个还说得玩？
溜老三	嘻嘻，老四，够朋友！你等一下我就来。
喻老四	做么事呀？
溜老三	看会么，要换件好衣服哟。
喻老四	莫忙，三哥，我还有事请你帮个忙。
溜老三	只要我做得到的，你尽管说。
喻老四	我想请你推车子。
溜老三	推车？那是我的行里货，推么事？
喻老四	推……(伸两个指头，比作二妹) 推这个，推这个。
溜老三	这个是么东西？
喻老四	你去猜。
溜老三	推甘蔗？
喻老四	不是。
溜老三	推棺材板子！
喻老四	莫瞎说啰。
溜老三	到底推么事吵？
喻老四	推人，推人。
溜老三	要不是朋友，我还跟你一脸的笑呢——你这大个人，还要我推你去看会……
喻老四	不是的，(小声地) 推二妹。
溜老三	(故意地) 哪个二妹呀？

喻老四	河那边张大妈的姑娘——二妹。
溜老三	你把她推到哪里去？
喻老四	推到我家里去。
溜老三	那怕不行吧！你把她推走了，明朝我推牛栏粪，打她门前过，叫哪个倒茶我喝？
喻老四	看了会，要回来的。
溜老三	你接二妹赶会，未必就不怕？
喻老四	就是有点怕，才来搬你这个老苑子吵。
溜老三	那也就不假，有我溜老三在一路嘛，哪一个也不敢瞎猜。
喻老四	是的吵！二妹从小就是你抱大的。
溜老三	哎呀！冇抱过你？记得吧，你跟人家当放牛伢，把得小伢们打了，还是我用胁下把你挟回来的啵！
喻老四	既是这样，就更应该去。
溜老三	我又冇说不去嘞，是走大路还是走小路呀？
喻老四	走小路。
溜老三	大路热闹些。
喻老四	小路避嫌些。
溜老三	走小路经过哪些地方？
喻老四	经过道人桥、糍粑岗、黄土坡……
溜老三	要走糍粑岗？那不有糍粑吃？
喻老四	你吃多少，都算我的。
溜老三	那我吃得多嘞。
喻老四	吃几多？
溜老三	年轻的时候要吃二十坨！
喻老四	现在呢？
溜老三	现在再吃不得了，只吃得四十坨。
喻老四	那还吃多了嘞。
溜老三	吃得不多，还有劲推车？（喻老四欲走）来哟，你跟二妹斗好头没有？
喻老四	那还要问？人家在屋里等你。（又走）
溜老三	喻老四，你做得还蛮稳当嘞。

喻老四	哪还要你教？哎，三哥，你那个车子……
溜老三	我把它洗干净。
喻老四	好，我在凉亭等你。
溜老三	我推车子接人。

[二人分头下。

[张二妹上。

张二妹　　　[唱]　二妹去把会看，

话儿有万千。

与哥一路走，

不说心里也甜。

家事料理完，

两手把门关。

走上梳妆台，

二妹巧打扮。

打开明镜看——

溜老三　　　（内白）二妹，车子来了。

张二妹　　　[唱]　三哥在门外喊。

三哥等一等，

等我巧打扮。

打开青丝发，

刘海两边刷。

红绒扎辫子，

斜插海棠花。

上穿苏月褂，

罗裙紧紧扎。

足蹬绣花鞋，

蝴蝶闹金瓜。

浑身来打量，

乡下一姑娘。

哥俊妹也俏，

織女会牛郎。

| 溜老三 | （内声）二妹，快来呀。 |

[唱]　三哥叫得慌，

二妹两头忙。

收拾出门去，哎哟！

忘了事一桩。

打开小皮箱，

零钱袋内装。

买一点好红糖，

接我的婆婆娘。

偷眼往我瞧，

心里蹦蹦跳。

二妹心里事，

别人不知道。（下）

[溜老三推张二妹上。

| 张二妹 | [唱]　手拿新洋伞， |

又拿垂金扇。

瞒着众人眼，

出了张家湾。

咿呀嘿，呀嗬嘿，

车子推得欢。

溜老三	这算么欢，见了喻老四，我们还要连唱带推哩。
张二妹	三哥，有桥。
溜老三	不要紧，坐稳当。（推车上桥又退回）
张二妹	哎呀！三哥……
溜老三	莫望水吵！
张二妹	过点细！
溜老三	再来！
张二妹	[唱]　小桥三尺宽，

横过两河岸。

　　　　　　　　　纵有山洪涨，

　　　　　　　　　不能把路拦。

　　　　　　　　　车子过了河，

　　　　　　　　　掉头问三哥。

　　　　　　　　　凉亭有多远，

溜老三　　　[唱]　还有八里多！

张二妹　　　怎么还有那远？

溜老三　　　走路莫问路，越问越嫌多。

张二妹　　　好，就不问。

溜老三　　　不问就到了。

张二妹　　　在哪里？

溜老三　　　前面就是。

张二妹　　　你快推呀！

溜老三　　　走哇！

张二妹　　　[唱]　凉亭把路挡，

　　　　　　　　　四哥在那厢。

　　　　　　　　　三哥下力推，

　　　　　　　　　好去歇歇凉。

　　　　　　　[喻老四上。

溜老三　　　(玩笑地) 喻老四，你还不失信嘞。

喻老四　　　看你推得几慢。

溜老三　　　再要嫌慢了，那就只有长翅膀飞。

张二妹　　　四哥等久了。

喻老四　　　二妹受了累。(给二妹扇风)

溜老三　　　(故意地) 好热的天气呀！

喻老四　　　看你热么事？二妹坐在车上，上不沾天，下不沾地，这该几热。

溜老三　　　去你的哟，你这说得像话？二妹坐在车上打着一把洋伞，又不出力，
　　　　　　还有人给她打扇。我这上头晒，下头蒸，背上背着百把斤，再说我
　　　　　　不热，那你就不凭心。

张二妹　　　好，三哥热。

喻老四	是呀！我说三哥热嘛。（给溜老三扇扇）
溜老三	（喻老四只顾和二妹说话，无心打扇）你在绕鬼？扇横了！（喻老四又扇直了）你在砍劈柴？不要你扇。（自己取出扇子）还是跟她去扇。老四，我说走大路你要走小路，你看这一点也不热闹。
喻老四	那就拿锣来打嘞。
溜老三	玩猴把戏。
喻老四	那么样办呢？
溜老三	我们来唱点戏"咽路"吧。
喻老四	哪个唱呢？
溜老三	（示意）她哩。
喻老四	二妹唱——二妹，你该唱不倒戏吧？
溜老三	去你的呵，是那样问？
喻老四	要么样问呢？
溜老三	要这样说：二妹，三哥受了热，你唱点戏他听。
喻老四	好。二妹，三哥说他受了热，要你唱点戏他听。（摇头暗示）
张二妹	我不会唱。
溜老三	不会唱，我还听到你唱过。
张二妹	在哪里唱过？
溜老三	我那天推牛栏粪，走你门前过，听到你唱过。
张二妹	唱的么事？
溜老三	唱的"奴在耶，房中耶……"
张二妹	哎呀！三哥会唱，就叫三哥唱。
溜老三	我不能唱，我唱戏吃过了亏的。
喻老四 张二妹	吃么亏呀？
溜老三	有一年推小车上河南，在店房里唱了一句戏，人家留我住了一个月。
喻老四 张二妹	你唱的么事呢？
溜老三	我唱的……（故意做大声唱）"奴在房中割的割韭菜"——好，这一唱不打紧，惹出祸来了，把一个客人的猪吓炸了把，又把店老板的墙撞垮了大半边。客人留我找了半个月的猪，店老板留我做了半个月

　　　　　　　的墙，前后住了一个月，你看唱不唱得？

张二妹　　好，那就都不唱。

溜老三　　唱点。

张二妹　　不唱。

溜老三　　不唱我就不推。

张二妹　　三哥，我唱，我唱呀。

溜老三　　(对喻老四) 把绳子拉好。

　　　　　　[喻老四拉绳，溜老三推车。

张二妹　　[唱]　　车子推得平又平，

　　　　　　　　　　　好似白鹅在水里。

喻老四　　[唱]　　哎呀，我的妹呀，

　　　　　　　　　　　我心里好高兴。

　　　　　　[喻老四下力拉。

溜老三　　你拉，我看你往哪里拉？

喻老四　　么样哟？

溜老三　　么样？你们在那里一个"我的哥"，一个"我的妹"，溜老三越推越
　　　　　　冇得味。唱戏嘛，还是我打的闹台吵，我就是一个过路的，也该叫
　　　　　　得一声嘞……

喻老四　　(故意地) 三哥！

溜老三　　我不是三哥，是个么二哥？

喻老四　　你这个人哪，不叫你呀，又说不叫，叫了又不喜欢。

溜老三　　你叫，还得罪了我。

喻老四　　要哪个叫呢？

溜老三　　你说呢？

喻老四　　好，二妹叫。

张二妹　　三哥。

溜老三　　哎！

张二妹　　这该叫了吧？

溜老三　　叫是叫了，就是冇得你们刚才叫得那亲热。

张二妹　　那要么样叫呢？

溜老三	把我编在戏里头唱，我才推得有劲。
张二妹	那怎么唱得倒呢？
溜老三	刚才唱得那好嘞。
张二妹	唱不倒。
溜老三	那我就推不倒。
张二妹	好，我唱，我唱。
	[唱]　哪怕河水深又深，
	三哥好比搭桥人。
喻老四	[唱]　哎呀我的兄，
张二妹	[唱]　哎呀我的哥，
溜老三	[唱]　溜老三越推越有劲。
张二妹	[唱]　红火太阳正当顶，
	照着一对有情人。
喻老四	[唱]　哎呀我的妹呀，
张二妹	[唱]　哎呀我的哥呀，
	莫让晴天起乌云。
喻老四	三哥，上坡了。
溜老三	下力拉。(推到山半腰。喻老四回头望张二妹) 你不要掉头。(又退下来) 再来。
喻老四	(又掉头望张二妹) 二妹……
溜老三	呔！又掉头！(用力推) 哎呀，你也起来了，再走嘞。
喻老四	三哥，下坡了。
溜老三	不要拉，顺着下。(见车子往下溜) 抵倒！
喻老四	抵不住。
溜老三	下力抵。
喻老四	有沟！有沟……
溜老三	抵……(车子翻落沟) 再好嘞，叫你抵倒你不抵倒。
喻老四	要人抵得住哟。
溜老三	叫你走大路，你要走小路——这怪哪个？
张二妹	好，都不怪，只怪我爱坐车子。
溜老三	那才怪得巧，两个大人还推不好个车子——望倒做么事？还不抬起

来？该没有跌垮吧？（抬起车）二妹，再来坐。

张二妹　三哥，歇下再推，你累了。

溜老三　这算么累，往日推牛粪，一推几百斤。

张二妹　歇一会，三哥。

溜老三　（会意）唔，是有点累。（想避开）哎呀，我的搭肩布掉了。

喻老四　那么样办呢？

溜老三　我转去找。

张二妹　三哥，我跟你做一条。

溜老三　新的冇得旧的好。

喻老四　（看到溜老三的搭肩布在手里）三哥，在这里——

溜老三　你怎么这不明白！（示意，笑下）

喻老四　〔唱〕　三哥是个明白人，

张二妹　〔唱〕　二妹故意不作声。

喻老四　〔唱〕　知心人，谈知心，

张二妹　〔唱〕　当着二妹敢赌咒？

喻老四　背着二妹不变心。

张二妹　敢赌咒，不变心。

喻老四　除了二妹心无别人。

张二妹　〔唱〕　心比顽石永不烂，

喻老四　〔唱〕　情似流水永不干。

张二妹　〔唱〕　石不烂，

喻老四　〔唱〕　水不干，

喻老四
张二妹　〔唱〕　天长地久结姻缘。

张二妹　四哥，到你家里还有几远？

喻老四　只有三里路。

张二妹　我们是先到会场，还是到哪里呢？

喻老四　当然是到我家里。

张二妹　我心里有点慌。

喻老四　那怕么事呢？

张二妹	哪晓得你妈喜不喜欢。
喻老四	喜欢得很。
张二妹	扯谎的，她又不认得我嘞。
喻老四	我跟她讲过的。我说我有个干妹跟我相好，又聪明，又能干，人生得又好看，谈起话来嘴巴甜，走起路来一溜烟。我妈一听笑眯了眼，她说："老四呀，你把她接来我看一看。"

[溜老三暗上。

张二妹	那我才不干呢，人家只有冇过门的女婿送给丈母娘看，哪有冇过门的媳妇送给婆婆看。
溜老三	么样呀？闹了半天你还不去呀？那就来嘞，坐在车子上，我把你推转去！
张二妹	三哥，我是说得玩的。
溜老三	哪个当个么真。我们再走吧！喻老四，糍粑岗还有几远？
喻老四	哟！就是你要唱嘞，把糍粑岗走过了。
溜老三	我要转去。
喻老四	（扯住）你转去做么事？到我家里去了，我妈要做汤圆给你吃，我还要打酒你喝。
张二妹	明朝到我家里去了，我还要打鸡蛋你吃。
溜老三	好嘞，那就等着喝你的喜酒，吃你的红蛋。快来上车哟！
张二妹	我再不坐了，冇得多远，我走得去。
溜老三	你想把我的一顿酒打掉了它——快来。（二妹上车）喻老四，还有几远哪？
喻老四	翻过黄土坡，走过鲫鱼桥——
溜老三	加上一把力，车子嗡嗡叫。喻老四，下力拉！
张二妹	[唱]　哥有心来妹有心，
	哪怕山高路不平。
喻老四	[唱]　山高也能踩成路，
溜老三	[唱]　路上还有推车人。

[舞蹈下。

[落幕。

117

第二场　闯祸出走

张　母　　（上）

　　　　　　[唱]　女儿长大要出嫁，

　　　　　　　　　一心一意爱四伢。

　　　　　　　　　推车赶会把婚订，

　　　　　　　　　偏遇着张家湾人多嘴杂。

　　　　　　　　　族长就是张老大，

　　　　　　　　　婚丧喜事都由他。

　　　　　　　　　哪个不听话，祠堂动家法，

　　　　　　　　　我孤儿寡母难当家。

　　　　　　（前想后思，左右为难）还是溜老三说得对，自己养女自作主，不信湾里旧规矩。买点香蜡把堂拜，走一步来看一步。对，就是这个主意。二女，快来！（张二妹上）

张二妹　　[唱]　朝也盼来夜也想，

　　　　　　　　　事到临头好紧张。

　　　　　　　　　山上天天有狼叫，

　　　　　　　　　平地时时有狗汪。

　　　　　　　　　我不要箱子不要柜，

　　　　　　　　　只要堂前一炷香。

张　母　　你的心思妈我知道，早点把婚事办了它，免得夜长梦多。你在家照门，妈我上街买点香蜡，找几个姐妹张罗，今天就拜堂。

张二妹　　我听妈的。

张　母　　你莫出门嘞！这几天，我们要见人矮三分！

张二妹　　妈，你早点回来。

张　母　　我知道，莫出来嘞。（下）

张二妹　　我知道，见人矮三分。（关门，沉浸在幸福的拜堂之中）

　　　　　　[王老六上，见张二妹家门关，喊门。

王老六　　（小声）二妹，（较大声）二妹，（更大声）二妹！

张二妹　　是哪个呀？

王老六　　是王老六，认亲戚来了！

张二妹　　我妈不在家，你快走。

王老六　　(狡猾地) 好，我走，我走了。

张二妹　　(正开门欲望，王老六闯进反手关门) 你要干什么？

王老六　　(下流地) 我们来说句私房话。(拉张二妹)

张二妹　　流氓，地痞！

　　　　　[喻老四上，推门而进。

喻老四　　好哇，青天白日，朗朗乾坤，你调戏妇女！

王老六　　哪个调戏妇女！她大伯把她许配我了。

喻老四　　她母亲把她许配给我了。

溜老三　　(上) 吵么事，吵么事呀！

张二妹　　三哥，他欺负人，把他赶走！

溜老三　　堂堂的六少爷是你赶得的吗？

王老六　　凭你说，她是我的。

喻老四　　凭你说，她是我的。

溜老三　　一女二配，这是犯法的咧！你是哪个许的婚？

王老六　　族长张大爷。

溜老三　　你是哪个许的婚？

喻老四　　她妈许的婚。

溜老三　　哎呀，一边是井，一边是岩，直话不好说，这个世界谁有狠谁就有理。这样，来个蛮法子，你们两个有的是力气，比比拳头，谁打赢了谁有理。

王老六　　好，提起打架，是我的拿手好戏。你等着，我回去搬人。

溜老三　　慢点哟！一个打一个嘛是好货，两个打一个是孬货，把你弟兄六个都叫来，那不是打狗子架？

王老六　　(捏拳头犹豫地) 打……

溜老三　　那要看你舍不舍得用力。依我看哪，你横眉竖眼，膀大腰圆，五大三粗，打得赢。

王老六　　打得赢哪！就打！

　　　　　　〔喻老四、王老六对打，德安上。

德　安　　哟，打架，看热闹。

溜老三　　下力！

德　安　　黄鹤楼上看翻船啰！（王老六被打倒）

溜老三　　一回不算输，（王老六起身后，又被打倒）二回不算赢，三回才能定输赢。（王老六起身，又被打倒）输了嘞，输了嘞！

王老六　　好，你等着，（指张二妹）你也等着！我要你大伯送亲过门！（出门与张母相碰）哎哟！（下）

张　母　　这里为么事吵吵？

张二妹　　张大爷把我许配给了王老六，这个强盗上门逼婚，被四哥打了一顿。

德　安　　打得几痛快哟。

溜老三　　痛快是痛快，打出祸来了。

喻老四　　不是你叫打的吗？

溜老三　　不打不过瘾，哪晓得打出祸来了呢？

德　安　　祸来了我们顶倒。

溜老三　　顶不住哟！他一搬就是弟兄六个，还有张大爷，他们来了捆的捆，捉的捉，抓的抓，打的打，不把喻老四骨头捶扁，把二妹一捆走，这个灯叫哪个玩？

四人同　　这怎么办呢？

溜老三　　依我说，此地不留爷，自有留爷处，脚板擦清油——溜！

张　母　　对，只有这个主意。

喻老四
张二妹　　我们走了，母亲怎么办？

溜老三　　一个寡妇在家，叫他们狗子咬刺猬——不好下口。

喻老四
张二妹　　舍不得妈妈！

张　母　　儿啊！

　　　　　〔唱〕　哪有亲娘不爱女！

张二妹　　〔唱〕　哪有女儿不爱娘！

喻老四　　〔唱〕　我们走了娘怎么办？

张　母　　〔唱〕　一条老命拼阎王。

120

德 安	哎哟，快走吧，再迟就走不出去了。
张 母	这有几件衣服带着换洗。
德 安	这有几百串钱带着零花。
溜老三	我百无一有，只有这块搭肩布，你们带着，看到它就想起你们的三哥。
喻老四 张二妹	三哥保重。
溜老三	走吧，朝界岭方向过去。常言说得好，出门遇贵人，刘备遇孔明。天下的好人总比坏人多。
喻老四 张二妹	母亲！
张 母	儿啊，你们走吧。
溜老三	他们来了，莫拖着讲话占时辰。

　　[张母点头，溜老三、德安送喻老四、张二妹下。

　　[王老六、张大爷、二赖等上。

张大爷	快捉住，捆起来！她不同意，在她背上捆上石头，丢在门口塘里沉了她！
二 赖	（四处找不见）人跑了！
张大爷	你放他们跑到哪里去了？
张 母	我的姑娘犯了什么法？
张大爷	她、她、她跟喻老四有伤风化，我们张家哪一个不是父母之命，媒妁之言？
张 母	我是她娘，我能当家！
张大爷	你一个妇道人家，在家从父，出嫁从夫，夫死从子，没有儿子嘛，就要从我族长大伯。
王老六	好一个张大爷，我的彩礼你得了，三天之内交人，我们就长草短草一把挽倒；要是三天不交人，我弟兄要闹得你鸡犬不宁，老鼠充军！
张大爷	有话好说。
王老六	弟兄们，走！

　　[王老六等下，张母下。

二 赖	再好咧，鸡也飞了，蛋也打了！
张大爷	他们到底往哪里跑了呢？
二 赖	只有界岭到竹山一条近路。

张大爷　　赶快与我追！

二　赖　　我一个人怎么追呢？

张大爷　　把长工溜老三叫来。

二　赖　　溜老三快来。

　　　　　[溜老三上。

溜老三　　正推牛栏粪，二赖叫一声。有么事！

张大爷　　喻老四把二妹拐跑了！

溜老三　　啊！有这件事？这还了得！

张大爷　　快跟二赖子把他们追回来！

溜老三　　我不能去追呀。别人都说我跟喻老四、张二妹玩得好，要是追不到，还说是我把他们放跑了，那才是黄泥巴掉到裤裆里，不是屎也是屎。要我追可以，你与我一起去，看我活捉喻老四，生擒张二妹。

张大爷　　有把握？

溜老三　　我跟你老人家一样，大义灭亲！

张大爷　　我去倒可以，走不得路。

二　赖　　叫溜老三用车子推。

溜老三　　到哪里去追呀？

张大爷　　到界岭去追。

溜老三　　界岭是上坡路，莫说是推不上去，就是推得上去，你坐在车上，那不是倒立羊角爪？

张大爷　　好，备轿，我坐轿去。

溜老三　　我只会推车，不会抬轿。

张大爷　　推车是出力，抬轿是出力，不都是一样？

溜老三　　那就大不一样嘞，推车是横力，抬轿是直力。

张大爷　　横直不都差不多吗？

溜老三　　这才是秀才遇到兵，有理说不清。好嘞，我就把轿子当车推，那……会打三棒鼓，少不得个对手人，叫哪个跟我抬呢？

张大爷　　你自己去找个人。

溜老三　　你老人家光把难我为，叫我到哪里去找个人呢？

德　安　　（上）卖花生喔，卖花生喔！

二　赖	就叫德安来抬，可以么？
溜老三	可得，他跟我拉过车子。德安，把篮子放倒，来跟大爷抬轿。
德　安	我要做生意。
溜老三	做生意是赚钱，抬轿也是赚钱。
张大爷	大爷给你钱。
德　安	给几多？
张大爷	(伸一个指头) 十个钱。
德　安	少了。
张大爷	一百钱。
德　安	亏你说得出口哟。
张大爷	你要几多？
德　安	一串钱。
张大爷	太多了。
德　安	货卖当时，你不出这个码子，我就卖花生去。
溜老三	来！山不转，路转；桥不弯，水弯。给大爷帮个忙，不会亏待你的。
德　安	好咧！我就放着花生不卖，就跟你来搭个班子，抬他的轿子嘞！(一语双关)
张大爷	再耽误不得了，耽误了就赶不上。
溜老三	赶不上有我们，走嘞！
四人同	走喔！(齐下)

第三场　　跑岭抬轿

[山路上。

[张二妹、喻老四上。

张二妹	[唱]	三哥送出张家湾，
		快步如梭进了山。
		沿河走小路呀，

　　　　　　　　　　鹊鸟要飞天。

喻老四　　[唱]　要飞天，要飞天，

　　　　　　　　连跑带走莫迟延。

　　　　　　　　怕的是有人赶呀，

　　　　　　　　跑步上坡难。（走上山的步子下）

　　　　[溜老三、德安抬张大爷上，二赖跟在后面上。

溜老三　　[唱]　叫德安听我的话，

　　　　　　　　眼要尖来莫打岔。

　　　　　　　　看到前面有人影，

　　　　　　　　莫把轿子当车拉。

德　安　　[唱]　叫三哥，你放心，

　　　　　　　　是人是鬼看得清。

　　　　　　　　要是有人影呀，

　　　　　　　　轿子要"抬稳"。

溜老三　　德安！

德　安　　么事呀？

溜老三　　轿子抬得一点也不热闹。

德　安　　那要么样呢？

溜老三　　要喊号子。

张大爷　　喊不得，喊不得。

溜老三　　么样喊不得呢？

张大爷　　看啰，我们去追喻老四、张二妹，号子一响，山上就有回音，那不被他们听到了。

二　赖　　大爷说得对，喊不得，一喊他们就跑了。

溜老三　　好吧，不准喊，轿子就不稳当咧！

　　　　[溜老三、德安故意把轿子左右摇动，两头对拉。

张大爷　　哎哟，哎哟！好危险哟，停轿！（停轿）你们是么样搞的？

溜老三　　都怪你老人家不准喊号子。没有号子，脚步就不齐；脚步不齐，轿子就不稳。要是走到一个危险的地方，还要出人命哟。

德　安　　我不抬了。

二　赖	么样不抬呀？
德　安	戴碓臼玩狮子，人板死了还不好看，不如回去卖花生。
二　赖	大爷！
张大爷	么事？
二　赖	还是让他们小点声喊号子吧。
张大爷	好吧，那就小点声音喊。
溜老三	那要看走么地方，该大的大，该小的小。来嘞！看在大爷的份上，我们再连喊带抬嘞！
德　安 溜老三	哎哟！（抬轿）
溜老三	［唱］　采莲船呀哟哟， 　　　　顺水来哟呀嗬嘿。 　　　　中间坐的呀外哟， 　　　　猪八戒哟划着。
张大爷	慢来、慢来，你们把老夫比猪八戒？
溜老三	么样呀？比坏了？
张大爷	他是什么东西，把我比他？
溜老三	我看，你想比他还比不上呀！
张大爷	何以见得？
溜老三	他是天蓬元帅，又是唐僧的弟子，随唐僧西天取经，行程万里，可算是劳苦功高。你呢？走这点路还要人用轿子抬，他不比你强百倍？
张大爷	猪八戒长得像个猪，无人喜欢。
溜老三	又错了，高员外的女儿高兰英，什么人都不爱，偏爱他这个猪八戒。他的心田好，你比得上吗？
张大爷	你们要唱哦，就唱个漂亮的唦。
溜老三	德安，我再唱个漂亮的《一枝花》。
德　安 溜老三	［唱］　采莲船呀哟哟， 　　　　一枝花哟呀嗬嘿。 　　　　中间坐的呀外哟， 　　　　伢的妈哋划着！

张大爷	慢、慢，你们么样又唱出个女人来了哟？
溜老三	么样？女人也唱不得？你老人家得亏没有当老爷，要是当了老爷，什么戏你都要禁光。
张大爷	唯女子与小人最难养也！我这个男子汉大丈夫岂能与小人相比。
溜老三	你不是太夫人生的？
张大爷	是的呀。
溜老三	得亏她老人家死得早，要是不死，听到这句话就要失悔。
张大爷	失么悔？
溜老三	我晓得自己的儿子把我当小人，生下来就该把这个小杂种掐死了它。
张大爷	你骂人哪？
溜老三	是老夫人骂的。
张大爷	好，你们再唱点好听的。
溜老三	好，再唱。
德　安	［唱］　耶耶而哩，哩耶耶， 　　　　放牛的伢们走开些；
溜老三	［唱］　放牛的伢们走开些， 　　　　大爷，这样喊可得不？
张大爷	可得，怪好听的。
溜老三	好听的还在后头呢！
德　安	［唱］　上高坡哟！
溜老三	［唱］　依哟，高坡上哟哎。
德　安	［唱］　哎哟！
德　安 溜老三	［唱］　依哟，唉哟，哎哟，呀外哟！ 　　　　二妹子姐姐， 　　　　我来了啊，哦哦嗬！
溜老三	大爷，好听不？
张大爷	好听倒是好听，就是声音大了一些。
溜老三	声音大么——危险少哟。
德　安	［唱］　过小桥哟，
溜老三	［唱］　依哟，小桥过哟哎。

德 安 溜老三	［唱］	哎哟！
		依哟，唉哟，依哟，哎哟，呀外哟，
		二妹子哥哥，
		我来了啊！
		哦嗬嗬！（边舞边喊，抬轿下）

［张二妹、喻老四跑步上。

张二妹　四哥，我们再该跑脱了吧？

喻老四　还没有跑脱，过了界岭才算跑脱了。

张二妹　过了界岭，人家盘问，我们么样相称呢？

喻老四　夫妻相称。

张二妹　要拜堂，还没有拜堂，那么样称得呢？

喻老四　那就兄妹相称。

张二妹　你姓喻，我姓张，么样兄妹相称呢？

喻老四　就说是表兄妹咻。

张二妹　四哥，我的脚痛，歇一下。

喻老四　要是有人来了怎么办呢？

张二妹　我的脚打了泡子，走不动，挑了再走。

喻老四　我去取个刺来。（起音乐。喻老四取刺，与张二妹挑血泡，见血泡）哎哟！

张二妹　四哥么样？

喻老四　我好疼。

张二妹　你哪里疼？

喻老四　我心里疼。

　　　　［唱］　二妹双脚打了两个大血泡，

张二妹　［唱］　四哥哥与我轻轻地挑。

喻老四　［唱］　问二妹，我挑得重不重？

张二妹　［唱］　不重、不重，二妹我心里甜，
　　　　　　　　好似蜜糖拌元宵。

喻老四　［唱］　二妹你为人真是好，

张二妹　［唱］　四哥你莫把我太看娇。（张二妹走三步，试试脚疼）

喻老四　好了！（高兴得跳起来）

喻老四张二妹	[唱]　我们好似比翼鸟， 　　　并翅双飞避老雕。 　　　但愿找到梧桐树， 　　　离了旧窝换新巢。

喻老四　　　再好些吧？

张二妹　　　好多了。

　　　　　　[幕后传来溜老三、德安的歌声。

喻老四　　　听后面有人来了，快跑！

　　　　　　[喻老四、张二妹跑，溜老三、德安抬轿上，二赖上。

张大爷　　　追到了，在前面！快抓！快抓住！

德　安
溜老三　　快抓着，快抓着！（轿子边喊边往后退）

张大爷　　　二赖子，快点抓住他们！

二　赖　　　看你们往哪里跑！

　　　　　　[二赖抓住喻老四，被喻老四打倒在地。

溜老三　　　（见二赖倒地，故意地）德安，快追！

　　　　　　[轿子倒在二赖的身上，互相埋怨。

张大爷　　　哎哟！哎哟！你们的轿子是么样抬的？

溜老三　　　你看。

德　安　　　他绊了我的脚。

溜老三　　　你要倒么倒在路边上，倒在路当中，莫说是个人，就是一堆牛屎也要滑倒嘞！

张大爷　　　你抓的人呢？

二　赖　　　一个人抓不住，还挨了一顿饱打。

溜老三　　　跑不了！德安，你看前面是什么地方？

德　安　　　青石洞。

溜老三　　　青石洞是个什么地方？你们晓不晓得？

德　安　　　是个出大蟒的地方，你们看，贴的有门板大的告示。

张大爷　　　二赖，快去看来。

二　赖　　　（害怕地，念）有人降得此蟒，就是打蟒英雄，赏银五百。

张大爷	几好的一笔钱喔！
溜老三	（故意地）哎呀！我一听说出了蟒，身上就打冷噤。
德 安	听说昨天还吃了个老头。
张大爷	哎呀，不能追，大爷我有点害怕。
溜老三	英雄不怕死。
张大爷	他们跑不了的。
溜老三	人已经跑了，还说跑不了。
张大爷	我写状纸，叫人送到县衙，我再打点打点，叫他们去抓。
溜老三	你写状纸，告他什么呢？
张大爷	我告他拐带妇女。
溜老三	要是他告你强逼婚姻呢？
张大爷	他告上天，我也不怕。
溜老三	只怕天上更有天。
张大爷	我有的是钱！
溜老三	要是碰到个不爱钱的老爷呢？
张大爷	胡说，哪有老爷不爱钱？
溜老三	啊！原来如此呀！
张大爷	把我抬回去，不追了。
德 安 溜老三	轿子抬垮了，抬不成。
张大爷	你把我背回去。
溜老三	这才是端人家的碗，由人管，来嘞！

　　〔正要背时，溜老三示意。

| 德 安 | 哎呀！大蟒来了！ |

　　〔二赖、溜老三、德安跑下。张大爷狼狈地下。

　　〔落幕。

第四场　一见如故

五老爷　　（上）

　　　　　［唱］　东庄辞别好亲友，

　　　　　　　　　西庄告别众弟兄。

　　　　　　　　　为何两腿不自主，

　　　　　　　　　定是今天多喝了几盅。

　　　　我赵五，娶妻张氏。我二人从小青梅竹马，婚难自主，才双双私奔到竹山，以打豆腐为生，倒也自在。只是地方苛捐杂税厉害，无人出来挡风抵浪，乡亲梓里见我为人正派，又读了半部"四书"，这个捐几斗米，那个捐几个鸡蛋，给我买了一个监生的顶戴，管着八大方的闲事。东庄兄弟打架，是我去劝说；西庄婆媳吵嘴，是我去解围。你一喊，他一叫，把我喊出了个"五老爷"，又名"豆腐老爷"。今天闲事慌慌已毕，回家走走。

　　　　　［唱］　是官不是官，

　　　　　　　　　是农不是农。

　　　　　　　　　边打豆腐边办公，

　　　　　　　　　不巴富来不欺穷。

　　　　　［一青年农民上。

农　　民　　五老爷，我在山上砍柴，捡到一个野棉花。

五老爷　　什么野棉花？

农　　民　　界岭那边过来一对青年男女，我问他们的话，他们变脸变色。我把他们谎到这里来了。要是私奔的，我们把男的撵走，把女的留给我做个媳妇。

五老爷　　有得出息！一个男子汉大丈夫，找不到老婆，靠捡野棉花？你得亏是跟我五老爷说，要是跟六老爷说，她不剥你的皮？

农　　民　　哪个六老爷？

五老爷　　说是你五嫂子。我在外头管闲事，都要向她禀报禀报，要是办错了事，她就揪耳朵，这就是六老爷。快去，把客人接到我家里来。

农　民	是。(下)
五老爷	正好，我今天多喝了几杯，娘子绝不与我干休。只要是有客人来，她就喜笑颜开，烟消云散。这才是：有朋自远方来，不亦乐乎！

[农民送喻老四、张二妹上。后下。

喻老四	有礼，有礼！
五老爷	打恭，打恭！少站片刻，待我叫娘子出来迎接。
喻老四	不敢当！
五老爷	有请娘子！
五　嫂	(上)

　　[念]　　老五没来由，专嗍筷子头。

　　　　　　家事管得少，累得我黑汗流。

五老爷	娘子！
五　嫂	你又喝了酒？
五老爷	管闲事哪有不喝酒的呢？
五　嫂	我叫你只喝三杯，你东倒西歪，不听我的话，把耳朵拿过来……
五老爷	来了贵客。
五　嫂	是哪里来的贵客。
五老爷	我也不晓得。
五　嫂	你真是，男客也请，女客也接，怎么不问呢？
五老爷	请进来你问，不是一样？有道是：在家不会迎宾客，出外方知少主人。
五　嫂	赶快请进来。
五老爷	二位请进！这是我娘子。
五　嫂	哎呀，真是贵客临门。快进来，请坐！(喻老四、张二妹非常尴尬) 你们是哪里来的？
喻老四	是……蕲水来的。
张二妹	跑来的。
喻老四	(制止) 知人知面不知心，话到口边也留三分。
张二妹	不，我们不是跑来的，是走……是走来的。
五　嫂	一个青春，一个年少，么样又走到一块来了呢？

[喻老四打手势。

张二妹	我说不好，你来说。
喻老四	我们是在路上碰到的，不，是她愿意跟我来的。
五老爷	哈哈，原来是拐带妇女！马上叫我的弟兄，把你撵走！把这个姑娘送给二癞痢做媳妇。
喻老四 张二妹	我们不是拐带妇女，我们是好人，救救我们呀！
五　嫂	(埋怨地) 死鬼啊！你灌了几杯黄汤，简直不认得你娘是哪里的姑娘。
五老爷	(小声地) 我是吓他们的。
五　嫂	看你把他们吓成个什么样了。莫怕、莫怕，他是说倒好玩的。莫看他是个老爷，他是个打豆腐的豆腐老爷。不信，我把点颜色他看看。(严厉地) 老五过来！
五老爷	娘子，娘子！
五　嫂	你今天得罪了我的好人贵客，跟我上前赔礼！
五老爷	哎呀，抱歉呀，抱歉！二位客人在上，我老五今天多喝了几杯，开了个不该开的玩笑，说了个狗子不闻的屁话，怒恼了我家娘子责怪于我，你包涵，你原谅！(深施礼)
喻老四 张二妹	(同感动还礼) 不敢当，不敢当！
五　嫂	好了、好了，这才是好话几句，风吹云散。老五呀！
五老爷	娘子！
五　嫂	常言道：主人不开口，客人拿脚走。我们不把自己的身份说明，人家晓得我们是好人还是坏人？
五老爷	是呀，话不投机半句多嘛！
五　嫂	他们不说我们说，说到一块去了，话匣子不就打开了吗？
五老爷	那你就开个头嘞！
五　嫂	我说远方来的客人，我不说你们也不知道。他叫赵五，我们是打豆腐的出身。莫看他有个顶戴，这是我们用大米、鸡蛋换来的，别人都叫他"五老爷"。莫看他摆着一副臭架子在，他是豆腐泼了架子在，他的心可好呢；要是不好，我们也不会这亲热嘞。他管着八大方的闲事，事事都跟我商量商量，所以一些鬼兄弟都叫我"六老爷"。
五老爷	我的这个六老爷，好处多，用处多，没有她不行，好比刘备与孔明。

三拜堂

我当家，她做主！我戳的洞她来补。坏人她不怕，好人她不欺，为了别人的事，情愿舍寒衣。你们到这里来呀，真是碰到了活菩萨。

五　嫂　你才是老王卖瓜，自卖自夸，夸得人怪难为情的。

五老爷　有道是：家有贤妻，男儿不招祸事。我老五么事冇落倒，就是落到这个掌着的好堂客。

五　嫂　再吹，就把我吹到天上去了。

五老爷　本来嘛。

五　嫂　你叫什么名字呀？

喻老四　喻老四，是张家的一个长工。

五　嫂　你呢？

张二妹　张二妹，是乡下的一个姑娘。

五老爷　这才是和尚不亲帽儿亲，你做长工，我打豆腐；你是乡下姑娘，她是乡下媳妇。再才说到一块来了。

五　嫂　我们痴长了几岁，你们叫他五哥，叫我五嫂，我的家只当是你的家。我的话说完了，再该你们说了吧！

张二妹　(感动地) 五哥，五嫂呀！

　　　　[唱]　四哥贫穷来到我家，
　　　　　　　妈妈和我照应他。
　　　　　　　他喊我喊二妹，
　　　　　　　叫娘叫干妈，
　　　　　　　那时候我年幼还是小伢。

喻老四　[唱]　二妹年幼母守寡，
　　　　　　　几亩薄田无人种庄稼。
　　　　　　　麦子是我俩割，
　　　　　　　秧田是我俩插，
　　　　　　　她赶磙来我翻叉。

五　嫂　老五啊！听到冇，他们从小就一起割麦、插秧、赶磙翻叉，是我们地地道道的庄稼人。

五老爷　路子正，

五　嫂　根子好。

133

五老爷 五 嫂	长大一定好得不得了。
五老爷	我说我的，你讲你的吵。
张二妹	[唱] 一年一年都长大， 他爱我，我也爱他。 二人看会把婚订， 棒打鸳鸯不分家。
五 嫂	这真是天生的一对，
五老爷	地长的一双。
五 嫂	看，人家这一对青梅竹马。
五老爷	我们也不差！
五 嫂	你这大的年纪不怕羞，把自己还抬那高？
五老爷	我想，好事多磨，一定会有人反对呀？
喻老四	[唱] 她大伯张大爷是个老孱头， 许配了王老六逼婚侮辱。 老四发了气， 打了几拳头， 打得他地瘟流氓屎尿流。
五老爷 五 嫂	打得好，打得好！
五老爷	此人要是落在我的手上，我不割他的脚筋！
五 嫂	这一打，不打出祸来了？
喻老四	张大爷是蕲水县的四大金刚、八大阎王，王老六又是当地有钱有势的地头蛇。
五 嫂	那你们要快些跑呀！
张二妹	[唱] 我的好友溜三哥， 为人忠厚办法多。 定计送我们走， 有事他顶着， 我二人怎么样也忘不了好三哥。
五 嫂	恭喜你们哪！交上了溜三哥这样的好人。

喻老四	他对我们的好处说不完。
五老爷	说几句，我们见识见识。
喻老四	他像父亲对我们爱，
张二妹	他像母亲对我们爱。
喻老四	像朋友对我们好，
张二妹	像兄弟对我们亲。
喻老四	三哥就像一把火，
张二妹	事事处处暖人心。
五　嫂	老五啊，天下总有这样的好人！
五老爷	真想拜访拜访。
五　嫂	你赶得上这位溜三哥吗？
五老爷	那就三十斤的羊子，四十斤的尾巴——随着拖嘞！
五　嫂	兄弟，妹子，我们算是一根藤上的瓜，一棵树上的藤，不嫌弃的话，我们结为仁义姊妹。
五老爷	我们结为仁义弟兄。
喻老四 张二妹	哥嫂在上，受我一拜。
五老爷 五　嫂	我们一同拜过。
五　嫂	这有一件衣料作见面礼。
喻老四 张二妹	这有一块搭肩布，是我的心爱之物，送给哥嫂，不成敬意。
五　嫂	好了，好了，我们再是一家人了。
五老爷	一家人不说两家话，我们把房子腾出来，让他们小两口住下再说。
五　嫂	你怎么这糊涂。
五老爷	么样呀？
五　嫂	还没有拜过堂，怎么能住在一块呢？
五老爷	今天就拜。
五　嫂	没有看过好日子哩。
五老爷	选日不如撞日，今天就好。
五　嫂	没有做几件衣裳。

五老爷	把我们过喜事的衣服拿来，将就将就。
五　嫂	好，说办就办。去！把你的难兄难弟找几个来，把喜事办得热闹些。
五老爷	你要么样热闹呢？
五　嫂	吹鼓手？
五老爷	有的。
五　嫂	对子锣？
五老爷	有的。
五　嫂	要办几桌酒席。
五老爷	杀猪来不及……
五　嫂	家里有的是豆腐。
五老爷	豆腐酒也要热热闹闹、体体面面。
五　嫂	对，叫大家看看，我家里正正规规地拜花堂，办喜事。
五老爷	好，我去吆喝！（下）
五　嫂	四弟，二妹，哥嫂刚才讲的话听到冇，今天要给你们拜堂成亲。
喻老四 张二妹	难为哥嫂！

[唱]　　哥嫂你是过来人，

　　　　我们的事情你们操了心。

　　　　将来成了家，

　　　　不忘你们的大恩，

　　　　杀几对甲鱼哥嫂润个心。

五　嫂	[唱]	客气话休要讲，
		哥嫂应该挑大梁。
		郎才配女貌，
		今天就拜堂，
		你们随我换衣裳。

[三人下，五老爷引众弟兄姐妹上。

五老爷	弟兄朋友们，我老五今天收了个好兄弟，五嫂收了个好二妹。他们两人是相爱相亲，今天就洞房花烛。既是新客，又是喜事，么样热闹，你们就么样办。
农民甲	我去点香烛。

农民乙	我去借蜡台。
农民丙	我去挂喜字。
农民丁	我去吹唢呐。
农民甲	我来当傧相。
农民乙	我打对子锣。
众	热闹起来啊！（各负其责）
农民甲	龙凤吉祥，喜气洋洋，张灯结彩，新人拜堂。奏大乐，新贵人就位！（五嫂引喻老四、张二妹上）拜天地，拜高堂，夫妻交拜，进入洞房。（五嫂随喻老四、张二妹下）太阳一出红似火，姻缘相隔一条河。彦章河下把渡摆，二十年前大登科。大登科，文中金榜；小登科，点状元，打马游街。前走三步，六位高升，喜笑颜开。伙计们！
众	喜呀！
农民甲	一进门来喜气红也！
众	喜呀！
农民甲	百年夫妻喜相逢！
众	喜呀！
农民甲	喜相逢来喜相逢！
众	喜呀！
农民甲	一只凤来一条龙呀！
众	喜呀！
农民甲	一条龙游千江水！
众	喜呀！
农民甲	一只凤飞万重山呀！
众	喜呀！
农民甲	天下百鸟来朝凤！
众	喜呀！
农民甲	鱼鳖虾蟹来朝龙呀！
众	喜呀！
五老爷	有酒喝，有酒喝，各位请到后面饮酒。（发现两个陌生人）这两位是……
生 人	我们是远路蕲水县来的，讨杯喜酒。

五老爷	蕲水的客人，不能怠慢。这是喻老四、张二妹的同乡，你们认得喻老四、张二妹吗？
生　人	认得，何不请来一见？
五老爷	四弟、二妹快来。
喻老四 张二妹	（上）五哥何事？
五老爷	蕲水县来客人，快去见过。
喻老四 张二妹	客人……
生　人	锁了！（锁喻老四、张二妹拖下）
五老爷	喂！你们怎么蛮不讲理呀，他们是我的兄弟妹妹，他们是好人！莫跑，看！（取头上的顶子）看到东西冇？
五　嫂	怎么搞的吵？
五老爷	四弟和二妹被两个陌生的差人锁走了。
五　嫂	你的顶戴呢？
五老爷	人家看得起它？一点威风也没有，压不住邪。我花钱买你做么事？把你用脚踩、踩、踩！（摔头上顶子）
五　嫂	踩它有什么用？快想办法嘞！
众	我们去追！
五老爷	人家手里有狠，追不得。
五　嫂	那就算了？
五老爷	我现在是智穷计尽，一筹莫展。人家有四大金刚、八大阎王，我这个豆腐老爷顶个屁用！
五　嫂	男子汉大丈夫，说话要有志气。为了救兄弟、妹妹，就是老虎也要去喂它一口！
五老爷	依娘子之见？
五　嫂	收拾行李用具，赶到蕲水，边打豆腐，边打听他们下落，我们去告状。
众	好，去告状！
五老爷	我就是喻老四。
五　嫂	我就是张二妹。
五老爷	家事乡亲们代管。

三拜堂

众	好，我们担待。
五老爷 五 嫂	老子跟他们拼到底，走！
五 嫂	哟，我还忘记了个东西。
五老爷	么东西？
五 嫂	豆腐印。
五老爷	哎哟！你真是婆婆妈妈的。
五 嫂	用惯了，带着方便些！（取印）再走嘞！
	[二人下。

第五场　将计就计

[张大爷高兴地上。

张大爷	[唱]　哪有狗子不吃屎，
	哪有贪官不爱财。
	塞了白银五十两，
	才把他们抓回来。
	哈哈……
溜老三	（上）大爷，为什么这样高兴？
张大爷	抓到了！
溜老三	么事抓到了？
张大爷	喻老四、张二妹抓到了。
溜老三	这才糟了！
张大爷	么事糟了？
溜老三	抓到了，就把她领回来吵，不领回不就有到手嘞！
张大爷	县太爷胃口大得很，他把张二妹当成摇钱树。
溜老三	您老人家就把她当聚宝盆吵！
张大爷	还聚宝盆？一开始县衙里塞砣子就花了五十两。

溜老三	将来还不是一本万利。
张大爷	县太爷说了，青石洞的蟒不打死，他绝不升堂理事。
溜老三	一条蟒，怎么吓得那狠哪?
张大爷	听说制台要来暗访，怎么不怕呢?
溜老三	你当你的大耳朵百姓，莫管那些事。
张大爷	我想打蟒立功。
溜老三	叫哪个去打呢?
张大爷	叫你去打。
溜老三	莫瞎说啰，我只会种田耙地，我卖给你家是种田耙地的。刘道士降蟒被蟒吃了，叫我去，那不是送肉上砧板?
张大爷	你的胆子大，无儿无女无牵挂，打死了，立大功。要是万一被蟒吃了，我就好好地接几个道士超度于你。
溜老三	莫见鬼哟，活倒把我不当人，变鬼还要你去超度?
张大爷	事办在了，在老爷面前露了一手，把二妹领回来了，不是给我办了一件大事?
溜老三	(背躬)好狠的如意算盘，我就来个将计就计。好! 为了你家的喻老四、张二妹，我就提着这个九斤半去漂洋嘞!
张大爷	好! 家人们听倒，溜老三今天去打蟒，大家要鼓气助威呀!
溜老三	你家去歇息，一切包在我身上。
	〔张大爷下。
德　安	(上)三哥，你去打蟒?
溜老三	吃人的饭，由人办；端人的碗，由人管。
德　安	那不是去送死?
溜老三	那也不见得，我不去跟它抖力气，跟它抖智力。随么事都有一定之规，狼喜欢吃牛肉的，我就用牛肉去钩；豹子喜欢吃羊肉，我就挖个陷阱，用羊子去引；蟒喜欢吃鸡，洞口放个耙，耙齿朝上就像倒挂金钩，鸡子一叫，蟒往外冲，就剐了鳝鱼——肚子分成了两半边，不就打死了?
德　安	咦呀! 你的办法真多。
溜老三	不是行家头，不拿竹竿头。
德　安	哎呀，不行。你要是把蟒打死了，大爷更神气，老爷更威风。他们

把二妹领出来了，那不帮了倒忙？

溜老三　他们有他们的算盘，我有我的主意。他搭他的台，我唱我的戏，县衙里插个手脚，不就活泛多了。

德　安　好倒是好呀！要真的去打蟒，我还有点怕嘞。

溜老三　只说不练假把戏。

　　　　[唱]　叫德安，莫捉急，

　　　　　　　一支耙来一只鸡。

　　　　　　　耙齿尖尖耙齿密，

　　　　　　　要它的皮肉两分离。

　　　　走，揭榜打蟒！（二人下）

　　　　[锣声响，地保打锣上。

地　保　大家听倒，溜老三揭榜打蟒，各家注意门户，牲口进圈，大人把细伢招呼好，青石洞有危险，千万不要出门呀！（锣声：当、当、当！）大家……鸡子叫，开始了！跑不赢，眼睛闭倒，耳朵捂倒！

　　　　[一阵音乐效果。德安上。

德　安　大蟒打死了！

地　保　（更神气地打锣："当、当、当！"）大蟒打死了，到县衙去报功！

　　　　[溜老三上，群众过场。溜老三、德安、地保边舞边唱。

溜老三　[唱]　土皇帝，惹不起，

　　　　　　　不怕百姓怕上级。

　　　　　　　听说制台来暗访，

　　　　　　　吓得他浑身起鸡皮。

　　　　　　　大爷要我来打蟒，

　　　　　　　把我推上风口浪尖里。

　　　　　　　趁机会，一个烧饼贴拢去，

　　　　　　　浑水里头摸鱼吃。

　　　　　　　叫德安，抬着大蟒去献礼，

　　　　　　　老爷面前去拍马屁哟。

　　　　[三人舞蹈下。

第六场　钓狼巧遇

县　官　（上）

[唱]　我做官会辨方向，

讲什么反复无常。

有功劳当仁不让，

有罪过会找替罪羊。

地　保　（上）启禀大老爷，青石洞的大蟒蛇打死了。

县　官　你说么事呀？

地　保　大蟒打死了。

县　官　看得真？

地　保　我亲眼所见。

县　官　打蟒英雄何在？

地　保　他们领功来了。

县　官　动乐出迎！

[鼓乐声中群众拥溜老三上。

溜老三　见过老爷！

地　保　他就是打蟒英雄溜老三。

县　官　蟒是你打死的？

溜老三　不是我打死蟒，是蟒冲了我的耙，它自己找死。

县　官　哈哈……

[唱]　天助老爷走好运，

两桩喜事找上门。

前天抓住了张二妹，

今天打蟒功告成。

若是制台来察访，

官职定要往上升。

我说制台大人呀，你不是要来察访吗？你明察，我有大功两件；你暗访，我有两件大功。你快点来吧，我等候你的尊驾！溜老三打蟒

三拜堂

	有功，当有重赏，来呀，与英雄披红花！
溜老三	我不配。
衙 役	（上）报！禀大人，又来了一个打蟒英雄。
县 官	又来了打蟒英雄？好咧！英雄越多，我的功劳越大，动乐有请。
	［鼓乐声中，王老六、二赖拥张大爷上。
张大爷	老爷。
县 官	你不是张大爷，张员外吗？
张大爷	正是老夫。
县 官	大蟒是你打死的？
张大爷	是我打死的。
地 保	不对、不对，我看到是溜老三打死的。
二 赖	不对、不对，我看到是大爷打死的。
县 官	你们把我都搞糊涂了。到底是哪个打的？
溜老三	我来说、我来说，你们是搞不清楚的。青石洞的蟒本来是我打死的，青石洞的地盘是属于我家张大爷的。我是大爷的长工，不托大爷的洪福，我怎会打得死蟒呢？所以说，打蟒的功劳就是大爷的。这个红花我披在身上，就好比吃汤圆咽芋头禾，又烫又麻。（取下红花披在大爷身上）
县 官	莫忙，照这样一看，这个功劳还要考虑一下嘞！我来问你们，你说青石洞是张大爷的地盘，那张大爷的地盘属于哪个的呢？
溜老三	当然是托县太爷的洪福。
县 官	却又来哟，这个蟒不是他打的，也不是你打的。
众	是哪个打的？
县 官	是老爷我打的。
张大爷	是我打的！
县 官	是我打的！（二人相争不下）
溜老三	哈哈……

> ［唱］　不要脸，不知羞，
> 　　　　两条大狼狗咬着一块大肥肉。
> 　　　　他一口，他一口，
> 　　　　两下撕得血筋子流。

143

　　　　　　牵在手里来耍猴，

　　　　　让他们狼狈不堪把丑丢。

张大爷　　是我的功劳！

县　官　　是我的功劳！

溜老三　　莫吵、莫吵，你们都有功劳，就是我有得功劳，我来给你们分。(对
　　　　　张大爷在袖筒里做牛生意动作，又在县官袖筒里做牛生意动作)

县　官　　三七我不干，我要二八分账。

张大爷　　二八我不干，我要二一添作五。

溜老三　　哎呀！我的大爷咧！你怕是在张家湾祠堂里，你一抖狠，扬尘直筛，
　　　　　这叫癞痢长苑腮胡子——高扒低补。

张大爷　　可以，把张二妹、喻老四给我带回去。

溜老三　　那他干的。(指自己) 安个钉子，慢慢来。

张大爷　　溜老三打蟒出了力，求老爷把口饭吃。

县　官　　好说，留在县衙，给老爷当个保镖。

溜老三　　德安打蟒出了力。

县　官　　留在县衙当个密探。

德　安
溜老三　　谢老爷！

县　官　　今天，老爷打了大蟒，立了大功，我要披红戴彩，上街游行去了！

　　　　　[鼓乐声中张大爷、二赖、地保拥县官下，溜老三、德安对笑。

溜老三　　伙计，我们就好活多了嘞！

德　安　　好活是好活呀，怎么去见二妹？怎么把他俩寻出来拜堂成亲？

溜老三　　莫急，我们骑马打马嘞！

　　　　　[五老爷、五嫂上。

五　嫂
五老爷　　告状呀、告状呀！

溜老三　　(装腔作势) 告状人姓甚名谁？

五老爷　　喻老四。

五　嫂　　张二妹。

溜老三　　嘻嘻！

德　安　　哈哈！

五老爷	你们不像个县衙老爷的样子，邪皮戏脸的。
溜老三	几天冇看到喻老四了，张二妹长胖了。喂，你们冒充，冒充个大官大府嘞，冒充两个囚犯……
五 嫂 五老爷	你说哪个冒充呀？
德 安 溜老三	你们就是冒充。
五老爷	他们关在牢里不能出来告状，我代表喻老四。
五 嫂	我代表张二妹。他们没有犯法，为什么吃官司？
溜老三	你们是什么人？
五老爷	我是他五哥。
五 嫂	我是她五嫂。
五老爷	他们在我家拜堂成亲。
五 嫂	从未碍着什么人。
五老爷	无缘无故抓走。
五 嫂	我们要为他们鸣不平。你看，这就是我们结拜的信物搭肩布。
溜老三	（接搭肩布）哎呀！你们就是竹山的五哥五嫂？
五老爷 五 嫂	你们是什么人？
溜老三	我是他们的老大哥溜老三。
德 安	我是你们的小兄弟德安。
五老爷	溜三哥！
溜老三	五哥！
五 嫂	德安！
德 安	五嫂！
四人同	哎呀！再才碰到了我们的好人。
溜老三	快来请坐。
五老爷	老爷堂上怎么好坐？
溜老三	莫怕，他们现在又是龙船又是会，又是爹爹做八十岁，高兴得发了疯，哪还管这，坐、坐。
五老爷	看来，你们混个小差事，也无济于事呀！

溜老三	慢慢想办法。
五　嫂	他们的事，你们管不管？
溜老三	怎么不管呢？就是为了他们才去打蟒。
五　嫂	你真有胆量，那大的蟒被你打死了？
五老爷	那不成了打蟒英雄？
溜老三	狗熊也不是。有蟒嘞，他们吓跑了；打死了，他们出来抢功，英雄早是人家的。
五老爷	这简直是颠倒黑白。
五　嫂	这简直是混淆是非。
溜老三	要是有是有非，这出戏就唱不成了。
五老爷	未必要他们冤沉海底？
溜老三	三个臭皮匠，顶个诸葛亮，想办法。（众想）
五老爷	我有个办法。
众	么办法？
五老爷	打官司，县里不行到府里，府里不行到省里，非把这场官司打到底。
溜老三	你莫说打官司，就是睡在地上打滚也没有用。天是人家的天，地是人家的地。天下乌鸦一般黑，孙悟空七十二变，也逃不脱佛祖的巴掌心呢。
五老爷	老天爷呀老天爷，你是么样不睁开眼睛呀？为什么让这些乌龟王八蛋做老爷，要是我做老爷呀，非把这些坏蛋杀绝不可。
溜老三	有骨气，有胆量！
五老爷	可惜我不是老爷。
五　嫂	他只能做个豆腐老爷。
溜老三	不，他是个做官的料子，不做就不做，要做就做大些。
五老爷	几大呢？
溜老三	当个制台大人。
五老爷	哪个把我当？
溜老三	我把得你当。
五　嫂	你莫想封官，他也莫想当官，都是在做梦。
溜老三	不是做梦，听我说，这几天，县里闹着制台大人要来察访，县官也不知是明察还是暗访，吓得要死，生怕查出他的毛病。今天打死了

146

蟒，又抢到了功劳，戴花挂匾，生怕制台大人又不来。你们就装制
台大人夫妇，下来暗访，给他来个真假难分。

五　嫂　要得，他有个老爷的架子。

五老爷　你有太太的身份。

溜老三　只要你们出了场，文章由我这个保镖来做，你们只承认是打豆腐的，
　　　　把那个小东西带倒嘞。

五　嫂　这还要你说，背着在。

溜老三　好！

[唱]　真真假假假假真真，

　　　给他个真假不能分。

　　　你说我是假，

　　　我的道理真。

　　　合天理，顺民心，

　　　惩财主，除恶棍，

　　　一团死水来搅浑。

五老爷　我们不这样做，就没有说话的地方。

五　嫂　好，我们去南门外豆腐店等候。

溜老三　德安，少时狗官回来，你就来报。

德　安　报什么？（溜老三与德安耳语）

众　　　好，照计而行。（分头下）

[男女二禁子同上。

女禁子　[念]　禀禀禀，报报报，牢头禁子糟了糕。

　　　　自从捉到张二妹，把她押在女监牢。

　　　　不吃饭，不睡觉，口里不住瞎唠叨。

　　　　一时哭，一时笑，我一摸，天咧！浑身上下热得像火烧。

　　　　要是死了怎么办？叫我怎么得得了。

溜老三　死了让你垫棺材底！喻老四怎么样？

男禁子　[唱]　千万莫提喻老四，

　　　　喻老四更是不老实。

　　　　骂张三，骂李四，

147

指着和尚骂道士。

我们前来报消息，

保镖快去压邪气。

溜老三　哎呀！这才是东边起风，西边下雨，南墙打了洞，北墙又要补，真忙呀！走嘞，去看看我的张二妹咧！（下）

第七场　串戏算命

[张二妹倚在牢房不语，溜老三在男女二禁子带领下进牢。

张二妹　（半昏迷地）一不偷，二不抢，行为端正，从不放荡，我犯了你们的什么法？我犯了你们的法呀？哈哈，哈哈……

溜老三　哟！中了邪。

男禁子　（同）

女禁子　那么样办呢？

溜老三　中了邪就要禁生人，你们快出去，在门外守着，千万莫拢边，让我来压邪。（男女二禁子下。溜老三轻步上前，张二妹不觉，溜老三轻步轻声）二妹，二妹。

张二妹　（听到非常熟悉的声音，但未见到人）三哥！三哥！

溜老三　二妹。

张二妹　是三哥！（溜老三取出搭肩布遮面）这是三哥的搭肩布，三哥。

溜老三　（学猫叫）喵呜！

张二妹　（跪步上前）我的好三哥呀！

[唱]　三哥千万再莫走，

离开了三哥就迷路途。

只要有得三哥在，

好似灯盏盛满了油。（音乐）

溜老三　我从来也没有离开你们。

张二妹　我时刻都想着三哥。

溜老三	这是什么东西把我们扎得这样紧呢?
张二妹	我也不知道。
溜老三	还不就是一颗心。
张二妹	你怎么这样打扮,穿这一身老虎皮?
溜老三	就是为了你们,才混了个保镖。
张二妹	还有人疼我。
溜老三	疼你的人有的是。
张二妹	这该不是做梦吧?
溜老三	穷人天天在做梦,就看做甜梦,还是做噩梦。
张二妹	么样是噩梦咧?
溜老三	你们拜堂成亲,被人抓走,这不是噩梦?
张二妹	我不喜欢做噩梦,我要在三哥面前做甜梦。
溜老三	要做甜梦呀!你想么事,就有么事。
张二妹	真的?
溜老三	真的。你说吧,你现在想么事?
张二妹	我想五哥五嫂,想三哥德安为我报仇出气。
溜老三	那好说,明天我把他们都带到公堂上来,让你们一笑两个酒窝。
张二妹	好呀!

> [唱] 五哥五嫂待人真,
>
> 三哥德安贴心人。
>
> 你们是天边月我们是伴月星,
>
> 明月高照星也明。

溜老三	再说嘞,你还想么事?
张二妹	(不好意思) 还想……
溜老三	说哟,还想哪个?
张二妹	你晓得。
溜老三	三哥不晓得。
张二妹	三哥明白。
溜老三	三哥不明白。(张二妹与溜老三耳语) 喻老四!哎哟,么事不要你想,你独独想这个小祖宗,把我们几个人盘得像陀螺转。算了,不想,

把他忘记它。

张二妹　我想得蛮狠，连做梦都想他。

溜老三　（背躬）这才是真东西。

张二妹　（发嗲）三哥……

溜老三　这就把难得我为嘞，喻老四押在男监，这是女监，来不了。

张二妹　不，你说了的，想么事就有么事。别个想见一下四哥，你都不答应，喂呀！（假哭）

溜老三　莫哭、莫哭，你想喻老四，哪个又不想呢？么样才能弄到这里来呢？这……好咧！反正是在做梦，天边上的人都可以在一起来，喻老四押在男监，一个梦不就过来了吗？真的想见？

张二妹　（不好意思）真的想见。

溜老三　你要想见喻老四，你就骂我。

张二妹　我的好三哥，你待我这样好，我怎么能骂你？我不是那种人。

溜老三　是假的。你想想，你现在是什么人？

张二妹　是犯人。

溜老三　我又是什么人？

张二妹　你是溜三哥。

溜老三　哥，怕不晓得是溜三哥，再看溜三哥穿的么事，戴的么事？

张二妹　穿戴都是老虎皮。

溜老三　假不假嘛，我还是个保镖。要晓得公事不认人，做官的不认六亲，你不骂，我怎好发气？我不发气，怎么找你的由头？又怎么把喻老四押到女监来和你对质呢？

张二妹　再才明白了，请受我一拜。

溜老三　我要你骂，哪个要你见礼吵。

张二妹　大人莫见小人过嘞。

溜老三　骂得越狠越好。

张二妹　好贼子！（男女二禁上）

溜老三　快来了呀！

张二妹　[唱]　贼子不必要凭证，

　　　　　　　天地与我抱不平。

150

若是再要来追问，

只有一死不求生。

溜老三	这真是气死我也。
男禁子 女禁子	保镖莫生气，保镖莫生气，我们来收拾她，跟你出气。
溜老三	慢点啰，刚刚把她救醒过来，你就打，打死了怎么办？这才是豆腐掉在灰膛里——吹也吹不得，打也打不得。
男禁子 女禁子	再么样办呢？
溜老三	她不认罪，我还有喻老四。来呀！
男禁子 女禁子	有！
溜老三	把板子、夹棍准备好，把喻老四押上来，要他们当面对质。
男禁子 女禁子	是。（下，押喻老四上）
喻老四	（见溜老三）你是三……（张二妹急打手势）
溜老三	嘟！我是三人对六面问你的口供，只许你规规矩矩，不许乱说乱动。喻老四！
喻老四	小人在。
溜老三	你犯的什么罪呀？
喻老四	［唱］　我有罪，我有罪， 　　　　就是不该爱二妹。
溜老三	你犯的是什么法？
张二妹	［唱］　我犯法，我犯法， 　　　　就是不该爱上他。
溜老三	你们的爹妈也有罪？
喻老四	是的。 ［唱］　怪我的爹，怪她的妈， 　　　　生了我何必又生她。
溜老三	错就错在这里。
张二妹	［唱］　要是生男不生女，

　　　　　　　　哪有辫子别人抓。

溜老三　　我冇得老婆，谁哪个都不找我。

喻老四　　[唱]　个个男人打光棍，

　　　　　　　　天下穷人就不犯法。

溜老三　　嗯，有点道理。

张二妹　　[唱]　穷人没有油水榨，

　　　　　　　　何必要安这个鬼县衙。

溜老三　　(望男女二禁子) 我的饭票子也完了。

喻老四　　[唱]　老爷个个吃闲饭，

　　　　　　　　你们都去种庄稼。

溜老三　　这倒是个好出路。

张二妹　　[唱]　世上没有人吃人，

　　　　　　　　身上没有石头压。

喻老四　　[唱]　不戴锁，不戴枷，
张二妹

　　　　　　　　不被撵，不被抓，

　　　　　　　　不逼供，不挨打，

　　　　　　　　就是有点不大好，

　　　　　　　　只有大人无小伢。

　　　　　　　　若想生儿再育女，

　　　　　　　　只有去找鸡和鸭。

溜老三　　一竿子见底，讲得明白，可算真正的坦白。你爱张二妹？

喻老四　　我爱张二妹。

溜老三　　你爱喻老四？

张二妹　　我爱喻老四。

溜老三　　爱得深，拆不开？

喻老四　　要想拆开我们，除非男人都打光棍，女人都做尼姑。
张二妹

溜老三　　好，你们的口供，我一一上禀，你们还有么要求？

张二妹　　我要四哥跳个舞，看他的脚打跛了冇。

喻老四　　我想二妹唱个歌，听她的喉咙哭哑了冇。

溜老三	大胆！这是什么地方，岂容你们跳舞唱歌？未必不跳不唱，你们就不能活？
喻老四 张二妹	要是不跳不唱，我们就去死了它。
溜老三	唉！这真是黄连树下弹琴——苦中作乐。话又说回来嘞，学得三出戏，走遍天下不怄气；听得几句喂喂哟，害病不消吃得药。
男禁子	不能让他们太快活了。
溜老三	不叫他们快活，那就叫他们去死嘞。她死了，你是张二妹，我是张二妹？
男禁子 女禁子	好，那让他们唱吧！
溜老三	今天让你们快活一回，唱吧，你们唱么事？
喻老四 张二妹	我们唱《蹦伎讨亲》。
溜老三	那你们还差个角嘞。
喻老四 张二妹	差个么角？
溜老三	差个算命的瞎婆吵。
喻老四 张二妹	那你串一个嘞。
溜老三	我哪……（清嗓）咿——啊——哎呀，我的喉咙也痒起来了。
男禁子 女禁子	你串一个。
溜老三	串一个！
溜老三 喻老四 张二妹	好，我们唱起来哟！
溜老三	（装瞎婆）

[唱]　嘟哩嘟哩当，嘟哩嘟哩当，

　　　嘟当嘟当，嘟哩嘟哩当，当！

　　　甲子年，算男命，

　　　正月初三亥时生。

　　　嘟哩嘟哩当，嘟哩嘟哩当，

　　　嘟当嘟当，嘟哩嘟哩当，当！

　　　　　　　算你命，评你命，

　　　　　　　八十三岁动婚姻。

　　　　　　　唧哩唧哩当，唧哩唧哩当，

　　　　　　　唧当唧当，唧哩唧哩当，当！

喻老四　　不算了、不算了，我今年只有二十岁。八十三岁，还要等六十三年，那不是要我的命？

溜老三　　我这个命是活的，肯冲肯闯就可以改，要是不冲不闯，等一百年也等不到媳妇。

喻老四　　我肯冲肯闯！

溜老三　　把六十花甲丢到河里喂乌龟，那不是眼前的事！

喻老四　　眼前？

溜老四　　眼前，算起来哟！（边唱边舞，从帮过门）

　　〔唱〕　唧哩唧哩当，唧哩唧哩当，

　　　　　　　唧当唧当，唧哩唧哩当，当！

　　　　　　　白莲藕，节节甜，

　　　　　　　眼前就有一个玉天仙。

　　　　　　　唧哩唧哩当，唧哩唧哩当，

　　　　　　　唧当唧当，唧哩唧哩当，当！

　　　　　　　交朋友，共患难，

　　　　　　　为你不顾那个九斤半。

　　　　　　　我算命，锯直板，

　　　　　　　算得不好不要钱。

　　　　　　　唧哩唧哩当，唧哩唧哩当，

　　　　　　　唧当唧当，唧哩唧哩当，当！

　众　　　好哦！

　　〔歌舞中落幕。

第八场　天外有天

[衙役在吹打乐中，抬"英明盖世"的牌匾上，挂正中。

[溜老三从内出，县官喜气洋洋地上。

溜老三　　迎接老爷！

[德安内喊"报"，上。

德　安　[念]　报报报，禀禀禀，南门外来了男女两个陌生的人，

　　　　　　　　这也查，那也问，还问老爷断案公平不公平。

　　　　　　　　假装不是官，我看不像民，

　　　　　　　　好像是私访的顶大顶大的那位大人。

县　官　　你看得真？

德　安　　看得真。

县　官　　查得明？

德　安　　查得明。

县　官　　咦！真是运气来了嘞，想么事就有么事。

溜老三　　老爷，怕是假的吧？

县　官　　(思索后) 不管是真是假，先接出来，有百利而无一害。

溜老三　　何以见得？

县　官　　他是真的，我的打蟒的功劳，让他见识见识。

溜老三　　他要是假的呢？

县　官　　冒充命官，一行大罪，送到上司，我又得一功。

溜老三　　这要看老爷的眼力。

县　官　　看我的。来呀，随我去迎接大人。

[吹打声中迎来了五老爷、五嫂。

五老爷　　我非制台。

五　嫂　　我非制台夫人。

县　官　　(试探地)

　　　　　[念]　莫道真龙是蛇蟒，

五老爷　[念]　休把山鸡当凤凰。

县　官　[念]　两眼难见千里海，

五老爷　[念]　双脚能踏万重浪。

155

县　官	咦!
五老爷	啊!
县　官 五老爷	哈哈……
县　官	哎呀，真的、真的! 大人、夫人请上，受我一拜。
五老爷	我这个大人是你抬出来的哟!
五　嫂	我这个夫人也是你拉进来的哟!
溜老三	大人抬得是时候，拉得有眼力。(示意他们发脾气)
五老爷	嘟! 蕲水县，你有功应当有赏，有罪理当受罚，你可知罪?
县　官	不知罪犯哪条?
五老爷	你竟敢把我的仁义兄弟，
五　嫂	还有我的仁义妹妹，
五老爷	拿问下监! 你心里还有我这个老爷吗?
五　嫂	你还有我这个夫人吗?
县　官	本县是摸头不知脑，不知大人所说何人?
五老爷 五　嫂	就是喻老四、张二妹!
溜老三	有没有这个事吵?
县　官	有哇，前天抓的。
溜老三	这不惹出祸来了。不对呀! 喻老四、张二妹是我的同乡，他们是穷鬼，哪有这个造化与大人结拜? 我看是假的。
县　官	要是真的么样办呢?
溜老三	那好办，把喻老四、张二妹带上堂来，他们见面相认，就是真的，不认就是假的。
县　官	这个办法好。来呀，带喻老四、张二妹上堂!
德　安	是! (下，带喻老四、张二妹上)
喻老四 张二妹	拜见大人。
五老爷	抬起头来，看看我们是谁?
喻老四	五哥!
张二妹	五嫂!

五老爷 五　嫂	我们的好弟弟、妹妹呀。
溜老三	听到冇，他们叫得多亲热。
县　官	哎呀，死罪呀死罪。（跪地打自己耳光）我不是人，我不是人，我实在不晓得大人有这门穷亲。
五老爷	混蛋！只许你们有富亲，就不许我们有穷亲？势利小人！
县　官	承蒙大人教训。
五老爷	看你一副奴才相，还不爬起来！
县　官	是。
五老爷	四弟，二妹，你们犯了什么法？碍了什么人？在大庭广众之中说个明白，哪个欺负了你，我这个老爷不要，跟他拼了！
张二妹	哥哥嫂嫂呀！

[唱]　　头一回要拜堂他们进门就打，

第二回拜花堂他们见人就抓。

千不求万不求只求有人为我们说句公道话，

男婚女嫁犯了他们什么法？

五老爷	是呀，男婚女嫁，乃人之常情。他偷了你的？抢了你的？抱你的伢下了油锅？他们犯了什么法？
溜老三	回大人的话，因为地方上有钱有势的人势力太大，逼得老爷不得不抓。
五老爷	是不是呀？
县　官	是的，是的。溜老三，你真是我的救命菩萨，要不，就把老爷我顶死了。
五老爷	什么地方势力？
溜老三	在光天化日之下，你还怕么事？说嘞。
县　官	就是四大金刚、八大阎王、地痞恶棍一点照应不到，我这个官就当不成。
五老爷	（对五嫂）听到冇？这个老爷是个屎大赖。
五　嫂	我的老爷呀，今天就看你的嘞，天大的事有我掌印夫人在此。
溜老三	折了，大人要生气了。
五老爷	蕲水县。
县　官	下官在。
五老爷	你想做人还是想做鬼？

县　官	做人怎样? 做鬼如何?
五老爷	做人就要秉公而断, 将功抵罪。做鬼嘛, 就吃我一刀。
县　官	哎呀! 我要做人, 我要做人。
溜老三	要做人未必口里喊得出来, 要当着大人露两手, 把点本事给他看看吵。
县　官	来呀, 火签火票, 把张大爷、王老六抓来。
众衙役	喳! (抓张大爷, 王老六上)
张大爷 王老六	参见大人。
县　官	你们这群大胆的狗才! 本县上任以来, 你们活像绿头苍蝇, 就在我面前嗡呀嗡, 逼得老爷昏头转向。今天, 我要做人, 跟你们拼了!
溜老三	这才像个做人的样子嘞。
张大爷	这是么样搞的, 老爷发这大的威风?
溜老三	[念]　你莫急, 你莫问, 官场里面有风云。 　　　　今天官司调了底, 因犯变成大红人。 　　　　你看上面端端正正坐的是哪一个?
张大爷	是喻老四。
溜老三	再顺着我的手儿看, 跟喻老四在一块亲亲热热的又是哪一个?
张大爷	张二妹。
溜老三	就是他们告了你。
张大爷	我是原告。
溜老三	现在呀, 原告成了被告。
张大爷	他们告我什么?
溜老三	告你仗势欺人, 强逼婚姻。
张大爷	哈哈……他告到天上我也不怕, 我有钱有势。
溜老三	人家的后台比铁还硬。
张大爷	什么后台?
溜老三	你再随我的手来看, 那上面坐着一对夫妻, 笑笑眯眯的, 不卑不亢, 端正大方, 你晓得他们是哪个?
张大爷	不知道。
溜老三	就是喻老四、张二妹结拜的仁义哥嫂, 制台大人。

三拜堂

张大爷	有这等事，我想想看。不对，有诈，有诈！
溜老三	你说他们是假的？
张大爷	大人上当了，大人上当了！
县 官	上什么当？
张大爷	喻老四是我家长工，张二妹是我的侄女，他们一天也没有离开我的眼睛。穷鬼攀高亲，实在不可能，这个大人是假的。
县 官	这不是闹着玩的嘞。
张大爷	我以人头担保，他们结盟是假。如果结盟是假，这个制台也不真。
五老爷	你们说些什么？
县 官	敢问大人，何时与他们结盟？
五老爷	结盟也要你管么？
溜老三	老爷说他们没有这个造化。
五老爷	照这样说，我们是假的哟？
县 官	(在张大爷的暗示催促下，鼓起勇气) 还得娘家出来就是真的，还不出娘家就是假的。
五老爷	假的又怎么样？
县 官	休怪我翻脸不认人。
五老爷	夫人，你说吧。
五 嫂	[唱] 枉为薪水为县令， 连个真假也认不清。 去年去看盂兰会， 相遇他们情义深。 一双情人真可爱， 因此结下这门亲。
溜老三	(对县官) 盂兰会，(对张大爷) 盂兰会，(对王老六) 盂兰会，你们看过了盂兰会吗？
县 官	什么都想到，就是有想到盂兰会。
张大爷	溜老三，过去听他们说过这件事吗？
溜老三	说是说过，我不信。
五老爷	嘟！大胆的狗官，三番五次试探于我，该当何罪？

县　官　小人该死，小人该死。（跪倒）

张大爷　慢，武凭将令文凭印，无印是假，有印是真。

县　官　（立即爬起）哎，我怎么有想到这一层。（大胆地）大人，我说武凭将令文凭印，你有印是真，无印是假。

五老爷　要是没有印呢？

县　官　哈哈，要是没有印，就是冒充朝廷命官，有杀头之罪。

溜老三　大家听倒，现在是兵对兵，将对将，当官不怕死，怕死莫当官，有我溜老三保护老爷，一点不好，我就要动武！老爷，再么办？

县　官　搜！

溜老三　我把门，你去搜。

县　官　闪开。（搜身无印）嘿嘿，我一进门就看到你不像个真的。来呀，与我捆起来。

　　　　[众衙役捆五老爷。

溜老三　老爷，错了，哪个老爷带印呢？只有掌印夫人有印唦。

县　官　搜夫人。（欲动手）

溜老三　（拦）挨不得的，你一挨她就是调戏妇女。

县　官　那么办呢？

溜老三　看我的。（上前）我说夫人，是真是假，逃不脱我溜老三的眼睛。你们到底是做么事的，把东西拿出来亮一下。

五　嫂　我只有一颗豆腐印。

县　官　哪个要豆腐印呢？

溜老三　莫外行啊！这是行话，官印都叫豆腐印。

县　官　亏你提醒，险些又撮了拐。

溜老三　你与我显印哪！

五　嫂　（会意）瞎了你们的狗眼，看印！（拿印一晃）

溜老三　金光闪闪，金印、金印！（众人急跪在地）还不松绑！大人千万莫发脾气，千万……

五　嫂　可恼！

　　　　[唱]　叫声老爷与我走，

　　　　　　　何必在此受侮辱。

             回去点动人和马，

               定要蕲水水倒流。

溜老三　　老爷走不得，夫人走不得。

五　嫂　　[唱]　不走只有一条路，

县　官　　千条万条都愿意。

五　嫂　　[唱]　只有杀掉狗官的头。

溜老三　　杀不得、杀不得，杀了就没有说话的东西。

喻老四　　[唱]　留他能说什么话，

               狗嘴不能长象牙。

张二妹　　[唱]　哥嫂不与我作主，

               只有庵堂去出家。

县　官　　我的姑奶奶，我的活祖宗，现在你的指甲比我的腰杆粗，你一哭，你一气，我就要掉脑壳。

张二妹　　（故意）哎呀！

县　官　　救命哪，救命哪！

张二妹　　（又哭）哎呀！

县　官　　溜老三，你是我的救命恩人，快替我说几句话。

溜老三　　大人是你请来的。一而再，再而三地戏弄大人，风吹墙上草，一吹两边倒，大人生气了。不光大人生气了，夫人也生气了；不光夫人生气了，俺们小祖宗的眼睛也哭得像红桃子。一堂好经，被你这个歪嘴和尚念坏了啊！

县　官　　么样办咧，快做点好事，救救我这个可怜的人嘞！我的溜三哥，溜老子，溜爷爷！

溜老三　　只有一个办法。

县　官　　么样办？

溜老三　　么样办？跪在地上叩三个响头，要像打炸雷的那样响。

县　官　　那该几痛哦！

溜老三　　哎哟，这是么时候，你还顾痛？

县　官　　我叩，我叩！（跪地叩头）

溜老三　　一个，两个，三个。（装难过）观音菩萨，你救苦救难，你看我老爷几遭孽啰，脑壳叩得像猪不拱的南瓜哪！

五　嫂　　[唱]　老爷不要胡子翘，

弟弟妹妹的事要你多把心操。

这一回饶狗官要他主持公道，

有我们在此谅他不敢要什么花招。

五老爷　　[念]　不辨忠和奸，不辨愚和贤。

不知塘里水深浅，哪知天外还有天。

溜老三　　还不升堂理事啊！

县　官　　来，再与我升堂。

[念]　张老大，好大胆，光把窟窿老爷钻。

不是大人度量宽，差点脑壳把家搬。

这一回我才真正明白，大人是大好人，你是一个大坏蛋。

张大爷　　大人你……

县　官　　我么样？我是混蛋中的混蛋，我要戴罪立功。胆大的张老大，你欺压贫寒、强逼婚姻，该当何罪？

张大爷　　回大人，婚姻是父母作主，她有母亲在堂，再与我无关。

县　官　　你倒推得干净。来，有请老夫人。

衙　役　　有请老夫人！

[张母上。

张　母　　二女在哪里？

喻老四
张二妹　　老夫人　母亲　请上，受我等一拜。

张　母　　这是么样一回事呀？

溜老三　　大概是鸡抓动了你屋里的祖坟。

张　母　　有么喜事？

溜老三　　他们遇上了好人，喏，大官、太太。

张　母　　这不是做梦哕？

溜老三　　是梦也不是梦。总有一天，青天大老爷听我们的，你么样想，他就么样做。

县　官　　老夫人，他俩可是相爱成亲？

张　母	正是相爱成亲。
县　官	是哪个坏蛋阻挠？
张　母	张老大。
县　官	(问王老六) 可有此事？
王老六	有此事，他得了我彩礼银子五百。
县　官	恶霸，如何处置？
五老爷	打八十大板！
县　官	打！
张大爷	我是打蟒英雄，望求恕罪。
县　官	你是冒功。
张大爷	你是抢功！
县　官	我没有打，蟒是溜老三打的。
五老爷	把你吃亏哕，我的伙计。
溜老三	不吃亏哕，蛮好嘞。
县　官	压在你们头上的是什么东西？
张　母	张氏祠堂，佃田千担，张老大，还有这个王老六。
县　官	祠堂拆了，佃田充公，王老六充军。

[衙役押张大爷、王老六下。

五老爷	他们的婚事？
县　官	拜堂成亲！
五老爷	慢，两次拜堂不成，就是你们说无凭无证，从中刁难。这一回你要具有一个人头结。
县　官	莫说是具人头结，叫我滚个墨人我也滚。(拿人头结念) 喻老四、张二妹，是天生的一对。老爷作伐，当堂画押；大印一盖，合理合法；哪个刁难，人头搬家。东西把得你们手里拿着，再可以吧？
溜老三	老爷，这都是假的呀！
县　官	假的比真的几百个强。我信，我服了。
众	**拜堂成亲！**

[五嫂拿出结盟时送给二妹的大红衣料，盖在二妹头上。

五老爷	再拜天地，再拜高堂，夫妻对拜，拜谢大家！

遭贬官

编剧：李朝英

剧情简介

　　明代，莱州知府郑振清为官清正，执法严明，向以"要留清白在人间"自诩，因触及权奸而被谪贬宜堂为令。履任之日，有刁妇艾春兰击鼓鸣冤，状告其夫义弟周春图财害命，打死自己的丈夫。郑振清在审理案情中发现破绽，两度乔装私访，得悉奸夫是知府金长先之内弟、宜堂县丞刘强根。事涉权贵非同小可，郑振清大义凛然，不畏强暴，决意伸张正义，为民除害。岂料金长先竟然徇私枉法，反诬郑振清为行奸害命之真凶。正值是非颠倒、郑蒙奇冤之际，微服出京化名崔成的巡按崔云荣洞察此事。崔整冠束带，率众上堂，明辨忠奸，终使全部案情真相大白。

人　物

郑振清　　刘强根　　艾春兰　　周　春　　金长先　　周连生
李桂枝　　刘水仙　　崔云荣（崔成）　　　班　头　　二　头
四衙役

第一场 履任受状

[时间：八月中旬的一个上午。

[地点：宜堂县公堂。

[幕启：艾春兰内击鼓，高呼："冤枉，冤枉啊！"

[二班头闻声急上。

班　头　[念]　堂鼓咚咚响，

二　头　[念]　有人喊冤枉。

班　头　[念]　老爷未到任，

二　头　[念]　无人坐大堂。

班　头　（问）何人击鼓？

　　　　[内应："民妇喊冤哪！"

　　　　[刘强根急匆匆地上。

二　头　签押房候审。

班　头　老二，过来、过来。

二　头　做么事？

班　头　你把她留在签押房，叫哪个问案？

二　头　（拍头）是的呀，新太爷未到任，这叫哪个问案咧……

刘强根　（连忙上前）我！

两班头　（转身指刘强根）（合）你？

刘强根　（一本正经地）百姓告状，急如星火，新太爷未到，理应县丞坐堂！

班　头　（对二头）我们等了几天，新太爷怎么还不见来？

刘强根　（不阴不阳地）他怕是十天半月也来不了！

两班头　（不解地）（合）却是为何？

刘强根　（趁机煽动）此人自出任以来，狂傲自大，目无上司，皇上震怒，将他贬谪，先任知府，后任知州，如今又贬为宜堂县令。他是个谪贬官哪！

两班头　（不禁一怔）（合）谪贬官？

刘强根　他屡遭谪贬，怎好立即上任？

二　头　（附和地）嗯。

刘强根　他若不来，难道宜堂县衙就大门紧闭，不理民事了么？

班　头　是的呀，未必死了张屠户，就吃浑毛猪？

二　头　对，冇得芋头就用红苔代！

刘强根　什么话？来，升堂！

两班头　喳！（对内高呼）升堂！

[四衙役无精打采地上，站堂。

刘强根　传喊冤人！

两班头　（呼叫）喊冤人上堂！

艾春兰　（内喊）冤枉啊！（悲切切地上）

[唱]　公堂上一声将我传，

　　　　来了民妇艾春兰。

　　　　悲切切跪堂口高声呼喊，

　　　（双膝跪地）老爷，冤枉啊！

四衙役　（高声）呵！

艾春兰　（惊叫）老爷……

刘强根　（怒喝）住口！（问）班头，你们喊什么？

班　头　县丞，我们喊堂威，这是衙门的规矩呀！

刘强根　（不满地）怕我不晓得是规矩，小点声未必就不行？看把这民妇吓的。

二　头　（对班头）哟，县丞今日发了善心。

刘强根　混话，县丞一向爱民如子。（转面温柔地）这一民妇，家住哪里，有何
　　　　冤枉？当堂诉来。

[郑振清布衣小帽，身背包裹雨伞上。

郑振清　（见里面审案）么样，老爷未到任，衙门就开了张？（坐在石凳上抽烟）

艾春兰　（看刘强根一眼）老爷！（哭泣）夫哇！

刘强根　（慌忙安抚）休要伤心，站起身来，慢慢地讲！

艾春兰　[唱]　尊声老爷听我言。

　　　　　家住东关文书院，

　　　　　民妇姓艾叫春兰。

　　　　　自幼配夫常三林，

　　　　　忠厚老实好夫男。

昨晚收账归家转，

盗贼尾随藏祸端。

待到三更时夜半，

刘强根　　(装腔作势地)　怎么样?

艾春兰　　[唱]　　柜倒箱翻底朝天。

常郎一听有动静，

连忙起身把贼拦。

谁知贼子杀心起，

打死我夫……

郑振清　　(大吃一惊)　么事? 打死她的丈夫?

刘强根　　(假惺惺地)　哪个? 打死你的丈夫?

艾春兰　　[唱]　　打死我的丈夫在门前。

求老爷快快拿凶犯，

早与奴夫报仇冤。

刘强根　　(拍案而起)　可恼!

　　　　　[唱]　　骂盗贼，太凶残，

气得我，咬牙关。

有朝一日捉拿归案，

抽你的筋剥你的皮，

誓与黎民报仇冤!

郑振清　　(欣然赞道)　为民父母，理当如此。

刘强根　　艾春兰，你道盗贼谋财害命，可都是你亲眼看见?

艾春兰　　都是民妇亲眼看见!

刘强根　　(满意地)　好! 凶犯何人，说将出来，我好与你的丈夫伸冤。

艾春兰　　待民妇起身，盗贼正越墙逃走，黑夜之间，我观此人乃是东关酒店的周春!

刘强根　　你道周春，有何凭证?

郑振清　　(点头)　问得不错，是个内行!

艾春兰　　(双手举起汗巾)　凭证在此，老爷请观。

刘强根　　(接过汗巾，又问)　可有人证?

艾春兰　　　（怔住）这人证么……夜静更深，除了民妇，并无外人。

刘强根　　　那你就是人证呦！

郑振清　　　（意外地）糊涂，原告岂能作人证？

刘强根　　　（急不可待地）有了人证，就可结案。两班头听令！

两班头　　　在！

郑振清　　　（不满地）越发荒唐。（连忙收拾包裹雨伞）

刘强根　　　命你二人，速去东关，将周春拿来，投入南监。只等上司批文一下，立即问斩！

两班头　　　喳！

郑振清　　　（向前拦阻）慢！案情未清，不能随便拿人。

刘强根　　　何以见得？

郑振清　　　（质问）你既坐大堂，应知刑律。人命大案，非同儿戏，未经验尸审理，怎能轻率定案？

刘强根　　　（一时语塞）这……

郑振清　　　你呀！（走上公案，拍响惊堂木）来呀！

四衙役　　　（习惯地）有！

刘强根　　　（急拦阻）慢！你是何人？

郑振清　　　莫管我是哪个，把案子问了再说。

刘强根　　　（喝吆班头）将他拖了下来！

两班头　　　（上前拖郑振清）与我下来！

刘强根　　　（恼羞成怒）嘟！大胆狂徒，擅闯公堂，无理取闹，分明是一讼棍。来呀！与我打！

两班头　　　（示意众衙役）打！

郑振清　　　莫瞎打嘞，打了我，你们要失悔的嘞。

刘强根　　　（若有所思）你到底何人？

郑振清　　　［唱］　我就是新太爷站在堂口！

刘强根　　　（紧张地）有何凭证？

郑振清　　　这能冒充得的？（掏公文不着，有些慌乱）

刘强根　　　（恼怒）来人！

郑振清　　　慢！（从耳朵丫取下公文）

	[唱]	险些儿当纸煤把烟抽。(递给刘强根)
		是真是假你睁大眼睛看清楚,
刘强根	[唱]	刘强根恭迎大人。
两班头	(慌忙跪倒)	给老爷叩头!
郑振清	(忙扶)	起来,起来。刘县丞,你看此案如何了结?
刘强根		太爷既然到任,当然由太爷作主。
郑振清		好!艾春兰,你丈夫的尸体可曾收殓?
艾春兰	(脱口而出)	尚且停放家中。
郑振清		来人,吩咐下去,开道东关。
刘强根	(失声地)	太爷,你去东关何干?
郑振清		我要亲自殓尸。
刘强根	(大惊)	殓尸?(拦阻) 太爷一路风尘,何须如此性急,稍歇几日,再去不迟!
郑振清		人命大案,焉能怠慢。老爷是个急性子,心里有事隔不得夜。
刘强根	(借故刁难)	备轿不及。
郑振清		不要紧,老爷还有两只脚。(向四衙役) 衙役们,辛苦一趟!

　　[两班头领四衙役下,刘强根呆若木鸡坐在椅上,郑振清转身拖起刘强根下。

　　[幕落。

第二场　乔装私访

　　[时间:次日上午。

　　[地点:东关周记酒店。

　　[幕启:周春打扫店堂,周连生惊慌地上。

周连生		小春,小春!(反身将门关上)
周　春	(迎上)	爹,何事惊慌?
周连生		小春,适才大街之上,好心的邻居对我言讲,艾春兰她、她将你告下了。
周　春	(一惊)	告我何罪?

周连生　　告你谋财害命，打死她的丈夫常三林。

周　春　　(气愤地) 血口喷人！

周连生　　新任太爷不问青红皂白就要捉拿于你，依我之见，你还是躲避一时
　　　　　　为好。

周　春　　我身无过犯，躲他何来！我若一躲，岂不弄假成真了么？

周连生　　难道你就等着被拿不成？

周　春　　爹，那刁妇空口无凭，其奈我何？三林死得不明不白，她想告我，
　　　　　　我还要告她哩！

周连生　　你告她，有何凭证？

周　春　　(语塞) 这……

周连生　　还是听为父相劝，赶快逃走了吧！

周　春　　我……

周连生　　你…… (推周春下)

　　　　　[郑振清乔装客商上。

郑振清　　[唱] 　昨日里殓尸回实难安枕，

　　　　　　　　　眼帘中时隐时现那惨死的三林。

　　　　　　　　　他头上开花血浆逬，

　　　　　　　　　青一块紫一块遍体伤痕。

　　　　　　　　　左膀上还留有牙咬的迹印，

　　　　　　　　　观现场作此案绝非一人。

　　　　　　　　　从街邻交头接耳纷纷议论，

　　　　　　　　　艾春兰干哭无泪是何原因。

　　　　　　　　　郑振清乔装私访把东关进，

　　　　　　　　　借饮酒访虚实察看周春。

　　　　　(抬头) 青天白日，为何把个门关着？酒家，酒家！

周　春　　(上) 谁？

郑振清　　我乃喝酒的客商。

周　春　　今日歇业。

郑振清　　迟不歇，早不歇，偏偏我来了他就歇。你就是在门口做堵墙，我也
　　　　　　是要进去的。酒家，我乃过路的客商，请你把门打开，卖酒一壶。

170

周　春	今日歇业，请到别家。
郑振清	周记酒店，专营佳酿，开坛十里香，远近把名扬。我是慕名而来，你就……
周　春	卖完了。
郑振清	莫那样，只怪我这个人得残了病，眼下酒瘾一下发了。(不见动静) 店老板，店大哥，做点好事呀伙计。
周　春	(心烦地开门) 卖完了！你这个人怎么这么啰唆。
郑振清	卖一点。
周　春	你走不走？
郑振清	不卖就不卖嘛，发个么脾气？
周　春	我就是这个脾气，你要么样？
周连生	(上前拦阻) 春儿，休得无礼！(周春下) 客官请进。(见郑振清面熟) 你是郑……
郑振清	不，我姓陈！
周连生	不、不，你是莱州知府郑青天。
郑振清	不不不，我叫陈无能！
周连生	郑大人请上，受小民一拜！(跪拜)
郑振清	请起，老丈，你是怎样认得我的呀？
周连生	(激动地) 大人，两年前，有一老汉头顶状纸，为女伸冤，大人不畏强暴，严惩了总督之子，然后送他纹银十两，命他出外谋生。大人，你难道都忘记了？
郑振清	(想起) 莫非你就是那个周连生？
周连生	正是小人。
郑振清	(感慨万分) 啊！那我们还是老朋友呀！想不到刚进宜堂就遇上了故交。
周连生	莱州一别，大人可好？
郑振清	好，自从莱州一别，你家老爷就高升了呀。
周连生	恭喜老爷，贺喜老爷！
郑振清	四品至七品，连升三级。
周连生	你这是降了呀！
郑振清	官降了，码子加了吵。

周连生　　这都是小人连累了大人啦。

郑振清　　呃！怎么能说是你连累了我咧。老爷遭贬又不是头一次，这都是金
　　　　　长先对我的关顾。要不是他，我还到不了宜堂县，不到宜堂县我还
　　　　　会不着老朋友。老朋友，你是怎样落到此地来的呀？

周连生　　大人啦！

　　　　　[唱]　那一年离莱州途中染病，

　　　　　　　　进宜堂遇着了好心的周春。

郑振清　　(问)　周春？

周连生　　[唱]　收留店内把义爷认，

　　　　　　　　从此后相依为命卖酒为生。

郑振清　　周春为人如何？

周连生　　他为人忠厚，知礼守法，从不惹是生非。唉！如今他遭祸了。

　　　　　[唱]　艾春兰嫁祸于人把我儿诬陷，

　　　　　　　　偏赶上新县令又是一个糊涂官。

郑振清　　(背躬)　真有意思，刚才是郑青天，怎么一下就变成了糊涂官？老朋
　　　　　友，怎见得？

周连生　　[唱]　他偏听偏信要捉拿我儿归案，

郑振清　　哪个说的？

周连生　　[唱]　大街上众口一词绝非谎言。

郑振清　　看来有人在跟我拉倒水咧。老朋友，我可是从来冇说抓你的儿子呀！

周连生　　你……

郑振清　　我就是你听说的那个糊涂官哟！

周连生　　哎呀！适才小人出言不逊，冒犯大人，死罪、死罪！

郑振清　　不要紧，只要自己不糊涂，骂是骂不糊涂的。周春现在何处？

周连生　　(忙喊)　春儿快来！(周春上)春儿，这就是我常对你讲起的郑青天郑
　　　　　大人，快快上前拜见！

周　春　　叩见大人！(跪拜)

郑振清　　周春，你可知有人将你告下了？

周　春　　小人冤枉，还望大人做主。

郑振清　　你有何冤枉？从实讲来。

周　春	大人容禀！

[唱]　常三林与周春同年共院，

自幼儿同窗攻书结金兰。

长成人各自谋生计，

我开店，他驾船。

艾春兰进常家五年半，

不曾生女也不曾生男。

平日间打扮多妖艳，

三林出外她行为不端。

周春知情怎不管，

暗示义兄早回还。

前日里闻凶讯三林遭难，

我父子祭亡魂泪洒灵前。

周春我一时气愤揭嫂的短，

戳痛了狗贱人乱咬乱攀。

望求大人惩恶扬善，

与小民做主替义兄伸冤。

郑振清　(拿出汗巾) 周春，你可认得此物？

周　春　(看) 汗巾？前日中午，我父子闻得义兄惨死，用它包上纸钱，前去吊唁，不慎失落她家。

郑振清　慢！到底是什么时候？

周　春　前日中午。

郑振清　周春前往常家吊唁是前天中午，艾春兰却说她的丈夫死于前天夜间，这岂不成了后死人先开吊吗？艾春兰为么事把已经死了的人留倒多活一天呢？常三林平日与人帮工，家道贫寒，无财可盗呀。看来此案绝不是什么抢劫杀人。若是因奸谋杀，那奸夫是哪个呢？周春，适才听你父子所言，艾春兰平日为人不正，可知何人与她往来呀？

周　春　来往的人都是富家子弟，前前后后不止一人！

郑振清　简直是只破鞋。艾春兰呀艾春兰，我要是不查你个水落石出，老爷就不姓郑！周春，你说要为你义兄报仇，为何不见你到衙门去告

173

状呢？

周　春　　手中无有状子，去了也是枉然。

郑振清　　没状子？拿纸来，老爷替你写。（周春欲下）哎，慢点，哪有自己写状子自己审的咧？不行，不行！

崔云荣　　（身背字画叫卖上）字画！卖字画！

郑振清　　来得好就不如来得巧。有请！

周　春　　公子请进。

崔云荣　　（进门打量郑振清）客官莫非要买字画么？

郑振清　　好！好！不知相公尊姓大名，家住何府，因何……

崔云荣　　惭愧，惭愧！

　　　　　[唱]　家住贵州崔家村，

　　　　　　　　学生姓崔单名成。

　　　　　　　　今科落第无生计，

　　　　　　　　流落街头卖字为生。

郑振清　　（惋惜地）读书之人，焉能卖字为生？

崔云荣　　[唱]　有心在贵县谋事做，

郑振清　　（关切地）找到没有？

崔云荣　　[唱]　人生地疏愁煞人。

郑振清　　如此，那我先照顾你一笔生意。眼下这位店家被人诬陷，请你帮他写一张辩冤大状如何？

崔云荣　　辩冤状？（为难地）

周　春　　只因义兄被人杀害，故而请公子代笔。

崔云荣　　难道宜堂就无有一人会写状子么？

周　春　　实不相瞒，城里讼师倒有几人，只因此案关系官家之后，谁都不肯出首。

崔云荣　　（不安地）这有何难，我与你代笔就是。

周　春　　请至后房。（下）

周连生　　大人少坐，待我略备薄酒与大人洗尘。（刘强根上，郑振清急忙钻入桌下）原来是县丞到此，请坐！

刘强根　　不坐！

周连生　不知县丞今日用些什么？

刘强根　不客气，我来找个朋友。

周连生　那是内室。

刘强根　啊！酒家。

周连生　县丞？

刘强根　改日再来！（下）

周连生　大人到哪里去了？

郑振清　（从桌下爬出）老爷在这里！刘县丞，老爷走一步你还跟一步，你怕老
爷走不见了是啵？

　　　　[周春手拿状子与崔云荣上。

周　春　状子写好。

郑振清　拿来我看。（观状）文笔锋利，十分老练，好、好！我观此人气度不
凡，颇具才识，若将他收留身边，岂不比我衙中那些糊涂东西强得
多？（对崔云荣）公子，听说宜堂县衙正缺少一名书吏，我有意将你引
荐，不知你意下如何？

崔云荣　此乃重缺，落魄之人，岂敢妄想！

郑振清　只要公子愿往，一切包在我的身上。

周　春　公子，他就是新任宜堂县令郑大人。

郑振清　不敢，郑振清。

崔云荣　（背躬）郑振清。（施礼）多谢太爷！

　　　　[落幕。

第三场　书房问计

　　　　[时间：第三日上午。

　　　　[地点：宜堂县衙书房。

　　　　[幕启。

班　头　（喊上）老二，老二。

二　头　　(醉酒上) 么事？

班　头　　么事，老爷派你一桩美差！

二　头　　(高兴地) 么美差？

班　头　　昨天太爷带回一名书吏，命你到运气街和气客栈将他的行李拿来。

二　头　　运气？和气？慢点还怄气啊！

班　头　　你怄么气？

二　头　　怄么气？我们这位太爷，到任三天不升堂、不理事，到处跑，怪里怪气。这两天茶馆出，酒馆进，怕花钱，耍单边，真小气。卖字的小子真运气，太爷对他真客气。刘县丞往日多神气，如今被撇到一边生闷气，我都替他不服气。太爷怪脾气，害得你我捞不到外快真憋气，还要我跟那个卖字的去拿行李，你说怄气不怄气？

班　头　　俗话说，"一个将军一个令，一个道士一个法"嘛。么法咧，把行李拿回来再说。

　　　　　[郑振清上，倾听。

二　头　　拿行李，人家刘县丞几好的人啰，对太爷步步相随，处处留心。为了东关一案，他忙了衙内又忙衙外，太爷有说的他替太爷说了，太爷有办的他也替太爷办了。好人呐，晓得帮了太爷几多忙啊！

　　　　　[郑振清进退两难。

班　头　　喝了点酒，格外话多。快去，快去！

二　头　　喝酒，是刘县丞请我喝的。人家刘县丞几好的人啰，他怕百姓骂太爷不会断案，逢人便说，太爷是个遭贬官，要百姓原谅。他还说，百姓有什么怕太爷办不好的事，可以到莱州金大人那里去告。这还不是为了太爷好？太爷真是不识好歹，这样下去，非倒霉不可的。

班　头　　呃，这些话不能瞎说的呵。(回头见郑振清，急忙溜下)

二　头　　么事瞎说，是刘县丞说的。他只跟我一个人说，叫我莫跟别人说，我只跟你一个人说，你也莫跟别人说……(郑振清忍耐不住，咳嗽一声)我去拿行李，我去拿行李！(下)

郑振清　　(进书房)

　　　　　[唱] 我的心头恼哇，

　　　　　　　　艾春兰你太滑哟。

　　　　　　谋杀亲夫把假状告，

　　　　　　要老爷跟着你的墨线跑。

　　　　　　刘强根背后把鬼捣，

　　　　　　东一锄，西一锹。

　　　　　　郑振清今日才知道，

　　　　　　你对老爷的兴致这么高。

　　　　　　事到临头休毛躁，

　　　　　　捉鬼不能让鬼跑。

班　头　　　禀老爷，茶到。

郑振清　　　(听喊"查到"，高兴地) 在哪里查到的?

班　头　　　(摇头) 不知道!

郑振清　　　(追问) 奸夫是谁?

班　头　　　(木然地) 不晓得。

郑振清　　　既未查到，为何谎报!

班　头　　　(辩解) 老爷，我是说这茶来了。

郑振清　　　(哭笑不得) 嗨，你放倒，我不喝。

崔云荣　　　(上，示意班头) 学生见过太爷。

郑振清　　　崔成来了，看坐。

崔云荣　　　太爷在此，哪有学生的座位?

班　头　　　(搬过椅子) 太爷叫你坐，你就大胆坐。

崔云荣　　　如此说来，学生谢坐。观太爷愁眉不展，莫非为东关一案焦虑?

郑振清　　　实不相瞒，东关一案，搅得老爷吃不香，睡不甜，心烦脑闷，不得安宁。

崔云荣　　　(有心试探) 太爷为了黎民百姓，废寝忘食，日后定会高升。

郑振清　　　高升? 想高升，就不能得罪权奸，怕得罪权奸，就只有黑着良心去得罪老百姓。老爷是城隍庙的破鼓，早就响 (想) 穿了的。

崔云荣　　　学生有一言，不知当问不当问?

郑振清　　　有话就尽管问，何须客套。

崔云荣　　　闻听人言，太爷在莱州任职之时，清正廉明，百姓拥戴，是缘何……

郑振清　　　遭贬是不是? 这又不是见不得人的事，老爷都不怕难为情，你又何须吞吞吐吐呢?

[唱]　你老爷做知府时运倒转，

遇着了冤家对头金长先。

虽然是他在宜堂做知县，

与吏部往来亲密早有勾连。

他鱼肉百姓，欺压黎民，

贪赃枉法，夺产霸田，无法无天，

老百姓敢怒不敢言。

乡绅们联名写状到莱州府，

桩桩件件，件件桩桩，

那老贼劣迹有万千。

我麻起胆，红了眼，

虎口搬牙接连把本参。

那吏部堂不准我的本，

反诬我受贿"害命官"。

我这里告，他那里贬，

一口气贬到了七品官。

郑振清我到了宜堂县，

莱州府去了他金长先。

颠倒颠，

再想参他还要难。

崔云荣　(背躬) 吏部结党营私，专权横行，早是我心腹之患。久欲剪除逆党，又是苦于无法下手，不想得遇此人，日后定有用处。太爷不畏权贵，浩气凛然，真是可钦可敬。

郑振清　崔成嘞，你没有做官想做官，做了官，想做好官还蛮难嘞。你日后若求得一官半职，良心可不能放到胁下窝里去喔！

崔云荣　学生铭刻心中就是。

郑振清　过去的事就不谈了，请坐。崔成，眼下老爷有一事为难，想请教于你。

崔云荣　不敢！

郑振清　你看东关一案症结何在呀？

崔云荣　依学生看来，东关一案，并非谋财害命！

郑振清	对，对，对！既不是谋财害命，那又因何杀人呢？
崔云荣	此乃因奸谋杀。
郑振清	对，对，对！你看如何了结？
崔云荣	自然是拿到奸证，找到真凶。
郑振清	对，对，对！只是这真凶……

[二头拿无头帖上。

二 头	禀太爷，适才小人在衙外墙上揭下无头帖一张。
郑振清	无头帖？（伸手）拿来我看。
二 头	（将手缩回）这上面尽是些骂太爷的话，不看算了。
郑振清	他贴到衙门口，就是让老爷看的，老爷要不看岂不辜负了人家的一片苦心？拿来。

[刘强根上，向二头使眼色。

二 头	要看……（领会）就拿去看。（下）
郑振清	（观无头帖）"宜堂知县遭贬官"，冇骂错嘛！"庇护谋财杀人犯，百姓齐心求知府，除却昏官民心安"。县丞，你看此帖，系何人所写？
刘强根	自然是黎民百姓所写。
郑振清	这个黎民百姓总在跟老爷唱十八扯。
刘强根	（假情假意地）太爷，我想东关一案还是尽快了结的好。
郑振清	（反问）却是为何？
刘强根	凶手逍遥法外，百姓自然不服。假若迟迟不结，诚恐激起民愤哪！
郑振清	（故作吓倒）这……
刘强根	倘若此案迟迟不结，艾春兰必然上告。一旦被知府大人知晓，到那时，这贪赃受贿、庇护凶犯的罪名，太爷你承担不起呀！
郑振清	（欲知阴谋）依你之见呢？
刘强根	（阴险地）立即将周春拿来，定罪判斩。这样，死者九泉瞑目，生者冤仇得报，民愤得以平息。太爷，你的前程可保哇！
郑振清	（从椅子上跳起，一把抱住刘强根）刘县丞，你上下左右都替老爷想到了，冇得一句是害我的，你真是宜堂城里再也找不到第二个好人呐！（击鼓声）何人击鼓？（内应："周春击鼓喊冤！"）嘻嘻，我正要找他，他倒送上门来了。（果断地）来，传他见我！

179

［二头押周春上。

周　春　　大人，冤枉！

郑振清　　来呀，将他拿下！

周　春　　我身犯何罪？

郑振清　　你谋财害命，打死常三林！

周　春　　你血口喷人！

郑振清　　人证物证俱在，休想狡辩！

周　春　　好一个青天大人！（一拳打倒郑振清）

刘强根　　快快拿下！

两班头　　喳！（扭周春）

周　春　　（喊）冤枉！冤枉！（被二班头扭下）

刘强根　　太爷，该冇打倒吧？

郑振清　　（捂着嘴）这拳打得蛮狠，只怕十天半月也好不了。刘县丞，将衙门
　　　　　关上，放假三天。

刘强根　　（暗自高兴）遵命！（下）

崔云荣　　太爷你……

郑振清　　不拿周春，真凶就不得露面。

崔云荣　　哎呀呀，太爷你……

郑振清　　今晚你陪老爷前往常家捉奸。

崔云荣　　那不行……太爷你这……（指脸上）

郑振清　　冇打倒……

　　　　　［幕落。

第四场　深夜捉奸

［时间：三日后的晚上。

［地点：艾春兰家。

［幕启：郑振清与崔云荣乔装更夫上。

郑振清	[唱]	你打锣来我敲梆，
崔云荣	[唱]	两个更夫巡夜忙。
郑振清	[唱]	为拿凭证常家往，
崔云荣		太爷，大门紧闭。
郑振清	[唱]	捉奸拿双你就莫慌张。

崔云荣　太爷！(灰心地) 你我等候三日，是缘何不见那人露面哪？

郑振清　(信心十足) 莫急，心急吃不得热豆腐。只要我们耐心等待，不愁他不来。

崔云荣　(泄气地) 今晚恐怕又是徒劳呀。

郑振清　(讲服) 烧香拜佛，讲的是心诚。我们三日都等了，还在乎这一个晚上？再说这一拳头不能白挨，我这场假病也不能白害哟！

崔云荣　好嘞，我就陪等嘞！

郑振清　天色尚早，走，到那边去。(二人隐下)

[艾春兰心绪不安地上。

艾春兰　[唱]　　自从三林把命丧，

　　　　　　　　我坐卧不宁心发慌。

　　　　　　　　白天不敢厨下走，

　　　　　　　　到晚来又不敢回小房。

　　　　　　　　盼只盼花轿进门把新娘做，

　　　　　　　　到县衙快快活活把夫人当。

　　　　　　　　这几日冤家他又不来往，

　　　　　　　　害得我孤孤单单好凄凉。

　　　　　　　　怕的是露水夫妻不长久，

　　　　　　　　怕的是热炉子错靠水缸。

　　　　　　　　怕的是冤家把情义断，

　　　　　　　　怕的是竹篮打水空喜一场。

[刘强根用扇遮脸，蹑手蹑脚地上。走近院门，回头观望。见无人，敲门。

艾春兰　(闻声急上，小声地) 谁呀？

刘强根　是我。

[艾春兰高兴地开门，刘强根进。郑振清欲跟进，被艾春兰关在门外。

郑振清　　都怪你。(侧耳细听)

艾春兰　　(撒娇地) 你怎么今日才来?

刘强根　　娘子,我……

艾春兰　　哼! (返身进房关门)

刘强根　　(敲门,哀求) 娘子,娘子……

郑振清　　拐了,听不见了。

崔云荣　　太爷,还是回衙,派衙役前来拿人。

郑振清　　不行,通奸并非杀人,没有凭证怎能擅自拿人?再说二班头跟金长
　　　　　先、刘强根多年,一旦走漏风声,岂不坏了老爷的大事?

崔云荣　　院门紧闭,怎能进去?

郑振清　　(见院墙) 有了,翻墙。

崔云荣　　(责备地) 太爷翻墙,成何体统?

郑振清　　只要拿到真凭实据,管他体统不体统。

崔云荣　　只是多有不便,夜入民宅。

郑振清　　事已至此,顾不了那多。来,肩有,上墙。(拉下)

　　　　　[艾春兰复上。

刘强根　　(迎上) 娘子,院门可曾闩好?

艾春兰　　你放心,我上了暗锁,就是苍蝇蚊子也休想飞进来。

郑振清　　(跳进院里) 嗯,老爷还是进来了嘛。

艾春兰　　(不放心) 刘郎,许久不来,莫非你把我忘了?

刘强根　　娘子哇!

　　　　　[唱]　日也思,夜也盼,

　　　　　　　　日日夜夜想春兰。

　　　　　　　　怎奈是来了个遭贬官,

　　　　　　　　一心要把牛角钻。

　　　　　　　　他认认真真查凶犯,

　　　　　　　　我只得费尽心机与他巧周旋。

郑振清　　[唱]　是小鬼总要把阎王见,

　　　　　　　　有脓迟早包要穿。

艾春兰　　[唱]　难道你还怕知县?

郑振清	[唱]	岂敢，岂敢！
刘强根	[唱]	我树大根深，
郑振清	[唱]	莫把后台搬。
刘强根	[唱]	我累施巧计将他骗，
		郑振清被我把鼻子牵。
		将周春，当凶犯，
		周春一听怒冲天。

那周春听得要将他押进监牢，怒目圆睁，暴跳如雷，冲上前去，就是这么一拳。

艾春兰		怎么样？
刘强根	[唱]	遭贬官，造孽官，
		躺在床上哼了三天。
		今夜晚我放心大胆与你见面，
郑振清	[唱]	这是我做好了笼子让你钻。
艾春兰	[唱]	你聪明，
刘强根	[唱]	你漂亮，
郑振清	[唱]	死不要脸。
艾春兰	[唱]	你能干，
刘强根	[唱]	你果断，
郑振清	[唱]	色胆包天。
崔云荣	[唱]	请老爷，快出来，
郑振清	[唱]	好戏才开演，
崔云荣	[唱]	回衙去，喊衙役，
郑振清	[唱]	拿不到凭证我怎回还？
刘强根	[唱]	周春问斩，
郑振清	[唱]	谁如愿？
艾春兰	[唱]	我们成双配对，
郑振清	[唱]	共赴黄泉。
艾春兰 刘强根	[唱]	明年此时我们同欢庆，

郑振清	[唱]　只怕要为你们祭周年。
刘强根	好！
艾春兰	刘郎，我们快点完婚吧。
刘强根	案子尚未了结，怎能完婚？
艾春兰	难道长此下去，不明不白？哼！定是你的心变了。
刘强根	（假惺惺地）我若负心于你，天诛地灭！
郑振清	有那一天的。
艾春兰	死鬼，莫说那些不吉利的话。
刘强根	我不发誓，你又不信。哎，我那只血靴子可曾烧毁？
艾春兰	哟，不是你提起，我差点忘了。
刘强根	现在何处？
艾春兰	还藏在那鸡笼内面。
郑振清	鸡笼！鸡笼在哪里？（满院找）
刘强根	（叮嘱）此事万万不可大意，还是早早烧掉为好！
艾春兰	明日就烧。刘郎，我这双眼皮日夜不停地跳，该不会出事吧？
刘强根	（胸有成竹）不会的，就算他查出实情，一个遭贬官，又奈我何！
艾春兰	好，这我就放心了。
刘强根	春兰，可曾备得有酒？
艾春兰	早已备好，随我来！
	[二人欢欢喜喜地下。
郑振清	呸！

　　　　　　　[唱]　奸夫淫妇心毒狠，

　　　　　　　　　　得意忘形露真情。

　　　　　　　　　　单等罪证拿到手，

　　　　　　　　　　用尔的狗头祭冤魂。（从鸡笼拿出血靴子）

　　　　　　　　　　开门忙把人役叫，（抽门闩不动）

　　　　　　　　　　院门上了暗锁出去不成。

　　　　　　　　　　老爷生就了翻墙的命，（攀墙不着）

　　　　　　　　　　墙高人矮更不行。

　　　　（看鸡笼）有得法，请你帮个忙。（搬过鸡笼，双脚踏上。笼垮人倒地，刘强

根、艾春兰闻声冲上)

刘强根	门外有人。
艾春兰	定是……
刘强根	拿棍子来！(插扇，扇落。开门，接过棍子打郑振清，郑振清烟袋杆被打落在地。郑振清在地上摸起扇子，刘强根咬牙一棍，将郑振清打昏在地。刘强根往地上一看，害怕地) 啊，春兰快点来。
艾春兰	(看倒在地上的郑振清) 是他！
刘强根	莫怕，我们说的话他没有听到，附耳上来。(耳语)
艾春兰	你快去快来！(欲开院门)
刘强根	慢！门外有人。
艾春兰	那就钻狗洞。
刘强根	(摸扇子不着) 哎呀，我的扇子。
艾春兰	什么时候了，还找扇子。(从地上摸起郑振清烟袋杆) 在这里，快走！
	(刘强根下，艾春兰扯破衣服，开门高呼) 来人，救命哪！
	[二班头手提灯笼，闻呼声进院。
两班头	什么事，什么事？
艾春兰	哎呀，差官哪，有一狂徒见民妇孤寡一人在家，他翻墙入院，对奴强行非礼，还望差官严惩的才是呀。
两班头	真有此事？
艾春兰	你看民妇这衣服，此事日后传扬出去，叫我有何脸见人。(见二班头不理) 天哪！
二 头	这还了得，莫哭，我们给你做主。凶犯在哪里？
艾春兰	就在墙下。
班 头	起来，快起来！
二 头	你还装死。(踢郑振清一脚) 我就不相信治不服你。(从地上提起郑振清)
班 头	(见郑振清大吃一惊) 是太爷！
二 头	(抬手) 太爷…… (昏)
	[崔云荣进院扶郑振清。
	[幕落。

第五场　恪守清白

　　　　　　　[时间：前场后的第三天黄昏。

　　　　　　　[地点：宜堂城郊，县衙后花园。

　　　　　　　[幕启：两班头内喊"走"。

李桂枝　　　（内）

　　　　　　　[唱]　越岭啰过岗，（二轿夫抬李桂枝上，两班头随上）

　　　　　　　　　　越岭又过岗，

　　　　　　　　　　小轿如飞走得忙。

　　　　　　　　　　老爷派人来接我，

　　　　　　　　　　定是他日也思，夜也想，

　　　　　　　　　　日思夜想见婆娘。

两班头　　　走！

李桂枝　　　[唱]　二班头不住嚷，

　　　　　　　　　　轿夫的汗水湿衣裳。

　　　　　　　　　　脚要走，肩要扛，

　　　　　　　　　　可怜他气喘吁吁，

　　　　　　　　　　上晒下蒸热难当，

　　　　　　　　　　力不随心恨路长。

两班头　　　（吆喝）快走！

李桂枝　　　[唱]　班头催路虎狼样，

　　　　　　　　　　颠得桂枝头发麻来心发慌。

　　　　　　　　　　接夫人又不是把亲抢，

　　　　　　　　　　为何一路这紧张。

　　　　　　　　　　莫非老爷身有恙，

　　　　　　　　　　坏了！

　　　　　　　　　　越思越想心越慌。

　　　　　　　　　　班头落轿！

班　头　　　夫人，落不得轿。

遭贬官

李桂枝	怎么落不得？
班　头	我等奉命在身，天黑之前要赶回县衙！
李桂枝	到底落不落？
二　头	夫人说落就得落！
班　头	落不得！
李桂枝	夫人是个犟性，我偏要落。（跳下轿，轿夫跌倒）班头，是哪个派你们来接我的？
班　头	是太爷！
二　头	是书吏！
班　头	太爷！
二　头	书吏！
李桂枝	到底是哪个？
班　头	（捂二头嘴）是太爷命书吏，书吏派我们来接夫人的。
李桂枝	你家老爷身体可好哇？
班　头	好！
二　头	不好！
李桂枝	（向二头招手）你跟我过来。
二　头	叫我的？夫人有何吩咐？
李桂枝	（试探地）你家老爷病了？
二　头	咦？夫人你怎么知道的？
李桂枝	（发火）好哇，你们一路之上支支吾吾，欺骗夫人。老爷到底是什么病？快与我讲！
班　头	（害怕地）夫人，小人不敢讲！
二　头	哎哟！么事不敢讲，夫人在这里，你怕个么事吵。你不讲，你不讲我讲！启禀夫人，昨晚三更时分，太爷乔装改扮，出县衙，到东关，就是这样翻墙。
李桂枝	翻墙？
二　头	进了民房。
李桂枝	为了什么？
二　头	他老人家想去找一个年轻的小……

187

李桂枝	小什么？快讲！
二　头	小寡妇！
李桂枝	（一怔）小寡妇……（思索）呃，你家老爷一向为人正派，怎会做出这等苟且之事？胡说八道，与我掌嘴！
二　头	哎呀夫人，这都是小寡妇说的。
李桂枝	说些什么？
二　头	她说太爷夜入民宅，强行非礼，是她不从，抄起门杠，对准太爷，上一棍，下一棍，左一棍，右一棍，只打得太爷浑身上下，上下浑身……
李桂枝	（惊呆）哎呀！（坐下）
两班头	（忙喊）夫人！夫人！
李桂枝	（气极地）走！（下）
二轿夫	夫人，轿子！轿子……

　　[二班头追下，二轿夫随下。

　　[灯暗转。

　　[宜堂县衙后花园。

　　[郑振清昏沉沉地上。

郑振清	［唱］	头发昏，眼发黑，
		手还好，腿有瘸，
		不用请医生来号脉，
		我脸上定是好气色。
		昨晚翻墙把常家进，
		一出好戏我从头到尾看得明白。
		嘴里不作声，心里头热，
		快活的劲头就不消说。
		一把扇，一只靴，
		要拿的凭证我不缺。
		虽说是挨了几木棍，
		再打几下也值得。
班　头	（上）禀太爷，夫人来了。	

188

遭贬官

郑振清	么事？夫人来了？她怎么来的？
班　头	书吏见太爷被打，命我等接来的。
郑振清	（埋怨地）为何不早说一声，糊涂、糊涂。
班　头	（旁白）哟，太爷真的惧内哩！
郑振清	快快有请！
班　头	有请夫人！
	［李桂枝上。
郑振清	夫人在哪里？
李桂枝	老爷在哪里？
郑振清	夫人！
李桂枝	（搀扶）老爷！
郑振清	（呼痛）哎哟！
李桂枝	（扶郑振清坐下）老爷果真挨打了？
郑振清	不要紧，这个打挨得值得。
李桂枝	么事？你挨打还值得？（生气地坐到一边）
郑振清	夫人。（见班头）站在这里做么事？
班　头	侍候老爷夫人。
郑振清	还不退下？
班　头	是！（笑下）
郑振清	这不晓得有个么看头！
李桂枝	（上前揪住郑振清的耳朵）你过来哟！
郑振清	哎哟！
李桂枝	［念］ 郑振清，大不该，不该做出丑事来。
郑振清	（吃惊地）啊？
李桂枝	［念］ 当老爷是哪些不自在，翻墙爬壁把心开。
	［唱］ 你忘记了夫妻恩爱，
郑振清	［唱］ 这才是马腿修好鞍子歪，
	灾祸一起来。
	夫人不问好和歹，
	屈煞下官。

189

李桂枝	么事，我冤屈了你哇？跟你说，今日不讲清楚，
	[唱]　我不与你下台。
郑振清	(欲解释) 夫人，你我恩爱夫妻，患难与共，你……
李桂枝	我么样？是你的心变了吵！

[唱]　说什么恩爱夫妻共患难，

　　　提起了往事我更痛酸。

　　　家贫无有隔夜米，

　　　十冬腊月衣又单。

　　　你终朝每日把书念，

　　　全靠我纺线绩麻度饥寒。

　　　一家人吃糠菜积积攒攒，

　　　为你赴试筹盘缠。

　　　众乡邻，心好善，

　　　七拼八凑解危难。

　　　你中进士做了官，

　　　亲朋邻居哪个不喜欢。

　　　三姨二舅姑老表，

　　　叔叔伯伯和侄男。

　　　对门的嫂子隔壁的妹，

　　　村前村后，男女老少，

　　　叽叽喳喳，

　　　贴心的话儿说不完。

　　　这个把夫人叫，

　　　那个把桂枝喊。

　　　叫我得意莫忘本，

　　　叫你做官莫爱钱。

　　　他们敲锣打鼓放鞭炮，

　　　叩头作揖谢神仙，

　　　桂枝我说不出的心里甜。

　　　自从你上任莱州府，

终日为你把心担。

你一贬再贬宜堂县,

怄得我回家去种田。

谁知你如今把良心变,

抛家不顾另寻新欢。

衙中的公务你不干,

县太爷深夜把墙翻。

树有皮,人有脸,

你叫我有何脸面站人前?

我的天哪!

从此后我与你一刀两断!

我情愿做寡妇,

郑振清　　夫人,那做不得的。

李桂枝　　[唱]　也不要你这个负心男!

郑振清　　夫人,你真的舍得我?

李桂枝　　(狠心地) 我只当你死了的!

郑振清　　夫人哪!

　　　　　[唱]　与夫人结发共患难,

　　　　　　　　你恩我爱心相连。

　　　　　　　　常言道少是夫妻老是伴,

　　　　　　　　我岂敢对夫人心不专。

　　　　　　　　只因宜堂出了人命案,

　　　　　　　　官家子弟有牵连。

　　　　　　　　想拿凶犯把案办,

　　　　　　　　怎奈证据不周全。

　　　　　　　　昨晚三更去东关,

　　　　　　　　为拿罪证把墙翻。

李桂枝　　[唱]　为何不把人役遣?

郑振清　　[唱]　事情紧迫在眉尖。

李桂枝　　[唱]　可曾拿到凭和证?

郑振清	[唱]	凭证到手我心喜欢。
李桂枝	[唱]	就该急忙回衙转，
郑振清	[唱]	院门上锁难回还。
		二次翻墙露了馅，
		惊动了房中一女一男。
		拿起棍子将我一顿打，
李桂枝		么样？
郑振清	[唱]	哎呀，我差一点呜呼哀哉赴黄泉。
		为办案挨打我无怨，
		但求夫人明镜高悬。
李桂枝	[唱]	一番话说得我心好酸，
		却原来做清官这样难。
		媳妇只有婆婆管，
		你做官比做媳妇还可怜。
		浑身上下打得稀烂，
		哎呀……
郑振清		莫哭，莫哭！
李桂枝	[唱]	我的姊妹呀，
		我不该雪上加霜把你冤。
		我不疼你谁疼你，
		我不怜你叫哪个把你怜？
		快快随我回家转，
郑振清		做么事？
李桂枝	[唱]	夫妻双双去种田。
		只要我们能勤俭，
		粗茶淡饭苦也甜。
		走，跟我回去，你就是种田，我纺纱织布也要把你养倒。
郑振清		桂枝，我怎么能够回去呢？
李桂枝		么样，那你还勹赆够？
郑振清		有道是"食君禄，报皇恩，为民请命救苍生"。我要是这样回去，常

三林的冤案岂不是石沉海底，周春岂不死得不明不白，凶手岂不逍遥法外？

李桂枝　看来你是不见棺材不落泪！

郑振清　我是不到黄河不死心！

李桂枝　哎哟，世上做官的多得很，有得你未必就少了个宝！

崔云荣　（急上）禀太爷，适才金知府命人传来口谕，请太爷明日过衙议事。
（班头随上）

郑振清　哟呵，我正要找他，他倒先找起我来了。夫人，这一来，想走还走
不成了。崔成，命衙役备好轿子，明日午鼓，老爷去至莱州府衙！

崔云荣　太爷！你……

郑振清　老爷不去莱州府，那刘强根就回不了宜堂县。

崔云荣　想那金长先乃刘强根的姐丈，如今他逃往莱州府，必然早有准备，你
前去拿人，难道你不怕自投罗网？

郑振清　老爷有艾春兰的口供在手，谅他不敢把我怎么样！

李桂枝　哎呀，老爷呀，金长先为人奸诈，心狠手毒，你吃他的亏又不是头
一回。此番前往，我看你是送肉上砧板。

郑振清　好大个鬼，我就不信他能把我的脑壳搞搬家。

李桂枝　那我是不让你去的。

郑振清　夫人，这又不是翻墙挨打，与你无关，你莫管。

崔云荣　太爷，夫人所言极是。此去虽不至性命攸关，但于太爷的前程有碍……

郑振清　莫撞倒鬼哟，为官者只要上能报效朝廷，下不负黎民百姓，管他前
程不前程。再说老爷遭贬又不是头一回，这一回他要贬，也要等我
把案子办完了再说。

李桂枝　老爷啊，你此番前去，假若金贼当真加害于你，我母子日后何以
生存？

郑振清　（被触动）这……

班　头　太爷去不得！

李桂枝　老爷，去不得！

李桂枝
班　头　（同跪地）老爷，你去不得！

郑振清　　呀！

　　　　　　[唱]　小崔成真诚相劝，

　　　　　　　　　贤夫人泪似涌泉，

　　　　　　　　　班头他再三拦阻，

　　　　　　　　　郑振清心似猫抓前后难。

　　　　　　　　　我若是执意拿凶犯，

　　　　　　　　　赴莱州必然有去无还。

　　　　　　　　　我若辞官归故里，

　　　　　　　　　岂不落得千人骂，万人骂，

　　　　　　　　　咒骂振清畏权势，

　　　　　　　　　贪生怕死该谪该贬的遭贬官。

崔云荣　　（暗示，壮胆）学生风闻，巡按大人已奉旨出京，倘若金贼真的加害于你，学生定与太爷正名雪冤！

郑振清　　（激动地抱住崔云荣）崔成，伙计，够朋友！

　　　　　　[唱]　横下心，秉公断，

　　　　　　　　　怕什么钉子怕什么难。

　　　　　　　　　忠心何惧再遭贬，

　　　　　　　　　理正哪怕牢坐穿。

　　　　　　　　　除强暴，伸民冤，

　　　　　　　　　要留清白在人间，

　　　　　　　　　要留清白在人间！

　　　　　　（高声呼唤）笔墨伺候！（班头手端文房四宝上，崔云荣深受感动地接过笔砚，二衙役牵开条屏。郑振清举笔疾书"要留清白在人间"七个大字，心烦意乱地掏出烟袋，抽出一看，原来是把白扇）怎么是白扇？（看）上面有金长先亲笔……（喜悦地）唔，是成是败，就此一举！

　　　　　　[落幕。

第六场　诱凶落网

[时间：次日上午。

[地点：莱州府二堂。

[幕启：刘水仙出，刘强根追上。

刘强根　（哀求地）姐姐，姐姐！

刘水仙　哼！

[唱]　你自作自受不争气，

寻花问柳不顾脸皮。

失官体，辱门第，

凤凰偏找小野鸡。

平日劝阻你不理，

姐姐遭人指背脊。

你好威风，好神气，

今日怎么成了一摊泥，

无主意你看你眼泪鼻涕往下滴。

刘强根　[唱]　与春兰逢场作戏，

谁真心娶她做妻？

打死常三林非本意，

思想起来后悔迟，

去求姐夫求小弟。

姐姐，你去呀！

刘水仙　我不去！

刘强根　[唱]　我与你叩头作揖，叩头作揖！

刘水仙　像个么样子，快起来！

刘强根　你不答应，我就不起来。

刘水仙　（叹气）好，好，好！我答应，快起来。有请你姐丈出堂。

刘强根　有请姐丈！

金长先　[念]　强根做事太大胆，害得老夫左右难。

195

刘水仙　老爷请坐！

金长先　夫人请坐！

刘强根　见过姐丈！

金长先　哼！

刘水仙　老爷，兄弟之事，你打算如何处置？

金长先　夫人，东关一案，倘若别人经理此案倒不难对付。那郑振清生性倔强，不惧权势，多次遭贬，与老夫积怨甚深，倒是有些棘手哇。

刘水仙　听老爷之言，莫非惧怕那郑振清？

金长先　你！当初我留他（指刘强根）在宜堂县，为的是作我耳目，监视那狗官。谁知他一心贪恋女色，有负老夫重托。如今惹下大祸，叫我……

刘水仙　我跟你说嘞，此事你管也得管，不管也得管。刘家只有我兄弟这棵独苗，他若有个三长两短，我定不与你罢休！

刘强根　（咬咬牙）只要你们能救得小弟，小弟愿拿白银千两，报答姐夫、姐姐的救命之恩！

刘水仙　兄弟说话算数？

刘强根　（掏出银票）银票在此，姐姐请看！

刘水仙　（喜笑颜开地）老爷！

金长先　夫人休得如此，待我问明情由，与他作主就是。强根，东关一案，可真的是你所为？

刘强根　真的是小弟所为。

金长先　郑振清可曾拿到你的什么把柄？

刘强根　不曾拿到什么把柄。

金长先　你道他翻墙入院，可是实情？

刘强根　千真万确！

金长先　你可曾被他看见？

刘强根　他翻墙入院，被我用棍打昏，我想不曾看见。

金长先　翻墙入院，可有什么凭证？

刘强根　（拿出烟袋）这可算得？

金长先　（看）"郑"，算得，算得！郑振清哪郑振清，这盘棋你输定了！

家　丁　（上）禀大人，宜堂县拜府！

金长先	请至二堂！
刘水仙	怎么，请他？未免太客气了！
金长先	夫人不能知道，老夫昨夜就派人去宜堂县，传郑振清过府议事。少时到来，先用好言开导，他若识时务，归顺于我，此案就此了结。
刘水仙	他若一意孤行呢？
金长先	老夫命人前去击鼓告状，凭这证据，就可以定他一个夜入民宅、非奸即盗罪，一来可解强根之危，二来可拔去老夫眼中之钉，你看如何？
刘水仙	好！给他一个下马威，让他知道知道我金府的厉害！
金长先	夫人且退。（刘水仙、刘强根下）家丁走上！

[四家丁内应"喳"，如虎似狼地上。

四家丁	参见大人！
金长先	站立两厢！
四家丁	喳！
金长先	传郑振清！
家丁甲	喳！
金长先	且慢！有请！
家丁甲	喳！有请郑大人！
郑振清	（上） [唱]　金长先一声将我请， 　　　　这才是东边的日头西边升。 报！宜堂县郑振清告进！祝大人一帆风顺，双喜临门，三阳开泰，四季太平，五世齐昌，六畜兴旺……
金长先	你到底想干什么？
郑振清	（跪拜）与大人叩头请安！
金长先	（不耐烦地）起去！郑振清，你到任几日？
郑振清	到任十天。
金长先	嘟！大胆郑振清，你到任多日，不来拜府，敢莫藐视本府？
郑振清	岂敢，岂敢！下官涉世不深，多次冒犯大人，思过之余，顿感愚昧之极。上任之前，即想登门请罪，又苦于无有进见之礼。此次上任宜堂，又因东关一案缠身，故而耽误数日。

金长先	唔，贵县东关一案可曾了结？
郑振清	不曾了结！
金长先	嘟！东关命案，拖延至今，迟迟不得了结，可是玩忽职守，疏赖县政！
郑振清	在大人之下，卑职焉敢玩忽职守，疏赖县政？只是东关一案，令人发愁，今日特前来向大人请教！
金长先	哼，郑大人，你才华出众，胆识过人，何言请教二字？
郑振清	大人，你君子不记仇，大人不计小人过，我过去是不识时务，以卵击石，还望大人海涵！
金长先	只怕你是口不应心吧？
郑振清	若有半句假话，天地不容！
金长先	好！与郑大人看座！
郑振清	且慢，在大人府台面前，岂有下官的座位？
金长先	不必多礼！
郑振清	如此，卑职谢坐！
金长先	郑大人，你有何事要向本府请教？
郑振清	卑职生性愚钝，加之案情棘手，想请刘县丞一同回县办案。
金长先	刘强根已调莱州府衙了。
郑振清	（背躬）好快呀！
金长先	难道你未看见公文么？
郑振清	一定是路上错过了。刘县丞年轻有为才华出众，终非池中之物，该调该调。县丞高升，我也脸上有光。
金长先	东关一案，你打算如何了结？
郑振清	回禀大人，东关一案，经下官三审六问，绝非抢劫杀人，实系因奸谋杀！
金长先	（紧张地）啊，凶手是谁？
郑振清	（故意卖关子）周春！
金长先	（吐气）那周春竟敢无法无天，理当问斩。还请教什么？
郑振清	只是周春在公堂之上一口咬定，杀人凶手乃是刘强根！
金长先	啊！
郑振清	那我怎么能信呀？想刘县丞乃金知府内弟，平日管教甚严，如今身为宜堂县丞。他怎会做出这等伤天害理之事呢？

金长先	既然如此,你为何不将周春问斩?
郑振清	好,少时卑职回得衙去,立刻将周春开刀问……哎呀,大人,斩不得。
金长先	怎么斩不得?
郑振清	没有上司的批文,是如何斩得?
金长先	老夫的口谕就是批文!
郑振清	大人的口谕当得批文?
金长先	唔!
郑振清	那下官回衙开刀问……哎呀,还是斩不得!
金长先	哪来这多的斩不得?
郑振清	虽有上司的批文,但无物证呀?
金长先	你要物证么?
郑振清	冇得物证,下官么样结案?
金长先	你一定要物证,本府给你一件物证。(拿出烟袋)
郑振清	啊!烟袋,是我的!(欲接)
金长先	(拦住)既是你的,它怎么跑到艾春兰的家中去了?
郑振清	大人,说来惭愧。唉,东关一案,搅得卑职是心力交瘁,食不甘味。适逢好友相邀,过府饮宴。酒席间,尽兴畅饮,十分相投。那晚,皓月当空,是我乘着酒兴,步月而归。本应西行回衙,谁知,酒喝多了,脚不听话,走到东边去了。我定眼一看,不觉到了艾春兰的门前。突然听见她房内有男人说话之声。我想,艾春兰是一个寡妇,深更半夜,屋内哪有男人讲话呢?唔,此事定与东关一案有关。于是我就扒墙一看……
金长先	看见了什么?
郑振清	乌漆抹黑,随么事都冇看到。
金长先	你刚才不是说皓月当空吗?
郑振清	不晓得是哪里飘来一片云头,把个月亮遮住了。于是我搬起了一块石头垫脚,好不容易爬上墙头,“扑通”……
金长先	“扑通”什么?
郑振清	脚一滑,我掉进她屋里的鸡笼里去了。那鸡笼子是咕咕咕地叫,我这心里是扑通、扑通、扑通地跳。

金长先	你跳些什么？
郑振清	我怕别人把县太爷当成叼鸡佬捉去了，那才难为情哩。就在此时，房内冲出一人，拿着棍子，呼、呼、呼！几棍子就把我打昏了。
金长先	你可曾认清此人面目？
郑振清	那咱我自己都不得了，我还认得他？
金长先	如此说，你是什么也冇看见？
郑振清	看见了！
金长先	看见什么？
郑振清	看见眼前金花直冒！
金长先	郑振清，你身为朝廷命官，夜入民宅，该当何罪？
郑振清	哎呀大人，为翻墙一事，夫人与我吵闹不休，衙役们在背后议论纷纷，你再冤枉我，那我不就只有死路一条？大人你高抬贵手，让我从你的下面过去不就行了。
金长先	贵县，非是本府有意为难于你，只是东关一案的真凶……
郑振清	周春吵！
金长先	该不该问斩？
郑振清	人证一应俱全，单等县丞回衙，立即问斩！
金长先	啊？你这是何意？
郑振清	大人，这都是卑职的好意。那日公堂之上，艾春兰喊冤，是刘县丞接的状子，问的案子。今日周春在公堂之上，一口咬定杀人凶手是刘强根，他眼前又住在莱州府数日未归，岂不给人一个畏罪潜逃的口实？那个知者的说金大人是一个清正廉明的好官，不知者还说你窝藏凶犯。大人，巡抚大人出京，你可知晓？
金长先	啊！此话当真？
郑振清	东关一案，若是迟迟不结，诚恐夜长梦多！
金长先	唔！那依你之见呢？
郑振清	依我之见……不如长草短草，一把挽着，快刀斩乱麻，是越快越好！
金长先	唔，要快、要快！
郑振清	大人，下官此番前来还有好心献上。
金长先	两厢退下！（家丁下）

郑振清	那一天，二班头巡夜去至东关，在艾春兰的门前拾得白扇一把，上面还有大人的亲笔，我诚恐传扬出去于大人的官声有碍，于刘县丞的前程不利，于是，我把它藏了起来。今日前来献于大人，（举起扇子）以表归顺之意。
金长先	（一把接过扇子，高兴地一把抱住郑振清）贵县，你真不愧是老夫的心腹之人。好好好！你翻墙一事就算无事了。倘若尊夫人再要吵闹，你送过府来，待老夫与她开导开导！（递过烟袋）
郑振清	（接过烟袋）谢大人！（指头上的乌纱）日后还全仗大人提携。
金长先	（会意的）这你就放心，待了结此案，本府呈文吏部，自有你的好音到来。那我就把刘强根交付与你。
郑振清	大人放心，我保得将军去，就保得将军回。
金长先	一言为定！
郑振清	反口不是人养的。
金长先	强根走上。
	［刘强根、刘水仙上。
刘强根	见过姐丈！
金长先	见过郑大人！
刘强根	见过郑大人！
金长先	强根，随郑大人回衙去吧！
刘强根	（大惊失色）不，不！
刘水仙	老爷，你……
金长先	夫人不必如此，郑大人如今是自家人了啊！
刘水仙	（明白地）郑大人，强根回衙，还望你多多照看才是。
郑振清	夫人放心，我晓得是么样照顾他的。刘县丞，请吧！
刘强根	（害怕地）姐姐……
刘水仙	去吧！
郑振清	下官告辞！
	［刘水仙从怀中掏出一张银票，递给金长先。
金长先	慢！
郑振清	（转身）大人还有何吩咐？

金长先　贵县为了东关一案，吃尽辛苦，（递过银票）物证在此，想必你用得着。

郑振清　（看银票）五百……用得着，完全用得着！大人对卑职那些厚爱，下官感激涕零，告辞了！（三拜）

　　　　［幕落。

第七场　正名雪冤

　　　　［时间：数日后的午时。

　　　　［地点：宜堂县大堂。

　　　　［幕启。

郑振清　（内呼）升堂！（二班头引郑振清上）哟，崔成哩？

班　头　老爷前脚进金府，他后脚就离了衙门。

郑振清　哪道而去？

班　头　小人不敢过问。

郑振清　崔成哪崔成，原以为你是一个行侠仗义的君子，谁知大难当头，你就荷叶包鳝鱼——溜之大吉！

两班头　老爷，崔成走了，还有我们！

郑振清　有你们？今天说不定是老爷最后一次问案，少时升堂，那就麻烦你们。老爷叫你们捆？

两班头　我们就捆。

郑振清　叫你们打？

两班头　我们就打。

郑振清　好！来呀！

两班头　有！（大声地）

郑振清　哎，把劲留着等下用。升堂！（归位）请刘县丞！

二　头　有请刘县丞！

　　　　［刘强根上。

郑振清	跪下！
刘强根	太爷，我……
郑振清	叫你跪下你就跪下，老爷不会把亏你吃的。(刘强根跪) 刘强根你怎样与艾春兰通奸，杀死常三林的，与我从实招来！
刘强根	哎，太爷，我是好人。
郑振清	你是好人，那我是犯人？讲！
刘强根	郑振清！你将我谎进县衙，栽赃陷害，金大人的厉害你是知道的！
郑振清	呸！你不提金长先倒还罢了，一提起金长先，老爷的龟火直冒。不动大刑谅你难招。来呀！将他拖下去重责四十！
刘强根	谁敢？谁敢？哪个敢？
郑振清	我就不信那个邪！(从衙役手中接过板子) 我敢，我敢！拖了下去！(二衙役拖刘强根下。内喊："金大人到！") 哟呵，他还来得蛮快嘞！
二 头	坏了，坏了！退堂！
郑振清	站着哟！老爷都不怕，你们吓得那狠做么事！请！
二 头	(壮起胆子) 有请！
	[四青袍引金长先上。
金长先	郑大人，案情可曾了结？
郑振清	正在升堂审问。
金长先	不必审问，速将凶犯处斩！
郑振清	那我晓得的。来呀！带凶犯！
	[二衙役押刘强根上。
刘强根	姐丈，救命哪！
金长先	啊！郑大人，这……
郑振清	有错，他就是真凶，我一点有冤枉他。
金长先	郑振清！刘强根回衙，你竟敢将他当成凶犯，你……来呀！升堂！
郑振清	慢点！你要升堂请回莱州府，这是我的宜堂县。(上位)
金长先	将他拖下来！(四青袍拖郑振清下位，金长先上位) 郑振清，你可知罪？
郑振清	我一不贪赃，二不卖法，何罪之有？
金长先	你与艾春兰通奸，杀死常三林，怎说无罪？
郑振清	哟呵！这个巧法子还亏你想得出来。你说我与艾春兰通奸谋杀，有

何为证？

金长先　本府自然给你一个人证！来！带艾春兰！

郑振清　（背躬）下面的戏还好看些。

艾春兰　（上）

　　　　[唱]　昨日刘郎把话传，

　　　　　　　喜坏狱中艾春兰。

　　　　　　　二次再把公堂上，

　　　　　　　反咬一口把案翻。

　　　　民妇叩见大人！

金长先　艾春兰，有人告你与新任太爷通奸，害死亲夫，可是实情？

艾春兰　这……

金长先　（威胁地）大刑伺候！

艾春兰　（见刘强根点头）是实情！

金长先　凶手可是他？（指郑振清）

艾春兰　（点头）是他！

金长先　郑振清，你还有何话讲？

郑振清　（起身）承蒙抬举，今天我才搞清楚我是凶犯。好，带周春！

班　头　周春上堂！

　　　　[周春上。

郑振清　周春，东关一案，已经真相大白，凶手是我，与你无关，老爷抓错
　　　　了，对你不住。

周　春　太爷……

郑振清　（拿银票）你停业多日，这银票是五百两，赔偿你的亏空，回家去吧！
　　　　[周春欲走。

金长先　慢！

郑振清　（对金长先）我们到底谁是凶犯？你不准他走，那我就走嘞！

金长先　回来，回来！

郑振清　对呀，有真凶在此，你把个假犯留倒做么事呢？（推周春）周春，回
　　　　去吧。（周春下）

金长先　你身为朝廷命官，知法犯法，还不从实招来？

郑振清	请问金大人，卑职几时到任？
二 头	八月初十。
金长先	不用你多嘴。
郑振清	常三林何时被杀？
二 头	初九的夜间。
金长先	你与我滚开！
二 头	他问你，你又不说，我怕你不晓得！
郑振清	艾春兰，我既与你通奸，你院子有门为什么不让我进，硬要我去翻墙呢？你要是那样喜欢我，为什么要拿棍子把我往死里打？你说与我通奸，老爷到任之日，你公堂之上高喊周春谋财害命打死你的丈夫，还是刘县丞接的状子，审的案子，定的盘子。难道你就忘记了吗？金长先啊金长先！东关一案，人赃俱获，凶手就是刘强根。谁知你依官仗势，包庇真凶，公堂之上，明点暗示，串通一气，无中生有，栽赃陷害。似你这样目无法纪、为所欲为、陷害朝廷命官，天理何存，良心何在呀？
金长先	本府断案，只凭证据，不讲良心！
郑振清	拿证据来！
金长先	这……
郑振清	我晓得你拿不出来的，看来冇得证据这台戏还唱不团圆嘞。莫怕，证据我早就给你准备好了的。（拿靴）这就是凶手杀死常三林的血靴，你不信当堂试来。（自己试）脚大靴子小。（对二头）二头过来。
二 头	哎不、不……（试）
郑振清	脚小靴子大！（转向刘强根）刘县丞，再麻烦你试一下。
刘强根	不，不，不！（跑）
郑振清	吓得那狠做么事，你跑哇，（追）我看你往哪里跑！
	［二头拦刘强根。
二 头	我刚才还不是试了的。
郑振清	（与刘强根试靴）不大不小，刚刚合适。
二 头	啊！（众惊住）
金长先	来呀，将他绑了！

遭贬官

[内喊:"巡按大人到!"

[四校尉引崔云荣上。金长先、郑振清出门恭迎。

崔云荣 （上位）来呀！将奸夫淫妇推出斩首！金长先！

金长先 卑职在！

崔云荣 本院奉旨出京,查得你为官不正,依仗权势,鱼肉百姓,罪孽昭彰。来呀！将他押入大牢,听候本院发落！

四校尉 喳！（押金长先下）

郑振清 哎呀,大人你再晚来一步,这出戏我就唱不下去了。

崔云荣 哈哈……

[唱] 亏本院奉圣谕微服私访,

罚恶贼抚黎民除暴安良。

马到成功回京往,

崔云荣万古美名扬。

[四校尉拥崔云荣下。郑振清跪。

李桂枝 （上）老爷,你还跪倒做么事？

郑振清 送按院大人。

李桂枝 人家早就得胜回朝,走了！

郑振清 （起）这个人真是,走又不打个招呼。

李桂枝 走,我们回去嘞！

郑振清 回哪里去呀？

李桂枝 你说了的,官司了结,就回乡种田的呀！

郑振清 我,不走了！

李桂枝 呵！你不走？为了这个案子,差点把命都赔上了,没有贬你已是万幸,你……

郑振清 对,只要他一天不贬,我就应在这个位置上,为老百姓说一天话。

李桂枝 你是么这犟啊,清官难做呀！

郑振清 越难我就越要做！

李桂枝 秤不离砣,公不离婆。你不走,我只好陪着嘞！

[二人端椅坐下。

[幕徐落。

剧终

刁刘氏

移植：根据同名扬剧改编

剧情简介

　　刁南楼之妻、通政刘丹国之女刁刘氏与监生王文通奸，谋杀亲夫，而奸情恰被老仆刁禄在无意中发现。刁南楼的结拜兄弟毛龙考中状元，任湖广巡按，行至襄阳，巧遇刁禄，得知案情原委，劝刁禄告状，又命理刑厅童文正严查此案。一案人等到堂，刁刘氏甘受酷刑，坚持诬陷是刁王氏所为。人证物证俱在，刁刘氏一边招供一边还在耍花招。湖广总督方载函受刘丹国所托，仗势干扰刑讯。童文正与方、刘二人斗智斗勇，终在毛龙的支持下，惩治了贪官和凶犯。

人　物

刘翠娥（刁刘氏）	春　兰	惠　兰	王　文	刁王氏
荷　花	刁南楼	刁　禄	毛　龙	中　军	知　府
知　县	童文正	刘丹国	张有才	方载函	四校尉
四衙役	随　从	捧旨官		

第一场

[时间：端午前夕。

[地点：刁府东楼，刁刘氏居室。

[惠兰满面愁容，整理房间。

惠　兰　[唱]　爹娘早死家贫寒，

　　　　　　　卖进刁府做丫鬟。

　　　　　　　百般苦楚我受惯——（拭泪）

[春兰自内室上。

春　兰　（恃宠而骄，大模大样地）惠兰！

　　　　[唱]　小贱人不怕打又在贪玩！

惠　兰　（忙赔笑）春兰姐，你来了。

春　兰　闹了半天，连个房间也没收拾干净。大娘已经起来了，早点准备好
　　　　了没有？

惠　兰　大娘这几天茶不思，饭不想，是为么事这样不高兴？

春　兰　你少问这些事！快到厨房吩咐一声，给大娘做一碗莲子羹来。

惠　兰　好，我去。（下）

刘翠娥　（在房内呼唤）春兰！

春　兰　有。

刘翠娥　搀扶了。

春　兰　是。（进内，扶刘翠娥同上）

刘翠娥　[唱]　闷坐东楼恼春光，

　　　　　　　无限相思望纱窗。

　　　　　　　脂残粉褪意惆怅，

　　　　　　　一寸芳心盼王郎。（坐）

春　兰　大娘闷闷不乐，何不抚琴一回，也好消愁解闷。

刘翠娥　（慢步至桌前，手拨琴弦，心烦意乱）唉！

春　兰　大娘，你一人抚琴多么寂寞，记得往日抚琴，有那王相公做伴……

刘翠娥　事过境迁，提他做甚？

春 兰	(察言观色,顺着刘翠娥的心意)怎么不提?你待他那样好,他不该忘恩负义。大娘,待我去把他找来……
刘翠娥	来与不来,任凭于他。你若前去找他,若被人瞧见,怎生得了?
春 兰	大娘放心,不会被人看见的。
刘翠娥	你……小心了。
春 兰	是。(下)
刘翠娥	(拨弄琴弦)唉!当年定情时,琴弦作红绳。琴声虽在耳,哪个是知音啊!

　　　　　　[唱]　抚瑶琴惹起了无限惆怅,

　　　　　　　　　情切切恨悠悠难辨宫商。

　　　　　　　　　恨丈夫少风趣终年游荡,

　　　　　　　　　实难耐空房苦衾枕凄凉。

　　　　　　　　　借焦桐传幽怨得遇魔障,

　　　　　　　　　将情丝逐东风飘过东墙。

　　　　　　　　　喜王郎性温柔风流倜傥,

　　　　　　　　　露水缘不能够地久天长。

　　　　　[春兰快步上。

春 兰	大娘,王相公来了。
	[刘翠娥假作端庄,离琴案正襟危坐。春兰招王文上。
王 文	嫂嫂,几日不见,小弟这厢有礼了。
刘翠娥	春兰,大爷不在家中,王相公到此,应当迎入厅堂,怎么引进东楼?这成何体统!
王 文	这……(看春兰,春兰示意)哦,嫂嫂,只因我那丑妇身得重病,家母命我在家照料,这几日不能抽身来看嫂嫂。可怜我人在寒舍,心在东楼,无时无刻不在想念嫂嫂,嫂嫂你要谅情一二呀。(刘翠娥转身不理,王文嬉皮笑脸)嫂嫂……(刘翠娥仍不理)唉,苦苦哀求,嫂嫂不听,也是枉然。也罢,我告辞了……(春兰牵刘翠娥衣示意,刘翠娥笑令春兰休管)我走了,(身未动)走了。(径自走出。刘翠娥指使春兰去留王文)
春 兰	(追出)王相公!(暗示王文跪求)
王 文	哦。(回到房内)嫂嫂,大人不见小人过,小弟我——我跪下了。(跪)

刘翠娥　　（回嗔作喜，含情脉脉地扶王文起）冤家呀！

　　　　　[唱]　非是我狠心肠将你责备，

　　　　　　　　哪知我心暗伤悲。

　　　　　　　　我为你与丈夫冷淡如水，

　　　　　　　　我为你败坏门风越礼犯规。

　　　　　　　　你害得我神志昏迷如酒醉，

　　　　　　　　又担心红颜薄命遇王魁。

王　文　　嫂嫂，但放宽心，小弟绝非负心之人。这几日思念嫂嫂，不能见面，
　　　　　在家中将嫂嫂所赠春扇，画下芳容，以慰相思之苦。（取扇）嫂嫂请看。

刘翠娥　　（接扇，看）哎呀，叔叔真画得像呀。

王　文　　初学涂鸦，难对高雅，还望嫂嫂指教。

刘翠娥　　叔叔休要过谦。

王　文　　久仰嫂嫂丹青如神，能为我画一小像么？

刘翠娥　　此扇是我陪嫁之物，原有两柄，皆有家父题诗在上，改日待我取出
　　　　　那柄，画上叔叔肖像奉赠，这一柄就留在我处吧。

　　　　　[春兰持扇进房，惠兰捧莲子羹上。

惠　兰　　大娘，莲子羹取来了。

刘翠娥　　放在桌上，快去打茶来。

惠　兰　　是。（下）

王　文　　嫂嫂。（调笑）你还怪小弟么？

刘翠娥　　（满面春色，笑点王文额）冤家呀！

　　　　　[唱]　来来来快随我同进房内——

　　　　　[二人携手正欲同进内室，刁王氏捧纸花，口喊"大娘"上。刘翠娥急掩盖推王
　　　　　文入室。刁王氏出乎意外，惊怔。

刘翠娥　　[唱]　春光泄露惹是非。
刁王氏　　　　　这一官客却是谁？

刘翠娥　　贤妹来了。

刁王氏　　我来了。

刘翠娥　　贤妹，你手拿何物呀？

刁王氏　　明日乃是端阳佳节，小妹做了几朵粗花，送与大娘插戴。

　　　　　[惠兰持茶上，见状呆立。

刁刘氏

刘翠娥	惠兰，与二娘奉茶。(惠兰奉茶毕) 去取二匹绸子，拿点水果来。
惠　兰	是。(下)
刘翠娥	(看纸花) 哎呀，这纸花做得真好。贤妹，你真是人好手巧呀。
刁王氏	大娘夸奖。(惠兰取绸子等上)
刘翠娥	(取过惠兰手中的绸子和水果) 水果送给龙虎儿吧，这两匹绸子妹妹拿去做夏衣吧。
刁王氏	多谢大娘。(接物) 我回西楼去了。
刘翠娥	贤妹好走。
刁王氏	告辞了。(出，又回头窥望)
刘翠娥	(迎出) 敢莫是掉了东西？请进去找吧！
刁王氏	没有，没有。(急下)
刘翠娥	(急进房) 惠兰！快去楼外瞭望！
惠　兰	是。(急下)
刘翠娥	春兰！(春兰自内急出) 快请王相公出来！
春　兰	是！(急进门引王文出)
王　文	哎呀，嫂嫂！适才你家二娘已经看见小弟，这便如何是好？
刘翠娥	这……叔叔呀！

[唱]　若是大爷回家转，

　　　　王氏绝不会隐瞒。

　　　　大爷性情如烈火，

　　　　你我性命难保全。

　　　　越思越想心烦乱，

　　　　杀身大祸在眼前！

王　文	是呀，人无伤虎心，虎有害人意。嫂嫂，你要早做打算呀。
刘翠娥	这……虎有害人意么……

[唱]　息事不如早灭口，

　　　　打人必须先伸拳！

王　文	是怎样打法呢？
刘翠娥	[唱]　明日端阳摆酒宴，

　　　　砒霜放在酒里边。

211

神不知来鬼不晓，

管叫贱人丧黄泉。

王　文　　砒霜杀人，死后七孔流血，被人看破那还了得？

刘翠娥　　依你之见？

王　文　　这……有了，砒霜不如鹤顶红，想寻破绽难上难！

刘翠娥　　这鹤顶红么？

王　文　　鹤顶红服后毒至顶肾深处，不易被人发觉。

刘翠娥　　此计甚好，只是到哪里去找呀？

王　文　　家父曾是太医，小弟家中现有，我马上回家取来。

刘翠娥　　如此照计而行。春兰，快随王相公跟来。

春　兰　　王相公随我来！（带王文急下）

刘翠娥　　王氏呀王氏，管叫你明枪容易躲，暗箭最难防！（下）

第二场

[时间：次日，端午节。

[地点：同第一场。

春　兰　　有请大娘。

[刘翠娥上。

刘翠娥　　酒菜可曾齐备？

春　兰　　俱已齐备。

刘翠娥　　惠兰，你快去催请二娘。

惠　兰　　是。（下）

刘翠娥　　春兰，那馒头呢？

春　兰　　遵照大娘吩咐，已经预备好了。

[惠兰、刁王氏、荷花上。

惠　兰　　大娘，二娘来了。

刘翠娥　　哦，妹妹来了。（满面笑容起迎）

刁王氏	大娘请上，待我拜节。
刘翠娥	贤妹真是多礼。春兰惠兰，快与二娘拜节。
春 兰 惠 兰	与二娘拜节。
刁王氏	免礼。荷花与大娘拜节。
荷 花	与大娘拜节。
刘翠娥	免了。惠兰，你带荷花到花园游玩去吧。
惠 兰	是。(与荷花同下)
刘翠娥	贤妹，请上座。
刁王氏	大娘请上座。(同入席)
刘翠娥	春兰，快去取馒头来。
春 兰	是。(下)
刘翠娥	(把盏)贤妹请。
刁王氏	大娘请。(同饮)
	[刁南楼上。
刁南楼	[唱]　离家时节垂杨柳， 　　　归来满园榴花红。 (进内室)哦，二位娘子……
刘翠娥	(惊)官人……
刁王氏	(喜)大爷回来了!
刁南楼	二位娘子在此饮酒么?
刁王氏	今日乃是端阳佳节，大娘邀我同饮。
刁南楼	这真是难得，待为夫作陪，全家唱个团圆。(对刁王氏)我那龙虎孩儿呢?
刁王氏	待我去抱来。(欲走)
刘翠娥	且慢，酒筵未终，怎能中途离席?
刁王氏	我去去就来。(下)
刁南楼	(上座斟酒)待为夫敬你一杯。
刘翠娥	官人请酒。
刁南楼	娘子请。(同饮)

刘翠娥	官人在外身体可好？
刁南楼	旅途倒也安好。此番在淮阳巧遇毛龙贤弟，真是高兴。
刘翠娥	毛龙贤弟与你情同手足，怎不约他同到家中呢？
刁南楼	他奉旨进京去了。临行之时，也曾约定今冬明春定来襄阳。（望外）怎么，二娘去抱孩子，为何还不来呀？
刘翠娥	（故作生气状）官人这样想念她母子，待我送你到西楼去吧。
刁南楼	（笑）哈哈，娘子呀！

[唱]　　西楼今日我不去，

　　　要与娘子叙别情。

　　来来来你我携手把房进——

[笑挽刘手，正欲同进内室。春兰捧馒头上。

春　兰	大娘，馒头取来了。（发现刁南楼）呀，大爷……
刁南楼	什么馒头？
春　兰	是……是鲜肉馒头。
刁南楼	好，拿来我用。
春　兰	不、不，这是二娘吃的……
刁南楼	二娘吃得，我就吃不得么？
刘翠娥	（急对春兰示意）春兰，二娘吃的，大爷吃了不是更好么，快拿进房去！
春　兰	是。（持馒头进内室）
刁南楼	哈哈，娘子快来呀。（进室）
刘翠娥	（目送刁南楼进室后，突然敛住笑容，目射凶光）哼！

[唱]　　这是你飞蛾投火自烧身。

[正准备进室，室内刁南楼一声狂叫，春兰急上。

春　兰	大……大娘，大爷吃了馒头，在房中乱蹦乱叫……
刘翠娥	噤声！（向室内走了几步，急返身趋楼门探视，思索比画，拿定主意，立刻咬牙挽袖，满脸煞气冲入内室。春兰跟刘同入室。）

[惠兰上。走到内室门外，突然发现室内情况，惊呼。

惠　兰	啊！（跌跌爬爬地往外走。刘翠娥急出，春兰随后。）
刘翠娥	（抓住惠兰）小贱人，走漏风声，我要你狗命！快去把血迹擦干，去，快去！（惠兰被迫进室内）春兰，不要害怕。（走到桌前，举杯猛饮压惊，

思索）快去通知二娘，就说大爷突患暴病。去，快去！

[春兰跌跌撞撞地下。惠兰上。

惠　兰　　大……大娘，血迹已……已经擦干了。

刘翠娥　　快去禀报二娘，就说大爷已死！

惠　兰　　是。（正欲下楼见刁王氏等人已来，忙转回）大娘，二娘和管家都来了。

刘翠娥　　哦。（忙迎出）

[春兰、刁王氏、刁禄同上。

刘翠娥　　哎呀贤妹，你一步来迟，官人已经归天了！（假哭）

刁王氏　　哎呀！

　　　　　[唱]　　听一言来心胆碎，

　　　　　　　　　这才是平地起霹雷。

　　　　　　　　　手抱娇儿进室内——

刘翠娥　　[唱]　叫声贤妹莫伤悲。

　　　　　（拦住）不要进去吧。

刁王氏　　官人暴病而死，龙虎孩儿应该尸前送终啊。（哭）

刘翠娥　　送终事小，你我后代事大。官人暴病而死，恶气满房，小孩未满周岁，若染上恶病，有个三长两短，你我将来依靠何人呀！（假哭）

刁　禄　　大娘呀，待老奴进房一拜吧！

刘翠娥　　管家是我家三代总管，年老体衰，若有长短，叫我们寡妇孩儿何人照料？唉！（号啕大哭）官人呀……

春　兰　　大娘不要悲伤，大爷已死，你是一家之主，（暗示）后事需要料理，不能哭得六神无主呀！

刘翠娥　　（会意）春兰，言之有理。管家，赶快准备衣衾棺椁，连夜收尸，明日报丧。

刁王氏　　大娘呀，刁家门第，大爷声望，暴死急殓，未免不妥吧？

刘翠娥　　官人暴病而死，临终未断汤水，若不及时入殓，天气炎热，难道叫他化尸床上不成？

刁　禄　　连夜收尸，就该即刻报丧。

刘翠娥　　住了！大爷既死，我便是一家之主。快快准备棺木，即时入殓！

刁　禄
刁王氏　　大爷呀！（痛哭）

215

第三场

[时间：三月后傍晚。

[地点：刁府花园。

[春兰鬼鬼祟祟地走进花园，关上园门，拾土块丢过隔墙，咳嗽一声——

王　文　（从墙上露头，拍掌三下）是春兰姐姐么？

春　兰　（低声）是的，快过来吧。

王　文　好。（翻墙过园）春兰姐，你们可好？

春　兰　不忙问好，先看这个。（取出信件）这是大娘亲笔书信。

王　文　（接过信）大娘待我真是好呀。

春　兰　（酸溜溜地）哼，当然待你好嘞。

王　文　（忙赔笑）你春兰姐待我更好。

春　兰　少说废话，快看信吧。

王　文　待我看来。（拆信，略一注目）天黑字小，难以认识，信上说的什么，你可知道？

春　兰　还不是谈一些想慕之情罢了。

王　文　如此，我就不看了。（将信随手一捏）春兰姐，大娘想我，难道你就不想么？

春　兰　莫不凭良心。

王　文　你是怎样想我？走，到老地方去谈谈吧。（拖拖拉拉地正向假山后走去）

[刁禄上。

刁　禄　（推门）是谁将园门关了？开门，快开门！

春　兰　快走！（急推王文）

王　文　哎呀！（急忙跳墙，匆忙间失书信地上）

春　兰　（镇静下来）来了。（开门）哦，原来是老伯伯。

刁　禄　你一人在此作甚？

春　兰　我，我有一点事。（欲走）

刁　禄　站住！天色已晚，你进园何事？为何关门呀？

春　兰　这才是笑话嘞，我们姑娘伢的事多得很，你管得了吗？老不懂事的

东西！（下）

刁　禄　　你……（叹息）唉！真是一代不如一代呀！（发现地上书信）啊，这是
　　　　　什么？（拾信）一封书信。（借月光一看）亲交王廷贵……哎呀，莫非春
　　　　　兰丫头私通隔壁王文……（荷花持灯引刁王氏上）哦，二主母，怎么到
　　　　　花园来了？

刁王氏　　荷花适才言道，她曾看见春兰在花园假山背后埋下一个包裹，是我
　　　　　放心不下，特来检看来了。

刁　禄　　哦。荷花，你是几时看见的？

荷　花　　还是两个多月以前，大爷死后不到一七，我亲眼在园中看见的。

刁　禄　　你当时为何不讲？

荷　花　　我有些害怕。

刁　禄　　哎呀，二主母呀，适才老奴查看花园，正遇春兰关上园门，在园中
　　　　　鬼鬼祟祟。老奴进园之后，拾得情书一封。如今荷花言道，又见她
　　　　　埋藏财物，分明是这丫头不怀好心，私通情夫，意欲盗财同逃呀！

刁王氏　　情书在哪里？

刁　禄　　二主母请看。（递过书信）

刁王氏　　（接书，荷花举灯照明）亲交王廷贵——

刁　禄　　就是隔壁太医之子王文。

刁王氏　　待我看来。

　　　　　[念]　　一别无音讯，相思欲断魂。

　　　　　　　　　不怨君薄幸，只恨我痴心。

　　　　　　　　　毒腑仗鹤顶，立断夫妻情。

　　　　　　　　　誓言犹在耳，莫忘山海盟。

　　　　　　　　　今夜月如镜，启户待玉人。

　　　　　字奉廷贵情郎，薄命妾刘翠娥百拜……呀！刘翠娥百拜！（又细看书
　　　　　信）毒腑仗鹤顶，立断夫妻情……刘氏，你好狠的心呀！

　　　　　[唱]　　自从端阳夫暴死，

　　　　　　　　　我终日心中暗猜疑。

　　　　　　　　　几次想问心畏惧，

　　　　　　　　　不料今夜见情书。

难怪她不让我母子进房去，

难怪她连夜要收尸。

果然她下毒手谋杀夫主——

管家，快将春兰埋藏之物取出观看。

刁　禄　　是。(与荷花同到假山后挖出包裹) 一件绸内衣…… (翻看) 呀！

　　　　　[唱]　衣襟之上有血迹！

刁王氏　　拿来我看。哎呀！

　　　　　[唱]　见血衣不由我心如刀绞——

　　　　　　　　大爷，夫呀……

　　　　　　　　想起了屈死的夫泪流如潮。

　　　　　　　　恨刘氏狗淫妇心如虎豹，

　　　　　　　　通奸夫害官人触犯律条。

　　　　　　　　今日里罪证确凿不怕你奸狡，

　　　　　　　　杀夫仇我不报怨恨难消。

　　　　　　　　明日里襄阳府把她控告——

刁　禄　　二主母呀！

　　　　　[唱]　此事还须细推敲。

　　　　　　　　打草惊蛇被蛇咬，

　　　　　　　　赤手扑火防火烧。

　　　　　　　　她的父当年在朝官不小，

　　　　　　　　府县官都是他门生故交。

　　　　　　　　若是贸然把状告，

　　　　　　　　怕的是官官相卫反把祸招。

刁王氏　　[唱]　难道说这冤仇就此罢了？

刁　禄　　[唱]　休流泪，莫心焦，

　　　　　　　　暂将这血衣情书收藏好，

　　　　　　　　含冤愤但等那清官出朝。

刁王氏　　[唱]　何日才有清官到？

　　　　　　　　血海仇不能报心似火烧。

　　　　　　　　手捧血衣把大爷叫……

大爷呀……

刁　禄　　(掩口四望) 噤声……

[唱]　劝主母且忍泪不要号啕。

二主母不要悲伤，且将赃证收好，待老奴访求高明法家，代写伸冤大状。清官如不来襄阳，老奴拼着老命不要，伺候主母同到京都，你作原告，我作抱呈，定要与大爷伸冤雪恨。

刁王氏　　血海冤仇，全仗管家。(跪)

刁　禄　　折杀老奴了。(回跪)

第四场

[时间：第二年春天。

[地点：襄阳府道旁，转刁府。

[中军引毛龙均着便服上。

毛　龙　　[唱]　代君巡狩来湖广，

　　　　　　　　乔装私访到襄阳。

本院——(四望) 毛龙字天海，奉旨出朝，巡查湖广一带，停泊襄阳，闻得义兄刁南楼暴病而死，因此备下祭礼前往吊祭。来！带路前往。(圆场) 上前通报。

中　军　　是。

毛　龙　　转来。莫说我是按院毛龙，就说是龙天海相公来吊。

中　军　　是。门上有人无有？(刁禄上)

刁　禄　　(出门) 是哪位？

中　军　　请问这可是刁府？

刁　禄　　正是。

中　军　　我家龙相公求见。

刁　禄　　龙相公……

毛　龙　　老人家，学生龙天海，乃是你家主人生前好友。闻得义兄去世，特

219

来祭吊。

刁　禄	请到客堂待茶。(同进) 请坐，待我敲动云板。(敲云板三响)
春　兰	(在内) 是哪个呀？
刁　禄	大爷生前好友龙相公，特来吊祭。
春　兰	等一下。(上) 大娘吩咐，闭灵已久，不敢劳祭。
刁　禄	龙相公远道来此，不容吊祭于理不通。
春　兰	什么通不通！大娘说了，人死已将一年，还吊个什么丧？快些与我挡驾。哼，老不懂事的东西！(下)
刁　禄	(忍气) 唉，且将冷眼观螃蟹，看你横行到几时！(进客室)
毛　龙	老人家，你家主母可容我一祭？
刁　禄	我家主母传话下来，闭灵已久，不敢劳祭。
毛　龙	老人家，我和你家主人是知心好友，不知他去年归来，是得何病症而死？
刁　禄	这，你问他的病么……大爷呀！(哭)
毛　龙	你家主人生前曾对我言讲，说你是他家三代义仆、忠实管家，有话但讲无妨。
刁　禄	请问有一毛龙毛相公，你可认识？
中　军	(插言) 他就是……
毛　龙	他就是我和你家主人一同结拜的生死弟兄。
刁　禄	但不知他如今现在哪里？
毛　龙	他如今身为按院，钦赐尚方宝剑，巡查湖广来了。
刁　禄	哦……(喜形于色) 可知他何时来到襄阳？
毛　龙	这襄阳么……襄阳地方并无奇冤惨案，那毛大人他不会来了。
刁　禄	(失望) 毛大人远在京都，襄阳纵有奇冤惨案，他又怎能知道呵！
毛　龙	实不相瞒，我就是奉毛大人所差，来此巡查官风民情。现已查明襄阳地方官清民顺，明日我便回禀毛大人，叫他不要来了。
刁　禄	不不不……老奴我就有……
毛　龙	有什么？
刁　禄	有……
毛　龙	有什么冤枉，对我言讲。那毛大人有尚方宝剑，铁面无私，绝不徇情。

刁　禄	哪……哪个？那毛大人有尚方宝剑，铁面无私，绝不徇情么？
中　军	对呀，绝不徇情。
刁　禄	哎呀，龙相公呀！我家主人并不是暴病身亡，是被奸人淫妇，他……他们毒害而死！
毛　龙	哦……你讲的可是实情？
刁　禄	铁证如山，并无虚假。
毛　龙	可有状子？
刁　禄	就是无人与我写状。
毛　龙	好，你对我说明情由，我与你写状。
刁　禄	请上受我一拜，受我一拜，受我一拜……此地不便细谈，请到老奴家中，将满腹含冤，说与你写。龙相公，你随我来、随我来，随我来呀！（拉下）

第五场

[时间：三日后。

[地点：襄阳，巡按行辕。

[二幕前：知府、知县、童文正上。

知　府	某，襄阳知府万象一。
知　县	襄阳知县喻定铨。
童文正	四府刑厅童文正。
知　府	请了。按院大人官船抵岸，一同迎接去者。
众　人	请。（同下）
	[二幕启：中军持拜帖上。
中　军	有请大人。（四校尉引毛龙上，就位）各路官员投帖求见。（呈帖）
毛　龙	待我看来。（翻阅拜帖）理刑厅童文正，久闻此人官职虽小，一向清廉正直。来，传话下去，各路官员一律免见，单传四府刑厅童文正进见。
中　军	是。各路官员回衙理事，单传理刑厅童文正进见。

童文正　　遵命。(上) 报,理刑厅童文正禀见——(进) 童文正参见大人。

毛　龙　　贵厅少礼,请坐。

童文正　　谢坐。大人传唤,有何差遣?

毛　龙　　本院奉旨出京,久慕贵厅清廉正直,不惧强暴,实深景仰。

童文正　　卑职碌碌庸才,难当大人谬誉。

毛　龙　　贵厅不必过谦,本院有密札一道,急速回衙照办。(交密札)

童文正　　遵命。(接札) 告退。

毛　龙　　少送了。(率中军等下)

童文正　　(挖门,出衙) 按院大人交下密札一道,待我看来。(看) 密捉王文……
　　　　　　(投札入袖) 衙役走上!(随从、四衙役上) 顺轿回衙!

随　从　　是。(童文正上轿,同下)

第六场

[时间:次日。

[地点:刁家灵堂。

[刁禄上。

刁　禄　　[唱]　　毛大人接了伸冤状,

　　　　　　　　　　今日吊祭到灵堂。

　　　　　　　　　　报仇雪恨有指望,

　　　　　　　　　　准备灵霄喊冤枉。(出门)

　　　　　　　　　　来至在大门外心花怒放——

[刘丹国幕内咳嗽声。

　　　　　　呸! 老贼呀!

　　　　　　　　　　再不怕你官高势力强。

[刘丹国上。

刘丹国　　[念]　　按院来祭灵,刁府迎贵宾。(昂然直入)

刁　禄　　参见刘老太爷。

刘丹国　快通报你家主母。（上堂）

刁　禄　有请二位主母，刘老太爷到。（暗下）

　　　　[刘翠娥率春兰、惠兰，刁王氏率荷花同上。

刘翠娥　参见爹爹。

刁王氏　（同时）拜见刘老太爷。

刘丹国　（不理刁王氏）我儿免礼。

刘翠娥　母亲在家可好？

刘丹国　你母亲身体尚好。（刘翠娥假哭）儿呀，女婿死已期年，刁家门户全靠
　　　　你撑持，你不要过于伤心才是。

刘翠娥　儿未亡之人，泪已哭干了。

刘丹国　今日按院大人亲临祭吊，可算得无限光辉。

刘翠娥　若非爹爹威震朝野，按院大人怎会亲临祭吊？

刘丹国　（得意）哈哈！刁王氏，少时贵宾到来，非比寻常，这大户人家规矩，
　　　　必须牢牢谨记！

　　　　[唱]　你本是蓬门女出身卑贱，
　　　　　　　在人前须谨记礼义当先。
　　　　　　　我的儿才学好谨守规范，
　　　　　　　知三从晓四德女中魁元。
　　　　　　　守节操必须要多方检点，
　　　　　　　要学她冰清玉洁美名流传。

　　　　[刁禄上。

刁　禄　按院大人到！

刘丹国　（对刘翠娥等）速入孝帏，动乐有请。

刁　禄　有请！

　　　　[四校尉、中军引毛龙冠带上。

刘丹国　（拱手）迎接按院大人。

毛　龙　敢是刘老前辈？

刘丹国　不敢，正是老朽。

毛　龙　老前辈请。

刘丹国　按院大人请。（校尉下。刘丹国与毛龙及中军同进分坐）亡婿闭丧已久，

　　　　　　　辱承大人临吊，存殁均感。

毛　龙　　南楼兄与我情同手足，理当拜祭。

刘丹国　　如此有劳大人了。来，动乐开吊。

刁　禄　　动乐开吊！

　　　　　　[哀乐起。毛龙整冠、上香、奠酒、叩拜。

毛　龙　　刁兄呀！

　　　　　　[唱]　一炷香一杯酒——

　　　　　　南楼，兄长，义兄呀！

　　　　　　　　　哭一声盟兄刁南楼。

　　　　　　　　　去岁在淮阳暂分手，

　　　　　　　　　谁知一别万事休。

　　　　　　　　　叹人生多变幻白云苍狗，

　　　　　　　　　大英雄偏短命壮志未酬。

　　　　　　　　　实难忍兄死后妻弱子幼，

　　　　　　我的刁兄呀！

　　　　　　　　　一霎时哭得我哽塞咽喉。

刘丹国　　毛大人且息悲恸，这也是小婿命穷寿尽。来，吩咐两旁举哀谢吊。

刁　禄　　两厢举哀谢吊！

刘翠娥　　(在孝帏内痛哭) 大爷！

　　　　　　[唱]　匍匐孝帏里，伤心长叹息！

　　　　　　　　　恩爱夫妻，半途分离，

　　　　　　　　　撇下了寡妇孤儿哀哀无依，

　　　　　　　　　有苦向谁提？

　　　　　　　　　今日大人亲临祭，

　　　　　　　　　好似伯牙哭子期。

　　　　　　　　　至亲骨肉，不过如此，

　　　　　　　　　南楼夫，你英灵不昧就感激，

　　　　　　　　　大义古今稀。

刘丹国　　毛大人，举哀者就是南楼的发妻，小女刘翠娥。

毛　龙　　原来是老前辈千金，真是贤德的嫂嫂。

刁王氏	(放声悲啼) 大爷呀！
毛　龙	这又是何人？
刘丹国	此乃是南楼的偏房王氏，出身微贱，为人鄙俗。来，叫她不要多言，不要乱语！
刁　禄	是。(对孝帏) 二主母，巡按大人驾到，你此时还不上前，更待何时？
刁王氏	冤枉呀！(冲出，跪地，举状纸)
	[刘丹国惊诧，刘翠娥率春兰等出帏担心地注视。
毛　龙	(接状略视，微笑收状入袖，笑对刘丹国) 我当为了何事，原来是她们嫡庶不和。(对刁王氏) 嫂嫂请起。
	[刘翠娥放心微笑。
刘丹国	呸！嫡庶不和，也值得告状？真是太无见识了。
毛　龙	刘老前辈，既是二位嫂嫂不和，待本院将她们接到行辕，从中调解。
刘丹国	家务琐事，老朽自有处理，何劳大人费神。
毛　龙	本院与刁兄情同手足，刁兄去世，二嫂失和，我自当从中调解。来！
中　军	有！
毛　龙	准备大轿两顶，门前伺候！
中　军	是。(对外传呼) 门外大轿伺候！
毛　龙	请二位嫂嫂门前上轿。(刘翠娥对毛龙万福，欣然前行。刁王氏同走，刘翠娥瞪眼，刁王氏退后，先后下) 来，将刁府丫鬟仆役，一同带走！
中　军	是。(带春兰、惠兰、荷花、刁禄下)
刘丹国	毛大人将丫鬟带去做甚？
毛　龙	本院离京未带家眷，二位嫂嫂去到行辕，无人款待。这家主不和，是非多出自小人之口，一同带走，既便照料嫂嫂，也好警戒她们少生是非。
刘丹国	大人真是周到，有劳了。
毛　龙	告辞了。
	[毛龙出，刘丹国送至门外，毛龙下。刘丹国转身，童文正带衙役冲上，同进门。
童文正	来呀！
众衙役	有！
童文正	速将东西二楼上锁加封。

刘丹国　　住了！胆大的童文正，刁家有何过犯，怎敢封锁楼门？真乃大胆！

童文正　　如论刘老大人的声望和刁府门第，下官本不敢冒昧……

刘丹国　　谅你也不敢。

童文正　　只是——你来看！（指示衙役亮出封条）现有按院大人亲批封条，你说
　　　　　我封得封不得呀？

刘凡国　　这……

童文正　　来，将东西二楼上锁加封！

众衙役　　喳！（分下）

　　　　　[童文正昂然大笑，刘丹国惊愕无主。

第七场

　　　　　[时间：次日

　　　　　[地点：毛龙行辕。

　　　　　[四校尉引毛龙上。

毛　龙　　[唱]　　昨日灵前接冤状，

　　　　　　　　　且将行辕作公堂。

　　　　　　　　　叫人来原被告一齐带上——

　　　　　[中军上。

中　军　　圣旨下。

毛　龙　　[唱]　　圣旨因何来襄阳？

　　　　　香案接旨。

　　　　　[捧旨官上。

捧旨官　　跪听宣读：湖广总督方载函，官箴不修，仗势欺民，着，湖广巡按
　　　　　毛龙，即往密查劣迹，就地查办，旨到即行，不得延误！

毛　龙　　万万岁！（起立接旨，与捧旨官对揖。捧旨官下）哎呀且住，正要升堂审
　　　　　案，圣旨命我赴省查办湖广总督方载函。圣命火急，不能延误，只
　　　　　是刁兄冤情，若交府县审问，必然徇情舞私；暂押监狱，又恐发生

意外，说是这……有了！来，请理刑厅童文正进见。

中　军　　是。(下)

毛　龙　　待我写下委状……(写状)

[中军引童文正上。

中　军　　童大人到。

童文正　　参见大人。

毛　龙　　贵厅少礼，请坐。

童文正　　谢座。大人召唤，有何差遣？

毛　龙　　本院奉旨赴省，特请贵厅到此，有事奉托。

童文正　　大人有何见谕？

毛　龙　　刁南楼一案，人犯虽已拘齐，本院尚未审问。如今急要启程，烦贵厅代劳审清此案，休让奸夫淫妇逃漏法网。

童文正　　(接委任状、案卷) 卑职遵命。(欲下)

毛　龙　　刘丹国素来弄权作势，贵厅须要慎重。

童文正　　卑职秉公断案，何惧权势，如有私弊，愿受严惩。

毛　龙　　如此拜托了。(下拜)

童文正　　卑职不敢。(回拜)

第八场

[时间：次日午后。

[地点：理刑厅公堂。

[四衙役、随从引童文正上。

童文正　　[念]　赤心匡正义，傲骨对豪门。

　　　　　(上公案) 将刁王氏主仆带上堂来。

随　从　　刁王氏主仆上堂！

[刁王氏、刁禄、荷花同上，跪。

刁王氏　　参见大人。

227

童文正	刁王氏，本厅奉按院之命审理此案，有何冤枉，当堂诉来。
刁王氏	冤情尽写状上，请太爷作主。
童文正	状子物证，可有虚谎？
刁王氏	件件是实，不敢谎告。
童文正	刁禄。
刁　禄	有。
童文正	你身为抱呈，少时刁刘氏上堂，可敢当面质对？
刁　禄	替主伸冤，老奴万死不辞。
童文正	站过一边。(刁王氏等起立) 来！带刁刘氏主仆上堂！
随　从	刁刘氏主仆上堂！

[刘翠娥、春兰、惠兰上。

刘翠娥	[唱]　王氏女灵前把状递，
	被毛龙骗进衙身陷图圄。
	昨夜晚将往事仔细思虑，
	谋杀案天衣无缝未露痕迹。
	谅他等找不着真凭实据，
	切不可露破绽自把心虚。
	大着胆上公堂见机行事，
	全凭着三寸舌化险为夷。
童文正	下站可是刁刘氏？
刘翠娥	(发现口音不对，忙向上看) 你……
童文正	本厅四府刑厅童文正。
刘翠娥	哦，原来是童太爷。按院毛叔叔呢？
童文正	按院大人奉旨赴省去了。
刘翠娥	哦，他赴省去了。(对刁王氏假笑) 哎呀，妹妹，不是为姐怪你，我待你纵有不到之处，你有话可以讲得清楚，何必小题大做惊动官府呢？我们好歹是一家人，他们清官难断家务事，来来来，我们一同回去吧。
童文正	慢来。今日传你上堂，不是什么家务事，王氏将你告下了。
刘翠娥	她告了我？(略怔，即转镇静) 她告我何来？

童文正	她告你通奸谋命。
刘翠娥	（奸笑）哟，好大的由头，通奸谋命嘞？请问童太爷，她告我通奸哪个，谋命何人？
童文正	通奸王廷贵，谋命刁南楼。
刘翠娥	童太爷，你可相信？
童文正	现有状子，人证物证俱在，毛大人亲委本厅审问。刘大小姐，我劝你从实招来的好。
刘翠娥	叫我从实招来？（微笑）童太爷，这是从何说起啊！

[唱]　刘翠娥本是名门后，

　　　幼读诗书礼教熟。

　　　与南楼夫妻情义厚，

　　　怎会通奸把命谋？

　　　毛按院以假作真无中生有，

　　　竟将命妇作楚囚。

　　　王氏女诬告应追究，

　　　莫把王法一笔勾。

童文正	哼，你口口声声知法明理，我问你这知法犯法？
刘翠娥	罪加一等。那挟嫌诬告呢？
童文正	本厅自然法不容宽。
刘翠娥	好，那你就请审嘞。
童文正	你丈夫何时离家？
刘翠娥	三月上旬。
童文正	离家何往？
刘翠娥	陪送唐七公子前往淮阳。
童文正	几时回家？
刘翠娥	五月端午，我正好与王氏贺节，丈夫驾席归来。
童文正	你丈夫可曾入席饮酒？
刘翠娥	端阳佳节，全家欢庆，丈夫归来，当然入席同饮。
童文正	你丈夫酒后为何暴病而死？
刘翠娥	我丈夫一路饱受风寒，酒后口喊腹痛。

童文正	可曾请医服药？
刘翠娥	事出仓促，请医不及。（一转眼）哦，想必是说我酒中下毒，谋死亲夫。哼哼，好一个明白的太爷，我请王氏饮酒之时，本事前不知丈夫要回家，纵然酒中有毒，当时我与王氏同桌共饮，为何我二人却平安无事？未必说这毒药只毒男不毒女么？
童文正	这……如此说来，你倒有理。
刘翠娥	刘通政的大小姐，从来不做无理之事。
童文正	你丈夫既得暴病，为何不早告诉王氏知道？
刘翠娥	这才是活天冤枉。丈夫刚说腹痛，我就命春兰去通报王氏，是她迟迟不来，直到丈夫断气，又命惠兰叫她，她才慢吞吞地来到东楼。王氏呀王氏，这三人对六面，人存话存，你说话要凭良心呀。（假哭）
童文正	王氏即到东楼，你为何不许她进房看尸呢？
刘翠娥	俗话说得有："若将热泪洒冷尸，死者要打入血蛊池。"我是怕她抱尸痛哭，叫亡者死后受罪。这又有何可疑？
童文正	刁禄他是三代总管，怎么也不许他与死者见面呢？
刘翠娥	只因他是三代总管，素有功劳，死者暴病身亡，恶气满房，刁禄年迈体衰，若染上恶病，岂不又是一番祸事？想不到我惜老怜贫的好心，倒成了恶意。天哪！天哪！这真是好人难做啊！
童文正	哼，这是你的好心！
刘翠娥	刘大小姐待人，从来就无恶意。
童文正	龙虎是他的亲生独子，为何不许他榻前送终？
刘翠娥	童太爷，你也太啰唆了！我连刁禄都还怕他染病，怎会让我这不满周岁的单生独子进房？童太爷，难道说你要我刁家绝后么？
童文正	哼，好一张利嘴，你倒辩得干净！
刘翠娥	我理直才气壮呀。
童文正	住了！五月初四傍晚，你楼上那一官客是谁？
刘翠娥	刁府家规严谨，白发老叟，三尺顽童，无事不敢擅入后楼，哪有什么官客？
童文正	王氏亲眼所见，你还敢抵赖？
刘翠娥	既然亲眼所见，为何不当场抓住？纵然当场不抓，丈夫回家，她又

刁刘氏

	怎不言讲？这分明是血口喷人，怎能为证？
童文正	你害死刁南楼，有血衣为证，还敢强辩？
刘翠娥	（一怔）血衣？
童文正	刁南楼内衣之上，为何血迹斑斑？
刘翠娥	我丈夫的内衣，东楼有，西楼也有。这分明是做赃诬陷，何足为凭。
童文正	荷花当面质对。
荷　花	（跪堂口，胆怯）这……
童文正	休要害怕，从实讲来。
荷　花	禀太爷，那一晚我在花园乘凉，看见春兰姐姐提着包袱，在假山背后挖了一个坑……
春　兰	（抢着说）你当时怎么不抓着我？
童文正	大胆，本厅不曾问你，不许开口！
春　兰	不开口就不开口。
童文正	荷花，大胆讲来。
荷　花	她……（见刘翠娥怒目视己，更胆怯）我就只知道这些。（退到一旁）
童文正	刘氏，荷花当面质对，物证人证俱全，你还不从实招认么？
刘翠娥	做赃诬陷，血口喷人，身无过犯，何招之有？
童文正	你私通王廷贵，现有亲笔情书在此，还敢说是假么？
刘翠娥	请问童太爷，你是先问谋命，还是先问通奸？
童文正	人命由奸情而起，俱要审问。这情书是你亲笔所写，本厅查验与你笔迹无讹，你还有何狡辩？
刘翠娥	我幼读诗书，略知书画，这笔迹墨痕不仅家中广有，外间也多流传。这分明是他们冒我笔迹，怎能为证？
童文正	分明是你派春兰投书，春兰在花园失落，还敢抵赖？春兰，（春兰跪前）还不从实招来？
春　兰	这是哪个说的？
刁　禄	那日傍晚，我亲眼看见你在……
春　兰	你不要乱说呵。捉奸捉双，擒贼擒赃，你既亲眼看见，当时怎不将我抓住？莫看大爷死了，搁我们主仆不得，这分明是栽赃问罪嘛！
童文正	胆大贱婢，竟敢当堂撒刁放泼，哪里容得，来呀……

刘翠娥	且慢，童太爷莫非要动刑？
童文正	先打她一个咆哮公堂！
刘翠娥	请问太爷你这是什么衙门？
童文正	理刑厅大堂。
刘翠娥	既是理刑厅大堂，就该先理后刑，怎么先刑而后理？你这简直是不讲理。如今被告理直气壮，原告理屈词穷，你问案不清，就想用非刑逼供。童太爷人称你是"童青天"，原来是用板子夹棍换来的。真叫人好笑呵！
春　兰	(起身) 打死我也莫想逼出口供！
童文正	这……此案一堂难断，来，退堂……
刘翠娥	且慢退堂，我还有冤枉！
童文正	你还有什么冤枉？
刘翠娥	你且听了！

　　　[唱]　　自从丈夫去世后，

　　　　　　　王氏私通老苍头。

　　　　　　　败坏门风不知丑，

　　　　　　　夺家霸产用奸谋。

　　　　　　　我曾劝她把节守，

　　　　　　　与奸夫淫妇结冤仇。

　　　　　　　狼狈为奸，反咬一口，

　　　　　　　诬告我通奸把夫谋。

　　　　　　　家奴害主如禽兽，

　　　　　　　望太爷惩戒王氏和那刁禄。

刁　禄	(忙跪下) 禀太爷，老奴偌大年纪，怎能做出此事？太爷详情。
童文正	起过一旁。(对刘翠娥) 你道是她们是挟嫌诬告，那荷花丫头也与你们有仇么？
刘翠娥	那说不定是一箭双雕。
童文正	刁禄年逾花甲，王氏正在青春，怎能通奸？
刘翠娥	唉！童太爷，你好糊涂呀！

　　　[唱]　　通奸哪管老和少，

见许多红颜伴白头。

童文正　既是她主仆通奸，你身乃一家之主，先前为何知情不报，直到今天
她告了你，你才告她呢？

刘翠娥　太爷呀！

[唱]　一来是我妇道人家见识浅，

家丑不敢向外传。

二来是刁禄是我家老总管，

又怕他将家业田产来隐瞒。

三来是无父孤儿未隔奶，

怕王氏起歹心断绝香烟。

因此上我百般容忍好言劝，

宁受委屈来求全。

万不想一片好心反结怨，

今日里忍无可忍吐实言。

童文正　她主仆通奸有何为证？

刘翠娥　[唱]　通奸时被丫头亲眼看见，

童太爷如不信可问春兰。

[刘翠娥对春兰示意。春兰指手画脚，若有其事地。

春　兰　[唱]　自从大爷把命丧，

二娘终日气昂昂。

人前假充守节样，

背后打扮似新娘。

那一日我与大娘把西楼上，

青天白日，关门闭户紧掩窗。

我扒着门缝朝内望——（故作说不出口状）

童文正　看见什么了？快讲！

春　兰　哎呀，这些话，我们姑娘家说不出口。大娘，还是你说吧。

刘翠娥　[唱]　狗男女在房内败坏纲常。

未亡人今日来告状，

望求太爷作主张。

童文正　　哼，好一个翻云覆雨、舌剑唇枪的通政千金。先前既然知情不举，
　　　　　如今被她告发，反告她主仆通奸，分明是诬告！

刘翠娥　　春兰亲口作证，怎是诬告？

童文正　　春兰之言，怎能听信？

刘翠娥　　春兰之言，不能听信，荷花之言，你怎么信以为真呢？童太爷，你
　　　　　与王氏有亲？

童文正　　非亲。

刘翠娥　　有故？

童文正　　无故。

刘翠娥　　既非亲故，你为何处处偏向于她？哼，身为民之父母，审案就该察
　　　　　言观色，以窥虚实。我告她主仆通奸，你看她二人变脸变色，这分
　　　　　明是做贼心虚。太爷，你要明察秋毫呀！

童文正　　这……此案一堂难断，来，将被告押下，王氏回家候传。

刘翠娥　　且慢。先前王氏告我，我是被告，如今我告她，她就是被告。要押
　　　　　齐押，要放齐放。

童文正　　本厅一个也不放！来，分头押下。(衙役、随从分别押刘翠娥、刁王氏等
　　　　　人下。离公案，独自徘徊)　真难办呀！

　　[唱]　　按院交下奸杀案，

　　　　　　刁刘氏谋夫罪证全。

　　　　　　我只说一堂可了断，

　　　　　　又谁知刘氏当堂把案翻。

　　　　　　她口若悬河巧言辩，

　　　　　　只问得本厅哑口无言。

　　　　　　看起来此事真难办——

(徘徊，寻思，自言自语)　刘氏之言，却也有情有理，莫非王氏与刁禄诬告
于她……我看王氏为人忠厚，刁禄老迈龙钟，怎会有通奸之事……刘氏
谋夫，罪证也嫌不足，说是这……按院大人命我封锁东西二楼……
有了！

　　　　　　我不免到刁府亲自查勘。

第九场

[时间：当晚。

[地点：刘丹国家。

[幕启：刘丹国上，家院暗上。

刘丹国 　女儿被囚禁，时刻挂在心。可恨毛龙将我女诓进行辕，发交理刑厅审问，转眼二日，未见释放。我也曾修书备礼，向童文正托情，那狗官竟将礼物退转，要亲往查勘。老夫也曾命刁家仆从人等尽行离家，大开府门，童文正若私自进府，我就问他一个私入民宅之罪。来！

家　院 　有。

刘丹国 　溶墨伺候。（修书）这有书信一封，连夜赶到省城，下到湖广总督方大人处，请他照书行事。

家　院 　是。（下）

刘丹国 　毛龙呀，童文正，誓叫你：竹篮打水空欢喜，海里捞月一场空！（下）

第十场

[时间：次日。

[地点：刁府门前东楼暗室。

[二幕前：张有才上。

张有才 　[念]　天下三百六十行，我的行业最吃香。

　　　　　　　清早起来进公馆，穿房入户进上房。

　　　　　　　手中常捧混元盒，黄金万两内面装。

　　　　　　　文武百官碰见我，掩鼻侧身站道旁，站道旁。

　　　　我，张有才，在襄阳城各大公馆做了个大大的差事。这几天回乡有事，今天进城，听说刁府出了事，不免前去打听打听！（圆场）咦？怎么大门敞开，无人看守呀？唉！一个人家真少不得一个正主。刁

大爷死后还不到一年，就败成这个样子。照这样下去，只怕这栋房子都说不定要卖呵。（边喊边向内走）刁老伯，刁老伯……（下）

　　［童文正偕随从，着便服上。

童文正　　［唱］　　一心要破无头案，

　　　　　　　　　　乔装改扮去查勘。

　　　　　　　　　　但愿赃证能发现，

　　　　　　　　　　好与死者报仇冤。

　　　　　　　　　　人来带路往前赶——（圆场）

　　　　　　　　　　不觉来到刁府前。

　　啊，为何刁府府门大开，无人看守？呵，是了。想是刘丹国故意如此，好叫本厅无法查看。这……

　　［张有才自内自言自语地上。

张有才　　（与童文正碰面）咦……

童文正　　你……

张有才　　你先生是……

童文正　　（随口答应）我是来看看的。

张有才　　哦，你先生是来看房子的。（背躬）哎呀，果真要卖房子，连买主都来了。（对童文正）你先生看房子，可与卖主谈妥？

童文正　　（就话答话）唔，谈是谈过，尚未定妥。

张有才　　哦，尚未定妥。（背躬）让我撮几个中佣钱再说。（对童文正）那你今天是来复看的了？

童文正　　正是，正是。

张有才　　这买房置产，不是一个钱两个钱的事，一定要仔细看看。你先生……轻敌，他家里一个人也没有，哪个带你去看呢？

童文正　　是呀，这……

张有才　　不要紧，我带你去看看。

童文正　　你带我去……

张有才　　不是我吹牛，要说这栋房子，不但显明的厅堂楼阁能引你去看看，就是暗房密室，我也能指引，连他家的用人也没我清楚。

童文正　　这好极了，就请你带我去看吧。

张有才	那可以，可以。哦，上一次你来，东西二楼该没有看到吧？哈哈，（低声）那东楼里面还有巧板眼呵。
童文正	（正中下怀）好，就请你带我去吧。
张有才	好，好。（迟迟不动）哈哈，你先生要是看中了，要买房子的时候，那……
童文正	（明白了）我就请你作中人。
张有才	对呀！我一眼就看出你先生是个办大事的人，说话有筋有节。
童文正	如果你能把别人不知道的暗房密室也带我去看了，将来买卖成功，我请你首席首坐双中佣。
张有才	真的呀？
童文正	绝不反悔。
张有才	好，你先生随我来。（圆场，入内）我们先看西楼，请。（引童文正下。二幕启：二人从帏幕后上。童文正未查获证据，摇头不满）你先生莫摇头，西楼你看不中，我带你到东楼暗室去看，包你中意。请，这就是刘氏大娘的暗室！
童文正	（查看，惊喜）呀，妙、妙、妙呀！
张有才	（自语）中佣钱到了手了。
童文正	［唱］ 进暗室不由我看花了眼， 却原来壁橱后别有洞天。 象牙床芙蓉帐霞光闪闪， 红绫被鸳鸯枕五彩垂帘。 床面前红绣花鞋描金线， 妆台上金花红粉色色鲜。 这一旁摆设着琴瑟箫管， 那边厢双杯双筷残局一盘。 似这样豪华富丽人间少见， 哪像个守节操寡凤孤鸾？ 桌案上放得有两把春扇—— （取扇开看，不禁大喜）哈哈…… 狗男女通奸事赃证齐全。

不怕你刘翠娥能言善辩,

有此物岂容你插翅飞天。(将扇子投入袖中)

张有才　(始终注视童的神色,自语)这体面的人爱占小便宜!(对童文正)你先生该看得中啵?

童文正　唔,满意得很。

张有才　那,我们下楼再谈嘞。

童文正　请。(同出房,转二幕前)你贵姓?

张有才　不敢,我叫张有才。

童文正　你怎么知道刁府暗室的呀?

张有才　这跟我的行业分不开。

童文正　请教贵行业?

张有才　我这行业非同小可。我一天不来,府中的丫鬟大姐都要想我;三天不来,府中的大娘、二娘都要急得不吃不喝。

童文正　你是做什么的?

张有才　就是个"倒马桶"的。你说,我不来,她们是不是不得了?

童文正　取笑了。你怎会知道暗室所在?

张有才　听我说嘞,有一天我在东楼门外,等惠兰拎马桶出来,等了半天不见人,我扒着门缝一看,只见惠兰推动橱门从暗室出来,因此被我看见了。

童文正　哦,原来如此。(边说边走)

张有才　哈哈,这房子……

童文正　买卖成功,请你首席首座双中佣。

张有才　君子一言,

童文正　驷马难追。请。(偕随从下)

张有才　请。(大笑)哈哈哈,一个人要发财,连城墙也挡不住,难怪得七月半烧钱纸的时候,那钱纸灰就在我脚跟前打转转的,划起来是要发财,要发财!哟,我还忘记了问他的名姓嘞,喂,那个先生,先生,你转来哟……

[刘丹国上。

刘丹国　摆下空城计,前来探消息。(对张有才)你喊叫什么?

张有才	刘老太爷，那个看房子的来过了。
刘丹国	（莫名其妙）什么看房子的？
张有才	就是买刁府房子的人，看完刚走。
刘丹国	谁说刁府要卖房子，是谁引去看的？
张有才	是我引去看的。
刘丹国	此人现在何处？
张有才	他看了房子很满意，高高兴兴地找房主谈价钱去了。哦，大概是到你府上去了吧。
刘丹国	此人姓甚名谁，怎样打扮？
张有才	这个冒失鬼没说姓名，他头戴小帽，身穿蓝衫，是个生意买卖人打扮。
刘丹国	他看府中哪些所在？
张有才	前厅、后院、东西二楼都看过了。
刘丹国	东西二楼不是封锁了吗？
张有才	那有么关系，揭开封条进去，看完了出来再贴好，封条还挡得住人？
刘丹国	生意买卖人，怎敢私揭封条，一定是童文正来过了。
张有才	童文正？不是的，不是的，童太爷是有名的清官，这个人有点爱小利。
刘丹国	怎么讲？
张有才	他在东楼大奶奶房中，顺手牵羊拿了两把扇子。
刘丹国	你看得真？
张有才	看得真。
刘丹国	见得准？
张有才	这才急死人嘞，我亲眼看见他……这，这，这！（作偷扇入袖状）拿走了。
刘丹国	好呀，童文正，你这狗官！你私入民宅，擅揭封条，盗窃财物，今日可被老夫抓住了。（对张有才）走，跟我走。
张有才	哪里去？
刘丹国	随我到理刑厅衙门，与狗官辩理去。
张有才	我才不去哩。你是告老的通政，他见了你是客客气气，我是一个挑大粪的，得罪了他，不是打屁股就是铲嘴巴，我才不去哩。
刘丹国	不要紧，老夫保你无事。

张有才	你没有"事"，我"有事"，不去、不去。
刘丹国	他要打你一下，我给你一两银子养伤。
张有才	么事？打一下给一两银子，打十下呢？
刘丹国	给你十两。
张有才	这个买卖倒还做得一下。他要是打嘴巴呢？
刘丹国	照样打一下给一两。
张有才	那我不干，嘴巴怎能跟屁股一样的价钱。
刘丹国	好，打一下嘴巴给你二两银子。
张有才	真的呀？君子一言呵。
刘丹国	老夫怎能骗你？
张有才	那我就跟你去，请。
刘丹国	上得堂去，你要将那狗官的所作所为，大胆讲来。
张有才	你老人家放心，我一定有一说一，有二说二，说起他的气来，好打我。
刘丹国	好，随我来！
张有才	来了，来了！（同下）

第十一场

[时间：当天。

[地点：理刑厅大堂。

[四衙役、随从引童文正上。

童文正　[唱]　查勘东楼得凭证，

哪怕淫妇不招承。

人来升堂把案问——（入座）

[刘丹国率张有才上。

刘丹国　[唱]　大摇大摆进刑厅。

请了。

童文正　原来是刘老前辈，到此何事？

刘丹国	有一事不明，特来请教。
童文正	请讲。
刘丹国	请问贵厅，为官者知法犯法，该当何罪？
童文正	知法犯法，罪加一等。
刘丹国	我来问你，今日私闯刁府可是你？
童文正	本厅昨日已差人通知刁府，今日又有他家杂役张有才引进，怎说我私闯？
刘丹国	这个……你为何擅揭按院封条？
童文正	我奉命审理此案，东西二楼必须查看，封条是我亲手所贴，自然有权揭开，何谓私揭？
刘丹国	这……你为何乘机盗窃财物？
童文正	我盗窃什么？
刘丹国	两把春扇。
童文正	两把春扇么……嘿嘿，老前辈，并无此事。
刘丹国	张有才上前质对。
张有才	来了，来了。童太爷，你该认识我吵？你真把我哄苦了，你查案子就查案子哩，不该偷人家的扇子……
童文正	大胆！无知奴才，竟敢信口开河，来，拖下去重责四十大板！
张有才	刘老太爷，四十，四十呵！（伏地候打）
童文正	念你愚昧无知，饶你初犯。
张有才	打吵，打吵，怎么不打呢？你不打我更要说。你是偷了两把扇子，要不是我在旁边咳嗽一声，你连酒壶都偷走了。
童文正	胡言乱语，掌嘴！
张有才	掌嘴呀，掌嘴还好些，刘老太爷，看着，这是打嘴巴呵。（端架子准备挨打）
童文正	疯头疯脑，滚在一边。
张有才	（失望）怎么又不打吵？你这不是疼我，简直是害我嘛！（退立一旁）
刘丹国	童刑厅，张有才已当堂质对，你还是承认了吧。
童文正	（取出扇子）扇子是有两把，不见得是刁府东楼之物吧？
刘丹国	此扇是老夫送与小女陪嫁之物，一共两柄，扇上有老夫亲笔题诗，

空下一面，留待小女作画，怎说不是东楼之物？

童文正　哦，此扇确是令爱陪嫁之物么？

刘丹国　当然是的。

张有才　是的，是的，我亲眼看见你拿的！

童文正　说是你再来看。（展开春扇，扇面现出画像）

刘丹国　（出乎意外，羞愧满面）这……这不是从东楼取回的，是你换了两把。

张有才　是的、是的，就是这两把！

刘丹国　不是的，不是的！

张有才　是的，是的！

刘丹国　快跟我走！（一掌）

张有才　二两！

刘丹国　跟我走！（一脚）

张有才　三两！（被刘丹国拖下）

童文正　好一个不知羞耻的老贼！来，传刁刘氏主婢上堂！

随　从　刁刘氏主婢上堂！

　　　　［刘翠娥、春兰、惠兰同上。

刘翠娥　［唱］　昨日里在公堂花言巧语，

　　　　　　　　只问得童文正情亏理输。

　　　　　　　　我谅他找不出真凭实据，

　　　　　　　　搜赃证恰便是缘木求鱼。

　　　　　　　　老爹爹绝不会坐视不理，

　　　　　　　　一封书到官衙烟消火熄。

　　　　　　　　大摇大摆上堂去——

　　　　　　　　问一言答一语昂然站立。

童文正　刘氏，本厅今日亲到刁家查勘，东西二楼俱是白幔青纱，倒也像守
　　　　节模样。

刘翠娥　名门之女，礼教无亏，难道有什么不周到么？

童文正　哼，就是你东楼暗室之中，有些不周到！

刘翠娥　（略怔）这暗室么？也没有什么不周到！

童文正　你抬头观看！（举扇子）

刘翠娥	（强作镇定）这是什么？
童文正	扇上有你和王文肖像，又有你二人亲笔题诗，通奸之事，铁证如山，赶快招来！
刘翠娥	这和那封书信一样，都是套我笔迹，做赃陷害。
童文正	大胆！

[唱]　人证物证俱不假，

　　　　通奸谋夫犯国法。

　　　　赶快招供说实话，

　　　　再狡赖，我要动刑法！

刘翠娥	哼！

[唱]　说什么当堂动刑杖，

　　　　依官仗势欺孤孀。

　　　　要我招供休妄想，

　　　　除非红日出西方。

童文正	本厅今日就给你个先刑后理。来，将刁刘氏拖了下去，拶了起来！

[差役近前。

刘翠娥	（怒视左右）大胆，谁敢！（差役犹豫不前）
童文正	（拍案）与我拖了下去！（差役拖刁刘氏下）春兰，你还不招么？
春　兰	身无过犯，招些什么？
童文正	穿针引线，同谋杀主，还说无罪？来呀，当堂用刑！（差役拶春兰）惠兰，有招无招？
惠　兰	我……
童文正	再若不招，就照春兰一样，拶了起来！（差役上前示威）
惠　兰	哟，我招，我招……太爷，我今年才十三岁，大娘与王相公的事，只有春兰姐姐知道，毒死大爷也是她们三人所为，那件血衣是大娘逼我揩了血迹的，我要不听，她们就打我，可怜我是冤枉呀！
童文正	可是实情？
惠　兰	俱是实情。
童文正	春兰，有招无招？
春　兰	我……

童文正　紧刑！(差役作势)

春　兰　(忙呼) 我招，我招。

童文正　将她二人带下填写供状。(差役带春兰、惠兰下) 来，带王文！

　　　　[差役带王文上。

王　文　学生王廷贵，参见大宗师。(揖)

童文正　大胆王廷贵，按院大人早已革除你的功名，还敢长揖不拜？跪下！

王　文　(被推，跪下) 哎呀，无辜被押，又革除功名，未免太侮辱斯文了。

童文正　你既称斯文，应知法度。怎样私通刁刘氏，谋杀刁南楼，还不从实
　　　　讲来？

王　文　太爷呀！

　　　　[唱]　学生生平有志向，

　　　　　　　励志敦品读文章。

　　　　　　　一心想登龙虎榜，

　　　　　　　不敢窃玉与偷香。

　　　　　　　和刁家虽近邻素无来往，

　　　　　　　从未曾见过刘氏大娘。

　　　　　　　通奸谋命是冤枉，

童文正　住了！

　　　　[唱]　大胆的淫棍太猖狂。

　　　　　　　公堂假装忠厚像，

　　　　　　　罪恶滔天难隐藏。

王　文　[唱]　有道是捉奸要捉双，

　　　　　　　捉贼必须要凭赃。

　　　　　　　既然不容我辩讲，

　　　　　　　有何凭证在公堂？

童文正　嘟，现有刁刘氏亲笔书信和春扇两把为证，春兰、惠兰已经招供画
　　　　押，你还敢强辩？来呀，铜夹棍伺候！(衙役呼威) 有招无招？

王　文　无招。

童文正　夹了起来！(差役威吼上前)

王　文　(惊慌) 我……

[刘翠娥自内冲出，役甲、乙随上。

刘翠娥　　冤枉呀！（暗示王文勿招）

王　文　　（会意，乘机变卦）冤枉呀！

童文正　　（连连击案）拖了下去，拖了下去！

刘翠娥　　（被差役拖住，忙对王文）狗官威刑逼供，叔叔莫要中他圈套。

王　文　　嫂嫂放心，我是无供可招。

童文正　　（突然大笑）哈哈……这两个无耻狗男女。王文适才讲道，与刁家素
　　　　　无来往，与刘氏从未见面，如今在大堂之上，又叔嫂相称，互相串
　　　　　供，哪能容得？来呀，夹棍伺候！（衙役抓住王文）

王　文　　（胆战心惊，忙乱地）哎呀，我招、我招，嫂嫂，我顾不得你了……

童文正　　拖下去，画供上来。（役拖王文下，随拿三张供状上）刁刘氏，你还有何
　　　　　话讲？

刘翠娥　　呀！

　　　　　［唱］　他三人俱已画供状，

　　　　　　　　　倒叫我心中无主张。

　　　　　　　　　我若是不招供难逃刑杖，（想）

　　　　　嗯，有了。

　　　　　　　　　借供状用机谋谅他难防。

　　　　　我愿招。

童文正　　当堂写下供状。

刘翠娥　　两手被拶刑所伤，不能执笔，我诉你写。

童文正　　跪下！（刘翠娥跪）讲！（执笔待录）

刘翠娥　　听了！

　　　　　［唱］　都只为刁南楼性情粗鲁，

　　　　　　　　　抚瑶琴与王文暗结鸾俦。

　　　　　　　　　恨王氏进内室春光泄露，

　　　　　　　　　定一计害王氏馒头内下毒。

　　　　　　　　　只说是害死王氏永灭口，

　　　　　　　　　又谁知鬼使神差我丈夫转回东楼。

童文正　　他回来你便怎样？

刘翠娥	[唱]	移花接木下毒手,
		死后连夜把尸收。
童文正		这血衣呢?
刘翠娥	[唱]	是我叫春兰埋藏假山后,
童文正		情书呢?
刘翠娥	[唱]	情书是我亲笔修。
童文正		这扇上诗画、暗室幽期等事呢?
刘翠娥	[唱]	是我是我都是我,
童文正	(写好供状)	亲笔画上押来!
刘翠娥	(接状,微笑)	
	[唱]	糊涂官怎知我腹中计谋。
		提羊毫写姓名一笔不苟,
		从从容容作楚囚。(交状上呈)

童文正　(看供状毕)刁刘氏与王文通奸谋命一案,业经审问清楚,凶犯俱已招供,谨遵按院大人钧谕,案情一明,立即就地正法。来,传刀斧手!

众　役　(齐应声)喳!

刘翠娥　(大惊)呀!

[内总督中军高声:"大令下!"]

童文正　人犯押下。(役押刘翠娥下)有请!

[总督中军上。

总督中军　童刑厅听者,总督大人有令,速将刁刘氏案原被二告交专差押赴省城听审,不得有误!

童文正　遵命,贵差请到后面待茶。

总督中军　总督之命,急如星火,你要与我打点了!(下)

童文正　哎呀,且住!正要将凶犯正法,不料总督专差提案。我想总督方载函,乃是刘丹国老贼门生,此番调案进省,不但原案推翻,只恐王氏主仆性命不保,说是这……这如何是好?(徘徊苦思,不禁失笑)唉,我好糊涂呀,按院大人正在省城密访,我不免亲自押解人犯进省,与方总督力争。他若倚官仗势,以大压小,自有按院大人与我作主,我又怕他何来?唔,我就是这个主意,就是这个主意。

第十二场

[时间：半月后。

[地点：湖广总督衙门。

[总督中军上。

总督中军　人犯俱提到，报与总督知。（进）有请大人。

[方载函、刘丹国上。

方载函　　[念]　**专差去提案，**

刘丹国　　[念]　**令人眼望穿。**（同入座）

总督中军　参见大人。

方载函　　人犯可曾提到？

总督中军　原被二告，已由襄阳四府刑厅童文正亲自押解到省。

方载函　　哦，他亲自来了。传话下去，理刑厅将案犯留下，回任去吧。

总督中军　是。（下）

刘丹国　　此番为小女之事，倒叫贤契费心了。

方载函　　些小之事，何劳恩师挂齿。

刘丹国　　那童文正固执强顽，又有按院毛龙撑腰，贤契不可不防。

方载函　　童文正卑不足道，毛龙后生小辈，怕他们何来？（中军上）

总督中军　禀大人，那童文正言道，既然亲自押案到此，他要候堂听审，如若
　　　　　不然，他要原案带转。

方载函　　哼，他来听审，待我先办他个擅离职守之罪！

刘丹国　　贤契，还是婉转的好。

方载函　　恩师放心。来，传童文正。

刘丹国　　老夫暂退。（下）

总督中军　大人有令，理刑厅童文正进见。

童文正　　来了。（上）童文正参见大人。

方载函　　贵厅免礼，请坐。

童文正　　谢大人！

247

方载函	刁刘氏一案，有人赴辕上告，本督提案复审，贵厅为何亲自押解，擅离职守？
童文正	卑职奉按院大人钧谕，已将此案审清，忽遇大人提案，卑职不敢大意，故而亲自押解前来，听候复审。
方载函	此案已经审清了么？
童文正	俱已审清，请大人指示。
方载函	我想那刘氏乃名门之女，怎会做伤风败俗之事？即或一时失检，也不会谋杀亲夫吧。
童文正	禀大人，"饱暖思淫欲"，这名门之女从来伤风败俗者甚多呀。
方载函	话虽如此，只是……只是刘老前辈体面攸关，官场之中应稍留情面。贵厅，得放手时须放手呀！
童文正	依大人之见呢？
方载函	依我之见么……此案只需改动一个字，即可尽善尽美，情法两便。
童文正	大人意欲改动哪一字？
方载函	就将通奸谋"夫"改为通奸谋"主"。
童文正	通奸谋"主"！大人想是要卸罪于王氏主仆？
方载函	只要刘氏出罪，王氏主仆任凭贵厅发落。
童文正	此案要改，只有大人亲自更改，卑职不敢玩弄国法。
方载函	（怒）童文正，你敢说此案审得丝毫无差？
童文正	丝毫无差。
方载函	如有差错？
童文正	甘愿领罪。
方载函	你……将一干人犯押上堂来，听候复审！
童文正	遵命。（下）
方载函	来，升堂！
总督中军	升堂……
	［二幕启：校尉排立，方载函升堂上座。刘丹国上，朝方载函一揖。］
方载函	恩师请坐。（总督中军设座，刘丹国入座）来，传童文正提案上堂。
总督中军	童文正提案上堂！
童文正	（内白）遵命。（上）报！童文正传进——参见大人。

方载函	一旁听审。
童文正	请问大人，这位陪审官员，未穿朝服怎能擅坐大堂？
方载函	这不是陪审官员，乃是代上诉人。
童文正	总督大人，哪有代上诉人高坐之理？（方载函语塞）王法无私，应该撤座。
方载函	这……
童文正	（严厉地逼近刘丹国前）撤座。

[刘丹国慑于威严，起立退避。

方载函	（不满）贵厅，你……
童文正	（乘机故意道谢）卑职谢坐。（昂然入座）
方载函	本督并未赐座呀。
童文正	哈哈哈，童某不才，大小是朝廷命官，今日解案听审，这座位么？正该我坐。
方载函	（气极无奈）来，带刁刘氏！

[校尉带刘翠娥主婢三人上。

刘翠娥	参见青天大人。（跪）
方载函	起来讲话。
刘翠娥	谢大人。（起）
童文正	杀人凶犯，怎能立而受审？跪下！
方载函	（怒）童文正，本督问案，不用你多口。
童文正	禀大人，被告虽然上诉，大人尚未审问，其罪未消，岂有立而受审之理？（向刘翠娥）你与我跪下！

[方载函无可奈何，刘翠娥只好跪下。

方载函	刁刘氏，王氏告你通奸谋命，可有虚谎？
刘翠娥	启禀青天大人，未亡人实是冤沉海底。
方载函	哦，果然是冤枉。你怎么招供呢？
刘翠娥	青天大人哪！

　　　　　[唱]　　自幼在家习孔孟，

　　　　　　　　　深闺弱质不禁风。

　　　　　　　　　童刑厅严刑逼口供，

拶得我双手流鲜红。

真乃是"苛政比虎猛",

可怜我,屈打成招认行凶。

方载函　原来如此,起过一旁。传刁王氏。

中　军　刁王氏主仆上堂。

　　　　[刁王氏主仆三人同上,同跪。

刁王氏　参见大人。

方载函　刁王氏,你为何诬告你家大娘?

刁王氏　刘氏大娘通奸谋夫是实,人证物证俱在,小妇人不敢诬告。

方载函　站过。

刁王氏　谢大人。(起立)

方载函　刁禄,你是什等样人?

刁　禄　刁府管家。

方载函　嘟!家奴告主,哪能容得,拖下去打!(校尉齐声吼威)

童文正　且慢!请问大人可曾看过状子?

方载函　看状又怎样?

童文正　状子上面,告状人是刁王氏,刁禄乃是抱呈,大人你打他何来?是打他不该捡拾情书呀,还是打他不该抱呈状子呢?

方载函　这情书未必是真。

童文正　是真是假,大人也该问他几句,不能未问先打呀!

方载函　本督自然要问!

童文正　就请大人问来。

方载函　刁禄,这情书落在何处,如何偏偏被你拾得?怎见得就是刁刘氏通奸谋命?你要与我说个清楚,若有丝毫不符,本督大刑难免!

童文正　对呀,这才是青天大人问案呀!

方载函　本督审案,不准喧哗。

童文正　好,我就不喧哗。(坐)

方载函　(对刁禄)快讲!

刁　禄　大人容禀。我家主人去年三月动身到淮阳去后,大主母常与春兰到花园抚弄瑶琴,与隔壁王文……

方载函　　住了！本督问你情书从何而来，谁要你东拉西扯，真乃大胆！

刁　禄　　哎呀，大人哪！

　　　　[唱]　那一晚巡查到花园，

　　　　　　　春兰在园中把门关。

　　　　　　　失落情书被我亲手捡，

　　　　　　　才知道大娘与王文暗通奸。

　　　　　　　假山后又挖出血衣一件，

　　　　　　　通奸谋命，证据齐全。

　　　　　　　春兰的口供可查看——

春　兰　　(受刘翠娥暗示，抢步前跪) 大人！

　　　　[唱]　双膝跌跪喊青天。

　　　　　　　送情书既是他亲眼见，

　　　　　　　为什么不抓我去见官？

　　　　　　　既然是挖出血衣怎不报案？

　　　　　　　却为何事隔半年才鸣冤？

　　　　　　　分明是谋家产心怀不善，

　　　　　　　他主仆有奸情将大娘诬攀。

　　　　　　　昧良心告谎状用金钱打点，

　　　　　　　因此上童刑厅问案太偏。

　　　　　　　在公堂逼口供连用三拶，

　　　　　　　不招供我哪有命活到今天。

方载函　　起过一旁。(刁禄、春兰起立) 童文正，你就是这样问案么？

童文正　　大人休听这贱婢血口喷人，卑职如敢徇情卖法，甘受严惩。

方载函　　你受贿与否，姑置不论，你为何屡用非刑逼供呀！

童文正　　证据确凿，罪犯刁顽，卑职使用国家王法，怎说是非刑逼供？

刘翠娥　　大人，童刑厅确是非刑逼供，大人不信，请看未亡人供状，就是他
　　　　　事前写好，用刑逼我画押。

方载函　　待我看来。(看状) 童文正，你为何预写供状？

童文正　　这供状是刘氏受了拶刑，手痛不能执笔，当堂由她口诉，卑职笔录，
　　　　　并非预先写就，请大人详查。

251

刘翠娥	你说我手痛不能执笔，供状上我怎能端端正正写下自己的名字？童太爷，三木之下，何求不得？做官总要凭点良心呀。
方载函	对呀！
童文正	禀大人，她主仆如未同谋杀人，卑职刑法再重，也不会招供。这惠兰丫头并未动刑，怎么也招认了呢？请大人审问惠兰便知。
方载函	带惠兰。
惠　兰	叩见大人。
方载函	惠兰，到底是你家大娘通奸谋夫，还是你家二娘与刁禄通奸谋主？你知道就讲，不知道不要乱讲。
	[方载函拍案，众校尉齐声吆喝。
惠　兰	(吓呆了) 这……
方载函	既然不知，站过一旁。
童文正	且慢。证人上堂，不容她开口讲话，这是怎样问案呀？
方载函	(恼羞成怒) 嘟，本督在此问案，许你听审，竟敢卖弄口舌，真乃目无国法，实实可恼！
童文正	卑职并非大胆多口，实因罪犯刁顽，不得不辩。
刘翠娥	大人呀，童刑厅倚仗按院毛龙势力，欺压孤孀。供状既可预写，书信血衣，全都是假，请大人做主呀！
童文正	情书血衣暂且不提，(取扇) 这两把画扇，既有你父刻篆题诗，又有你和王文亲笔诗画，难道也是假的么？(呈上) 请大人详查。
方载函	(看扇，目视刘氏父女，刘丹国忙作暗示。方载函对童文正) 此扇从何处得来？
童文正	在东楼暗室查获。
方载函	刁府暗室，你是怎样知道？
童文正	由刁府杂役张有才引进。
方载函	来，传张有才。
童文正	这……禀大人，张有才不曾带来。
方载函	命案人证，怎不带来？
童文正	当堂由刘丹国带走了。
刘丹国	禀大人，老朽并不知此事。

方载函　　可曾交保？

童文正　　未曾交保。

方载函　　嘟，你擅放证人，又不交保，是何道理？

童文正　　这……

方载函　　限你七日之内，找寻张有才前来作证。如无此人，你与我小心了！

童文正　　七日之内么……

方载函　　下堂去吧。

童文正　　遵命。（至堂口）唉！

　　　　［唱］　只怪我大意将证人释放，

　　　　　　　　未交保不该放他下堂。

　　　　　　　　满盘棋输一看无法可想，

　　　　　　　　明知道由老贼将他隐藏。

　　　　　　　　无奈何回襄阳再去查访——

　　　　［童文正欲下堂，刁王氏、刁禄同声悲呼。

王、禄　　童太守呀……

童文正　　（猛回身）哎呀……

　　　　［唱］　我去后她主仆定要遭殃。

　　　　　　　　总督徇情，为虎作伥，

　　　　　　　　杀人灭口，不可不防。

　　　　　　　　通奸谋杀，明明朗朗，

　　　　　　　　用不着情书春扇血衣裳。

　　　　　　　　真赃证在那死尸上，

　　　　　　　　开棺验尸又何妨？

　　　　　　　　叫王氏你把宽心放，

　　　　　　　　不破此案不回襄阳。

　　　　　　　　绝不让奸夫淫妇逃法网，

　　　　　　　　来来来，你随我上公堂。

　　　　　　（回到大堂）大人。

方载函　　为何去而得转？

童文正　　卑职有辩。

方载函　　讲。

童文正　　张有才不过一引路人，有他无他不值紧要。卑职还有一个铁证。

方载函　　有何铁证？

童文正　　刁南楼的尸首可作铁证。

方载函　　怎么讲？

童文正　　卑职要开棺验尸！

刘丹国　　我女婿分明是暴病而死，怎能翻尸露骨？

童文正　　既是暴病而死，你女儿怎说王氏与刁禄通奸谋主？

刘丹国　　这……

方载函　　童文正，开棺验尸非同小可，你不要任性呵。

童文正　　如有差错，卑职愿领开棺之罪。倘若真是被毒而死？

方载函　　（目视刘氏父女）这……

刘翠娥　　（有恃无恐）未亡人愿意领罪。

方载函　　童文正，本督即日赴襄阳验尸，你先回任去吧。

童文正　　既然如此，这一干人犯，卑职要亲自带转。

方载函　　人犯暂押本督监中，验尸之后，我自有了断。

童文正　　此案系卑职原案，如今案情未了，人犯自应带转。

方载函　　你……

童文正　　来呀！一干人犯，带回襄阳去者！

　　　　　　［幕落。

第十三场

　　　　　　［时间：数日后。

　　　　　　［地点：襄阳刑场。

　　　　　　［二幕前：地保鸣锣上。

地　保　　大家听了，总督大人亲临襄阳，审理刁南楼暴死一案。今日开棺验
　　　　　　尸，刑场周围，严禁行人。大家回避了！（鸣锣下）

刁刘氏

[二幕启：方载函端坐，中军、童文正、刘丹国、衙役、刑厅仵作等均在场。

[总督仵作上。

总督仵作	禀大人，死者全身并无血斑黑点，显系病故，并非毒死。
刘丹国	童文正，擅自开棺，按律当斩。
方载函	童文正，还有何话讲？
童文正	禀大人，可容我传总督仵作一问？
方载函	你去问来。
童文正	（对总督仵作）你适才验过哪些所在？
总督仵作	全身验过，并无毒死迹象。
童文正	可曾验过顶肾二骨？
督仵作	并非毒死，验顶肾二骨何用？
童文正	嗯……情书上面分明写的是鹤顶红毒死，怎说不是毒死？来！
刑厅仵作	有。
童文正	快与总督仵作同去验尸。
刑厅仵作	是！（与总督仵作同下，随同上）禀大人，小人验得死者天灵骨火赤，肾骨黑紫，实乃鹤顶红毒死。
童文正	（对总督仵作）可是实情？
总督仵作	（支支吾吾）实是实情。
童文正	（对方）大人，卑职这该不是擅自开棺，可免得我的斩刑吧？
方载函	这……童刑厅，尸身虽验明是被毒死，但刘王二氏各执一词，究竟是谁毒死，一时不能定案。死者已是死了，律条救生不救死，还是悬案备查吧。
童文正	好一个救生不救死，悬案备查。大人这只怕于理不符吧？
方载函	再要多口，与我轰了！
	[毛龙内呼"且慢呀，且慢"，上。知府、知县、中军、校尉跟上。
毛 龙	请了。
方载函	这位是……
童文正	参见大人。
毛 龙	贵厅少礼。
方载函	（起身）原来是按院到此，失迎了。

255

毛　龙　　本院奉旨出京，途经襄阳，闻知贵总督在刑场剖断冤狱，特来瞻仰。

方载函　　岂敢。

毛　龙　　贵总督验尸可曾验明？

方载函　　验尸已毕，死者确被鹤顶红毒死。

毛　龙　　贵总督准备怎样发落呢？

方载函　　刘王二氏，各执一词，尚待详查再办。

毛　龙　　那刘氏通奸谋夫，不是有血衣、情书、两柄春扇为证么？

方载函　　一面之词，罪证不足。

毛　龙　　本院也是怕罪证不足，适才已邀同襄阳府县亲至王文家中及刘氏东
　　　　　楼内室，搜出罪证数起。府县当场呈验。

知　府　　是。这是在暗室床榻之下，搜出来的鹤顶红一块。

知　县　　这是从王文家中搜出的刘氏书信数封。

方载函　　这……

毛　龙　　罪证确凿。来呀，将刁刘氏一干人犯，推出去斩了！

方载函　　(羞怒) 且慢！斩杀罪犯，自有本督作主，贵院未免擅专了！

毛　龙　　哼，你还在耀武扬威。圣旨下！(取出圣旨)

方载函　　(跪) 万岁！

毛　龙　　湖广总督方载函贪赃枉法，祸国殃民，着即革去官职，押京治罪，
　　　　　遗缺即由湖广巡按毛龙接管。将他官职革了！(中军摘方载函冠带) 将
　　　　　一干人犯押了上来。(众校尉押原被告上) 刁王氏替夫伸冤，节烈可嘉，
　　　　　回家听候封赏。

刁王氏　　谢大人。(偕刁禄等旁下)

毛　龙　　刘丹国仗势欺人，玩弄国法，押监候处！(中军押刘旁立) 来，将刁刘
　　　　　氏等三人犯，推出去斩了！

刽子手　　是！(分拥刘翠娥等下)

毛　龙　　押解方载函、刘丹国回京去者！

众　　　　是！

　　　　　[幕落。

剧终

崔子弑齐

剧本整理：张叔仪　戴品岸

剧情简介

　　齐庄公命右卿崔杼领兵卫国催贡，趁机诱奸崔妻棠姜，事为大夫庆丰所知。崔杼得胜还朝，献海潮珠。贾举传旨令崔杼临潼斗宝。崔杼欲行间，遇庆丰说破庄公淫乱其妻事，恨从心头起，称病回府，借此观察动静，并布下杀局。齐庄公探病，欲重演不轨故伎。棠姜告知崔杼真相，含羞抽剑自刎，崔杼诛杀庄公。

人　物

崔　杼　　棠　姜　　齐　王　　庆　丰　　贾　举　　范公公
中　军　　校　尉　　龙　套　　兵　丁

第一场

[崔杼内白："回府！"牌子、四龙套、四校尉、中军引崔杼上。

[家院出迎，崔下马进府，中军、校尉等退。

家　院　有请夫人！(棠姜上)

棠　姜　[念]　不与桃李争春色，愿学松柏傲寒霜。

　　　　哦，老爷回府来了。

崔　杼　回来了。

棠　姜　今日奉召入朝，有何国事议论？

崔　杼　只因卫邦欠我三载贡礼，大王命我领兵前往催讨。

棠　姜　不知几时启程？

崔　杼　即刻就要登程。

棠　姜　如此，待妻与老爷饯行。(对家院) 酒来。

　　　　[唱]　一杯水酒把行色壮，

　　　　　　　临别依依欲断肠。

　　　　　　　实难舍夫妻同随唱，

　　　　　　　怎忍见鸳鸯各一方。

　　　　　　　兵凶战危多保养，(奉酒)

　　　　　　　比不得为妻在身旁。

崔　杼　夫人！

　　　　[唱]　夫人但把宽心放，

　　　　　　　保重玉体休感伤。

　　　　　　　此番驰骋疆场上，

　　　　　　　定有捷报早还乡。

　　　　　　　别夫人校场点兵将——马来！

　　　　[中军、校尉等上，顺马，同下。

棠　姜　[唱]　但愿此去多吉祥。

贾　举　(内) 圣旨下！

棠　姜　啊！备案接旨。

贾 举	（捧旨上）圣旨下跪！
棠 姜	大王千岁！
贾 举	只因国太龙体欠安，宣召各府夫人进宫探病，旨意一到，立刻进宫！
棠 姜	遵旨，有劳大人捧旨前来，后堂待茶。
贾 举	王命在身，不敢久留，请夫人即刻进宫，以免国太悬念。来，车辆侍候。

[车夫上，棠姜上车，同下。

第二场

[二内监、四宫女引齐王上。

齐　王　[唱]　那一天郊外踏青把春景赏，

得遇见美貌佳人芳名叫棠姜。

天姿国色，不瘦不胖，

减一分嫌短，添一分又嫌长，

真是个沉鱼落雁盖世无双。

孤后宫众妃嫔比她不上，

小崔杼一个武夫艳福比我强。

回宫来，朝思暮想，

才派崔杼赴卫邦。

命贾举选娇娘，

君臣名分丢在一旁，

逢场作戏又待何妨。（坐）

贾 举	（上）参见大王。
齐 王	卿家平身，那棠姜可曾前来？
贾 举	圣命呼唤，她焉敢不来？为臣功德圆满，就此告退。
齐 王	且慢，孤家还有用你之处。（屏退内侍）
贾 举	请大王吩咐。
齐 王	附耳上来。

贾　举	哦哦哦……哎呀，大王你真是想得周到。
齐　王	只是委屈卿家你了！
贾　举	为大王效劳，万死不惜，何言委屈二字？
齐　王	事成之后，自有封赏，照计办来。
贾　举	遵旨。国太有命，宣崔夫人进宫！(暗下)
棠　姜	(内)遵旨。(上)

　　　　　[念]　国太身染病，进宫问安宁。

　　　　　(见齐王一怔，忙跪拜)臣妾棠姜参见大王。(匍匐)

齐　王	夫人，怎不抬头？
棠　姜	不敢抬头。
齐　王	孤恕你无罪。
棠　姜	谢大王。
齐　王	(背躬)妙呀！

　　　　　[念]　那日惊鸿一瞥，已较十分颜色。

　　　　　　　　今日得见芳泽，勾去三魂七魄。

　　　　　夫人，快快平身。

棠　姜	谢大王。请问大王，国太病体如何？
齐　王	适才服过丹药，正在静养。
棠　姜	如此，臣妾改日再来问安。(欲走)
齐　王	且慢。既来探病，何必去心太急，一旁赐座。
棠　姜	大王在此，哪有臣妾座位？
齐　王	你乃功臣之妻，焉有不坐之理，坐下也好叙话。
棠　姜	臣妾谢坐。
齐　王	孤命崔卿出朝催贡，可曾启程？
棠　姜	早已启程。
齐　王	崔卿为国勤劳，真我朝栋梁之臣。
棠　姜	食王爵禄，理当报效，何劳大王夸奖。
齐　王	崔卿有功于国，孤王自有封赏。只是闻得人言，你在家中，怨恨孤王，可有此事？
棠　姜	这……臣妾不敢。

齐　王　　夫人哪!

　　　　　[唱]　崔爱卿为国家忠心赤胆,

　　　　　　　　常年间东征西讨远离家园。

　　　　　　　　他为大将本应当不辞劳怨,

　　　　　　　　连累夫人受孤单。

　　　　　　　　想必是因此将孤怨——

棠　姜　　[唱]　臣谤君犹如欺了天。

　　　　　　　　食王禄本应当任重致远,

　　　　　　　　臣妾怎敢有怨言。

齐　王　　[唱]　儿女之情,圣贤难免,

　　　　　　　　何况你夫妻正壮年。

　　　　　　　　你寂寞深闺谁做伴?

　　　　　　　　绣衾怎耐五更寒?

　　　　　　　　功臣之妻孤应该另眼相看,

　　　　　　　　你有什么苦楚对孤谈。

棠　姜　　(背躬)

　　　　　[唱]　奉王命进宫来将国太问候,

　　　　　　　　不料想大王爷言语轻浮。

　　　　　　　　又羞又愧难开口,

　　　　　　　　是非之地莫久留。

　　　　　　　　辞王别驾出宫走,(对齐王匆匆一礼,欲走,齐王急拦)

齐　王　　[唱]　慢移芳步且停留。

　　　　　　　　青春易逝休虚度,

　　　　　　　　人生不过数十秋。

　　　　　　　　莫等花谢填粪土,

　　　　　　　　得风流时且风流。

　　　　　　　　牡丹花就栽在上林圃,

　　　　[嬉皮笑脸地动手动脚,棠姜心慌意乱,急忙跪地。

棠　姜　　[唱]　急忙跪地苦哀求。

　　　　　　　　大王仁德震宇宙,

261

　　　　　　　　劝忠教孝霸诸侯。

　　　　　　　　常言道君臣如父子，

　　　　　　　　怎能够君占臣妻遗臭千秋。

　　　　　　　　求大王开笼放雀高抬贵手……

齐　王　（故作怒状）住了！普天下之下莫非王土，率土之滨莫非王臣，君要
　　　　臣死，臣不得不死……（棠姜大惊失色，不敢开口，齐王转笑容）不必害
　　　　怕，依从孤王，保你全家富贵。（扶起。棠姜挣脱，径往外走，齐王急拦）
　　　　宫禁森严，你来得就去不得了！

棠　姜　大王，我今日宁可玉碎，不为瓦全，再若逼迫，有死而已。

　　　　［唱］　棠姜宁死不受辱！（拼命向宫墙撞去）

齐　王　（拦住）慢来……好个烈性女子！贾举何在！

贾　举　（暗上）伺候大王。

齐　王　适才夫人之言，你可曾听见？

贾　举　已在门外听见，微臣罪该万死。

齐　王　嘟！胆大贾举，竟敢无中生有，谎奏欺君，言道崔夫人水性杨花，
　　　　不守妇道。孤与崔将军情同手足，故而将夫人召进宫来，亲自试探。
　　　　幸喜夫人三贞九烈，才得真相大白。孤若轻信你言，岂不坏了夫人
　　　　名节，断送了夫人性命？你……该当何罪？

贾　举　臣并非有意诽谤夫人，只怪臣昏聩糊涂，不该误听流言，我……

齐　王　你大胆！

　　　　［唱］　污人名节罪非小！

　　　　推出去斩了！

贾　举　［唱］　望求大王把命饶。

　　　　大王，大王……（跪齐王前哀告）

齐　王　（一脚将贾举踢倒）去吧！

棠　姜　哦！

　　　　［唱］　却原来是贾举谣传谎报，

　　　　　　　　幸亏这有道君明察秋毫。

　　　　　　　　险些儿将大王错怪了——

贾　举　夫人，救命啊……

崔子弑齐

棠 姜	贾举！

[唱]　为大臣你不该谎报当朝。

齐　王　夫人休与他多讲。来呀，快推出去斩了。

贾　举　夫人，夫人……

棠　姜　大王！

[唱]　是非黑白已分晓，

真金不怕烈火烧。

似这样小人辈何必计较，

请大王开圣恩饶他这遭。

齐　王　好贤德的夫人呀！

[唱]　受冤枉不见罪反把本保——（对贾举）

念在夫人保本，饶你不死，罚俸三年，以观后效。快快准备御酒，

与崔夫人赔罪。（贾举谢恩下）崔夫人听封。

棠　姜　大王。（跪）

齐　王　[唱]　孤封你节烈夫人青史美名标，

孤赐你玉石牌匾门前立旌表。

再赐你八宝裙龙凤袄，

大开御宴摆酒肴。

孤将那各府夫人齐宣召，

效学你玉洁冰清好节操。

叫贾举快将那御酒看到，

贾　举　遵旨。（取酒）酒到。

齐　王　跪下！（贾举跪棠姜前）这杯酒暂与夫人压惊。

棠　姜　[唱]　多谢大王爷义厚恩高。（接杯饮）

辞王别驾出宫去了——（未行几步）

哎呀！

霎时地旋天也摇，

莫不是中了贼圈套——（晕倒，贾举扶住）

贾　举　[唱]　实服了大王手段高。

齐　王　（突然严肃）出宫去吧。

263

贾　举　　是。（下）

齐　王　　（扶住棠姜狞笑）呵哈哈……（扶下）

第三场

棠　姜　　（内）

[唱]　恨昏王乱纲常将我作弄……（上）

天哪，天哪！可恨奸王设下奸谋，污我清白。想我丈夫乃是盖世英雄，我与他是恩爱夫妻，今日一旦失身，他回得朝来，叫我哪有面目见他！这……那厢有一鱼池，我不免投池一死！

[唱]　失节妇见丈夫无地自容。

留下此身有何用——（奋欲投池，突止）

似这样不明不白我死不瞑目。

夫本是奇男子秉性刚勇，

闻凶讯必然会闯进皇宫。

贼昏王心毒辣比豺狼性猛，

他定要斩草除根绝不放松。

我若是无声无息把命送，

连累夫遭暗害后患无穷。

倒不如候夫归来把真情诉，

或报仇或逃祸趋吉避凶。

偷生人世忍悲痛——（哭）

齐　王　　夫人哪！

[唱]　休要哭坏玉芙蓉。

你为何一人在此啼哭？莫非在思家？（棠姜内心悲痛，饮泣无语）孤与你既谐鱼水之欢，已了前世之缘，岂肯久留宫中。宫外车辆备好，孤放你回去就是。

棠　姜　　这……

[唱]　昏王开笼把崔放，

　　　　无道君他也怕飞短流长。

　　　　且喜逃出天罗网，

　　　　靦颜偷生等夫郎。

　　　　忍气吞声回府往——（向外走）

齐　王　转来。（棠姜停步）宫中之事，雨过天晴，风吹云散。你回家之后，凡事多加小心，崔杼归来更不可胡言乱语，伤了我君臣和气。你自己的名节，你丈夫的性命，全在你手！明人不必细讲，你要放明白些。

[范公公暗上，见状即退。

棠　姜　谢大王。（强抑气愤，语意双关）

[唱]　大王的恩德永不忘。（下）

齐　王　（目送棠姜出宫，狞笑）哼……

[唱]　棠姜女离皇宫心怀气愤，

　　　　崔杼回难保她不露真情。

　　　　那匹夫掌兵权是孤的心病，

　　　　免后患我定要釜底抽薪。（下）

范公公　（上）哈哈……

[念]　怪事到处有，哪有宫廷多。

　　　　崔夫人如花似朵，

　　　　大王爷如饥似渴。

　　　　他们勾勾搭搭，还卿卿我我，

　　　　两下临别时许多做作。

　　　　见惯不稀奇，也懒得听壁角，

　　　　哎！这些鬼把戏，提它做什么！

　　　　我把眼睛睁一个闭一个，

　　　　就是天塌下，我也管不着，管不着呵！

庆　丰　（内白）走哇！（上）

[唱]　喜笑洋洋进宫往，

　　　　只见公公在道旁。

　　　　范公公请了。

范公公　是庆大人。今日进宫，为何满面春风？

庆　丰　前番晋国兴兵犯境，大王命崔杼将军统帅出征，大获全胜。如今晋国派使臣前来我国修盟结好，此乃我国大大喜事，我特地进宫启奏大王来了。

范公公　如此说来，崔将军功劳不小！

庆　丰　嗯，可算得大功一件。

范公公　(笑)。崔将军不但立了大功，他还有大喜哩。

庆　丰　本来就是大喜。

范公公　嘿嘿，这才叫"城墙高万丈，内外有人帮"。真是"江水涨，河水凑"嘞。

庆　丰　范公公何出此言？

范公公　庆大人哪知其中有个缘故。

庆　丰　什么缘故？

范公公　昨天夜……呀！说不得，说不得！

庆　丰　范公公，为何吞吞吐吐，要言不语？

范公公　事关重大，非同小可，说不得，说不得。

庆　丰　难道说对我讲了，你还不放心么？

范公公　这话也对，庆大人年高有德，照说跟你讲了，该不要紧。

庆　丰　是呀，公公但讲无妨。

范公公　你晓得我这个人的嘴巴是最稳当的，我跟你说了，你千万莫跟别人说咧。

庆　丰　我绝不会走漏风声。

范公公　昨夜晚……(四看低声耳语) 昨夜崔夫人进宫，陪伴大王一夜未归。

庆　丰　啊！竟有此事……

范公公　你还不信？我跟你说吵，昨夜逍遥宫是我当班值夜，适才他们在花园话别，又被我亲眼看见。我躲在假山石后，看见他们难分难舍，这还有什么假的不成？

庆　丰　这……想大王乃是仁德之君，崔夫人谨守妇道，焉能做出此事？

范公公　我的庆大人，这种事情，你就没有我看得多咧。妇道人家都是水性杨花，谁不想攀高结贵，大王肯要她未必她还不肯？

庆　丰	（大惊）啊……
范公公	这有什么稀奇哩。
庆　丰	（冷笑）嘿嘿……（向宫门走去）
范公公	庆大人手捧本章，敢莫是要进宫奏本？
庆　丰	正要进宫面见大王。
范公公	大王此刻正在养神，你又何必进宫惊驾。把本章交与我，少时我与你转奏就是。
庆　丰	如此有劳公公。（递过本章）
范公公	庆大人请哩。
庆　丰	请。（欲走）
范公公	（回头）庆大人，刚才我跟你讲的话，你要学我把嘴巴放稳当点，莫跟别人讲呵！
庆　丰	是。（走）
范公公	（又回头）庆大人，刚才说的话，你千万莫跟别人说呵。
庆　丰	唔。（又走）
范公公	（又回头）庆大人……
庆　丰	（拱手）请。
范公公	请。（下）
庆　丰	怪道呀，怪道。

[唱]　妇道家真是个杨花水性，

　　　大王爷做此事败坏人伦。

　　　全不念她的丈夫为你效命，

　　　忠良臣无下场令人寒心。（下）

第四场

崔　杼	（内）

[唱]　马嘶人喊声喧闹……

[中军、兵士等引上。

　　　　得胜班师意气豪。

　　　　此番卫邦贡礼讨，

　　　　得来了海潮珠费尽辛劳。

　　　　扬鞭催马城关到——

[贾举在城头出现。

贾　举　[唱]　果然崔杼转回朝。

崔　杼　城楼之上，敢莫是贾大人？

贾　举　正是下官。请问将军，此番催贡，得来什么稀奇贵宝？

崔　杼　得来海潮珠一颗，请大人开城门，也好进城见君献宝。

贾　举　请先将海潮珠打上城来。

崔　杼　来呀，将宝打上城头。（兵士将珠吊上城）

贾　举　（接珠，取旨）崔杼听旨。

崔　杼　大王千岁。

贾　举　只因十八国王子，临潼斗宝，命卿家即刻前往赴会降宝，不得有误。

崔　杼　呀……

　　　　[唱]　好容易在卫邦催回贡礼，

　　　　　　　一路何曾得喘息。

　　　　　　　实指望回朝来夫妻团聚……

贾　举　军情紧急，大王命将军即刻启程。（下）

崔　杼　领旨。

　　　　[唱]　为国家秉忠心马不停蹄。

　　　　众将官！兵发临潼去者。

　　　　[队伍出动，牌子、兵士等引庆丰上。两碰头。

庆　丰
崔　杼　前道为何不行？

中　军　庆大人
随　从　崔将军　挡道。

庆　丰
崔　杼　人马列开。（众遵命分列）

庆　丰　贤弟回来了？

崔　杼	小弟回来了，不知仁兄哪道而来？
庆　丰	愚兄奉命前往晋国修盟，今日才得回朝。贤弟，你是何时回朝的呀？
崔　杼	小弟也是今日方才回朝。
庆　丰	既是今日回朝，如今又统师何往？
崔　杼	仁兄哪能知道，小弟班师回朝，正要进城，大王又命贾举城楼传旨，命我即刻转师临潼斗宝。
庆　丰	哦……

[唱] 　班师回城楼又把旨降，

　　　到临潼又何须如此慌忙。

　　　想起了范公公对我言讲，

　　　这定是有圈套用心不良。

　　　讲实情怕贤弟性情鲁莽，

　　　不讲明怕的是暗箭难防。

　　　低下头来心暗想——

崔　杼	仁兄为何背后沉吟？
庆　丰	这……（决断地）贤弟呀！

[唱] 　将人马撤松林再叙衷肠。

崔　杼	人马暂退松林。（庆丰亦同时屏退随从，兵士等尽下）仁兄，难道朝中出了大事不成？
庆　丰	贤弟呀，你离朝以后，大王假借国太患病为名，宣召各府夫人进宫探病，弟妹她……
崔　杼	她便怎样？
庆　丰	她……
崔　杼	仁兄，你我至交，有话但讲无妨。
庆　丰	待为兄与你实讲了吧！弟妹她进得宫去，大王他不怀好意，将弟妹留在宫中一夜未归！
崔　杼	这……仁兄如何得知？
庆　丰	此事乃穿宫太监范公公他亲口所讲，那晚是他守夜值班，亲眼所见，他二人苟合成奸。
崔　杼	[唱]　闻言犹如霹雳震，

　　　　　　　　　气得崔杼似哑人。

　　　　昏君呀，你、你欺人太甚也！

　　　　　　　　　我为你开疆辟土拼性命，

　　　　　　　　　我为你血染战袍秉忠心。

　　　　　　　　　东西战，南北征，

　　　　　　　　　你才得称孤道寡享太平。

　　　　　　　　　你不该不许我把城进，

　　　　　　　　　你不该逼我赴西秦。

　　　　　　　　　你不该借刀杀人把我害，

　　　　　　　　　你不该起了禽兽心。

　　　　　　　　　大丈夫实难忍夺妻恨，

　　　　　　　　　我定要兴人马杀进皇城。

庆　丰　　贤弟，你反不得，反不得呀！

　　　　[唱]　劝贤弟息怒火暂忍气愤，

　　　　　　　造反二字休出唇。

　　　　　　　切不可忘却君臣分，

崔　杼　[唱]　昏王不该乱人伦。

庆　丰　[唱]　犯上作乱大不敬，

崔　杼　[唱]　他君不君来我臣不臣。

庆　丰　[唱]　皇城内兵精粮足防守紧，

崔　杼　[唱]　一杆枪横扫千军反朝廷。

庆　丰　[唱]　怕的是画虎不成遭伤损，

崔　杼　[唱]　大丈夫有仇不报枉为我。

　　　　　　　哪怕此身成齑粉，

　　　　　　　不杀昏王气难平。

庆　丰　[唱]　贤弟休凭血气勇，

　　　　　　　轻重得失细权衡。

　　　　　　　妇人好比墙上粉，

　　　　　　　剥去一层又一层。

　　　　　　　何苦为她拼性命？

崔　杼　[唱]　仁兄说话不中听。

夺妻之仇若能忍，

千秋后世落骂名。

要学前朝黄飞虎，

反出五关除暴君。

怒气冲冲传将令——

庆　丰　[唱]　拦住贤弟慢消停。

贤弟你英勇赛过黄飞虎，

弟妹她不是贾夫人。

你念念不忘夫妻分，

她攀上高枝早忘情。

大王不仁她不义，

他二人苟合成奸一条心。

崔　杼　嗯！(沉思考虑)

[唱]　实在难忍心头恨，

先杀昏君后杀贱人。

庆　丰　贤弟呀！

[唱]　大丈夫要有沧海量，

莫为妇人误前程。

要报仇暂将时机等，

凡事必须三思行。

贤弟如不听愚兄劝，

愚兄我跪死尘埃不起身。(跪)

崔　杼　哎呀！(急忙跪，扶庆起) 仁兄呀！

[唱]　兄深谋远虑多持重，

叮嘱的言语记心中。

小弟绝不把声色动——

庆　丰　是呀！

[唱]　来日方长且从容，

这才是顶天立地大英雄。

271

贤弟，你既听为兄相劝，此番去到临潼，务须小心谨慎，切莫轻易回朝，免遭不测。朝中如有大事，兄自会派人关照。话已说完，就此一别，贤弟你要保重了。请——

崔　杼　仁兄请。

庆　丰　(不舍地一再叮嘱)

　　　[唱]　贤弟千万要耐忍，(下)

崔　杼　棠姜，好贱人！

　　　[唱]　贱人不该败坏门庭。

　　　　　我本当去临潼暂且容忍，

　　　　　那昏王与淫妇更好荒淫。(略停)

　　　　　临潼斗宝我不去，(举令旗正待传令，两下望)

哎呀且住！我若不去临潼，昏王定会说我无故违旨，将我治罪，说是这……(思索)有了，我不免假意装病，一来好推脱圣旨，二来回得家去，探明虚实便了。

　　　　　将人马扎城外不赴西秦。

军士们……(兵士与中军同上)

　　　　　人来与爷把马顺，(上马，昏倒)

哎呀……

　　　　　霎时间神恍惚大病临身。

中军过来，你家老爷偶得重病，不能出兵，与我代传一令，吩咐人马驻扎城外。

中　军　喳。将军有令，人马驻扎城外。

众　兵　喳！

崔　杼　快去启奏大王知道，搀扶回府，哎哟……

　　　[众兵士下，中军搀崔下。

崔子弑齐

第五场

棠　姜	〔唱〕	终朝泪洗面，
		满腹心酸对谁谈。
		对崔郎，愧无颜，
		饮恨偷生在人间。
		岁月悠悠度日如年，
		但见落霞片片残。
		望断碧云天，
		朝朝暮暮盼夫还。
		抑悲愤，泪轻弹，
		等夫回来诉含冤。
		免累他，遭暗算，
		只求夫命能保全，
		纵死九泉心也甘。

家　院　（上）禀夫人，大事不好！

棠　姜　何事惊慌？

家　院　老爷身得重病而归。

棠　姜　（惊）啊？（急忙出府迎崔杼。二兵士扶崔杼上，棠姜忙扶崔杼入内室，家院及二兵士下）老爷醒来。

崔　杼　哎哟！

　　　　〔唱〕　一阵昏迷一阵醒……

　　　　嘟！休走看枪！

棠　姜　老爷！

崔　杼　啊！

　　　　〔唱〕　阵前哪来贵妇人？

　　　　（四望）这是什么所在？

棠　姜　老爷，你怎么连自己的家也不认识了？妾身棠姜在内。

崔　杼　哪个？你是棠姜？呀，妻呀……

273

棠 姜　老爷，此病从何而起?

崔 杼　我这病么……哎呀! 夫人呀! 为夫得胜还朝，正要进城，不想大王命贾举城楼传旨，命我人不离鞍，马不停蹄，立刻去往临潼斗宝。不幸的是卸甲伤寒坠下马来。夫人呀，夫人! 为夫只怕凶多吉少!

棠 姜　啊……

　　　　[唱]　听一言犹如是五雷轰顶，

　　　　　　　这才是平地起风云。

　　　　　　　可怜我忍辱偷生将夫等，

　　　　　　　实指望夫回来倾诉冤情。

　　　　　　　谁知他凯旋归来身染重病，

　　　　　　　贼昏王起了虎狼心。

　　　　　　　得胜回朝转，不许夫进城，

　　　　　　　城楼传圣旨，逼他赴西秦。

　　　　　　　分明是调虎离山计，

　　　　　　　拆散我夫妻两离分。

　　　　　　　实实难忍心头恨，

　　　　　　　要对夫君吐真情。

　　　　(欲前又止) 不可!

　　　　　　　说出来怕的是加重夫的病，

　　　　　　　夫若是有不测我更成罪人。

　　　　　　　左思右想心不定——

崔 杼　[唱]　她变脸变色必有因。

棠 姜　[唱]　我强忍悲愤——

崔 杼　[唱]　观看动静，哎哟!

棠 姜　[唱]　去愁容换笑脸安慰夫君。

　　　　　　　待为妻去将名医请，

崔 杼　唉!

　　　　[唱]　得病归来连累了夫人。

　　　　　　　这卸甲伤寒是绝症，

棠 姜　[唱]　破口话儿莫出唇。

崔　杼	[唱]	为夫一死无别恨，
		实难舍大王和夫人！
		舍不得夫人情义盛，
		杀身难报大王恩。
		辜负了大王辜负了你，
棠　姜	（哭）喂呀！	
	[唱]	闻此言叫我更痛心。
		他念念不忘君臣分，
		哪知昏王乱人伦。
		君无道，臣忠贞，
		妻失节，夫多情，
		我失身强暴遭蹂躏，
		真叫人无地自容难藏身。
		无限羞愧无限恨，
崔　杼	[唱]	夫人为何自沉吟？
棠　姜	[唱]	可怜妻今日盼来明日等，
		实指望盼夫回来……
崔　杼		回来怎样？回来又怎样？
棠　姜	[唱]	你又得病在身！
崔　杼	[唱]	我看她言语支吾必有心病，
		看破了机关八九分。
		夫人！
		我生前薄幸辜负你，
		我死后莫为虚名误了你的青春。
棠　姜	[唱]	夫休要胡思乱想安心养病，
		你本是擎天柱一根。
		你还有大事未安顿，
崔　杼	[唱]	我死后大王他……
		会照看你的后半生。
棠　姜	[唱]	他大梦昏昏未睡醒，

　　　　　　反把仇人当恩人。

　　　　　　你常年间为江山疲于奔命，

　　　　　　出生入死为谁人？

　　　　　　听妻劝辞官不做早归隐……

　　　　　　也免得鸟尽弓藏兔死狗烹！

崔　杼　　[唱]　大王本是仁德主，

棠　姜　　[唱]　世间哪有圣明君！

崔　杼　　[唱]　常言道忠臣烈女不二姓，

棠　姜　　[唱]　自古来最毒不过帝王心。

崔　杼　　[唱]　她那里对昏王满腔怨恨，

　　　　　　倒叫崔杼费思忖。

　　　　　　妻平日冰清玉洁守闺训，

　　　　　　我夫妻恩情似海深。

　　　　　　未必说庆仁兄是捕风捉影，

　　　　　　这内中一定有隐情。

　　　　　　是真是假难决定——

　　　　[内白："大王到。"]

崔　杼　　啊！

　　　　[唱]　昏王到此为何因？

　　　　　　满腹疑团我暂容忍，

　　　　　　少时间察言观色，见机行事，

　　　　　　弄一个水落石出皂白分明！

棠　姜　　大王到府，待为妻回避了。

崔　杼　　啊，夫人，为夫病体沉重，你就该前去代我接驾才是。

棠　姜　　(感到为难)为妻我去接驾么？

崔　杼　　圣驾久候，诚恐降罪，你快去呀！

齐　王　　(内白)摆驾！(贾举引齐王。棠姜搀扶崔杼入帐内)

　　　　[唱]　学一个猫哭鼠去把病探，

贾　举　　大王！

　　　　[唱]　这一颗催命丸要送他归天。

棠 姜	（无奈出迎）叩见大王。
齐 王	夫人请起。（揭开帐门）崔卿你的病体如何？
崔 杼	臣的病么，十分沉重，恕为臣不能接驾，罪该万死。
齐 王	卿乃有病之人，孤岂能见罪于你。爱卿你要静养才是。
崔 杼	唉！微臣身患绝症，只恐不能久在人世。臣死之后，别无牵挂，只是撇下我妻孤身一人，有些放心不下。
齐 王	孤与卿虽是君臣，但情同手足。卿家只管放心养病，万一有个长短，尊夫人自有孤王另眼照看就是。
崔 杼	哎呀，大王真乃仁德之主。夫人快来谢恩。
棠 姜	（难过、无奈地）多谢大王。
齐 王	夫人不必多礼。
崔 杼	快备酒宴一席，设在暖香阁，与大王待宴，答谢圣恩。
棠 姜	遵命。
崔 杼	大王，微臣病重，不能奉陪，就命臣妻棠姜伴驾。夫人你要好好侍候大王。
棠 姜	（无奈地）是。请驾。
崔 杼	哎呀！
齐 王	卿家怎么样了？
崔 杼	［唱］ **臣病入膏肓命难保，**
齐 王	卿家！
	［唱］ **好生静养慢治疗。**

［齐王放下帐子，退出房间。棠姜走向与齐王相反的方向。齐王绕至棠姜面前拦住，一把抓住棠姜的手。

［崔杼揭开帐门，恰好看在眼里，怒拔床头宝剑欲追出去，又极力忍耐下来。

［齐王悄悄将棠姜带出房外。崔杼轻步至门边，在门缝旁偷视动静。

　　夫人你往哪里去？

| 棠 姜 | 臣妾要去吩咐备宴。 |
| 齐 王 | 备宴乃是小事，夫人过来，孤有话讲。（假装诚恳）唉！孤一时荒唐，忏悔不及，今日闻得崔卿病危，更为痛心。（取药丸）这是孤命太医特制的药丸，善治百病，神效无比，崔卿服了下去，定能药到病除。 |

你快快与他吞吃了吧！（交药丸与棠姜）

[唱]　灵丹药快付与崔卿服下……

我在暖香阁等你。（下）

[齐王去后棠姜呆看药丸出神。

棠　姜　啊！

[唱]　接药丸心中乱如麻。

这昏王比魔鬼更可怕，

是缘何今日变成低眉菩萨？

说什么这药丸功效大，（思索）

哎呀！

猛想起饮药酒被贼糟蹋。

他甜言蜜语都是假，

昏王的手段最毒辣。

这药丸内定是藏奸诈……

我夫崔杼归来，昏王城楼传旨，要他临潼斗宝，这分明是不怀好意。今日说是真心探病，为何将药丸暗交我手？这……这是借刀杀人！棠姜呀棠姜，眼看你丈夫这条性命，岂不断送你手？哎呀，这……本当说出真情，怎奈我夫病重，难经气恼。本当不说，眼睁睁他难逃昏王毒手！我是说的好，还是不说的好……也罢，事到如今我也顾不了许多，待我实说了吧！（轻声对看帐门）老爷醒来，老爷醒来，你醒来！

[崔杼猛揭帐门，一脚踢棠姜于地。

崔　杼　呸！

[唱]　这一剑要结果你这荡妇淫娃！

棠　姜　老爷呀！你眼前就有杀身之祸，你容妻讲个明白，再杀也不迟。

崔　杼　（略思索）哼，谅你这贱人也难脱我手。好，你与我讲，与我讲！（剑入鞘）

棠　姜　夫呀！

[唱]　自老爷催贡礼离家远走，

恨昏王暗设下诡计奸谋。

　　　　　　你的妻中圈套误饮毒酒，

　　　　　　落陷阱失贞节遗恨悠悠。

崔　杼　哼！

棠　姜　[唱]　妻本当轻生寻绝路，

　　　　　　怕昏王要害夫命难留。

　　　　　　忍辱偷生将夫候，

　　　　　　夫偏偏得病回愁上加愁。

　　　　　　几次想把真情吐，

　　　　　　夫病重怎经得火上加油？

　　　　　　妻也曾劝夫君辞官不做，

　　　　　　你反说秉忠心把大王恩酬。

　　　　　　适才他将药丸暗交妻手，

　　　　　　我料定这药内必有毒。

　　　　　　昏王心肠赛桀纣，

　　　　　　夫要学黄家父子反龙楼。

　　　　　　君不正，臣逃走，

　　　　　　父不正，子远游。

　　　　　　劝夫休放昏王走，

　　　　　　冤报冤来仇报仇。

　　　　　　望夫君当机立断快下手……（哭）

　　　　　　我的夫啊！

　　　　你妻话已说明，就此永别了！（夺剑自刎）

崔　杼　棠姜，我妻，哎呀！

　　　[唱]　崔杼做事太糊涂。

　　　　　　我定要杀昏王消愤怒……

　　　[齐王反上。

齐　王　[唱]　定要崔杼一命休。

　　　[见崔杼，大惊。

　　　卿家你——

崔　杼　臣多谢大王你的灵丹妙药！

齐　王　　　（支吾地）唔唔唔……（欲溜走）

崔　杼　　　昏王休走，看剑！

　　　　　　［念］　昏王做事太欺心，

　　　　　　　　　　君夺臣妻乱人伦。

　　　　　　　　　　不杀你难消心头恨——（逼近齐王，身段）

齐　王　　　［念］　孤王跪地苦求情。

　　　　　　　　　　卿家若是饶我命，

　　　　　　　　　　你为君来我为臣。

崔　杼　　　（怒不可遏冷笑）哼哼……（逼，圆场。贾举上，齐王见贾举）

齐　王　　　［念］　叫声贾卿快救应……

崔　杼　　　（逼近齐王猛力刺杀）看剑！（杀死齐王、贾举）

　　　　　　［念］　杀死贼君臣祭亡魂。

　　　　　　（亮相，哭）夫人哪……

　　　　　　［落幕。

剧终

陈州粜米

移植：根据晏甬同名京剧移植

剧情简介

　　宋时，陈州大旱三年，颗粒不收，人民饥至相食。朝廷派刘得中、杨金吾前去救灾。他们不仅私自抬高米价，大秤收银、小斗售米，大肆搜刮百姓，还用敕赐紫金锤打死与他们辩理的农民张撇古。张子小撇古到开封府告状，包拯微服暗访，查明事实真相，智斩杨金吾、刘得中，又借刘衙内的赦书，免了小撇古的告官之罪，为受害者雪冤。

人　物

范仲淹	韩　琦	吕夷简	祇　候	刘衙内	小衙内
杨金吾	张撇古	小撇古	斗　子	包　拯	王　朝
马　汉	张　千	王粉莲	州　官	群众甲	群众乙
校　尉					

第一场

[地点：北宋京城，户部尚书范仲淹议事厅。

[幕启：范仲淹执书卷，阅卷，焦急。祗候上。

祗　候	报与大人，二位老相爷请到。
范仲淹	快快有请。
祗　候	有请二位老相爷。

[吹打，韩琦、吕夷简上。范仲淹出迎，礼让入厅。

范仲淹	韩魏公来了。
韩　琦	范尚书。
范仲淹	（见吕夷简）啊，吕老相爷！
韩　琦 吕夷简 范仲淹	啊！啊！哈哈……
范仲淹	二位老丞相请。

[刘衙内上。

刘衙内	啊！范仲淹学士，到你这户部衙门来的还有我这么一位世代簪缨的刘衙内哩！
范仲淹	啊！刘衙内，恕小官怠慢了。
刘衙内	不敢。
范仲淹 刘衙内	啊！哈哈哈……（入内就座）
吕夷简	仲淹学士，你请老夫们到户部衙门有何国事商议？
范仲淹	（执信）今有陈州官员送来紧急文书，他言道陈州地面，大旱三载，六草不收……
吕夷简 刘衙内	（惊）啊！
范仲淹	黎民苦楚，几至相食！
吕夷简 刘衙内	学士快讲！
范仲淹	众位大人请听！

[唱]　陈州罪官请圣命，

　　　　求圣恩开仓粜米救那受苦的黎民。

　　　　陈州地大旱三年整，

　　　　寸草不收民不聊生。

韩　琦　(耳聋插白) 说的什么呀？

吕夷简　陈州大旱三年啦！

范仲淹　[唱]　草根树皮都吃尽，

　　　　　　　眼看就要人吃人。

韩　琦　什么呀？

吕夷简　百姓饿得要人吃人了！

韩　琦　哎呀！陈州乃京畿之地，你就该速去奏请圣上啊！

吕夷简　老丞相说的极是。

范仲淹　小官已入朝奏过，请曰圣命。

众　　　范学士请讲。

范仲淹　[唱]　当今天子传圣命，

　　　　　　　着小官召议众位大臣。

　　　　　　　派官员赴陈州要廉洁清正，

　　　　　　　开仓粜米急救黎民。

　　　　　　　因此我将公卿们请，

众　　　[跪唱]　德齐尧舜有道君。

刘衙内　众位大人，陈州百姓处于水火之中，圣上又如此担忧，这开仓粜米的官员就该即刻派去才是呀！

韩　琦　嗯！一定要选派那廉洁清正之人。

范仲淹　二位老丞相，依小官看来，若派开封府尹包龙图前去，管保样样周到万无疏失。可惜包拯到五南采访民情去了，他不在朝中。

刘衙内　包拯老了，受不得颠簸了。

范仲淹　唉！老的老了，走的又走了……

刘衙内　众位大人，小官荐举两个年轻又清廉之人，若派他二人前去，管保也是样样周到，万无疏失。

范仲淹　但不知是哪一家？

刘衙内	就是小官家中的两个孩儿，一个是我女婿杨金吾，一个是我儿刘得中。
范仲淹	这……啊，老丞相，衙内保举他两个孩儿，一个是他儿子小衙内，一个是他女婿杨金吾，到陈州粜米，大人们意下如何？
韩　琦	（若无其事地）嗯。
范仲淹	老夫不曾见过衙内的两个孩儿，就请唤他两个前来，让众位大人试看试看。
刘衙内	祇候，去唤我两个孩儿快来！
祇　候	知道了，命人去唤二位舍人快来！（下）

[小衙内、杨金吾上。

小衙内	［念］　世代簪缨享荣华，
杨金吾	［念］　不怕地陷与天塌。
小衙内	［念］　巧取豪夺本事大，
杨金吾	［念］　哪管王法不王法。
小衙内	妹夫！把方才我们抢来的金银宝贝古董玩器藏好，见我的老子去。
杨金吾	嗯！
祇　候	二位舍人到了。
刘衙内	（出）你们两个来了，要拿出个体体面面的样子去见过众位大人。
小衙内	哟！这就是那么一堆糟老头子呀！
刘衙内	唉！那都是朝中大官。
小衙内	哎哟！现在神气了，当年赴考场的时节，跪在金銮殿上撅着个屁股"吭哧吭哧"地直舔砚盘，还闹了个满嘴的墨黑。看爷们，从娘肚子里就顶着乌纱帽出来的。
刘衙内	好乖乖孩儿，快去见来。

[小衙内、杨金吾摇摆做作地见众人，众有些厌恶。

范仲淹	衙内，这就是你的两个孩儿？嗯……老夫看了这两个模样动静，只怕是……
刘衙内	怎么样？
范仲淹	还太年轻了，理应在家读些诗书。
刘衙内	众位大人，我这两个孩儿，虽则年轻，倒也亲厚老成，真可谓清廉忠干，温良恭俭让，出则孝，入则悌，洒扫进退……

众	啊！哈哈哈！
刘衙内	老丞相岂不知，知子者莫如其父？我说去得，定然去得，再好也没有了！
范仲淹	是这……二位老相爷……
吕夷简	此事只凭天章学士作主。
范仲淹	嗯……
刘衙内	仲淹学士，小官愿立下一张保状，保我这两个孩儿到陈州粜米，若有一差二错，嗒，就连我刘衙内一同坐罪。(写保状)
范仲淹	既然衙内一意保举，就命他二人去吧。只是一件，那钦定的米价五两纹银一石细米。
杨金吾 小衙内	记下了。

[刘衙内交保状。

范仲淹	如此你二人望阙跪下，听圣上旨意。

	[唱]	那陈州苦旱三年寸草不收， 黎民性命实堪忧。 你爹爹立保状将你等保奏， 因此上派你去往陈州。 奉公守法忠职守，

杨金吾 小衙内	[唱]	我忠职守，
范仲淹	[唱]	疏杖理民牢记心头。
杨金吾 小衙内	[唱]	我记心头
范仲淹	[唱]	半两银子米一斗，
杨金吾 小衙内	[唱]	米一斗。
范仲淹	[唱]	愿你等能分帝王忧。
杨金吾	[唱]	多谢大人高抬贵手，
小衙内	[唱]	我走马上任到陈州。(出)
刘衙内	转来，你们此去陈州……
杨金吾	(得意地低语) 给他来个大秤小斗……
刘衙内	那百姓要是不服呢？

小衙内	不服我就揍！
刘衙内	慢来，险些把事弄错，快进屋跪下……跪下！（小衙内、杨金吾入跪）啊，范学士，我那孩儿言道，那陈州百姓刁顽，倘有不服从，又怎样处治呢？
范仲淹	来，捧过紫金锤。（祗候捧锤上）这是圣上钦赐的紫金锤，圣上言道，倘有刁顽百姓不服，着打死勿论。
杨金吾 小衙内	谢圣恩！（起，出）
刘衙内	儿呀，手中有锤，朝中有我，你们只管放心干去。
小衙内	知道，知道，做这些我比你能干些。妹夫呀！你我做官去者！（与杨金吾同下）
刘衙内	小官告辞。（得意地下）
韩　琦	这两个娃娃哪里是去救民的，分明是害民去了！范学士，陈州是京畿之地，不可疏忽哇。
范仲淹	这……
吕夷简	老丞相所言极是，不可疏忽。
范仲淹	待我即刻去回奏圣上，请圣上定夺。

[同下。落幕。

第二场

[地点：陈州仓粜米处大院内。

[幕启：张敝古父子背米袋上。

张敝古	[唱]　大荒大旱三年整，
	圣上开仓救黎民。
	一家大小要活命，
	我挖肉补疮凑出二两银。
小衙内	（内）滚滚滚！不滚打死你！

斗　子	（内）出去！都出去……

　　　　　　［群众甲乙被轰了出来，群众乙跌倒在地。

群众乙	哎哟！
张敝古	啊！小哥哥，这是怎么样了？为何与仓官们吵嚷了起来？
群众甲	哎！老伯伯，只为这荒旱年间，一家人活命要紧，我求众人凑了点银钱前来买米，那官仓上称银子的秤大，量米的斗小，里勾外扯就苦了我们老百姓了。我进去争论了几句，那斗子不容分说就将我打出来了！
张敝古	那还了得！
群众甲	你看这米内还掺了许多糠皮、黄土……
群众乙	闻听人说，朝中定的米价是五两银子一石，这个仓官改作十两一石。
张敝古	开仓粜米是朝廷救民的恩德，他们怎敢假公济私？
群众甲	（叹）唉！有话哪里去说……
张敝古	走走走，你我一同进去与他面理。
群众甲	宫廷哪有什么理可讲。走，走哇！
群众乙	老伯，一家老小还等我背米回去度命哩！（欲走）
张敝古	都是些胆小的、怕事的！你们走开，让我亲自看看，难道他就不怕王法么？
小敝古	（忙阻拦）爹！你性子不好，大家都叫你"张敝古"，张敝古今天不要古敝了，我们回去吧。
张敝古	回去只有饿死……
群众甲	（阻劝）张敝古老伯，这口气忍了吧，除此之外又无别处粜米，一家人活命要紧啊！
群众乙	罢罢罢，总是该我们老百姓受折磨。
张敝古	唉，叫人好恨！

　　　　　　［唱］　朝臣外官里勾外应，

　　　　　　　　　　上欺天子下害黎民。

　　　　　　　　　　他好比那盗谷仓的害人鼠，

　　　　　　　　　　又好比吸脓血的绿头苍蝇。

　　　　　　　　　　他休当老汉不敢讲，

　　　　　　　　　　　　　我将他一直告到中书衙门。

群众甲　　张老伯，自古道能忍者自安啊，你还是忍了吧！

张敝古　　[唱]　柔软莫过那溪间水，

　　　　　　　　　走到不平之处也高声！

　　　　[斗子暗上。

斗　子　　嚷什么？干什么？

群　众　　我们是买米来的。

斗　子　　买完了米就快走，一会二位大老爷看见了又要生气。走走走，出去！

群　众　　老伯伯，小心了，我们在外厢等你……（被斗子赶下）

小敝古　　爹爹……你千万不要发脾气啊，家里还等着米下锅呢！（小声嘱咐）你
　　　　　少说话呀……

张敝古　　啊……

斗　子　　（对外喊）把大门闩了，买米的让他一个一个地进来……那买米的老
　　　　　汉，把银子拿来给我称！（张敝古递银子，斗子称银子）一两五。

张敝古　　什么？（小敝古拉张敝古衣角。忍气）小哥哥，我这是二两银子，你用心
　　　　　称一下……

斗　子　　放屁！天平上明摆是一两五，我也没啃下一块！

张敝古　　你让我自己称一称。

斗　子　　哎！这老头子怎么不懂事，这头上有天，地下有地，这样称你一两
　　　　　五还低哩！（小敝古又拉父衣服）把袋子拿过来量米。（量米）

小敝古　　爹爹，你看他量米尽打鸡窝……你看……他又抓去了一把米。

斗　子　　倒米了，把袋子接好。（倒后又量）

张敝古　　你这是个什么梟米的？

斗　子　　怎么样？

张敝古　　你原来是八升的小斗，加三的大秤！

斗　子　　住口！这秤是官秤，斗是官斗，米价也是官定的。

张敝古　　你是怎么个量米的？你可知道我可不是私自来买米的！

斗　子　　你不私自来买米的，我也不是私自来卖米的，我可是奉的官差。

张敝古　　嘿嘿，官差，你这个官是什么官？

斗　子　　两个清耿耿的粮官老爷，都坐在里面。你不要胡说，他俩可是个权

陈州粜米

豪之家，谁也不敢惹他。这米还多了，再抓一些。(抓米)

小敝古　　(急了) 爹爹，看他又抓了一把米去了！

张敝古　　(怒极)

　　　　　[唱]　贼子做事实可恨，

　　　　　　　　衣冠禽兽豺狼心。

　　　　　　　　粜米胆敢违皇命，

　　　　　　　　刁难百姓你坑害人。

　　　　　　　　你在饿狗嘴里夺脆骨，

　　　　　　　　乞儿碗里抢残羹。

　　　　　　　　你看它不过是几合米，

　　　　　　　　我穷人靠它度残生。

　　　　　　　　朝廷早把米价定，

　　　　　　　　私抬米价罪不轻。

　　　　　　　　小斗大秤更凶狠，

　　　　　　　　穷苦百姓不聊生。(抓住斗子)

斗　子　　(挣脱) 哎呀，老爷、老爷，不好，(小衙内上) 这老头子骂起人来，
　　　　　还要打人……

张敝古　　你是仓官？这米价可是你定的？

小衙内　　朝廷定的。怎么样，你想去告我？

张敝古　　哼！我看你于民无益，于国有损！

小衙内　　你可知道是满朝官员保举我来的！是当今天子派我来的！

张敝古　　那圣上双眼蒙尘，错认了你这害民的贼！

小衙内　　好厉害。来呀！将圣上赐的紫金锤打这个老混蛋！

张敝古　　你怎敢打人，你该有王法么？

小衙内　　这就是王法，打死你只当揭一片瓦。(小敝古拉父不语)

　　　　　[小衙内执锤打张敝古。

小敝古　　(向小衙内冲去) 你怎么打人？你怎么打人？

小衙内　　小杂种你来！一把捏得你流黄水。

　　　　　[张敝古被打倒，小敝古冲过去。

小敝古　　爹……

289

[外面吵嚷声、鞭子声起。杨金吾跑上。

杨金吾　　挡住！挡住！谁也不许进来！（对斗子）今天的米不卖了。

[斗子跑下去阻拦群众。

小衙内　　谁进来就打死谁，我看你这陈州还反了不成？妹夫，把银子收拾起来，
　　　　　你给我的爹送回去。（杨金吾下）我到狗腿湾王粉莲家喝酒去了。（下）

小敝古　　爹！爹！你……

张敝古　　啊……（渐醒）

　　　　　［唱］　金锤落天地旋雷轰头顶，

　　　　　　　　　只觉得头崩腰折如刀剜心。

　　　　　　　　　哎呀呀！只怕是要了我这条老命，

　　　　　　　　　恨未雪九泉下我的双眼不瞑。

　　　　　　　　　狗粮官祸国殃民无人性，

　　　　　　　　　他反倒口口声声为了朝廷。

　　　　　儿啊，你快去告状去！

小敝古　　我……我到哪里去告哇！

张敝古　　［唱］　从察院直告到中书省，

　　　　　　　　　就是那害民贼是我的仇人。

小敝古　　爹爹，我不会告状！

张敝古　　［唱］　进衙门你将堂鼓打。

　　　　　　　　　再把冤枉叫几声。

小敝古　　我说什么呀？

张敝古　　［唱］　你指着紫金锤作见证，

　　　　　　　　　你要将真情实话句句说清。（已奄奄一息）

小敝古　　爹爹！他们要是不准呢？

张敝古　　［唱］　倘若是他们官官相卫告不准，

小敝古　　嗯，那怎么办呢？

张敝古　　［唱］　你你……去找那铁面无私的包大人。（死）

小敝古　　（哭）爹爹……

　　　　　［落幕。

第三场

[地点：户部。

[幕启：小敝古狼狈张望上。

小敝古　(内喊"冤枉"上)

[唱]　　州衙县官无人问，

　　　　我这杀父的冤仇无处伸。

(见是户部衙门，大声地) 冤枉啊！冤枉啊！

祗　候　(由内惊叫出) 哇呀…… (威风凛凛，小敝古惧退) 呔！你这娃娃，何人
杀死你父，何人逼死你母？小小年纪你竟敢在这户部衙门吵吵嚷嚷。
倘若大人听见，他……降罪下来，你能吃罪得起吗？啊？

小敝古　(对答中欲闯进内被阻，闯阻身段，念白夹其中) 我有冤呀！

祗　候　县衙去告。

小敝古　我有屈!

祗　候　你州衙去伸。

小敝古　州县都不敢管。

祗　候　你上诉察院。

小敝古　察院也不敢问！

祗　候　那定是王公大臣无人敢问。

小敝古　他不是王公大臣，就是你户部衙门派往陈州粜米的仓官！

祗　候　为了何事？

小敝古　只因他秤大斗小我父不服，他就用紫金锤将我爹打死了！

祗　候　啊呀呀……小小粮官，出得京城，他也有这大的威风？

小敝古　(忙跪) 看你是个大官，求你给我做主哇！

祗　候　嗯！娃娃，可惜这户部大堂它不理民词。

小敝古　这……什么？

祗　候　这户部衙门不管打官司的事情。

小敝古　这么大的衙门，打死人的事都不管啊？

祗　候　嗯……不管哪。

小敝古　(哭) 那我到哪里去伸冤啊……爹爹，你……你死得好惨！

祗　候　　娃娃，我来告诉你，你到开封府包大人那里去告！

小敝古　　包大人出京去了，不在衙中。

祗　候　　你哪里知道，包大人业已回到京城。你在那长街等候，他今日定来
　　　　　见我家范大人。

小敝古　　那包大人是个什么样子，我见面也不认得呀！

祗　候　　那包大人，头戴乌纱帽，身穿紫罗袍，黑褐色的面皮，银白色的胡须。

小敝古　　(感激，叩头) 多谢老爷，你是好人，你是好人！

祗　候　　嘿嘿！我是好人。(下。刘衙内上)

刘衙内　　[唱]　我的儿到陈州音信不见，

　　　　　　　　倒叫老夫心不安。

　　　　　　　　莫不是百姓刁滑不好管，

　　　　　　　　莫不是包拯回朝把本参。(见小敝古)

　　　　　唉！你这娃娃，慌慌张张东瞧西望，为何这等端详老夫啊？

小敝古　　这位大人，你可是包大人？

刘衙内　　你找包大人做甚？

小敝古　　我找包大人伸冤。

刘衙内　　听你之言口口声声要找包大人伸冤，莫非你是从陈州来的么？

小敝古　　哎呀，青天大老爷，我正是从陈州来的……

刘衙内　　好好好，有什么天大的冤枉？只管讲来，我与你做主。

小敝古　　那陈州粮仓，粜米救灾，大秤小斗，我父不服，他用紫金锤将我爹
　　　　　打死了……

刘衙内　　啊！(故作惊态) 有这等事？

小敝古　　仓官势力豪大，无人敢惹，求包大人给我做主哇！

刘衙内　　娃娃你来看，我正是包大人，你的状子我已准下，你不要乱跑，你
　　　　　在此稍待一时，我与你伸冤报仇也就是了！

小敝古　　多谢包大人，多谢包大人！

刘衙内　　呀！

　　　　　[唱]　祖先荫庇天睁眼，

　　　　　　　　险些儿我刘家把船翻。

　　　　　[祗候上。

祗　候　　迎接大人！

刘衙内	祗候，将这孩儿交与你，好好看管，少时我要带他回去！
祗　候	是！（刘衙内入内。祗候见小敝古轻松地坐下休息，气从心来）呔！你坐在这里做什么？
小敝古	怎么啦！这里不让坐吗？
祗　候	你为何不去告状？
小敝古	告过了。
祗　候	告到哪里？
小敝古	包老大人哪！
祗　候	什么样儿？
小敝古	头戴乌纱帽，身穿紫罗袍，黑褐色的面皮，银白色的胡须。
祗　候	你说的是不是他？
小敝古	哎，对啦、对啦！就是他。
祗　候	咦，错了、错了！
小敝古	一点也不错，他自己说的，他就是包大人。
祗　候	娃娃，你知道他是何人？他就是在陈州用紫金锤打死你爹的那一位仓官的……
小敝古	是他的什么？
祗　候	嫡亲的老爹爹。
小敝古	哎呀……
祗　候	你岂不是自投了罗网？
小敝古	我掉到老虎嘴里啦！求爷搭救……求爷搭救……
祗　候	这这……（着急）有了，我在这里假装睡熟，放你逃走，查问起来也不过是个渎职之罪，算不得什么，你快快逃走了吧！
小敝古	多谢大老爷，多谢大老爷！
	［祗候见小敝古离去，哈欠，下。
包　拯	（内白）带马！（上）
	［唱］　包龙图，年八旬，已成老朽，
	坐开封四十载从朝到暮哪处停留。
	从卯牌天未明直到申牌之后，
	直被那层层的案卷埋住了我的头。
	这紫龙袍拘得我难抬双手，

293

下玉阶步步艰难好似在坠楼。

月俸钱做人情也还不够，

反和那权舍豪门结下了冤仇。

将一个鲁斋郎推出斩首，

葛监军也被我打入了牢囚。

打銮驾下陈州铡过了国舅，

赴阴司铡判官鬼惊神愁。

打龙袍天齐庙断过了太后，

龙头铡铡过了陈驸马的人头。

多亏了八贤君屡屡将我保奏，

才幸免午门外惨遭荼毒。

奸贼们每日里烧香将我咒，

都盼我早早死他们就好得自由。

从今后事不关己休开口，

只学会尽在人前多点头。

我睁一只眼睛闭一只眼睛，

有事当作无事样，

将那些山海似的冤仇一笔勾，

学一个清闲自在的老滑头

无虑又无忧。（下马）

祇候！（祇候在内打呼）门官……（祇候在内打呼）唉！户部衙门，门官贪睡，噫……也罢！张千！

张　千　大人。

包　拯　进去通禀范学士，就说包拯现在门外。

　　　　［祇候上。

祇　候　祇候迎接包大人。

包　拯　祇候，门官贪睡，该当何罪？

祇　候　小官情愿受罚。

包　拯　若是往日，包大人定不饶你，今日么……嘿嘿，饶了你了！（祇候不解地）快去通禀范学士，就说包龙图到位！

祇　候　不用通禀，学士久候，包大人请进！

包　拯	（进门）学士在哪里？
祗　候	这个娃娃逃到哪里去了？（下去找小敝古）
	[范仲淹、刘衙内上。
范仲淹	包龙图到了，快快请坐。
刘衙内	老府尹五南采访回朝，一路辛苦了。
包　拯	老夫五南采访回来，实是年老力衰，已不堪颠沛，特来拜见学士。明日见了圣上，老夫就要告老还乡致仕闲居了。
范仲淹	怎么？老府尹你五南采访回朝，一言未发，你就要告老退休么？
刘衙内	老府尹年纪老了，弃官致仕，倒也快活！
包　拯	唉！
	［唱］　从三十岁为官如今七十九，
	自古道人过中年万事休。
范仲淹	包大人尽忠报国，朝中直臣，哪个不惧？
包　拯	［唱］　我也曾观汉唐几读春秋，
	有几个耿直贤臣他能够到头？
	比干挖心尽忠了殷纣，
	楚屈原在汨罗自把江投。
	伍子胥双目悬挂在东城门口，
	未央宫屈斩了汉室韩侯。
范仲淹	老府尹，你怎么不说那张良辅佐高祖定了天下哩？
刘衙内	还有那范蠡也不弱呀？
包　拯	［唱］　那张良和范蠡若不急走，
	只怕他圆圆尸首也难留。
	包龙图今已是老迈力朽，
	我是个漏网鱼怎敢再吞钩。
	请圣上赐老夫故里闲居，
	早归去也免得为官不到头。
范仲淹	包大人，你且回私宅中去，明日面圣时节再作商议。
刘衙内	府尹告老，圣上一定是恩准的呀，哈哈……
包　拯	谢学士。
	［唱］　众大人请恕罪老夫要走，

[包拯出，范仲淹等送下。祗候拉小敝古上，向小敝古指明包拯，下。

小敝古　　包大人，与我伸冤啦！

包　拯　　[唱]　这娃娃拉住我诉何冤由？

小敝古　　包大人！

　　　　　[唱]　我的爹张敝古惨遭毒手，

　　　　　　　　求大人快与我报杀父之仇。

包　拯　　可惜老夫明日就要告休。(欲走，小敝古拉衣) 但不知你父为何人杀死？

小敝古　　[唱]　那仓官去救荒大秤小斗，

包　拯　　嗯！

小敝古　　[唱]　我的爹心不服被打死在陈州。

包　拯　　中！你可曾告过状来？

小敝古　　[唱]　县衙州府无人管，

　　　　　　　　从察院到中书衙也不敢出头。

　　　　　　　　都说他势力大无人敢斗，

包　拯　　[唱]　包龙图好一似火上加油。

　　　　　　　　那势利的官员们，

　　　　　　　　我偏和你论一论子午卯酉，

　　　　　　　　心怀黎民社稷愁。

　　　　　娃娃，你姓什么？

小敝古　　我姓张。

包　拯　　你即刻逃回陈州，有人问你，莫说姓张。

小敝古　　不姓张，姓什么呀？

包　拯　　你姓屈。张千送他出城。

张　千　　来，来，来！(引小敝古下)

包　拯　　(转入内) 范学士快来！

　　　　　[范仲淹上，刘衙内随上。

范仲淹　　包大人如何去而复返？

包　拯　　老夫正要回去，听得陈州一郡贪官污吏，甚是害民，不知范学士可
　　　　　曾派忠直的官员到陈州去了无有？

范仲淹　　已差人去了，差人去了！

包　拯　　差的是哪个？

范仲淹	只因老府尹不在衙中，朝中一时无人，刘衙内立下保状保举他子刘得中及女婿杨金吾前去陈州开仓粜米救灾，只是一去许久，未见回话哩。
包　拯	就该再派一官员去陈州考察官吏，安抚百姓才好。
刘衙内	我等今日相聚，正为商量派官之事。
范仲淹	圣上已着老夫再派一个清正官员，本欲烦老府尹走一遭，谁知你今日到此，就告老闲居！
包　拯	除我之外，再派何人？
范仲淹	刘衙内愿亲自前往。
刘衙内	是啊，待小官我亲自去走一遭，老府尹年老力衰，理应告老还乡……
包　拯	你说的是我么？
刘衙内	是啊，你老了。
包　拯	我老了。
刘衙内	胡子都白了。
包　拯	胡子都白了！
刘衙内	走路都走不动了，啊，哈哈……
包　拯	（精神地）嘿嘿，我还未曾老咧！
范仲淹	好好好，就请老府尹亲走一遭，你意下如何？
包　拯	哈……范学士！

> [唱]　有件事替老夫向君王保奏，
>
> 　　　你只说那权舍豪门是我的对头。
>
> 　　　他若是贪赃枉法落我手，
>
> 　　　好似那鱼儿釜中游。

范仲淹	老府尹，为国为民真是难得呀难得！
包　拯	范学士，老夫此去，倘有那豪势之徒难以处置，如何是好？
范仲淹	有有有，我请来金牌一面、宝剑一口，圣上赐你先斩后奏，快快拜过。
包　拯	臣！（跪接）

> [唱]　谢圣上他肯把黎民救，
>
> 备马！

祗　候	带马！（见无人）啊！（替张千备马）
包　拯	[唱]　我即刻登程到陈州。
刘衙内	（一直恐慌，上前赔小心）啊！包大人，你若到陈州，那两个仓官，可

297

是我家小儿，你要看在我的分上。

包　拯　　（看金牌）嗯！我一定看在你的分上。

刘衙内　　我这里与你打躬了。

包　拯　　（看剑）我知道你是个好的！

刘衙内　　我与你作揖了。

包　拯　　（看剑）有劳你了！

刘衙内　　哎咦！三次陪话，佯佯不睬，难道我就怕你不成？

包　拯　　[唱]　那贪官肥私囊不管民间饥瘦，

　　　　　　　　　他怕我这宝剑去斩逆臣头。（骑马下）

刘衙内　　唉！天章学士，你太糊涂了，这老儿去后定不与我两个孩儿甘休。

范仲淹　　为官清正，怕什么查勘？

刘衙内　　这管钱粮的事情，不免有些不清不白，老儿性子不好，岂不要闹出
　　　　　　一场是非？（惧怕）唉！你给我招来大祸了哟！

范仲淹　　衙内放心，老夫即刻到圣上面前说过，着你亲自前去，带一纸赦书，
　　　　　　着死者不究，活的一律赦罪，包你无事。

刘衙内　　快去，快去！（范仲淹下）祗候、祗候，（祗候上）你将那个娃娃放在哪
　　　　　　里了？

祗　候　　娃娃被包大人带走了。

刘衙内　　怎么？被他带走了！嗨！

　　　　　　[祗候下。杨金吾骑马上。

杨金吾　　岳父，小婿给你老人家送金银回了！

刘衙内　　（阻止）嘶！什么事？

杨金吾　　给你老人家送金银回了。

刘衙内　　你可知道包龙图带了圣上的金牌、宝剑，去陈州查勘你们粜米的劣
　　　　　　迹去了？

杨金吾　　这老儿去了？

刘衙内　　你即刻赶回陈州，那包老头要是官行而去，你就接进城中，好好款
　　　　　　待，让他慢慢查粮看账，看账查粮，拖延些时日，我即刻去领圣旨
　　　　　　来救你。

杨金吾　　他若私行？

刘衙内　　若是私行，你就差人将他杀死在途中！

杨金吾	谋杀钦差大臣那还了得？
刘衙门	不妨事，朝中问起，就说陈州饥民穷极无赖，图财害命，也就没有事了。切要小心，快去，快去。
杨金吾	是。（下）
刘衙内	快请赦书来，赦我一家灾！（下）

第四场

　　　　　　[小敝古拾荆柴上，他很慌张，见有人追来，故作镇定。

　　　　　　[杨金吾上。

杨金吾	哼！小子过来，过来！你是干什么的？
小敝古	我拣柴禾的。
杨金吾	为何这样慌张，啊？
小敝古	我怕天黑了找不到家。
杨金吾	（端详了一阵）你姓什么？
小敝古	我姓屈。
杨金吾	叫什么名字？
小敝古	叫屈小敝古……
杨金吾	叫什么？
小敝古	叫屈小五。（数着指头）啰！一二三四五，我叫小五。
杨金吾	你可看见一个白胡子老头从这里过去没有？
小敝古	白胡子老头……没、没、没有……
杨金吾	啊？
小敝古	让我想想，嗯……有有有，他头戴乌纱帽，身穿紫罗袍，黑褐色的面皮，银白色的胡须？
杨金吾	哎哎……不错，不错，他从哪里走了？
小敝古	追！（上前）你追他……
杨金吾	去你妈的！（踢小敝古一脚下）

299

小敝古	快追呀……呸！（张千上）
张　千	哎，小孩，看些什么？
小敝古	（答非所问）我姓屈。（欲走）
张　千	啊！你不是张小敝古吗？你可认识我？
小敝古	你是送我出城的那位军爷叔叔，你快快藏起来，有一个仓官在前面追赶包大人呢！
张　千	让他追去吧。（欲坐）
小敝古	他要追上了哩？
张　千	嘿嘿，他在前面追，我们在后面走，他怎么追得上呢？（二人同笑，攀谈起来）你在这里做什么？
小敝古	包大人让我偷偷逃回家去，我装了个捡柴的正要逃回家哩。
张　千	（无力地）唉！
小敝古	军爷叔叔，你怎么了？
张　千	嗨！快不要提起，为了你的事，可把我辛苦了。
小敝古	怎么了？
张　千	你知道我这位包大人是个清官，不爱民财。虽然财物不要，可你也得吃点东西。他一旦到了州府县道，那官府里正门安排下下马的筵席，他看也不看，一天三顿只喝稀饭粥！他老了，吃不得了，可我是个年轻后生，每天两只脚陪着四个马蹄子走，马走五十里，我也走五十里，马走一百，我也走一百，这一顿稀粥不到五里路早就精精光光了哇！
小敝古	我在前面讨来的蔬菜饼子，你吃了它吧！
张　千	还是（端详了一下）你留着吃吧。唉！你们陈州真穷啊！
小敝古	哎，我们陈州可不穷呢，好吃好喝的东西有的是。
张　千	你领我到前面，就说我是跟包大人来陈州粜米的，身上背的是圣上赐的金牌、宝剑，先斩后奏，叫他们快快安排下马酒饭我吃，管保他们就拿出好酒好菜……（包拯上）什么肥母鸡呀，老酒哇……我吃了肉，喝了酒，莫说一天一百里，就是二百里我也能走。你的仇，眼看就要报了。
包　拯	（已上片刻）张千，为何在路上与人攀谈？

[张千示意，小敝古即溜下。

张　千　嗯……回大、大……大人，这孩子他不认得我，我也不认得他，我二人也没有说什么，什么也没有说。

包　拯　你说什么"老酒"？

张　千　不、不，我问他到陈州"哪走"，"哪走"。

包　拯　你不是还说什么"母鸡"？

张　千　不是，不是，他说"往西"，"往西"……

包　拯　啊，哈哈……张千，是我老了，话都听岔了。人老了吃不得茶饭，只好喝稀粥。如今前面若有下马酒饭尽你吃用，吃得饱饱的，回来时节，我给你一件"消食"的东西。

张　千　大人，你给我什么"消食"的东西？

包　拯　你去猜来。

张　千　是一杯苦茶？

包　拯　不是。

张　千　定是一碗莲米醒酒汤？

包　拯　也不是。

张　千　那是什么？

包　拯　就是你身上背的东西。

张　千　我身上背的是金牌、宝剑……哎哟，我的爷呀，我不用消食，还是留着它喝稀粥吧！

包　拯　[唱]　官府肥来黎民瘦，
　　　　　　　老夫怎能不喝粥？
　　　　　　　这喝酒的官员天下有，
　　　　　　　只因我私行喝稀粥。
　　　　　　　要让那天下黎民都欢笑，
　　　　　　　权势们战战兢兢发了愁。

　　　　　张千，离陈州不远，你将马牵过，揣着金牌走小道先进城去，不要作难人家。

张　千　是。大人，你走小路吧，我走大路，这大道上不很太平。

包　拯　不妨事，快快去吧，(张千不动) 快去！

张　千	是，大人，我骑马走了呀！
包　拯	转来，我在后面，若有人难为我，你不要管，只装作你我不相识。
张　千	知道了。(下)

［包拯暗下，王粉莲艳装骑驴上。］

王粉莲	［唱］　人家骑马我骑驴，
	红颜薄命福不知。
	回头见个推车汉，
	浑身上下滴汗珠。
	我一不耕田二不挑担，
	吃喝穿戴样样足。
	命薄虽像一层纸，
	比上不足比下有余。

(跑驴，驴惊，王粉莲跌倒，驴跑下) 呀哟！我的腰呵！怎么没有人来扶我一下呀！(挣扎起来) 驴也跑了。(包拯端详半天去与王粉莲拉驴) 那老汉，给我把驴儿拉着！(包拯拉驴上) 要你老人家受累了。

包　拯	啊，大姐你是哪里人家？
王粉莲	真是个庄稼佬儿，你还不认识我呢？我家住在狗腿湾。
包　拯	做什么的？
王粉莲	做买卖。
包　拯	做什么买卖？
王粉莲	你猜猜。
包　拯	是油坊？
王粉莲	不是。
包　拯	(看身上) 是典当铺？
王粉莲	不是。
包　拯	是卖绸缎布匹的？
王粉莲	也不是……你莫管我是做什么买卖的，你那么大的岁数了，不关你的事，你就莫问了。
包　拯	看你这一身打扮，一定有一贵人在你身边走动啊。
王粉莲	有一个仓官。

包 拯	仓官，他可有钱？
王粉莲	有钱有势，他的爹在朝做大官，他在这里粜米十两银子一石的好价钱，银钱东西有的是，我都没有要他的。
包 拯	不要银钱难道也不要点别的吗？
王粉莲	我只要他一个紫金锤。这个紫金锤呀真是个宝贝，是皇帝亲手赐的，你要是看见了就能把你吓死。
包 拯	你要紫金锤做什么？
王粉莲	我把它放在房里好玩，还能消灾。
包 拯	你让我老汉看看紫金锤，也好消灾免罪。
王粉莲	仓官说了，谁也不让看。
包 拯	你看老汉我自幼只有一个老伴，早已死去了，孩儿也死了，我孤独一人，讨饭过活，你让我看看紫金锤，好压压我这一身穷气。
王粉莲	看你怪可怜的，别讨饭了，跟着我去吧。
包 拯	你要老汉做什么？
王粉莲	仓官来了，家里的事可就多了，拿茶端水的也少不了用人哪。你吃了饭没有？
包 拯	尚未吃饭。
王粉莲	现在随我到仓官那里，好酒好肉有你吃的。
包 拯	这就好了。
王粉莲	来呀！
包 拯	（看）有！
王粉莲	给我把驴儿牵过来！（包拯牵驴）扶我上去。
包 拯	（扶王粉莲上驴）啊！大姐，这样好便是好，只是一件……
王粉莲	什么？
包 拯	那仓官若是知道我是特来看紫金锤的，岂不要生气呀？
王粉莲	这没有什么，我就说你八年前就在我家的。
包 拯	全仗大姐！

[唱]　昨日里随王公朝房行走，

　　　　今日里鞍前马后捧着个粉面油头。

　　　　倘遇见御史台定将老夫弹奏，

少不得糊里糊涂就拿我个老爱风流。

王粉莲	到了。(包拯扶王粉莲下驴) 你牵着驴就在这里等我啊!(整衣) 哎!我来了,我来了,怎么没有人来接呀?
	[小衙内及斗子等忙上,众慌忙一阵。
小衙内	来了,来了,快放炮……鸣锣,鸣锣!(斗子欲放)
王粉莲	哎呀我的妈呀!我来了,怎么搞得这样大惊小怪的。
小衙内	哎哟!我的小奶奶,原来是你来了,我还以为是包大人来了。看吓得我心里扑通、扑通的。
王粉莲	什么?你吓得这样厉害?
小衙内	你不知道,有个包大人要来查我们这粜米栈行哩。我这几天提心吊胆的,过一天就像过一辈子,你也不来给我解解烦闷。
王粉莲	你们这接官亭,我不敢来。
小衙内	怕什么,四下撒下了天罗地网,包老头子一来就得跳到我的手掌心里头。(碰包拯) 老家伙,干什么的?
王粉莲	哎呀,我还忘了,(向斗子) 他还没有吃饭,拿些酒肉来给他吃吧。
小衙内	慢着,你认识他?
王粉莲	哎!八年前就在我家里,日前老伴死了,孩儿也没有了,几个月没有出门,快给他吃吧!
斗　子	老头,赏你的酒肉,拿去吧。
包　拯	老汉年迈吞吃不下,都给驴儿吃了吧。(喂驴)
斗　子	哎!你……
小衙内	哈哈!来呀,将老头子给我吊起来。
	[斗子吊包拯。
王粉莲	怎么这样吓唬人家呀?把人吊起来呀?
小衙内	少说话,(指包拯) 你实说你是干什么来的?
王粉莲	一路上给我牵驴坠镫蛮好个老头子,若不是他,怕不把我给跌散了架子了。
小衙内	你知道什么,有个包龙图来明察暗访,拿我的赃证来了!说不定这老家伙就是他装的。
包　拯	哎哟,包老爷,快来救我的命啊!

[杨金吾上。

杨金吾　那包老头鬼头鬼脑，哪里也找不到。

小衙内　看他像不像？

杨金吾　你说你姓什么？叫什么？从哪里来的？说出真话罢，不说真话，看我这一顿皮鞭活活将你打死！

王粉莲　哎呀，人家跟我来的，怎硬要说他是包大人？哪有个包大人肯给我们这行子人拉驴坠镫的呢？看你们胆小的，看见个篙子就是鬼！

小衙内　宁可错杀，不可错放。

包　拯　包大人快来呀！

王粉莲　好，你们打吧，我走了！

小衙内　你莫走呀！

王粉莲　不走在这里干什么，我可不是来看你们打人的。

小衙内　好好好，我们先喝酒吧。（对包拯）回头再来收拾你！

杨金吾　哼！等着吧！（三人喝酒）

包　拯　啊……

　　　　[唱]　刘衙内仗势力把孩儿荐，

　　　　　　　范仲淹你为何不加阻拦？

　　　　　　　他二人贪赃枉法腰中满，

　　　　　　　盗去了国库米吞吃官家钱。

杨金吾
小衙内　（喝酒）干，干！

包　拯　[唱]　视国法如儿戏横征暴敛，

杨金吾
小衙内　（三人同笑）喝，干，啊哈哈……
王粉莲

包　拯　[唱]　花天酒地外包一个王粉莲。

　　　　　　　老夫今日亲眼见，

　　　　　　　谁管百姓受熬煎。

　　　　　　　为首的先叫你吃开荒剑，

　　　　　　　少不得也送你进黄泉。

　　　　　　　为保社稷雪民怨，

恨天下贪官我杀不完。

张　千	（上，见包拯被吊，大惊，欲解。包拯示意张千）我的妈呀！呔！胆大仓官，包大人已在东门下马，你二人还不快去迎接？
杨金吾 小衙内	怎么，已经进城？快快迎接，快快迎接！（慌忙下）

[张千给包拯解绑。

王粉莲	他们都走了，我也没有事了，老头，扶我上驴。
张　千	你要作死。
包　拯	（示意张千）大姐，我扶你上驴。（扶王粉莲上驴）大姐先走，我随后就来。
王粉莲	你来看紫金锤呀！（下）
包　拯	一定要看紫金锤。张千，传知州官，南关去拿王粉莲，将紫金锤一并解到。
张　千	喳！（下）

[包拯分下。

[王朝、马汉等骑马走边过场。

[刘衙内捧赦书骑马慌张过场。

第五场

[陈州大堂。

[内喊："包大人到！"

[包拯来得突然，众官只好公堂前迎接。

包　拯	（内）

[唱]　出京城到陈州与民除害，

[王朝、马汉、张千等捧金牌、印剑上，包拯上。

威名震地杀气来。

皇亲国戚你莫怪，

谁让你贪赃爱了财。

你家藏金银如山海，

哪管黎民受祸灾。

叫王朝（王朝应）和马汉（马汉应），

你快将人犯往上带！

天理昭彰理应该。

[小衙内、杨金吾上。

杨金吾 / **小衙内**　杨金吾 / 刘得中　迎接大人。

包　拯　刘得中，杨金吾！你们可知罪？

小衙内　我不知道，我家祖祖辈辈从来也不知道"犯罪"二字是个什么东西！

包　拯　呸！

杨金吾　包大人不要生气，小衙内言道，他家世代簪缨，不知犯罪二字作何解释呀！

包　拯　我来问你，圣上命你二人陈州粜米，朝中定的米价多少银子一石？

小衙内　十两银子一石。

包　拯　钦定五两银子一石，你二人私自改为十两一石，还不认罪么？

杨金吾　刘衙内他老人家对我二人言讲，十两银子一石，大人何不去问刘衙内？

小衙内　对，你去问我的爹去！

包　拯　私造八升小斗加三大秤，可是你？

杨金吾　我二人自幼读书弄字，两手一不会拿斧，二不会使锯，不知道斗是如何的造法，这秤又是如何做法，啊？

包　拯　现有你粜米使用的斗秤为证。

小衙内　斗秤大小我二人一概不知。

杨金吾　怎么还不来呢？

包　拯　仓官不知，定是斗子私造。来，将斗子推出去斩了！

斗　子　哎……回禀大人，小人只会在量米的时节打些鸡窝，偷抓它一把二把米，拿回家去养我的老婆。这大秤小斗都是上支下应，他们两个叫我做的……（对小衙内）你说你老头子做大官，天戳个窟窿有你顶着，到这个节骨眼，你怎么不认账了呢？你……

小衙内　是我就是我，还能怎么样！（对杨金吾）怎么我爹还不来？

包　拯　我再问你，打死张敝古可是你？在路上谋杀钦差可是你？

307

小敝古	包大人，打死我爹的就是他！
小衙内	是我就是我，还能把我怎么样？我的爹怎么还不来？
小敝古	在路上要杀包大人的就是他（指杨金吾），这是我亲眼所见。
杨金吾	哎，打死张敝古的是小衙内，他已认了，这谋杀大人并无此事。
包　拯	既未谋杀钦差，为何在接官亭上吊打拉驴的老人？
杨金吾	大人有何为证？
包　拯	你朝上看来！
杨金吾	哎呀！怎么这对头都来了，老丈人怎么还不来呀！
包　拯	来呀，将他二人推出去斩了！
小衙内	慢着，我家世代簪缨，就凭这个（敲帽）你斩不了！
包　拯	斩不了？
小衙内	斩不了！
包　拯	你来看！（出示金牌、宝剑）圣上赐老夫金牌宝剑，先斩后奏。斩！
小衙内	慢！（想起）你可知道，圣上也赐了我一个小小的玩意儿，名叫紫金锤！
杨金吾	那不叫紫金锤，那叫"打死勿论"！
包　拯	怎么，紫金锤？
小衙内	紫金锤。
包　拯	打死勿论？
杨金吾	打死勿论。
包　拯	呵呵！
杨金吾 小衙内	哼哼！
包　拯	哈哈！
杨金吾 小衙内	嘿嘿！
包　拯	好！快快请出紫金锤，待老夫拜见。（小衙内欲拿不出）
杨金吾	要见紫金锤倒也不难，必须去到京城请来刘衙内一同观看。
包　拯	刘衙内他若是不来呢？
小衙内	他不会不来。
杨金吾	刘衙内若是不来，你我上京城去看。
包　拯	一不用去请刘衙内，二不用到京城。张千，将王粉莲押上堂来！
张　千	喳！（押王粉莲上）

王粉莲	包大人，这便是紫金锤，仓官说它是个宝贝，硬要送到我家里头，我可没有要他的。（呈上）
包　拯	这紫金锤上有国书图号，你二人竟敢送给王粉莲，还有何话讲？
杨金吾	老家伙怎么还不来呀！
包　拯	来呀！将斗子乱棍打出，永不录用！
校　尉	喳！（打斗子下）
包　拯	王粉莲勒令从良！
王粉莲	谢天谢地。（起，出堂，回身听）
包　拯	将刘得中、杨金吾推出去斩了！
王粉莲	哎呀！我的妈呀！（吓得跑下）
小衙内	老家伙栽死在路上了！

［张千举剑，推小衙内、杨金吾下，小敝古随下，又随张千复上。

小敝古	死了，死了！
包　拯	小张敝古，你看刘得中、杨金吾都死了吗？
小敝古	死了、死了，全都死了！
包　拯	你看清了？
小敝古	看清了。
包　拯	你瞧准了？
小敝古	瞧准了。
包　拯	呀嘟！小张敝古，你一状告下两个朝官，该当何罪……
小敝古	我……
包　拯	将小张敝古绑了。
小敝古	大……大人！我是替父报仇哇！
包　拯	州官，百姓一状告两个钦差按律当处何罪？
州　官	当凌迟处死。
包　拯	小小年纪，也处凌迟吗？
州　官	大人开恩，赏他一个斩罪吧。
包　拯	斩罪忒轻，无以服众，凌迟又忒重……（翻历书）这……

［内声：赦书到！

张　千	禀大人，赦书到！
包　拯	赦书到了，打开中门迎接！

309

张　千　有请！

[刘衙内持赦书冲上，包拯跪接。

刘衙内　圣旨下，跪！包拯听者，圣上敕令，着陈州粜米一案，死者不究，活者一律赦罪……

包　拯　谢圣恩！（接赦书）张千，查看陈州粜米一案，死了的是谁？

张　千　是。（查）禀大人，死的是张敝古。

包　拯　死者不究，不必提他。

张　千　还有刘得中、杨金吾。

包　拯　死者不究，也不必提他。再看活着的是谁？

张　千　活着的是小张敝古。

包　拯　来，将小张敝古释放！

刘衙内　噫！你……

包　拯　小张敝古，谢过圣恩。（小张敝古面北拜）刘衙内亲捧赦书前来，一路辛苦，当面谢过。

刘衙内　包拯，你不等圣命斩了两个朝官，杀得我无嗣断后，我、我……我定不与你干休！（抓包拯）

包　拯　哪里去？

刘衙内　面见圣上！

包　拯　你可记得那户部衙门，尚有你的一纸保状么？

刘衙内　啊！

包　拯　来呀！将刘衙内拿了，你我京城讲话，走哇！走哇走……

[刘衙内畏退。

[包拯亮相。

[落幕。

剧终

三打金枝

编剧：张叔仪　熊少鑫　杨有珂

剧情简介

　　唐代宗时，公主自恃尊贵，执意不向公爹郭子仪拜寿。驸马郭暧酒醉回宫，怒打金枝。公主向代宗哭告，代宗动怒，皇后劝阻。汾阳王郭子仪绑子上殿请罪，代宗不但不降罪，反为郭暧加官三级，并促成小夫妻和解。郭暧、公主、太子在御花园为一副对联发生争执：郭暧写的对联臣在君前，公主与太子要改为君在臣先，郭暧不应允，与公主、太子发生争执，误打金枝。太子禀报代宗，时遇边关告急，代宗用一箭双雕之计，命郭暧统军边关戴罪立功。郭暧得胜回朝，不料郭子仪亡故。先庆功还是先尽孝？代宗宣诏先摆庆功宴后吊孝。郭暧抗旨，着白盔白甲，执意先吊孝后庆功。公主摆銮驾挡道相劝，郭暧一怒再打金枝。唐代宗亲临郭府吊孝，在郭子仪灵前气厥身亡。新皇怒斩郭暧。

人物

唐皇	皇后	太子	公主	郭子仪	郭太君
郭暧	郭五爷	郭福	郭寿	四太监	四宫娥
四丫鬟	四军士	四武士	中军	马童	旗手
车侠	男女宾客				

第一场　王府祝寿

[汾阳王府寿堂。四丫鬟端着寿果祝品，来回匆忙。曲声悦耳，喜气洋洋。家院郭福、郭寿上。

郭　福	[念]	*寿辰设寿宴，*
郭　寿	[念]	*寿菜频频添。*
郭　福	[念]	*寿酒杯杯满，*
郭　寿	[念]	*寿果色色鲜。*
郭　福	[念]	*寿礼摆庭院，*
郭　寿	[念]	*寿堂挂寿联。*
郭　福	[念]	*祝寿吃寿面，*
郭　寿	[念]	*福禄寿喜全。*
郭　福	[念]	*百官来祝贺，*
郭　寿	[念]	*王爷老寿仙。*
郭　福 郭　寿		哈哈……

[内喊："东宫太子、文武百官前来祝寿。"

[吹打乐，东宫太子由太监护送上，众宾客上。郭子仪、郭太君迎候。

太　子	汾阳王！
郭子仪	小千岁！
众宾客	郭老元帅！
郭子仪	各位大人！请！
众宾客	请！

[郭子仪、郭太君陪众宾客下。

郭　寿	郭福小兄弟，你是年轻有福，大肚！
郭　福	郭寿老哥子，你是年高有寿，糊涂！白胡。
郭　寿	王爷生日庆典，
郭　福	你我小心侍候。
郭　寿	倘若服侍不周，

郭　福	归你哥子挨揍。
郭　寿	呃！老爷从不打骂下人，何况今日是老王爷的七旬大寿，有赏没有罚，怎么会挨揍呢？
郭　福	老爷不揍你，小心驸马揍你。
郭　寿	那你更是胡说八道，驸马从小就是我抱大的，小时候骑在我肩上撒过尿……
郭　福	怪不得这里有股尿臊气。
郭　寿	莫瞎款。驸马跟我有感情，不会打我。
郭　福	不会打你？你听我说吵，郭府祝寿，喜气洋洋，文武百官，宾朋满堂。
郭　寿	连东宫太子也来祝寿啊！
郭　福	七子八婿，对对双双。唯有公主未到，驸马是一人拜寿，脸上无光。嗒！你看！驸马正在喝闷酒，人一喝醉了，连自己的爹娘都不认得，还认得是你把他抱大的？酒后失手，该你倒霉。（乘机讨小便宜）
郭　寿	这话说得有理，还是你娃娃聪明。你我小心侍候便了。

[郭暧醉步上，郭福耍滑头，推郭寿上前。

郭　暧	[唱]　哥嫂拜寿一对对，
	唯有我郭暧独自回。
	恼恨公主李君蕊，
	害得我人前把头垂。
	桌上珍肴千般味，
	舌尖只觉品酸梅。
	借酒浇愁人未醉……
郭　寿	驸马，你喝醉了。
郭　暧	本宫不曾喝醉呀！
郭　寿	酒是高粱水，醉人先醉腿。看你走路都走不稳了，还说没有喝醉。
郭　暧	（抓住郭寿）替本宫取酒来。
郭　寿	（手痛）哎哟！轻点，轻点。驸马，你是我抱大的呀！
郭　暧	什么？酒坛抱大的？好，好，抱大酒坛来！
	[唱]　　看我满饮三百杯。
郭　寿	一杯都喝不得了，何况三百杯，我的小祖宗。

郭　暖	快去取酒，快去取酒！（一推，郭寿跌坐）
郭　福	老胳膊老腿，小心点。（扶郭寿）我去取酒。
郭　寿	驸马喝不得了。
郭　福	我在壶里掺水给他喝。
郭　寿	掺水？
郭　福	我的老头开饭馆，卖酒掺水是内行。我是孝子，都学会了。

[郭福下。郭太君上。

郭太君	哈哈……

　　　[唱]　老王爷前厅陪千岁，

　　　　　　我在后厅陪王妃。

　　　　　　满堂宾客尽显贵，

　　　　　　推杯接盏笑声飞。

郭　暖	拿酒来。
郭太君	嗯？
郭　暖	母亲。
郭太君	[唱]　酒后无德古人诲，

　　　　　　切莫逞兴胡乱为。

　　　　　　快扶驸马书房安睡……

郭　寿	是。
郭太君	[唱]　夕阳西下送他归。

[郭太君下。郭寿扶着郭暖欲下，郭五爷提酒壶上。

郭五爷	驸马贤弟。
郭　暖	五哥。
郭五爷	你怎么逃席，不去饮酒啊？
郭　暖	五哥有所不知，母亲命我到书房安歇，不让小弟痛饮哪。
郭五爷	驸马贤弟，你真听话，在家听父母的话，回得宫去，听公主的话，日后一定有造化。哈哈……
郭　暖	哎，五哥转来。
郭五爷	转来，那就要喝酒啊！有本事把这壶酒喝干它。
郭　寿	（急拦）五爷……

郭　暖	好！小弟今日一醉方休！（夺过酒壶）
郭五爷	莫喝醉，莫喝醉，小心公主要罚跪。
郭　暖	我怕她何来？
郭五爷	你不怕她，未必公主怕你？一个人拜寿，连个媳妇都带不回来，真是怕老婆。
郭　暖	哼哼！
郭五爷	莫怄气，你想两个人拜寿，我把你嫂子借给你……哎哟，这说得不像话。（夺过酒壶）免得你挨跪，这壶酒我自己过瘾。
郭　暖	不让我喝，偏要喝。（夺壶狂饮，饮毕抛壶）哈哈……
郭五爷	嘻嘻，醉了，醉了。（下）

［郭福提酒壶上。

郭　福　酒来了，喝咧，不喝？他怎么晓得掺了水。

［郭暖酒醉欲倒，郭福以背当床接着。

郭　寿　（跺脚）五爷！你真害人啰！

［幕闭。

第二场　醉打金枝

［公主内喊："宫娥，摆驾！"四宫娥站门引公主上。

公　主　［唱］　珍珠冠双凤绕霞光焕彩，

八宝环坠耳根斜插金钗。

衮龙衣描金线翠玉宝带，

百褶裙锦浪飘牡丹花开。

我父王坐江山君安民泰，

母后娘掌昭阳福自天来。

自幼儿生皇宫爹娘宠爱，

招郭郎为驸马鱼水和谐。

郭驸马到王府去把寿拜，

是缘何这时候不见回来?

叫宫娥将红灯悬挂宫外,(二宫女应声挂灯)

等候了驸马回再叙衷怀。

郭　暖　(内白)走呀!(上)

[唱]　在王府吃醉酒心烦意乱,

宫廷辩理走一番。

来到宫门用目看,

红灯一盏高挂悬。

不见红灯气还小,

一见红灯怒冲冠。

进宫先到宫外站,

红灯未挂腿站酸。

我本堂堂男儿汉,

做驸马简直是受气的官。

往日受气我不管,

今日里倚酒壮胆不耐烦。

怒冲冲将红灯来打烂——(打碎红灯,一宫娥出现)

驸马爷要进宫你们谁敢阻拦?!

宫　娥　驸马进宫,为何不行君臣大礼?

郭　暖　呸!她非我君,我非她臣,夫妻之间,哪有什么君臣大礼!还不与我退下?退下!(吐酒,宫娥瞠目)

公　主　宫娥,你等退下。(四宫娥下。公主起身)驸马,你是从王府回来的么?

郭　暖　王府有我生身父母,我不从王府回来,难道从天上掉下来不成?(吁气)

公　主　驸马,你吃醉酒了啊!

郭　暖　我吃的是我家的酒,又没有吃你家的酒,你管我醉不醉!哎,你管我醉不醉。

公　主　(忍气地)你这样怒气不息,为着谁来?

郭　暖　就为你来,就为你来,就为你来!

公　主　为我何来?

郭　暖　我来问你,人生在世,什么为大?

公　主　天地为大。

郭　暧　什么为尊？

公　主　父母为尊。

郭　暧　哎，着、着、着！你既知天地为大，父母为尊，今日乃我父王寿诞之期，你不去拜寿，却是为何？

公　主　我乃皇王之女，金枝玉叶，难道要我到你臣门拜寿不成！

郭　暧　好一个金枝玉叶不到臣门拜寿，我来问你，东宫的太子，他是怎么去了呢？

公　主　他……

郭　暧　他！

公　主　他是奉了父王的旨意。

郭　暧　你不去拜寿，也是奉了父王的旨意？

公　主　这……（恼羞成怒）哎，不去就是不去，你又其奈我何？

郭　暧　呸！

　　　　[唱]　李君蕊说话太高傲，
　　　　　　　依仗着皇王女小看英豪。
　　　　　　　藐视尊长不孝道，
　　　　　　　难道说皇王女比天还高？

公　主　[唱]　你父王寿诞期太子亲到，
　　　　　　　父封王子招婿恩比天高。
　　　　　　　我未曾去拜寿你进宫就闹，
　　　　　　　又何必小题大做吵得不可开交。

郭　暧　[唱]　动不动说你父王待我恩好，
　　　　　　　可记得安禄山逼驾西逃。
　　　　　　　若不亏我父子南征北讨，
　　　　　　　你父王焉能够稳坐龙朝？
　　　　　　　到如今你竟把前情忘掉，
　　　　　　　受爵禄全凭着汗马功劳。

公　主　[唱]　似这样仗功劳无理取闹，
　　　　　　　论国法就应该斩首市曹！

郭　暖　　[唱]　莫把你皇王女太看大了，

　　　　　　　　要杀我来来来请你开刀！

　　　　　　杀咧，杀咧！

公　主　　[唱]　寻死赖活太可笑，

　　　　　　　　倚酒装疯算什么英豪。

　　　　　　　　金枝玉叶不计较，

　　　　　　　　似彩凤配山鸡错把婿招。

郭　暖　　你，你在怎讲？

公　主　　凤凰岂与你鸡争斗！

郭　暖　　呸！（打一耳光）

　　　　　[唱]　闻言怒发三千丈，

　　　　　　　　贱婢骂人太猖狂。

　　　　　　　　拼着一死动鲁莽，

　　　　　　　　今日里山鸡要打凤凰！

　　　　　[郭暖打公主，众宫娥急上前护公主。

　　　　　[老院领郭太君急上。

郭太君　　奴才，大胆！

　　　　　[唱]　奴才不听娘言语，

　　　　　　　　胆敢宫中惹是非。（转对公主赔笑）

　　　　　　　　宽宏大量的贤公主，

　　　　　　　　看之在老身的面且把怒息。（公主不理）

　　　　　　　　儿得罪来娘赔礼，

　　　　　　　　我年迈苍苍双屈膝。

郭　暖　　（不安地）哎呀，母亲哪！

公　主　　（急扶郭太君起）

　　　　　[唱]　婆婆莫跪驾请起，

　　　　　　　　驸马不该把儿欺。

　　　　　　　　酒醉回宫太无理，

　　　　　　　　抓住儿拳打用足踢。

　　　　　　　　宫娥摆驾回宫去，

　　　　　　　　见了父王诉委屈。

　　　（哭）喂呀！（与宫娥同下）

郭太君　　[唱]　奴才惹下灭门祸，

　　　　　　　　倒叫老身无奈何。

　　　　　　　　祸到头来无法躲，

　　　　走，走！（老院催郭暖下）

　　　　　　　　回府去见王爷再行发落！（下）

第三场　后宫诉苦

　　　　　[鼓乐声中，二太监上，打扫毕，唐皇携皇后上。

唐　皇　　[念]　四海升平息甲胄，

皇　后　　[念]　宝鼎焚香乐悠悠。

　　　　　[唐皇、皇后归座，围棋对弈。众宫娥引公主上。

公　主　　[唱]　蚍蜉胆敢撼大树，

　　　　　　　　山狐野兔践灵芝。

　　　　　　　　眼含珠泪回宫去，（进宫）

　　　　父王，母后呀！（跪）

　　　　　　　　你的孩儿受了委屈。

唐　皇　　[唱]　皇儿进宫哭啼啼，

皇　后　　[唱]　口口声声诉委屈。

唐　皇　　[唱]　我儿平身且站起，

皇　后　　[唱]　有什么伤心事快对娘提。

公　主　　[唱]　问情由不由儿双目落泪，

皇　后　　我儿不要啼哭，一旁坐下，慢慢地讲来。

公　主　　父王！

唐　皇　　哎！

公　主　　母后，喂呀！

唐　皇	这到底为了么事哟？

公　主　[唱]　尊父王和母后细听端的。

　　　　　　　　都只为驸马无道理，

　　　　　　　　倚酒壮胆把儿欺。

唐　皇　梓童，驸马不是不会饮酒吗？今天怎么吃醉了酒？

皇　后　是呀！驸马不是不会吃酒的么？你怎么说他吃醉了酒呢？

公　主　是孩儿要他侍宴，今日一杯，明日一盏，谁知他……

唐　皇　原来是你要他陪饮，教会他吃酒咧！

公　主　喂呀！

唐　皇　你，你说驸马是怎样欺负了你？

公　主　父王呀！

　　　　[唱]　汾阳王寿诞期群臣贺礼，

　　　　　　　　众兄嫂拜寿都到齐。

　　　　　　　　驸马怪儿不曾去——

唐　皇　啊！汾阳王寿诞之期，你应该前去拜寿，怎么不去呀？

皇　后　是呀，公爹寿诞之期，你是儿媳，应该前去。

公　主　[唱]　说什么他是公爹儿是媳。

　　　　　　　　莫把儿与庶民家女儿相比，

　　　　　　　　论国法君拜臣错了礼仪。

唐　皇　哈哈……国法虽然如此，家规不可不遵，怎说错了礼仪？

公　主　想儿乃皇王之女，金枝玉叶，岂到臣门家拜寿？父王，那，那是去不得的。

唐　皇　那，那怎么去不得？真乃无知蠢材，为父不愿与你多讲，撤坐！(离位，侧坐)

公　主　母后，你说孩儿是去不得的啵？啊？

皇　后　翁姑寿诞，怎能不去？

公　主　你也是如此讲话。母后，你看，父王还在那里生气，你去跟孩儿说几句好话。

皇　后　我不去，我不去。(见公主哭) 好，我去，我去，把你怎生得了。万岁，皇儿她是金枝玉叶，不去拜寿也就罢了。

唐　皇	梓童，你怎么也如此讲话？
皇　后	万岁，皇儿受了委屈，你说声不去，她也就不会哭了。
唐　皇	怎么，她在哭？
公　主	(故意地) 喂呀！
唐　皇	皇儿，你是金枝玉叶，不去也罢。你且说驸马他怎样欺负你？
公　主	父王呀！

　　　　[唱]　进宫门他就将红灯打碎，

　　　　　　　众宫女只吓得兔走鸟飞。

　　　　　　　你的儿上前去未说几句，

　　　　　　　抓住儿拳打又足踢。

唐　皇	怎么？他打了你么？
公　主	打得孩儿遍体鳞伤啊！
唐　皇	哎呀呀，这还了得！梓童，你快过去验伤，若果有此事，孤王要与皇儿出气。这还了得！
皇　后	皇儿，驸马果真打了你么？
公　主	打得儿遍体鳞伤。
皇　后	这还了得，待为娘看看伤痕。
公　主	母后，打也打了，不看也罢。
皇　后	看了，你父王好与儿出气。
公　主	伤呀……(对皇后低语)
皇　后	假的？
公　主	真的，真的。
皇　后	好，是真的。万岁，当真不得了哦！哎呀，万岁！
唐　皇	怎么？
皇　后	当真不得了啊，大胆的驸马，将我的皇儿打得浑身上下，上下浑身……
唐　皇	是浮伤还是血伤？
皇　后	她说有伤，我还没有看见。
唐　皇	你呀，真乃不会办事。
皇　后	万岁，那你自己来咧！
唐　皇	皇儿，你说驸马打了你，待我看看伤痕。

公　主　母后已经看过，父王不看也罢。

唐　皇　看了好与儿出气。

公　主　哎哟，打也打了，还出个么气吵，算了、算了。

唐　皇　一定要看!

公　主　父王一定要看，这伤……在这里吧? 不是的，不是的，在这里吧……

唐　皇　(笑) 一点伤也没有。

皇　后　我也是说没有伤。

公　主　一定要打得瘫手跛脚的才算伤，这不是伤? 这不是伤…… (哭) 喂呀!

唐　皇　看你把她惯成个么样子啊!

公　主　父王，喂呀!

唐　皇　啊! 儿哇!

公　主　[唱]　父不信可以问宫娥彩女，

　　　　　　　郭驸马打孩儿半点不虚。

　　　　　　　他还说父坐江山非容易，

　　　　　　　都是他郭家父子挣来的社稷。

唐　皇　(生气地) 奴才，大胆!

　　　　[唱]　骂郭暧小奴才不识大体，

　　　　　　　李君蕊她更是不识高低。

　　　　　　　你们夫妻争吵王不理，

　　　　　　　却为何要把王的江山提?

　　　　　　　看起来还需要儆戒他们的下次，

　　　　　　　上金殿传圣旨斩尔的首级。

皇　后　啊，万岁呀!

　　　　[唱]　暂停龙驾休生气，

　　　　　　　儿女之事要三思。

　　　　　　　皇儿失礼不拜寿，

　　　　　　　恃宠撒娇把驸马欺。

　　　　　　　小郭暧少年刚强少顾虑，

　　　　　　　酒醉任性才打金枝。

　　　　　　　常言道相骂无好语，

小夫妻吵吵闹闹是时常有的。

休听皇儿片面理，

哪有得岳父大人杀他的女婿。

劝夫皇上金殿训斥几句，

要念在郭暧儿年幼无知。

唐　皇　[唱]　普天下父母的心大同小异，

不仅是你这岳母娘疼爱女婿。

王只说要杀他……

(使眼色) 是假的。

你休要多事，

公　主　[唱]　上前来扯住了父王的龙衣。

郭驸马打孩儿已是失礼，

我夫妻半真半假闹得玩的。

唐　皇　[唱]　难道说打了我儿就轻轻饶恕？

公　主　[唱]　要念他吃醉酒饶他初回。

唐　皇　[唱]　儿进宫奏本章为了何事？

公　主　[唱]　只要他与儿赔礼下次不把儿欺。

唐　皇　[唱]　孤岂能出尔反尔威信扫地？

我的儿莫保本孤定斩不依。

公　主　[唱]　求母后快保本……

皇　后　[唱]　你父王动了真气，

谁叫你进宫来搬弄是非。

公　主　[唱]　父要杀母不管要杀就杀我，

杀了驸马儿不愿独守空闺。

唐　皇　[唱]　进宫来告御状怪儿自己，

父准本杀他你又不依。

既来奏本又来保本你把国法当了儿戏

摆驾上殿！

你母女在宫中等候首级。(下)

公　主　喂呀！母后，这如何是好？

皇　后　　我儿不要啼哭，待为娘派内侍上殿打听，你父王若果真要杀驸马，
　　　　　　为娘再上殿保本。儿哇，随娘来呀！(同下)

第四场　绑子上殿

郭子仪　　(内)
　　　　　[唱]　汾阳王在午门把奴才怨恨，(郭暧、郭子仪上)
　　　　　　　　打金枝闯大祸连累满门。
　　　　　　　　为父我保唐王忠心耿耿，
　　　　　　　　东西战南北剿昼夜不宁。
　　　　　　　　好容易讨来了唐王封荫，
　　　　　　　　才能够享荣华爵位高升。
　　　　　　　　招驸马你就该安守本分，
　　　　　　　　平白地打金枝惹火烧身。
　　　　　　　　此一番上金殿去把罪请，
　　　　　　　　必须要低头认罪多求施恩。

郭　暧　　[唱]　并非孩儿敢无礼，
　　　　　　　　实因公主将儿逼。
　　　　　　　　不去拜寿反有理，
　　　　　　　　说什么凤凰配山鸡。
　　　　　　　　几句话骂得儿心头火起，
　　　　　　　　打了她几下本是实。
　　　　　　　　纵然一死头落地，
　　　　　　　　儿本是将门子绝不把头低。

郭子仪　　[唱]　闯下了滔天祸偏说有理，
　　　　　　　　任性情胡乱为不识高低。
　　　　　　　　常言道伴君如伴虎，
　　　　　　　　谨言慎行少是非。

　　　　　　莫以为你是帝王婿，

　　　　　　要知道圣天子喜怒难期。

　　　　　　上金殿切不可胡言乱语，

　　走！走！（郭暧下）

　　　　　　为儿女年迈苍苍受尽凌逼。

第五场　　赦罪加封

　　　　　［钟鼓、细乐，众太监拥唐皇上。

唐　皇　　［唱］　紫金炉内烟缥缈，

　　　　　　　　　龙行虎步踏琼瑶，

　　　　　　　　　满朝文武齐把孤来朝。

　　　　　　　　　郭暧打金枝倚功欺主罪非小，

　　　　　　　　　论律条就应该斩首市曹。

　　　　　　　　　汉光武斩姚期万人讥笑，

　　　　　　　　　诛功臣只落得瓦解冰消。

　　　　　　　　　统群臣王必须恩威并到，

　　　　　　　　　抚万民安社稷还是宽厚为高。

　　　　　　　　　内侍摆驾金銮殿到，

　　　　　　　　　你与孤传圣旨郭老卿家来朝！

大太监　　万岁有旨，汾阳王上殿！

郭子仪　　（内答）领旨！（绑子同上）

　　　　　［唱］　正在朝房把驾等，

　　　　　　　　　万岁有旨宣老臣。

　　　　　　　　　奴才殿角且跪定，

　　　　跪下！（郭暧委屈跪在殿角，郭子仪上殿）

　　　　　　　　　品级台前臣见君。

　　　　臣，郭子仪见驾，吾皇万岁！

唐　皇　　[唱]　孤离龙位忙搀起，

搀起我的老皇兄郭子仪。

论国法应该见个君臣礼，

论家私你我是儿女亲戚，

今后见孤休屈膝。

内侍臣看过金交椅，

郭　暧　　绑坏了!

唐　皇　　[唱]　殿角下是何人高声悲啼?

郭子仪　　[唱]　老臣犯下滔天罪，

逆子郭暧把君欺。

酒后无德打公主，

恃宠撒娇犯条律。

请万岁斩奴才快传圣旨——

唐　皇　　怎么讲?

郭子仪　　斩!

唐　皇　　[唱]　老皇兄做事性太急。

有道是清官难断家务事，

小夫妻吵吵闹闹是常有的。

老皇兄你不疼爱你的亲生子，

孤王却要疼爱我的女婿。

内侍臣传圣旨宣驸马上殿，

大太监　　万岁有旨，驸马上殿!

郭　暧　　领旨!

　　　　　　[唱]　忍气吞声跪品级。

儿臣郭暧，参见父王。

唐　皇　　下跪可是驸马?

郭　暧　　正是儿臣。

唐　皇　　怎不抬头?

郭　暧　　有罪不敢抬头。

唐　皇　　恕你无罪。

郭　暖　　谢父王!

唐　皇　　哈哈……

　　　　　[唱]　孤王上前亲松绑,

　　　　　　　　用手搀起孤的驸马郎。

　　　　　　　　曾记得安禄山他在那河东造反,

　　　　　　　　逼得孤王驾迁西蜀远离朝堂。

　　　　　　　　多亏了李太白把本来奏上,

　　　　　　　　才将你父子们荐入朝来扶保孤王。

　　　　　　　　血战三载人唱凯歌鞭敲金镫,

　　　　　　　　得胜回朝王的心爽,

　　　　　　　　父封王位我的儿你招为了东床。

　　　　　　　　昨日里儿的父王七旬寿上,

　　　　　　　　满朝文武九卿四相七子八婿拜寿去到华堂。

　　　　　　　　难怪得驸马你心不爽,

　　　　　　　　一人拜寿当然是脸上无有得光。

　　　　　　　　一来是驸马你吃多了酒以酒带醉相,

　　　　　　　　二来是孤的皇儿依仗孤的势力她的言语猖狂。

　　　　　　　　今早朝孤的皇儿哭哭啼啼对孤讲,

　　　　　　　　她说你打了金枝欺了孤王。

　　　　　　　　欺君之罪——

郭子仪　　斩!

唐　皇　　皇兄怎么讲?

郭子仪　　应当斩!

唐　皇　　[唱]　孤岂是那无道的皇上?

　　　　　　　　孤岂能听信谗言屈杀忠良?

　　　　　　　　孤要学尧舜帝治国安邦,

　　　　　　　　孤要学渭水河边访贤的周文王君拉臣缰。

　　　　　　　　你郭家保孤有功孤应该有赏,

　　　　　　　　赏罚分明理所应当。

　　　　　　　　孤赐你尚方宝剑大红蟒,

327

又赐你金盔银甲紫玉带龙爪靴一双。

孤又赐你玉石牌匾悬挂在华堂上，

御笔亲封你郭氏门中一代一个汾阳王儿你永远保大唐。

小夫妻从今后百事都要忍让，

切莫让儿年迈的父王时时刻刻挂胸膛。

倘若是公主不好儿只管对孤讲，

我的儿你只管上殿来一本一本本本奏孤王，

孤王与你作主张。

我的儿去换衣裳，

| 郭　暖 | （喜出望外）谢父王！（下） |
| 郭子仪 | 万岁！ |

　　　　　[唱]　皇恩浩荡难报偿，

　　　　　　　　臣粉身碎骨理应当。

　　　　　　　　从今后赤胆忠心保皇上，

郭　暖	（上）不降罪反加官喜气洋洋！
	谢父王！
唐　皇	哈哈……（对郭子仪）

　　　　　[唱]　老皇兄且请回府往，

| 郭　暖 | 送父王！ |
| 郭子仪 | 孽子！ |

　　　　　[唱]　今日侥幸免祸殃。

　　　　　　　　以后行事休莽撞，

　　　　　　　　小心谨慎侍君王。（下）

| 郭　暖 | 启奏万岁，臣父回府去了。 |
| 唐　皇 | 随孤到后宫，拜谢你的母后去吧！ |

　　　　　[牌子，唐皇下，众跟下。

第六场 误打金枝

[御花园。亭台、假山、花卉。

[曙光、薄雾、鸟鸣。郭暧持剑上。

郭　暧　[唱]　曙光初照，晓雾才收，

御花园练剑术鸟鸣悠悠。

忆那日打金枝蒙君宽恕，

小两口起和未结仇。

只惹得慈母为我牵肠挂肚，

严父对我细叮嘱。

切莫任性好争斗，

切莫骄狂强出头。

虽说是耳提面命，小题大做，

我却怕，老父发怒老母发愁白发双亲劳神担忧。

想我郭暧呀！

壮志凌霄汉，

浩气冲斗牛，

怎能懈怠这修文练武，忠心报国酬。

挥长剑，寒光闪，显我身手……

[曲牌，加堂鼓，郭暧舞剑。

[太子上，太监跟上。

太　子　好剑术，好剑术！

[唱]　身手矫健，龙腾虎跃鬼神愁。

郭　暧　(持剑收式) 见过殿下。

太　子　哎呀呀，驸马的剑术精良，这剑出好似那猛虎下山，剑收如同那蛟
龙潜水，不愧为将门之后啊！哈哈……

郭　暧　殿下夸奖了。

太　子　汾阳王是我父王的股肱之臣，驸马你将来是我的左右膀。这正是：学
就文武艺，货与帝王家。

329

郭 暖	练出好剑法，忠心保国家。
太 子	国家者，李氏之天下也。父王和汾阳王都老了，驸马，只要你忠心保主，前途无量啊！
郭 暖	(有意转移话题，呈剑) 请殿下指教。
太 子	(自知剑术不精，回避) 治国安邦，全凭智谋。日后接位，君临天下，何用小王我挥刀舞剑？(推开宝剑) 此非帝王之术。
郭 暖	殿下！太宗皇帝可是文武双全。
太 子	(语塞，冷笑) 盘古开天到如今，像我先祖太宗皇帝这样的文武全才，世上能有几人？驸马可曾知道，三国的汉刘备，文不如孔明、庞统，武不及关、张、赵、马、黄，但他精通治国之策，善于驾驭群臣，不也是三分天下，贵为人主？想我李氏门中强于刘备者，多矣！
郭 暖	多蒙殿下教诲，以古比今，使我受益不浅。殿下清晨到此，不知还有何教谕？
太 子	驸马想必不知，婆罗门进献几名乐舞胡女，歌喉婉转，舞姿婆娑，金发碧眼，美妙绝伦，与我神州美女大有异趣呀。我特来邀约你和御妹同去观赏。
郭 暖	禀殿下，想我郭暖乃是一介武夫，不会在歌舞场中取乐，只识挥刀舞剑，疆场拼杀，哪有殿下你如此的雅兴哪？恕我失陪之罪。
太 子	(不悦) 驸马不去也罢，那我就邀御妹一同前往。
郭 暖	殿下请便。
太 子	(自语) 粗俗不堪。(欲下)
公 主	(内喊) 摆驾啊！
太 子	御妹来了。

[宫娥捧文房四宝上，公主上。

公 主	[唱] 夫妻和睦全家欢，
	金枝玉叶绽笑颜。
	捧过文房宝四件，
	快催驸马写对联。
	驸马！
郭 暖	公主！

太　子	御妹！
公　主	皇兄！啊，驸马，前日公爹命你兄弟以忠孝为题，各写对联一副，你交卷了没有？
郭　暧	哎呀，若非公主提醒，我险些忘却了。待我到书房去写对联。
公　主	不用去了。宫娥！
宫　娥	有。
公　主	与驸马牵纸磨墨。
宫　娥	是。(宫娥在亭台放置纸笔，郭暧持笔沉思)
公　主	驸马，快写呀！
郭　暧	莫催，莫催。拿剑之手，不惯使笔，待我慢慢想来。
公　主	驸马写之不出，还是请人 (指自己) 代劳吧！
郭　暧	想我堂堂男儿汉，敢能让一妇人代笔哟！
公　主	嘟！
郭　暧	失言，失言啰。小的可不敢惊动公主的大驾，还是让我献丑吧！(郭暧疾书，宫娥展示上下联)
公　主	(念)"驰骋沙场代代英雄子应承父业，功勋卓著辈辈高官臣当报君恩"。(沉吟) 子应承父业，臣当报君恩。这……皇兄！你看这副对联如何？
太　子	御妹，你来看！(指点) 子、父、臣、君，子在父之先，臣在君之上，岂不是悖逆纲常、颠倒乾坤吗？
公　主	哎呀驸马！皇兄所言极是。君君臣臣，父父子子，岂能次序颠倒？快将这副对联撕了吧！(欲撕)
郭　暧	哼！
太　子	御妹莫撕。这副对联只要我略动笔墨，就能扭转乾坤，不悖纲常。
公　主	就请皇兄斧正。
	[太子重写对联，宫娥展示。
太　子	(得意地念道)"君恩臣当报诚惶诚恐自有封赏，父业子继承鞍前马后效忠王命"。
公　主	(指点) 君、臣、父、子，这就对了。皇兄笔下生花，点石成金，改得好，改得好。君为臣之纲，父为子之纲……

331

郭　暖	（挖苦地）公主！你莫忘了还有夫为妻之纲！

郭　暖　　（挖苦地）公主！你莫忘了还有夫为妻之纲！

公　主　　（羞恼交加）你！

郭　暖　　我什么？整夫纲，我在你之上哟！

公　主　　呀！

　　　　　[唱] 恼恨驸马专找茬，
　　　　　　　　话中带刺把我气杀。

郭　暖　　[唱] 东宫太子自命风雅，
　　　　　　　　借改对联将我压。

太　子　　[唱] 不怕驸马不听话，
　　　　　　　　今日定要驯服他。

公　主　　[唱] 娇女偏把莽夫嫁，

郭　暖　　[唱] 皇家不如百姓家。

太　子　　[唱] 钢鞭在手降烈马，

郭　暖　　[唱] 烈马脱缰谁敢拉？

公　主　　[唱] 小两口不说温情话，
　　　　　　　　横眉瞪眼恶菩萨。

郭　暖　　[唱] 娇生惯养架子大，
　　　　　　　　浑身长刺玫瑰花。

公　主　　[唱] 挨不起打，受不了骂，

郭　暖　　[唱] 我一半恨她一半爱她。

公　主　　[唱] 自寻烦恼走了吧！

　　　　　[三人穿插而行，太子和郭暖侧面相视。

郭　暖　　[唱] 无名怒火对谁发。

公　主　　宫娥！

宫　娥　　有。

公　主　　将这副对联（指郭暖所写）留下，将那副对联（指太子所写）送往汾阳王府交差。

宫　娥　　是。（欲下）

郭　暖　　且慢，为何将我写的对联留下？

公　主　　这副对联悖逆纲常，颠倒乾坤，父王和公爹看了生气，满朝文武看

了耻笑呀!

| 郭　暖 | 好汉做事好汉当,岂怕旁人道短长?冒名顶替,弄虚作假,人所不齿。父亲出题目,儿子写对联,汾阳王的儿子写的对联不送,却送去别人的冒牌货哄骗公爹,难道我的老子又收了一个干儿子不成? |

太　子　(气极) 可恼,放肆!

公　主　真是狗咬吕洞宾——不识好人心。

郭　暖　你好大的胆!

[唱]　三番两次将我骂,
　　　　岂能容你来践踏。
　　　　今日不做怄气驸马…… (郭暖搓手,怒气难忍)

太　子　(挑衅地) 看你气势汹汹,敢莫想动手?父王的掌上明珠,太子的嫡亲妹妹,还怕你犯上作乱吗?

郭　暖　(气昏了头脑) 哇啦啦……

[唱]　舍得一剐拔虎牙。

太　子　[唱]　犯上作乱把野撒,
　　　　胆敢藐视我皇家。
　　　　是生是死一句话,

郭　暖　[唱]　脑袋搬家眼不眨。
　　　　墙脚无石墙要垮,
　　　　瓦房无柱房要塌。
　　　　保你父子坐天下,
　　　　血战沙场靠我郭家。

太　子　[唱]　莫要夸你功劳大,
　　　　倚功自傲照样杀。

郭　暖　[唱]　莫要夸你权势大,
　　　　开口就把功臣杀。
　　　　欺我郭暖臣门后,
　　　　仗你降生帝王家。
　　　　以势压人太强霸,
　　　　不靠本领靠爹妈。

公　主　[唱]　都莫吵来都莫骂，

太　子　站开些。

　　　　[唱]　气得我脸上火辣辣。

　　　　　　　太子岂把臣下怕？

　　　　　　　抖一抖皇家威风压郭家。

[太子动手，郭暧拨开，公主劝架："莫吵，莫打！"郭暧还手，太子将公主一推，公主被打中。

公　主　(抚伤痛哭) 喂呀！(郭暧一怔)

太　子　反了，反了！

　　　　[唱]　狂徒又把金枝打，

　　　　　　　罪证确凿犯王法。

郭　暧　[唱]　任你杀来任你剐，

　　　　　　　两面三刀最毒辣。

太　子　武士走上！(众武士上)

　　　　[唱]　绳捆索绑见圣驾……(众武士押郭暧下)

公　主　皇兄！他……

太　子　御妹不要伤心，我定要与你出这口恶气，将他……(作杀的手势)

公　主　皇兄，他不是有意的，杀不得的。

太　子　好，好。

　　　　[唱]　怕你守寡，我保他。

[太子抓过对联，下。宫娥扶公主下。

第七场　点帅出征

[御书阁，唐皇手持唐太宗所述《帝范》默读，沉思。

唐　皇　[唱]　常忧外侮与内患，

　　　　　　　守业更比创业难。

　　　　　　　回纥突厥刀兵乱，

边关时有凶信传。

汾阳王老年把重病染，

军国大事谁承担。

苦思国策脚步慢……

太　子　（急上）

　　　　[唱]　见了父王把驾参。

　　　　儿臣参见父王。

唐　皇　皇儿平身。

太　子　谢父王。

唐　皇　儿不在东宫习文，到御书阁作甚？

太　子　哎呀父王啊！儿臣今早前去探望御妹，恰逢公主捧来文房四宝，催促驸马书写对联……

唐　皇　对联？何人命作？

太　子　乃是汾阳王以忠孝为题，要七子八婿各写对联一副，送交王府。驸马所写的对联，内有颠倒乾坤、不忠不孝之词，儿臣怕他落下欺君之罪，代写一副，也免得父王作恼、汾阳王生气。谁知好心不得好报，驸马竟然迁怒臣和御妹，蛮不讲理，拳脚交加，将公主打得遍体鳞伤。

唐　皇　哦？孤王不是与他们小夫妻和解了吗？

太　子　哎呀父王啊！郭暧乃是鲁莽的武夫，他哪里懂得慈父之心，感激父王的恩情？父王是尧舜之君，一打金枝念他初犯，不降罪反加官，他却把父王的宽厚当作无能，二打金枝，有意犯上。儿臣和御妹被打死事小，只是这欺君犯上之罪，不可不究啊！

唐　皇　二打金枝，儿亲眼所见？

太　子　连我自己也险些挨了打，儿臣还听到郭暧口吐狂言，说什么没有他郭家父子兵，就难保李唐的天下！

唐　皇　狂妄！大胆！

　　　　[唱]　爱郭家满门忠勇丹心一片，

　　　　　　　恨郭家有此骄子逞凶顽。

　　　　　　　又打金枝肆无忌惮，

　　　　　　　若不惩处惹人笑谈。

怒冲冲提御笔，

判关？判斩！

太　子　[唱]　打在儿女身，疼在父母心。

父王作主！

太　监　(持告急文书上) 启奏万岁，边关告急！

唐　皇　(接阅告急文书) 呀！

[唱]　国有难，杀大将，

险些误了孤的江山。

皇　后　(内) 摆驾！(宫娥拥皇后上)

[唱]　儿女冤家闹翻了脸，

公主哭得好心酸。

调解纠纷把圣上见，

夫皇！

小郭暧又打金枝胆大包天。

似这等劣性驸马应该教管！

太　子　对！郭暧累教不改，理当斩首！

皇　后　[唱]　天牢中磨劣性关他几天。

太　子　理当斩首！

皇　后　关他几天！

太　子　斩！

皇　后　关！

唐　皇　梓童，郭暧打金枝，一犯再犯，关他几天是不是轻了？

太　子　父王所言极是，二犯律条，就请斩首！

唐　皇　皇儿，驸马是半个儿子，哪有作父母的动不动就杀儿女，是不是太重了？

皇　后　夫皇作主。

太　子　父王作主。

唐　皇　我也不好办啰！

[唱]　一个要关一个要斩，

是杀头留活命两下为难。

顺得母意儿不满，

顺得儿意，

哎呀，岳母娘你的心不安。

两全之策，大家想想看……

孤王不斩也不关。

太　子　不关不斩？父王！如此说来，儿臣明白了。

唐　皇　儿明白何来？

太　子　莫非这位郭大驸马打人有功，父王还要加他的官？

唐　皇　加官？

太　子　加什么官，儿臣早就想好了，先封他一个兵马大元帅，再封他一字并肩王，然后拱手让出父王的江山……

唐　皇　(拍案生气) 嗯？当着父王、母后之面如此放肆，真乃大胆！

　　　　[唱]　兼听则明偏听暗，

　　　　　　　辨明真相看对联。

　　　　对联何在？

　　　　[太子挥手，太监呈上对联。

太　子　父王请观。

唐　皇　这副对联？

太　子　驸马所写。

唐　皇　这副对联？

太　子　儿臣手笔。

唐　皇　你们就是为了它吵嘴打架？

太　子　是。两相对比，驸马之罪，不说自明。

唐　皇　依孤王看来嘛，这两副对联……都不高明。

太　子　(大失所望) 啊！

唐　皇　一个居功自傲，一个自命不凡。

皇　后　哎哟，为了两副对联，犯得着吵嘴打架？真不懂事啊！都把它烧了。

太　监　是。(拿对联下)

唐　皇　驸马是员武将，文墨不多，岂能苛求？君恩臣报，臣报君恩，八两对半斤，何言欺君之罪？

太　子　这……

唐　皇　驸马乃是你的姻亲，一个舅爷，一个姑爷，理当亲如一家，你连自己的妹夫尚且不能相容，更何谈容纳天下的臣民？俗话说，宰相肚里能撑船。(严厉地) 你贵为东宫太子，君王的后代，竟然是这样的鸡肚鸭肠，你叫孤王怎能放心把天下托付于你？！

太　子　(汗颜) 父王！父王！

唐　皇　太宗皇帝马上得天下，创业艰难。孤王托先帝洪福，登上皇位，守业不易。文能治国，武能安邦，擅杀文武大臣，岂不是自砍孤的左右膀？一国之主，不可因小失大。这是太宗皇帝所述的《帝范》，说的是修身、治国、平天下的道理。儿拿去仔细诵读。

太　子　(接过《帝范》) 是，父王！只是……

唐　皇　只是什么？

太　子　难道御妹白白挨一顿打不成？

皇　后　听公主言道，是你先动手，驸马还手，误打了金枝。

太　子　这……

唐　皇　(拿起文书) 突厥兴兵，边关告急，郭老卿家病重，孤王欲派驸马挂帅出征，戴罪立功。倘若郭暧为国捐躯，那是以身殉职。驸马得胜归来，那是以功赎罪。那时候，夫妻和，群臣服，你有面子，父母心安，岂不是好？

皇　后　此乃两全其美之策，圣上英明决断。

太　子　(背躬) 正好借突厥之手，除掉这个心腹之患。啊，父王！郭暧武艺高强，堪当此任，就派郭家军出关迎敌。

唐　皇　只是郭家军兵力单薄，恐难取胜。

太　子　郭家军一以当十，十以当百，虽少犹强，万夫莫敌。

唐　皇　若依皇儿之见，驸马战死无疑。郭家军倘若失利，孤的江山危矣！军国大事，孤王自有安排。驸马现在何处？

太　子　捆……宫外候旨。

唐　皇　要他回宫向公主赔礼，听候孤王宣召。

太　子　是。(下)

太　监　(上) 启奏万岁，汾阳王带领全家老小午门请罪。

唐　皇	扶郭老卿家御书阁进见。
太　监	遵旨。(下)
唐　皇	梓童，回后宫歇息去吧！
皇　后	万岁龙体欠安，不可操劳过度。
唐　皇	去吧！(皇后率宫娥下)
	[两个太监扶病重的郭子仪上。
郭子仪	(跪倒在地) 孽子犯法，老臣死罪。
唐　皇	[唱]　皇兄请罪孤不忍，
	双手搀起孤的老爱卿。
	政务繁忙未去探病，
	接你进宫，
	两个亲家谈谈心。
	孤派御医为你把病诊，
	你要保重贵体千万莫劳神。
	珍贵药材滋补品，
	孤要亲自派人去找寻。
	孤也是有病之躯问病情，
	病人疼病人。
郭子仪	(泪花滚滚) 圣上保重龙体。
唐　皇	[唱]　大唐江山根基稳，
	靠的是孤的保国忠臣老元勋。
	御书阁内商议朝政，
	突厥犯境，派谁挂帅去出征。
郭子仪	[唱]　军国大事皇上定，
唐　皇	[唱]　孤钦点小郭暧兵马元帅领雄兵。
郭子仪	(惊讶地) 万岁！
	[唱]　孽子有罪当严惩，
	法外施恩感激涕零。
	犬子不堪担重任，
	国家安危大事情。

      罪臣带病拼老命，

      战死沙场保国君。

唐　皇　[唱]　忠君老臣要上阵，

      国君也知爱老臣。

      莫道青竹扁担嫩，

      春笋日后长成林。

      孤王早已安排定，

      保证驸马立功勋。

      孤要派户部尚书押粮草，

      孤要派镇殿将军作先行。

      孤要派谋士武将多多照应，

      孤要派百战百胜十万雄兵。

      扫平突厥安边境，

      孤下令，高搭凯旋门，

      驸马转回程，

      庆功御宴把酒饮，

      哈哈……皇兄你就放宽心。

郭子仪　　圣上英明！

唐　皇　　皇兄！

  [唱]　俗话说："皇帝他把长子爱，

      百姓却把幺儿疼。"

      孤和皇兄生得怪，

      两人都疼一个人——

      孤的驸马，你的幺儿……

郭子仪　[唱]　惹祸的小畜生，

唐　皇　　呃！

  [唱]　你我的小娇生哪！

  [唐皇和郭子仪相视大笑，携手同下。

第八场　惊闻噩耗

[二幕外：郭福、郭寿上。

郭　福　[念]　天不幸地不幸王府大不幸，

　　　　　　　汾阳王升了天哭坏满门。

郭　寿　[念]　本应当上金殿把丧事告禀，

　　　　　　　恰逢着驸马得胜回城。

郭　福　[念]　万岁爷传圣旨，全城欢庆，

郭　寿　[念]　挂灯彩迎接驸马凯旋进城。

郭　福　[念]　红喜事白喜事切莫搞混，

　　　　　　　我办丧……

郭　寿　[念]　我办喜……

郭　福
郭　寿　[念]　分头而行，分头而行。(欲下)

郭　寿　郭福，走拢来。老夫人传下话：先尽忠，后行孝，先办喜事，后办
　　　　丧事。我先你后，我喜你丧……

郭　福　莫瞎说。

郭　寿　你年轻不懂事，嘴巴要加一把锁。汾阳王不幸升天，莫说出去了。
　　　　千万说不得的噢，娃娃！

郭　福　我晓得。(自语) 人老话多，狗老屁多，啰唆死，死啰唆。

　　　　[郭福、郭寿分头下。

　　　　[二幕启：王师回京途中。

郭　暧　(内)

　　　　[唱]　旌旗展，战马鸣，统兵十万，

　　　　[马童翻上，郭暧率兵马上，旗手举"郭"字帅旗。

　　　　　　　平突厥，凯歌传，

　　　　　　　丝竹悦耳，鼓乐掀天，

　　　　　　　人披彩带，马披新鞍，

　　　　　　　众将士前呼后拥郭元帅，

> 班师凯旋。
>
> 奉圣旨掌帅印西征北战，
>
> 三月来捷报飞送威震边关。
>
> 汾阳王七子八婿英雄汉，
>
> 郭家军猛士如云锐气冲天。
>
> 谁不夸小统帅威武英俊，
>
> 帅字旗迎风飘敌寇胆寒。
>
> 万岁爷治理朝纲坐金殿，
>
> 多亏我郭家父子稳定江山。
>
> 迎劲旅文武百官夹道站，
>
> 雄赳赳大摇大摆上金銮。

众将官！

众将官　有！

郭　暧　兵马列队进城者。

　　　　[吹打乐，众将士列队圆场。郭福闪过，被中军发现。

中　军　禀元帅，王府家丁郭福弯道而行。

郭　暧　哦？唤来见我。

中　军　喳！郭福走来！

郭　福　参见驸马。

郭　暧　起来回话。

郭　福　谢驸马。

郭　暧　郭福。

郭　福　在。

郭　暧　见了本宫，为何绕道而行？

郭　福　这个……

郭　暧　从实讲来。

郭　福　哎呀驸马！老王爷他、他、他升天了！

郭　暧　你在怎讲？

郭　福　老王爷他升天了。

郭　暧　哎呀！（惊厥，僵尸倒地）

郭　福	驸马醒来！
众将官	元帅醒来！
郭　暖	[唱]　听噩耗如同是霹雳轰顶，
	哭王爷归天庭痛煞儿万箭穿心。
	爹爹呀！
	老爹爹休怪儿不孝顺，
	奉圣旨披红挂彩显功勋。
	全军戴孝免大庆，
	喜筵厅改孝堂祭奠英灵。
	白盔白甲白旗号，
	高奏哀乐进皇城。
郭五爷	慢！哎呀贤弟呀，这白盔白甲哀乐齐奏，此乃圣驾归天的礼仪，万万使不得。
郭　暖	什么？使不得？
郭　福	驸马爷！万岁金殿传旨，全城百姓、文武百官迎接王师凯旋，这是喜庆大典，老夫人停丧未报，乃是先国后家呀！
中　军	元帅三思，不可莽撞。
郭　暖	哼！老王爷功劳盖世，生享荣耀，死享国葬，哪里顾得了许多。五将军听令！
郭五爷	在。
郭　暖	传我将令：全军将士不许披红挂彩，文官白纱帽，武将白铠甲，哀乐齐奏，进城吊孝。
郭五爷	这……
郭　暖	(拔出佩剑) 如有不遵将令者，定斩不饶！
郭五爷	是。(旁白) 大元帅的威风要到哥哥头上来了。
郭　暖	(单膝跪地，举剑向天) 爹爹！父亲！不孝的孩儿回、回来了。
	[切光。幕闭。

第九场　痛打金枝

　　　　　　　[凯旋门前，公主率銮驾上。

公　主　[唱]　　王师凯旋心欢畅，

　　　　　　　　　龙车凤辇出宫墙。

　　　　　　　　　穿过大街和小巷，

　　　　　　　　　迎接功臣驸马郎。

　　　　　　　　　全城欢庆闹嚷嚷，

　　　　　　　　　文武百官立道旁。

　　　　　　　　　宫娥摆驾接官亭往，

　　　　　　　　　喜迎驸马换容装。

　　　　　　　[銮驾过场下。

　　　　　　　[哀乐声中，郭暖、众将官戴孝上。

　　　　　　　[公主銮驾上。相遇。

公　主　驸马凯旋，为何一身孝服打扮？

郭　暖　哼！难道做儿媳的，竟然不知道公爹去世了么？

公　主　哦？怎么，公爹他仙逝了？婆母缘何不差人禀告父王？

郭　暖　想是你们佯装不知。

公　主　哎呀驸马呀！虽然父王龙体欠安，若知汾阳王去世，定会厚礼安葬，
　　　　我也会守灵堂前，莫非婆婆她……

郭　暖　母亲哪母亲，你怎的停丧不报哇?!

公　主　哦，我明白了。想是驸马凯旋，举国欢庆，等庆功之后再办丧事。
　　　　先国后家，先尽忠后行孝，婆母真是一个深明大义的贤人哪！

郭　暖　哎吔，本宫心乱如麻，哪有闲暇听你絮絮叨叨？众将官！

众将官　有！

郭　暖　哀乐齐奏，进城者。

公　主　且慢！驸马，这样进城万万使不得。

郭　暖　却是为何？

公　主　驸马呀！父王传下圣旨，全城张灯结彩，欢庆凯旋，你却白衣孝服，

哭丧志哀，岂不是有意违抗圣旨么？父王命我全副銮驾，披红挂彩，
迎接驸马到望春楼庆功赴宴。

郭　暧	望春楼庆功赴宴，本宫是当之无愧；要我披红挂彩，实难从命。
公　主	圣命难违，你若是我皇家的驸马，快与我披红挂彩。
郭　暧	家规难抗，你若是我郭府的儿媳，快换上白衣孝裙。
公　主	披红挂彩。
郭　暧	白衣孝裙。
公　主	你换！
郭　暧	你换！
公　主	换！
郭　暧	换！
公　主	违抗圣命，你有欺天之罪！
郭　暧	你住口！

[唱]　休将罪名吓哄我，
　　　本宫堪称见识多。
　　　一打金枝不为过，
　　　禄位高升加官爵。
　　　二打金枝未招祸，
　　　挂帅出征息干戈。
　　　扫平胡尘亏哪个？
　　　兵马大元帅本姓郭。

公　主　可恼啊！

[唱]　闻言难按心头火，
　　　夸功傲上太可恶。
　　　催动凤辇马前过，
　　　我不让路，你岂奈何？
　　　宫娥们！

宫　娥	有！
公　主	你们一字摆开，驸马若不披红挂彩，绝不让他进城。
郭　暧	公主！我且问你，你面前站着何人？

公　主　谁不知你是郭暖。

郭　暖　郭大元帅没有攻不下的雄关、破不了的阵头，几个女流之辈不够我
　　　　垫马腿。难道你们成了百万雄兵、难破的阵头?

公　主　虽不是百万雄兵、难破的阵头，我谅你也不敢擅闯銮驾!

郭　暖　你此话当真?

公　主　当真。

郭　暖　果然?

公　主　果然。

郭　暖　哼哼!

　　　[唱]　螳臂当车不自量，

　　　　　　你欺我郭家太猖狂。

　　　　　　人来与我把銮驾闯!

郭五爷　闯不得!

郭　福　闯不得!

郭　暖　[唱]　闯出大祸我承担!

　　　　（郭暖拖下公主，打烂銮驾，驱散宫娥）打过去!（率众将官下）

郭　福　哎呀闯祸了! 待我去禀告老夫人!（下）

　　　　[太子上，从地上扶起公主。

太　子　御妹，又吃了亏吧!

公　主　（哭泣）皇兄!

太　子　（自语）打得好，打得好!

公　主　（抽泣）再打，我就活不成了……

太　子　莫哭! 莫哭!（阴阳怪气地）民间夫妻也不可拳脚相加，亏你是金枝玉
　　　　叶，哪里受得起那个武夫的打骂? 你在这里哭，不是让百姓看笑话?
　　　　受气包! 回宫去躲倒哭啊!（宫娥扶公主下）郭暖呀郭暖! 我要搅得朝
　　　　野震动，民怨沸腾，定叫你死无葬身之地!（下）

第十场　唐皇哭灵

[二幕前：郭太君上。

郭太君	[唱]	望灵堂哭王爷热泪滚滚，
		可叹他临终挂牵子孙。
		七个儿八个婿全都上阵，
		儿出征奉圣命血战沙场，
		保国保家扫荡胡尘，
		留下我替他守灵。
		老王爷他一生为人处世谨慎，
		为国家效王命耿耿忠心。
		弥留时昏花眼将儿盼等，
		最担忧郭暧儿任性骄横。
		派家人将驸马传我口信，
		要娇儿遵王命莫放悲声。
		怕郭暧闯下祸违背圣命，
		连累了汾阳王府忠义满门。
		遵王命庆凯旋我只有把悲痛暂忍，
		外披红，内穿白，先君后臣。

[郭福急匆匆上。

郭　福　哎呀，老夫人！大事不好！

郭太君　啊！

郭　福　驸马爷闻听老王爷去世，悲痛万分，擅自下令，大点三军，白盔白甲，哀乐进城，行至中途，闯了銮驾，打了公主！

郭太君　孽障！

郭　福　(急扶) 老夫人，老夫人！
　　　　[内："万岁驾到！"

郭太君　接驾！(太监引唐皇上，武士站门后自动退下。郭太君跪) 罪臣接驾，万岁，万万岁！

347

唐　皇	皇嫂平身！
郭太君	谢万岁！
唐　皇	皇嫂！为何停丧不报哇？
郭太君	万岁龙体欠安，臣妾不敢惊动圣驾。
唐　皇	难得皇嫂一片忠心，带路灵堂。

[二幕启：郭太君引唐皇至灵堂。

唐　皇　皇兄！爱卿！（哭头）皇兄啊！（唐皇在哀乐声中祭奠亡灵，郭太君陪祭后暗下）

[唱]　焚清香孤王我捧祭酒虔诚奉敬，

心惨痛止不住老泪纵横。

一杯酒敬皇兄魂归仙境，

蓬莱岛喜迎你屡建奇功，

德高望重，战功显赫，

忠勇神武老元勋，

孤的良将贤臣。

扫胡尘诛叛逆百战百胜，

孤坐江山承天命也亏了你郭家父子兵。

卿仙逝孤如同擎天玉柱倾，

孤的皇兄啊！

还望我的皇兄冥冥中默佑孤的龙庭。

卿的功劳盖世孤还要追加封赠，

追封你九千岁官高极品位极人臣。

修一座银安殿将卿的灵位安顿，

孤的皇后贵妃公主驸马龙子龙孙，

一代一代世世代代年年月月时时刻刻供奉你的英灵，

略表孤的一片心。

二杯酒敬皇兄孤与你报喜讯，

喜讯传小郭暧威震边关奏凯回京。

出征前你怕他难担重任，

唯恐他少不更事误了孤的大事情。

孤讲道军马粮食孤已安排定，

要保证孤的驸马立下功勋。

一来是全军将士浴血奋战舍性命，

二来是少年元帅指挥有方勇寇三军。

果然是王师无敌旗开得胜，

老元帅安息吧四海偃平。

太　监　（上）启奏万岁，郭驸马僭用国丧之礼，冲散庆功盛典。朝野震动，民怨
　　　　沸腾，文武百官纷呈表章，恳请万岁严惩郭暧，以正纲纪国法。（下）

唐　皇　三杯酒来！

　　　　[唱]　三杯酒是苦酒涩口难饮，

　　　　　　　对皇兄强咽下倾耳细听。

　　　　　　　凭卿的功劳用国葬孤怎会不准，

　　　　　　　怎奈是郭暧他抗圣命一意孤行。

　　　　　　　冲散了庆功盛典百姓愤恨，

　　　　　　　正朝纲递表章都是文武大臣。

　　　　　　　孤若是斩郭暧于心不忍，

　　　　　　　孤若是不杀他众怒难平。

　　　　　　　朝野震动民怨沸腾孤举旗难定，

　　　　　　　孤也是一朝天子一代国君，

　　　　　　　才知道人难做、做人难，难、难、难做人。

　　　　　　　卿若在世能与孤商量议论，

　　　　　　　卿若在世定能与孤把忧分。

　　　　　　　卿与孤虽分君臣有如手足情分，

　　　　　　　普天下论知己能有几人？

　　　　　　　危难时恨不得把卿唤醒。

　　　　　　　魂兮归来呀！郭元帅，郭爱卿，

　　　　　　　老皇兄，老元勋，

　　　　　　　孤的擎天玉柱保国忠臣，

　　　　　　　千呼万唤卿家你怎不应声？

太　子　（急匆匆上）启奏父王！胆大郭暧，犯上作乱，砸毁銮驾，三打金枝，
　　　　文武百官愤愤不平。少时文官要敲响龙凤鼓，武将要撞响景阳钟，

　　　　　　　请万岁升殿，处斩郭暧！

唐　皇　　[唱]　狂飙起，雷轰顶，

　　　　　　　　五内焚，刀插心。

　　　　　　　　皇兄，卿家！你快些醒！

郭　暧　　（奔丧急上，哭头）爹爹呀！

　　　　　　[太子飞起一脚，郭暧抢背倒地。

唐　皇　　驸马！

郭　暧　　（跪步）父王！

唐　皇　　大元帅呀！

郭　暧　　儿不敢呐。

唐　皇　　好威风啊！

郭　暧　　儿臣有罪。

唐　皇　　[唱]　手带着我的儿叙一叙翁婿之情。

　　　　　　　　儿可记得初打金枝，

　　　　　　　　孤念你酒后无德年幼任性，

　　　　　　　　不降罪反加官职，

　　　　　　　　赐你金冠玉带蟒龙袍穿在身。

　　　　　　　　一件蟒龙袍，

　　　　　　　　九条盘龙滚。

　　　　　　　　亏了孤的梓童金线缝，银线引，

　　　　　　　　金穿银来银穿金，

　　　　　　　　千针万线、万线千针才绣成。

　　　　　　　　只说是穿在儿身暖在心，

　　　　　　　　对我的女儿存真心。

　　　　　　　　小夫妻欢心，

　　　　　　　　他二老放心，

　　　　　　　　孤与梓童笑在眉头喜在心，

　　　　　　　　谁知你再打金枝辜负了我一片苦心。

　　　　　　　　二打金枝在御花园有太子的见证，

　　　　　　　　孤与梓童滚滚热泪往肚内吞。

　　　　　　　　儿女冤家打打闹闹孤也不记恨，

亏了孤安排你戴罪立功勋，明走暗放生。

只说是儿得胜归来小夫妻和顺，

女婿荣归，我这个岳父也增光几分。

谁知你砸銮驾，打金枝，皇儿险些丧命，

你心中哪有半点夫妻恩爱、翁婿感情。

你三打金枝孤三忍，忍、忍、忍！

孤不看僧面看佛面，

不忍刺伤忠臣心，

你那天下无双忠君保国的好父亲，

孤的好爱卿呐！

灵堂上我替皇兄把孽子审问，

你为何如此骄横，一意孤行，

瞎闯乱撞往死路上奔？

不杀你怎平息朝野愤恨？

不杀你怎安抚文武大臣？

不杀你圣旨王命谁肯信？

不杀你纲纪国法谁顾遵？

儿纵有惊天动地盖世本领，

岂能逃这一死扭转乾坤?!（钟鼓齐鸣）

龙凤鼓催孤的命，

景阳钟招儿的魂。

卿家！卿家黄泉路上等，

等候我这凄凄惨惨，悲悲切切，

冷冷清清的孤家寡人。

［唐皇气厥身亡，一片惊呼，众武士上。

太　监　老王晏驾，新主登基。

太　子　(指郭暖) 斩！

　　　　［众武士抓住郭暖，太子露出胜利者的微笑。

　　　　［幕徐落。

　　　　　　　　　　　　　　　　　　　　　　　剧终

风筝误

移植：根据同名昆曲及地方戏移植

剧情简介

　　詹烈侯有两女，爱娟丑陋，淑娟美貌。近邻戚友先伧俗顽劣，韩琦仲俊秀有学。淑娟在戚友先断线风筝上题名，韩琦仲见后复题。爱娟误以为戚友先所作，约月夜相会。韩琦仲冒名赴约，惊其丑而逃。不久戚友先成亲，花烛之夜方知新娘是丑陋的爱娟，吵闹不休。韩琦仲高中娶妻，以为所聘者是昔日所见丑妇，备加冷落。及至四人见面，误会冰释，双双和解。

人　物

韩琦仲　　詹淑娟　　詹爱娟　　戚友先　　戚辅成　　柳夫人
抱　琴　　乳　娘　　书　童　　梅　香　　院　子　　丫　鬟
四龙套

第一场

[戚府书房。场上摆两桌两椅。韩琦仲手拿书本边看边上，抱琴抱一摞书尾随其后。

抱　琴　二爷，你的书也读得太多了，白天读，夜晚读，站着读，坐着读，连走路也读，花园转一趟，害得我捧这么多的书，我受累是小事，就怕把你的脑壳胀破了。

韩琦仲　[唱]　三更灯火五更鸡，

　　　　　　　正是男儿立志时。

　　　　　　　幼小不能勤发奋，

　　　　　　　老来方知后悔迟。

抱　琴　怪，你爱书如命，大爷见了书就头痛。

韩琦仲　嗯，大爷呢？

抱　琴　他呀，除了玩，还是玩，总不是玩去了。

韩琦仲　戚伯父要我们督促他勤学，他却一味贪玩，长此下去，如何得了？

抱　琴　他是老爷的亲生儿子，你是老爷的养子，他的亲老子都管不了他，你何苦还操这份心？

韩琦仲　抱琴，你哪里知道呀！

　　　　[唱]　戚伯父望子成龙青云直上，

　　　　　　　友先兄辜负了慈亲的热肠。

　　　　　　　好时光不珍惜似水流淌，

　　　　　　　到头来只落得枉自悲伤。

　　　　　　　叫抱琴看香墨纸拂案上，

抱　琴　是！

　　　　[唱]　请二爷做文章我去烧茶汤。（下）

　　　　[韩琦仲上坐，执笔。戚友先拿风筝上。

戚友先　春天读书瞌睡多，离了书房就快活。（进房）兄弟！

韩琦仲　兄长，你又到哪里去了？

戚友先　我溜到后花园，糊了一个纸风筝。

353

韩琦仲　　伯父要我伴你读书，你只顾贪玩，我怎向伯父交代？

戚友先　　你莫随倒他哄，成天逼倒我读书，把人家的个独种儿子逼死了，你还要偿命呢。

韩琦仲　　都是为了你好呀。

戚友先　　真是为了我好，帮我在风筝上画点花草。

韩琦仲　　伯父知道了，要责骂我的。

戚友先　　你画不画？

韩琦仲　　不画。（埋头写文章，戚友先绕到后面夺韩琦仲的笔）你看，把文章也涂坏了。

戚友先　　不画，叫你写不成。

韩琦仲　　没有颜料怎么画？

戚友先　　随便勾几笔就行了。

韩琦仲　　真把你没有办法。（在风筝上题诗）

戚友先　　还是我犟赢了。

韩琦仲　　拿去。

戚友先　　（接风筝）哎！叫你画花草，你怎么写诗？（书童上）

书　童　　大爷、大爷，老爷来了。

　　　　　[二人闻报，手足无措，互相推风筝。戚辅成上，戚友先藏风筝于身后。

戚辅成　　你在做什么？

戚友先　　在默书。子曰："学而时习之，不亦说（念错字）乎……"

戚辅成　　嗯？

戚友先　　哦！悦乎，悦乎。

书　童　　（提醒）大爷，不是悦湖，是洞庭湖。

戚友先　　（不耐烦）还面糊。

戚辅成　　糊涂！

韩琦仲　　（解围地）伯父请坐。

戚辅成　　你的文章呢？

韩琦仲　　伯父请看。

戚辅成　　（看毕，问戚友先）你的呢？

戚友先　　我的？是这样的，我正要做文章，他来向我求教，我把我的好的都

	教给他了，我自己的还没有做出来。
戚辅成	胡扯！适才接到詹烈候京中来信，他说今科考试极严，要我督促你们好好学习，力争夺魁。我想琦仲侄儿勤奋好学，前程有望，你呀！
戚友先	我还要你驾担心，你驾放心。
戚辅成	我不放心的就是你，今后你要勤奋好学，立志向上。愿尔等携手并肩，金榜留名。(对韩琦仲) 使你那早丧的爹娘 (对戚友先) 和你那亡故的母亲九泉之下瞑目，老夫我就放心了。
韩琦仲	伯父教诲，儿当刻骨铭记。
戚友先	光说不做有什么用？爹，你快走，我要发奋。
戚辅成	好，不耽搁你们的功夫了。
韩琦仲	送伯父！
戚友先	(对书童) 走！
韩琦仲	哪里去？
戚友先	放风筝去。
韩琦仲	刚才说要发奋，怎么又去玩？
戚友先	玩？文章是玩出来的，哪个大文人不玩？李白、杜甫、白居易、唐伯虎，他们哪个不爱玩？他们玩得，我就玩不得？(下)
韩琦仲	哎！

[念]　　老子刚离去，儿子就脱逃。

　　　　光阴虚度过，何以慰年高。(下，二幕关)

戚友先	(内) 书童，快走呀。(上)

[唱]　　艳阳春色好风景，

　　　　处处有人放风筝。

　　　　游春的人群数不尽，

　　　　从来未听说玩死人。

书童还不快点过来，放风筝的人越来越多，把天上都挤满了，书童快来！(书童拿风筝上) 快把线头给我。(书童抱风筝，退至幕后) 站高些，放，好！好！

[唱]　　风筝好似小黄莺，

　　　　霎时钻进半天云。

355

　　　　　　风筝飘高真高兴,

　　（戚友先拿线头,进退,翻转,舞蹈）哟哈!

　　　　　　风筝断线放不成。

　　书童,快追!（下）

第二场

　　　　　　[詹府花园,下场处有亭台一角,内有书桌,上场处有花墙半截。

詹淑娟　　[唱]　离闺房进花园开怀玩赏,

　　　　　　　　百鸟喧群花放鸟语花香。

　　　　　　　　太湖中鱼儿戏水碧波荡漾,

　　　　　　　　蝴蝶飞采花忙飞过粉墙。

梅　香　　[唱]　蝴蝶飞蝴蝶忙,

　　　　　　　　我爱蝴蝶俏姑娘。

　　　　　　　　扑只彩蝶作花样……

　　　　　　[梅香追下场,詹淑娟欲下,柳夫人上。

柳夫人　　[唱]　园庭内好一派明媚春光。

詹淑娟　　母亲万福!

柳夫人　　儿呀!光阴似箭,文墨不可生疏。你看,满园春色,皆可为题,你
　　　　　随意做首诗来。

詹淑娟　　孩儿遵命。

　　　　　　[梅香拿风筝上。

梅　香　　夫人,小姐,我在院内捡到一只风筝,上面写得有字。

詹淑娟　　（接风筝）是一首诗。

柳夫人　　我儿念来。

詹淑娟　　是。

　　　　　　[念]　风流莫道是潘郎,空负才华徒自伤。

　　　　　　　　　枕上有谁慰好梦,几回欲睡有彷徨。

风筝误

柳夫人	此乃诗人忧愤之词，儿呀，你就在那风筝上面和诗一首。
詹淑娟	母亲，外人诗句，和它做什么？
柳夫人	借他人诗句，练习你的诗文，有何不可？
詹淑娟	孩儿遵命。
柳夫人	不过，今天你要用倒和的方法，从尾句和到首句，这叫回文韵，你就照此和来。
詹淑娟	孩儿遵命。
	[唱]　娘命我倒和回文韵，
	借题作文写胸襟。
柳夫人	[唱]　叫梅香备笔砚书案整顿，
	[乳娘上。
乳　娘	见过夫人，二小姐。
柳夫人	(冷淡地) 你来做什么？
乳　娘	大小姐一人终日闷坐无聊，要我叫二小姐陪她玩耍。
詹淑娟	(欲去) 母亲——
柳夫人	不去。
	[唱]　儿不可贪玩耍误了青春。
乳　娘	(见风筝) 夫人，你不让她玩耍，她还不是在放风筝？
柳夫人	那是别人的风筝，落在我家花园，上面有诗，我让她和韵。
詹淑娟	乳娘，我也想念大小姐，等我把诗作完，随后就来。(提笔和诗)
柳夫人	(看诗) 好诗，好诗。人家的姑娘有才未必有貌，有貌未必有才，我的女儿才貌双全，品德兼优，真乃难得，难得。
	[梅香领书童上。
梅　香	禀夫人，戚府的书童找风筝来了。
柳夫人	怎么？这风筝是你家的吗？
书　童	禀夫人，我家公子的风筝断了线，落在了贵府，公子让我找风筝来了。
柳夫人	既是戚府公子的风筝，就让他拿去了吧。(梅香交风筝给书童)
书　童	多谢夫人！
柳夫人	那风筝上的诗句，原来是戚府公子写的，不愧是宦门子弟，书香之后。
乳　娘	夫人，二小姐，那我先行一步了。

357

詹淑娟　　梅香，送乳娘。

乳　娘　　不送，不送。

　　　　　[梅香送乳娘下。

柳夫人　　儿呀，大娘蛮横无理，我才隔墙分居，我唯恐避她不远，你偏要和她女儿来往。

詹淑娟　　爹爹不在家中，一家人还是和睦相处的好。

柳夫人　　不说这些了，你快作诗吧。

　　　　　[戚友先上。

戚友先　　看着风筝落到园里去了。（发现詹淑娟）

书　童　　大爷，大爷！

戚友先　　莫嚷！

书　童　　你在看么事？

戚友先　　太好看了，活像观音菩萨。

书　童　　好看哪？我也来看看。（戚友先与书童耳语下）

詹淑娟　　（搁笔）母亲，孩儿过府去了。

柳夫人　　早些回来。

詹淑娟　　是。（下）

第三场

　　　　　[戚友先、韩琦仲分头上。

戚友先　　风筝断线正扫兴，白白浪费我的好时辰。韩兄，韩兄！

韩琦仲　　世兄，今天你怎么回来得这么早？

戚友先　　我回来得早还不是亏了你。

韩琦仲　　怎么亏我？

戚友先　　要你在风筝上画些花草，你偏要在上面鬼画桃符，写些歪诗，风筝一放出去就断了线。

韩琦仲　　风筝掉到哪里？你没有命人去找呀？

戚友先	城墙上的人看见，落到詹年伯家的院子去了。哎！真见鬼。
韩琦仲	算了，既然回来了，你就和我一起温习功课。
戚友先	我就怕念这个倒头经。
韩琦仲	(耐心地) 你连日以来在外面游逛，一旦老伯查起功课来了，岂不是责怪你我？来来来，受点委屈，陪小弟看几篇文章吧！(戚友先无奈地拿起书本，打哈欠) 世兄，你怎么哪？
戚友先	我这个人怪得很，越玩我越清醒，一拿起书……啊啊 (哈欠) 我的个眼睛皮子就在打架，脑壳就发糊，瞌睡神也就来了……
韩琦仲	世兄，我们是世家子弟，岂不知开卷有益？这书内自有黄金屋，必须学而不倦，一旦大魁天下……
抱 琴	(见戚友先睡着) 相公，他睡都睡着了，你还在给他讲道理。他的鼾声比你说话的声音还大。
韩琦仲	快将他叫醒。
抱 琴	戚大爷，戚大爷！(鼾声大作) 相公，他这一睡下去呀，恐怕打雷也打不醒他了。
韩琦仲	哎！那就让他睡吧。
书 童	(内) 大爷，大爷！(见他睡着了，又喊) 大爷，大爷！
抱 琴	我喊了半天都没有喊醒他，你那还行？
书 童	韩相公，风筝我替大爷捡回来了，你先收着，我还有别的事情。(下)
韩琦仲	(发现风筝上有诗句) 嗯？这风筝上又有一首诗。

[念] 　诗人何必意彷徨，惹得愁多枉自伤。

一旦龙门三级浪，杏花十里训潘郎。

好诗，好诗！我想詹老先生不在府中，这首和诗是詹府中何人所作呢？

抱 琴	相公，我常听老爷说，詹府有位二小姐诗才最高，一定是她作的。
韩琦仲	(看诗) 嗯！语气也像女人的语气，笔迹也像女人的笔迹，是她、是她！

[戚友先呓语："是我的，风筝是我的。"翻身又睡着了。

抱 琴	这首诗你不要让戚大爷知道，我去将诗揭了下来。(下)
韩琦仲	世兄，世兄！
戚友先	莫吵，莫吵，让我睡。

[抱琴拿风筝上。

韩琦仲　　你的风筝取回来了。

戚友先　　（睁开眼睛，见风筝，笑嘻嘻地）我放风筝去呀！（高兴地下）

韩琦仲　　待我取出诗来，仔细地品读一番。

　　　　　[唱]　这首和诗真绝妙，

　　　　　　　　实服詹女才学高。

　　　　　　　　为何从尾和到首？

　　　　　　　　其中含义难推敲。

二小姐在诗中安慰我，前途有望，她为何从后面倒和转来，这是何意……（想）是了，一定是二小姐羡慕我的诗才，用倒和的文体，展示她的诗才，真是女中奇才。我韩琦仲若有此女早晚相聚，谈诗会文，真是说不尽的美哉呀乐哉呀。

抱　琴　　相公，你是不是看上了詹府的二小姐了？你要是真看上了詹府二小姐，我来替你出个主意。

韩琦仲　　你有什么主意？

抱　琴　　我就学戚大爷那样，放风筝！

韩琦仲　　怎样放风筝？

抱　琴　　你老人家是个明白人，连这点也想不到？她家住在城边，你做一首诗，写在风筝上面，只放进她家的院子，你就把线拉断，这风筝不就落到她们家去了？

韩琦仲　　嗯！妙呀！哎！那回音又是如何知道呢？

抱　琴　　这也不难，让我去讨呀，讨得出来，那风筝上面也许就有回音了。

韩琦仲　　有理，有理。

抱　琴　　慢点，千万不能说出你的名字，上面要写戚大爷的名字。

韩琦仲　　为什么？

抱　琴　　如今世道人情就是这样，只爱权势钱财，写戚大爷的名字人家要器重些。风筝放进去，万一惹出麻烦来，别人也要看看戚大爷的面子。只等事成之后再说出你的名字，岂不是万全之策？

韩琦仲　　好，不仅聪明，而且周到。（高兴地用扇子敲抱琴的头）

抱　琴　　相公，你快想诗，我去帮你糊风筝。（急下）

韩琦仲　　好一个聪明伶俐的书童。今天写诗必须仔细思考。（来回走动）

[抱琴拿风筝上。

抱　琴　　相公，相公，（韩琦仲怕打断思路，用手拦）好相公快想诗，我替你
　　　　　　溶墨。

韩琦仲　　（诗上心头）诗兴来了！（入座）

　　　　　[吟]　飞去残诗不值钱，得来锦句太垂怜。

　　　　　　　　若非彩线风前落，哪得红丝月下牵？（自己拿着欣赏）

抱　琴　　天色不早了，快走快走！

韩琦仲　　慢……待我叮嘱它一番。（将风筝交给抱琴，对风筝施一礼）风筝呀风筝，
　　　　　这桩美事全仗你的大力，婚姻若能成功，你就是我的月下老人哪！

　　　　　[唱]　恭恭敬敬拜几拜，

　　　　　　　　但愿你能带佳音来。

抱　琴　　（焦急地）

　　　　　[唱]　时光不早要赶快，（出门）

　　　　　　　　相公快快随我来。（喊）

　　　　　相公，快来呀！

韩琦仲　　来了！（撩袍拂袖急下）

第四场

[詹家绣楼。詹爱娟一手拿梳子，一手拿镜子，边梳边欣赏上。

詹爱娟　　[唱]　清早起来理云鬟，

　　　　　　　　胭脂搭了大半瓶。

　　　　　　　　金钗银凤玉耳环，

　　　　　　　　头上压了几十斤。

　　　　　　　　鲜花插双鬓，

　　　　　　　　胭脂点嘴唇。

　　　　　　　　姑娘打扮俏又俊，

　　　　　　　　压赛南海的观世音。

观世音，好苦命，

施主不许进庙门。

成天到晚冷清清，

孤衾孤枕对孤灯。

哎！名门千金活受罪，爹爹做官瘾又大，一年四季不回家，妈妈信神，成天地念她的倒头经。二十几岁的大姑娘，冇得媒人上门提亲问信。两个老家伙，一点也不操心。我这一辈子是头发丝系豆腐——提不得哟。

[乳娘拿风筝，边喊边上。

乳　娘　大小姐，大小姐！哎哟，我的个大小姐！

詹爱娟　哟，老乌鸦还有副画眉嗓子，是么事喊得这亲热呀？

乳　娘　我是来报喜的。

詹爱娟　你添了外孙？

乳　娘　我刚才在走廊里捡到了个风筝，上面有一首诗。

詹爱娟　诗就诗呢，还要加个也字，你也想像二小姐那样，成天之乎者也不离口，我就见不得那些假斯文。

乳　娘　大小姐，不是我咬文嚼字，方才二小姐捡到一个风筝，上面有诗句，我捡到的这个，也有一首诗，所以才加了一个"也"字。

詹爱娟　她捡的那个风筝是……

乳　娘　听说是戚公子的。

詹爱娟　她捡的那个是七公子的，我这个是八公子的吧？

乳　娘　不是那个七呀八的，是姓戚的戚，他的老子是戚布政。这个戚公子，年轻，漂亮，学问又好，又是官家的后代。你喜不喜欢这个风筝呢？

詹爱娟　喜欢！

乳　娘　喜不喜欢那个放风筝的人呢？

詹爱娟　（先羞后怒）哼！大小姐是黄花闺女，你敢疯言乱语，下次再如此，绝不饶你。

乳　娘　（背躬）真是丑人多作怪。大小姐，这真菩萨面前不烧假香，你把实话对乳娘讲了，少不得乳娘还能替你想个法子，出出主意。

詹爱娟　我……

乳　娘	乳娘又不是外人，莫怕，快说。
詹爱娟	乳娘呀！

    [唱]   自古道男大当婚女大当嫁，

            有哪个姑娘不想婆家。

            表姐张翠花去年出了嫁，

            姊妹李月华生了小娃娃。

            乳娘呀！

            小姐我到如今还有得婆家。

乳　娘	来得及，你的年纪还不大。
詹爱娟	还不大？

    [唱]   二十几岁的姑娘还不出嫁，

            未必说要等到六十花甲？

            我既不是尼姑命，

            又不想成菩萨。

            乳娘呀，

            你与小姐快设法。

乳　娘	[唱] 戚府本是官宦家，

            公子他又有才华。

            这段美姻缘，

            我把鹊桥搭。

            大小姐呀，

            成全你一对小冤家。

詹爱娟	乳娘，你是怎么样成全我的呢？
乳　娘	(胸有成竹地) 我自然有办法。
詹爱娟	快讲，快讲！
乳　娘	我想这个风筝，不是没有缘故的。一连两个都落在我府，都有诗句在上面，一定是戚公子爱上了二小姐的诗才，故意放进来的。我料定他必来取风筝，我站在门口等他来时，就说二小姐为他得了相思病，你看如何？
詹爱娟	好倒是好，你怎么不说我为他得了相思病呢？偏偏说是二小姐呢？

| 乳　娘 | 二小姐的诗才人人皆知，说是大小姐别人就不会相信了。万一事情不成功，别人只会议论二小姐，如果事成，再说出真情也不迟，这是万全之计呀！ |

詹爱娟　　正是：

[念]　传书递简有乳娘，莫让蝴蝶飞过墙。

[詹爱娟下，乳娘圆场下楼。转二幕外：抱琴上。]

抱　琴　　哪怕侯门深似海，得来消息快如风。妈妈请了。

乳　娘　　你是做什么的？

抱　琴　　我是戚府书童，我家公子的风筝落进你府，我是来取风筝的。

乳　娘　　刚才取走了一个，现在又来取，你家的风筝怎么老往我家钻？

抱　琴　　风筝长了脚，它喜欢往你家钻呀。

乳　娘　　一支风筝能值几何？

抱　琴　　风筝上有我家公子的诗，故此要取回去。

乳　娘　　（故意地）你家的风筝惹出大祸来了！

抱　琴　　啊！（惊怕，跑）

乳　娘　　莫跑，莫跑。我家二小姐爱上公子的诗才，约他今夜楼台会诗。

抱　琴　　你这深宅大院，怎么能进得来呢？

乳　娘　　无妨，叫你家公子今夜初更以后来，花园门虚掩，我在园内等他。

抱　琴　　好，我去回信。

乳　娘　　请公子千万不要失约。

抱　琴　　（背躬）失约？我怕他还等不到日落。（下）

[夜色。韩琦仲上。]

韩琦仲　　[唱]　小书童送一信又惊又喜，

　　　　　　　　约定了今夜晚楼台会诗。

　　　　　　　　兴冲冲步履急——（撞树，惊退）

　　　　　　　　是人？是鬼？（探步，摸树）

　　　　　　　　原来是一棵大树路边立。

　　　　　　　　不可疑心生暗鬼，

　　　　　　　　忽觉得后面有人追随。

到了詹府花园，（推门）果然园门虚掩。（入园）乳娘，乳娘！（更鼓声，

乳娘上）哎呀！若被巡更人捉住，追问起来，如何回答？我若说是盗贼不过是连累我自己，若说出真情，岂不要玷污小姐的名节。哎呀，小姐呀小姐，为了顾全你，我也只好承认是盗贼了。

乳　娘	（玩笑地）捉住了！
韩琦仲	哎呀！（欲跑）
乳　娘	不要跑，我是乳娘。
韩琦仲	是乳娘？哎呀，你吓死我了！
乳　娘	二小姐在楼上等了许久，快随我来。
韩琦仲	有劳，有劳了（乳娘牵着韩琦仲进门，韩琦仲脚踢门槛）哎呀我的个娘！
乳　娘	轻声些。
韩琦仲	（低声）哎哟！
乳　娘	么样？没有碰伤哪里吧？
韩琦仲	（咬紧牙关）还好，还好。
乳　娘	来，我牵着你走。

[韩琦仲腿痛未止，跛下。

[二幕开：现大小姐卧房，詹爱娟满头插花，静坐楼上。

乳　娘	你稍站一会，我去禀明二小姐。（入内）大小姐，放风筝的戚公子来了。
詹爱娟	人咧？
乳　娘	已在门外。
詹爱娟	你快请人家进来。
乳　娘	韩公子，小姐请你进去。（牵韩琦仲入内）
韩琦仲	怎么没有灯亮？
乳　娘	是呀，没有灯亮怎好谈话？待我去点灯来。（背躬）事情总算成了功。（下）
詹爱娟	韩公子。
韩琦仲	小姐，小生的拙作，不知道小姐赐和过否？
詹爱娟	你的拙作，奴家赐教过了。
韩琦仲	请教小姐的佳篇？
詹爱娟	我的佳篇吗……我忘记了。

韩琦仲　　自己的佳篇，怎么会忘记呢？

詹爱娟　　哦！记起来了：

　　　　　[吟]　云淡风轻近午天……

韩琦仲　　哎！这是《千家诗》里的一句，怎么说是小姐作的呀？

詹爱娟　　(手足无措) 我故意念《千家诗》看你懂不懂。你连《千家诗》都懂，
　　　　　真不愧是个才子。(手拍韩琦仲的肩膀)

韩琦仲　　(畏缩地) 小姐，你我乃文字之交，请小姐勿伤大雅。

　　　　　[乳娘掌灯上。

詹爱娟　　来也来了，何必装正经。

　　　　　[乳娘咳嗽，韩琦仲、詹爱娟分退帐后，分左右以帐掩面。

乳　娘　　小姐，人已经来了，你们好生交谈，我还要待候夫人，我走了。(暗
　　　　　笑下)

　　　　　[詹爱娟、韩琦仲轻步近身。

詹爱娟　　戚郎！

韩琦仲　　小姐！

詹爱娟　　戚郎，(分开罗帐，对脸) 喵！

韩琦仲　　(大惊) 哎呀！我只说詹家二小姐是个才貌双全的佳人，原来是个丑
　　　　　陋不堪的妇人。适才谈吐，文理不通，举止轻浮，我才是见到鬼哟！
　　　　　(垂头)

詹爱娟　　我好喜呀！

　　　　　[唱]　戚公子年纪轻才高貌美，

　　　　　　　　官家女宦家郎门户相宜。

　　　　　　　　郎有才女有貌恰恰一对，

　　　　　　　　夫有情妻有意甜甜蜜蜜。

　　　　　　　　欢喜欢喜真欢喜，

　　　　　　　　谢天谢地谢神祠。

韩琦仲　　[唱]　见鬼见鬼活见鬼，

　　　　　　　　岂知嫦娥变钟馗。

詹爱娟　　哪里去？

韩琦仲　　学生告退。

詹爱娟	[唱]	婚姻大事未谈妥怎能去回？
韩琦仲	[唱]	订终身哪能够草草了事？
詹爱娟		你要怎样？
韩琦仲	[唱]	一无有父母命二无有红媒，
詹爱娟	[唱]	父母命媒妁言件件具备。
韩琦仲	[唱]	主婚作伐两两凭谁？
詹爱娟	[唱]	乳娘算得母，风筝为得媒，
		快快应允莫再推。
韩琦仲	[唱]	这婚事还需从长计议，
		今晚作别后会有期。(急走)
詹爱娟	[唱]	放不放由我来由不得你，
		婚姻事不谈妥你莫想去回。
韩琦仲	[唱]	读孔圣明周公深明大礼，
		男和女拉拉扯扯名节有亏。
詹爱娟	[唱]	你既是圣人门徒知情达理，
		却为何黑夜摸进人家的深闺？
韩琦仲	[唱]	是乳娘约我来……
詹爱娟	[唱]	你推得干脆——
		就算我占点便宜你吃点小亏。
韩琦仲	[唱]	怪学生失检点小姐恕罪，
詹爱娟	[唱]	允婚事才是你悔罪的行为。
韩琦仲	[唱]	轻举妄动陷重围，
詹爱娟	[唱]	你自作自受埋怨谁。
韩琦仲	[唱]	真倒霉，
詹爱娟	[唱]	莫后悔，
韩琦仲	[唱]	休苦逼，
詹爱娟	[唱]	再莫推，
韩琦仲	[唱]	身陷牢笼难进退，
詹爱娟	[唱]	不允婚事休想退回。

[乳娘上，韩琦仲急中生智。

韩琦仲　　夫人来了!

　　　　　[詹爱娟急忙躲到座后,韩琦仲乘机逃脱。

乳　娘　　(问韩)婚事谈妥了?

韩琦仲　　妥了,妥了。(急下)

乳　娘　　婚事谈妥了,我去领赏。大小姐,大小姐。

詹爱娟　　(从桌后伸出头来)夫人呢?

乳　娘　　早就睡了。

詹爱娟　　戚公子呢?

乳　娘　　走了。

詹爱娟　　(泄气地)好……

乳　娘　　好,那就谢媒人呢!

詹爱娟　　(满腔怒火)媒人,你是个冤魂!

乳　娘　　哎耶,变得好快呀!真是新人进了房,媒人甩过了墙。不是我接,
　　　　　人家还不会来呢。

詹爱娟　　不是你来人家还不得走呢。

乳　娘　　(莫名其妙地)这也怪我?

詹爱娟　　(站起身向乳娘)不怪你怪鬼!(提裙子气势汹汹地重下)

乳　娘　　这才是难得将就呐!(下)

第五场

　　　　　[二幕外:戚辅成上。

戚辅成　　[唱]　我儿不幸身染病,

　　　　　　　　忧心忡忡似火焚。

　　　　　　　　快到病房去探问……

　　　　　[二幕开:戚友先的卧室。

书　童　　老爷。

戚辅成　　[唱]　大爷的病情可减轻?

风筝误

书　童	大爷的病忽轻忽重，时冷时热，看样子像是好不了呢。不过，要死也不是这两天的事。
戚辅成	胡说。请大爷！
书　童	是。
戚辅成	（自叹地）哎！养子韩琦仲日前赶考进京，论其才华，功名有望。可是自己的儿子偏偏不争气，真可谓：将相本无种，男儿当自强。（戚友先头裹病巾，身围腰裙，肩披斗篷，手扶拐杖，由书童搀扶上，见父欲拜，晕晕欲倒）快扶大爷坐下。儿啊，你的病从何而起？病况如何？

戚友先　[唱]　儿的病，是心病，

　　　　　　　　唯有心病最伤神。

　　　　　　　　睡也睡不着，

　　　　　　　　吃也吃不进，

　　　　　　　　不冷又不热，

　　　　　　　　不痒又不疼，

　　　　　　　　良医难治心里病，

书　童	大爷，那么办呢？
戚友先	[唱]　诊心病还要心上人。
戚辅成	心上人？
书　童	大爷，老爷在此，你把心里病、心上人统统说出来。
戚友先	爹！

　　　　　　[唱]　那日詹府取风筝，

　　　　　　　　　隔墙看见一美人。

　　　　　　　　　她是詹府千金体，

　　　　　　　　　我是戚门一书生。

　　　　　　　　　千金嫁书生，

　　　　　　　　　书生配千金，

　　　　　　　　　门当户对，

　　　　　　　　　才貌相等，

　　　　　　　　　她有意，

　　　　　　　　　我有情，

369

男长大，

女成人，

若要治好儿的病，

莫请医生请媒人。

戚辅成　若想洞房花烛夜，应是金榜题名时。业未立，怎成亲？

戚友先　（焦急地）爹！

［唱］　成家立业都要紧，

　　　　砍倒树捉八哥一事无成。

　　　　你若应允这门亲，

　　　　孩儿立志攻诗文。

　　　　后来居上，大器晚成，

　　　　成了家，再立业，是么样不行？

戚辅成　哎！我望子成龙，费尽心血，谁知道你自甘堕落，不求上进，叫我如何对得起戚门祖先？

戚友先　爹，说直了莫怪，照你这样死板，莫说对不起先人，只怕还要绝了后人啰！

［唱］　不孝有三无后为大世之名训，

　　　　你膝下除了我还有何人？

　　　　这订亲事吹了灯，

　　　　我的小命活不成。

　　　　独种儿子短了命，

　　　　戚氏门中岂不是断了子孙！

戚辅成　哎！

［唱］　蠢牛木马不上进，

　　　　竹篮打水枉费心。

　　　　今后若肯勤发奋，

　　　　请媒詹府去求亲。

戚友先　（兴奋地）爹，只要亲事办成，从今往后，我埋头攻读，勤学发奋，助你教子扬名。若有半点虚假，我就不是你的儿子。

戚辅成　哼！再若口是心非，言而无信，为父绝不轻饶。（下）

戚友先	菩萨保佑，祖宗有眼，他老人家总算发了善心。
书　童	大爷，恭喜你龙凤呈祥，要做新郎。
戚友先	（看身上）新郎新郎，窝囊窝囊。（解头巾、斗篷）
书　童	大爷，快莫脱，小心着了凉。
戚友先	你有看见，我心里在流汗。
书　童	哪有心里流汗，只有头上流汗。
戚友先	蠢东西，心里不流汗，头上哪来的汗呢？（连脱三件衣服）
书　童	大爷，再脱就要打赤膊了。
戚友先	我不是要做新郎吗？脱光了好洗澡。
书　童	大爷，你是个有病的人，把这个扶倒稳当些。
戚友先	哪个是有病的人？你看—— （拉开打拳的架势，跑下）
书　童	他的心病好得真快。（下）

第六场

[二幕外：喜乐声中，丫鬟、院子捧杯过场。

[二幕开：呈现洞房，詹爱娟、戚友先对坐，丫鬟献茶，丫鬟退场。戚友先关门，揭盖头。

戚友先	娘子！
詹爱娟	戚郎！
戚友先	学生这厢有礼。
詹爱娟	奴家万福。（戚友先、詹爱娟对视，惊坐）
戚友先 詹爱娟	不是他！
詹爱娟	呀！
	［唱］　在楼台见戚郎眉清目秀，
戚友先	［唱］　花园里遇詹女品貌兼优。
詹爱娟	［唱］　这相公呆头呆脑又笨又丑，

戚友先	[唱]	这姑娘五大三粗浑身是肉。
詹爱娟	[唱]	那是玉麒麟，这是哈巴狗，
戚友先	[唱]	那是金凤凰，这是黑斑鸠。
詹爱娟	[唱]	莫不是张冠李戴茶壶盛酒？
戚友先	[唱]	莫不是李代桃僵盐罐装油？
詹爱娟	[唱]	真与假，
戚友先	[唱]	是与非，
戚友先 詹爱娟	[唱]	要问清楚。

戚友先　喂，你是什么人？

詹爱娟　堂堂詹烈侯的千金小姐。你呢？

戚友先　赫赫布政司戚辅成的令郎公子戚友先！

詹爱娟　这么说，你当真是戚公子？

戚友先　看起来，你果然是詹小姐？

詹爱娟　拜了堂？

戚友先　拜了堂。

詹爱娟　成了亲？

戚友先　成了亲。

詹爱娟　完了。

戚友先　完了呐！

詹爱娟	[唱]	实指望龙凤呈祥天长地久， 到头来凤凰只能配泥鳅。
戚友先	[唱]	原以为奇缘巧遇天成佳偶， 背时人还是把下下签抽。
詹爱娟	[唱]	姑娘家嫁鸡随鸡嫁狗随狗， 拜了堂成了亲木已成舟。
戚友先	[唱]	上街割肉还可以挑肥拣瘦， 婚姻大事一锤定音覆水难收。
詹爱娟	[唱]	我是哑吃黄连苦难诉，
戚友先	[唱]	我是春蚕作茧自缚束。

詹爱娟	[唱]	强把苦水当甘露，
戚友先	[唱]	苞谷糊当糯米粥。
戚友先 詹爱娟	[唱]	得罢手时且罢手，
戚友先		娘子！
詹爱娟		劫数哦！
戚友先	[唱]	同船共渡五百年修。
詹爱娟	[唱]	百年修，千年修， 修来一条大马猴。
戚友先	[唱]	我们两个人莫追究谁美谁丑， 你半斤我八两刚刚称头。
詹爱娟	[唱]	你说话哪知道天高地厚， 大小姐千斤有余你四两不足。
戚友先	[唱]	就算我面相丑良心不丑， 你莫看外头看里头。
詹爱娟	[唱]	不是冤家不聚首， 命里注定难强求。 他外形虽不美， 为人还忠厚。 既然他搭梯子， 我就趁机下楼。 我嫁了你是哑吃黄连有苦说不出，
戚友先	[唱]	我娶了你是火烧乌龟肚里疼不休。
詹爱娟		么样？你还抱了屈？
戚友先		吃了点小亏。
詹爱娟		我还配不上你？
戚友先		去年在围墙外看见的那位小姐长得像观音菩萨。
詹爱娟		去年在绣楼约会的那位公子比你强一百倍。
戚友先		公子？他怎么摸到你的绣楼上来了？
詹爱娟		是乳娘约他来的。

戚友先　　你在娘家做姑娘的时候就与男人约会？

詹爱娟　　哟！戳了拐。戚郎，你听我说哟。

戚友先　　别的不说，你就说你是怎么样把男人引上楼的？你说呀！

詹爱娟　　(急中生智) 说就说。有天晚上，一位年轻漂亮的公子来到我的绣楼上，我二人情投意合，亲亲热热，正谈得高兴，该死的金鸡报晓，把我的美梦惊醒了。

戚友先　　怎么？你是做梦？

詹爱娟　　怎么？我做梦也做不得，做梦也犯法？

戚友先　　是做梦就算了。

詹爱娟　　算了哇，你算我还不算呢。

戚友先　　不算又么样呢？

詹爱娟　　你刚才说在隔墙外看见一位小姐，是怎么回事？

戚友先　　那是放风筝时偶然看见的。过去的事情，还提它什么。

詹爱娟　　堂堂宦门子弟，偷看人家黄花闺女，这还了得。走，见你的老头去。

戚友先　　哎哟，你是练武术的？

詹爱娟　　(亮拳头) 我的拳头连老虎都打得死，你怕不怕？

戚友先　　你是么样这会整男人？

詹爱娟　　跟我妈学的。

戚友先　　有话慢慢讲，莫动武。

詹爱娟　　(命令地) 坐下，我要与你约法四章！

戚友先　　你有法就约啊。

詹爱娟　　今后，不许你讨小纳妾；

戚友先　　(服从地) 是的。

詹爱娟　　第二，家里大凡小事，我说了算；

戚友先　　是的。

詹爱娟　　第三，你要真心实意地爱我；

戚友先　　是的。

詹爱娟　　第四，你要规规矩矩地怕我；

戚友先　　是的。

詹爱娟　　(大声地) 哎哟！(戚友先惊吓跌地) 你只会说是的是的，起来。(戚友先

木偶似的站起来）坐下，爱不爱我？

戚友先	爱。
詹爱娟	怕不怕我？
戚友先	我……
詹爱娟	（卷袖揪戚友先的耳朵）嗯？
戚友先	我怕，我怕！

　　　　　　〔切光。

第七场

　　　　　　〔戚府客堂。戚辅成上。

戚辅成　〔唱〕　一色杏花十里香，

　　　　　　　捷报飞来马蹄忙。

　　　　　　　琦仲儿考罢三场名列金榜，

　　　　　　　不负他磨穿铁砚十载寒窗。

　　　　　　　詹烈侯日前修来书信，

　　　　　　　次女求配状元郎。

　　　　　　　效梁鸿与孟光，

　　　　　　　才子佳人正相当。

　　　　　　　我早下聘詹府上，

　　　　　　　等儿荣归拜花堂！

　　　　　　〔书童上。

书　童	禀老爷，韩二爷高中回府。
戚辅成	随我出迎！（戚辅成出迎，抱琴引韩琦仲上）贤侄！
韩琦仲	老伯！
戚辅成	状元公！
韩琦仲	不敢！
戚辅成	请啦！

[韩琦仲恭敬地让戚辅成先行。抱琴随入。

韩琦仲　老伯请上，受小侄大礼参拜。

戚辅成　一路辛苦，不拜也罢。

韩琦仲　教养之恩，没齿难忘，侄儿还要多拜几拜。

戚辅成　要拜就拜。(满意地扶起韩琦仲) 起来，起来。抱琴，看坐。

韩琦仲　拜坐。

戚辅成　闻得贤侄高中，老夫不胜狂喜。今日荣归，理当奉贺。

韩琦仲　(躬身地) 岂敢，不亏老伯鞠养扶持，小侄岂有今日？

戚辅成　贤侄乃芝兰玉树，老夫偶尔栽培，即成大器，今日归来，可算双喜临门。

韩琦仲　何言双喜？

戚辅成　今科高中，这是一喜；又与詹烈侯的次女订婚，岂不是双喜？

韩琦仲　(惊诧) 啊？与詹烈侯的次女订婚，这是从何谈起？

戚辅成　詹烈侯修书与我，说你在京高中之时，他曾面提婚姻，是你言道，父母双亡，要我做主。你忘记了？

韩琦仲　(恍然大悟) 哦，我想起来了。那一日，与詹老先生同去赴宴，他托按院大人为媒，愿将次女许配我为婚，小侄当时回答，我自幼亏老伯教养，婚姻大事，烦老伯作主……

戚辅成　据你所说，与詹烈侯的来信一字不差了。

韩琦仲　(辩解地) 老伯，当时我说要您做主，不过是推辞之词，他怎么当起真来了？

戚辅成　想詹烈侯乃我至交，这门亲事，你就不必推辞了吧。

韩琦仲　伯父，好在没有下聘，这门亲事，不必提了吧。

戚辅成　怎说不曾下聘？我接到书信后，就过礼下聘了！

韩琦仲　怎么？已经过礼下聘了？

戚辅成　不但下了聘，人家姑娘的嫁妆都办好了，只等你回来拜堂成亲！

韩琦仲　(呆坐) 呀！

[唱]　　无端飞来天外横祸，

　　　　我和她冤家路窄又遇着。

　　　　那一晚险些把我的肝胆吓破，

我岂能娶这丑妇刁婆？

戚老伯怎知道其中的经过，

这叫我（哎呀）怎好明说。

戚辅成	为何闷闷不乐？
韩琦仲	（隐痛地）哎！
戚辅成	（体贴地）儿呀，你少年及第，君子应求淑女，詹家二小姐也是才貌双全呀……
韩琦仲	（抢白）怎么？才貌双全？
戚辅成	是呀。
韩琦仲	老伯，这"才貌双全"四字是眼见还是耳闻？
戚辅成	女在深闺，怎能眼见？乃是耳闻。
韩琦仲	自古道：耳闻是虚，眼见是实。那詹家二小姐，奇丑无比，一字不识，哎呀呀，怎么能说得上是"才貌双全"啰！
戚辅成	自古道：娶妻娶德……
韩琦仲	怎么？妇人还要德么？
戚辅成	妇人以德为主，怎说不要？
韩琦仲	此女不仅恶状可憎，而且丑声难听，她……她就是缺德哟！
戚辅成	人家女孩子有丑事，你又从何得知？请问，你是眼见还是耳闻？
韩琦仲	我是眼……（改口）也是耳闻。
戚辅成	你适才讲道，耳闻是虚，眼见是实。我的耳闻是虚，你的耳闻是实吗？足见你韩状元福至心灵，两个耳朵都与众不同了，嘿嘿。
韩琦仲	（激动地）哎呀老伯呀！小侄宁可终身不娶，也不要姓詹的女儿，这门亲事你就不要管了。
戚辅成	怎么？你的亲事不要我管？
韩琦仲	你还是不管的好。
戚辅成	（强压怒火）说得好。你自幼父母双亡，丢下了你襁褓婴儿，嗷嗷待哺，没有我戚辅成，你非但中不了状元，连你这条小命也难活到今天。
韩琦仲	（难过地）老伯……
戚辅成	呸！（韩琦仲跪听训）

[唱]　　手摸胸膛想一想，

你是怎么得中的状元郎？

幼小时你无父无母无依傍，

我念故交抚遗孤甘苦遍尝。

你一朝名列龙虎榜，

教养之恩丢一旁。

反哺鸦，跪乳羊，

禽兽尚知孝爹娘。

老夫之言敢顶撞，

目无尊长太猖狂。

韩琦仲　[唱]　　小侄不敢忘根本，

杀身难报养育恩。

休怪孩儿不从命，

捆绑怎能成婚姻？

戚辅成　[唱]　　不成婚，就该捆，

要你入赘进詹门。

你若再敢抗父命，

我一本一本奏圣君。

奏你不把父母认，

奏你毁约弃前亲。

管叫你功名前程成泡影，

状元捏在我的手掌心！

韩琦仲　　(乞求地) 伯父……

戚辅成　　哼！(拂袖而下)

韩琦仲　　(无奈地) 天哪，天哪！我前世与姓詹的有什么冤仇，今生今世被这怪物苦苦纠缠。我若拒婚，必然本奏圣上，我不仅对不起养父，还有欺君之罪，这……也罢！明日就去詹府入赘，拜堂成亲，且不与她同床共枕。三日之后，我便回京，今生今世我再也不与这丑妇见面了。

[唱]　　准备着这一世独眠孤枕，

丑妇呀，丑妇！

我教你做一个卧看牵牛的织女星，

抱恨终身！

第八场

[洞房。喜乐中，抱琴伴韩琦仲、梅香伴詹淑娟上。韩琦仲丢掉手上的红绸，抱琴捡起放在韩琦仲的手上。刚进门，韩琦仲又丢红绸。落座，送交杯酒。有顷，梅香发现抱琴未走。

梅　香　嘘……你还站在这里做么事？

抱　琴　侍候公爷。

梅　香　今天有新娘侍候，用不着你。

抱　琴　公爷叫我不走的。

梅　香　那么样行呢？天色不早，新人要歇息了。

抱　琴　他们睡他们的，我站在旁边不说话就行了。

梅　香　哎！瞎说，瞎说！

抱　琴　哪个瞎说，我们公爷读书，我总是站在旁边，一站一晚上。

梅　香　还在瞎说，快走，快走！

抱　琴　公爷，公爷！

[梅香推抱琴下，抱琴边喊边下。韩琦仲呆若木鸡，静场。韩琦仲不愿意去揭詹淑娟的盖头，退回原位。詹淑娟以扇掩面，端庄稳重。韩琦仲偶尔看詹淑娟一眼。

韩琦仲　（惊奇地）嗯，她今天倒是天良发现，自知道做出了许多丑事，无面见我，却用一把扇儿将脸遮住。哎！丑妇呀丑妇！这把扇儿如何遮得住你许许多多丑态啊！

[唱]　背银灯难盖她面丑，

小纸扇怎盖旧日羞。

想当初举止轻浮丑态毕露，

今日里装模作样稳坐低头。

(刚坐稳又站起) 慢来！她老人家的性情我是知道的，再坐一会，她就会手舞足蹈起来。嗯，我得找个安全的地带，以防她突然袭击。(看) 我就在那边桌边打靠便了。

[唱]　蜜饯黄连终须苦，

　　　　强扭的瓜果焉能甜？

　　　　今生实难成佳偶，

　　　　转世也不能配尊缘。(掌灯，桌边打靠)

詹淑娟　(缓缓抬头四顾) 我只说他还在那厢，原来是空空一把椅儿，这是为何？

[唱]　见房中空无一人我前思后想，

　　　　花烛夜不辞而别却为哪桩？

　　　　只说是配才郎两心相向，

　　　　淑娟女连日来欣喜难当。

　　　　拜花堂入洞房神情激荡，

　　　　合欢酒如花蜜滋润心房。

　　　　盼郎俊眼来相望，

　　　　盼君柔情慰娇娘。

　　　　谁知他不言不语无声无响，

　　　　撇下奴独一人冷坐洞房。

　　　　莫不是在席前饮酒过量？

　　　　莫不是被亲友邀到客堂？

　　　　我只得自安寝分开罗帐……

(持灯，忽见人影) 呀！

　　　　只见他靠桌头已入梦乡。

　　　　他定是嫌弃我不便言进，

　　　　因此上孤灯独卧有意把人伤。

　　　　我满腹忧愁对谁讲，

　　　　冷凄凄离洞房去找亲娘。

[关二幕，詹淑娟圆场，叫门。

母亲开门来。

梅　香	夫人，有人叫门。(向内)
柳夫人	[念] 眼前得快婿，脚后失娇儿。
梅　香	夫人，小姐来了。
柳夫人	儿呀，良辰吉日，怎么离开洞房？要什么东西，叫丫头来取。
詹淑娟	母亲，孩儿不要什么，我是来与母亲安宿的。(委屈地) 母亲！
柳夫人	儿呀，做了新娘，已经不是孩子了。头一夜见了新郎是有些生疏，女孩子怕羞，这也难免，你怎么来找母亲安宿呢？
詹淑娟	母亲，他进了房后，未与儿交言，独自一人打睡桌头。孩儿枯坐无聊，才来找母亲的。
柳夫人	(沉思地) 啊，竟有这事，怪不得他在前堂满面愁容，这样看来，必定是有什么事。你且过去，待娘过去问个明白。
詹淑娟	是！(下)
柳夫人	梅香，梅香！掌灯，去姑爷房中。
梅　香	是。(掌灯出门)
柳夫人	我只说成欢有半子，谁知儿女牵娘心。(圆场)
梅　香	夫人，到了。
柳夫人	请姑爷。
梅　香	是，有请新姑爷。
韩琦仲	(上) [念] 丑妇不堪偕伉俪，
梅　香	夫人来了。
韩琦仲	[念] 高堂空白费调停。
柳夫人	贤婿。
韩琦仲	(冷淡地) 夫人。
柳夫人	老身有话动问。
韩琦仲	请教。
柳夫人	舍下虽是清寒，
韩琦仲	岂敢。
柳夫人	小女纵容无知，

韩琦仲　　（看夫人一眼）哼哼，太谦。

柳夫人　　既结朱陈之好，就该俯就姻缘。为何愁眉怨气，独眠孤枕，成什么新婚？有何不悦，请道其详。

韩琦仲　　下官不与令爱同宿，其中自然有故，夫人何需细问。

梅　香　　（焦急地）哎呀！说了半天，你到底为么事？

柳夫人　　住口！

　　　　　[唱]　莫不是嫌门户低高攀你不上？

韩琦仲　　[唱]　宦门女官家郎门户相当。

柳夫人　　[唱]　莫不是嫌我儿陋容丑相？

韩琦仲　　[唱]　（讥讽地）

　　　　　　　　论姿色不亚于西施与王嫱，

　　　　　　　　令爱的尊容普天下是难寻难访。

柳夫人　　[唱]　莫不是嫌我家没有嫁妆？

韩琦仲　　[唱]　嫁妆齐全就少一样，

柳夫人　　缺少什么，老身一定照办。

韩琦仲　　[唱]　少一把青镜，照一照芳容美相，

　　　　　　　　也免得，堂堂官府，千金兰房，

　　　　　　　　举止轻浮，行为放荡？

　　　　　　　　乌烟瘴气，臭名远扬。

柳夫人　　[唱]　有话就该从实讲，

　　　　　　　　指桑骂槐不应当。

　　　　　　　　你是否嫌吾女行为放荡，

韩琦仲　　[唱]　闺房丑声难隐藏。

柳夫人　　[唱]　贤婿不可胡乱猜想，

　　　　　　　　女大从未离开娘。

韩琦仲　　[唱]　并非下官胡乱猜想，

　　　　　　　　只恐娘亲未提防。

柳夫人　　[唱]　是你亲眼见，

　　　　　　　　还是听人讲？

韩琦仲　　[唱]　亲眼目击不荒唐。

柳夫人	[唱]	何凭何据快快讲,
		何年何月何时在何方?
		你要有证有赃。

韩琦仲　夫人一定要问,下官就不得不讲。

柳夫人　你讲!

韩琦仲　去年清明节,有一戚公子放风筝,那风筝上的诗是我写的。

柳夫人　哦!

韩琦仲　不想,那风筝断线,落在你的府上,可有此事?

柳夫人　有,风筝是我女儿捡到的。

韩琦仲　随后,差人取回风筝,不想令爱的和诗一首在上面。

柳夫人　那是我命女儿写的。后来呢?

韩琦仲　后来,我又放风筝,风筝断线,又落在了你的府上。我命书童来取,令爱的一女仆约我深夜楼台会诗。

柳夫人　(背躬)天哪!这是她瞒着我干的。(对韩琦仲)那你来了没有呢?

韩琦仲　怎的不来?

梅　香　(自白)嗯?他来了我怎么没有看见?

韩琦仲　应邀赴约,只说是领教诗文。见面之后,我还未曾开口,她就……

柳夫人　(掩面)哎……

韩琦仲　在夫人面前我不便细说。我想妇道人家,所重在德,所戒在色,这鲜廉寡耻之事,岂是名门闺秀所为?那晚幸亏被我逃脱,不然,那就不堪设想啊!

柳夫人　既是这样,你就该另选高门,为何来娶这个不孝的东西?

韩琦仲　哪里是我要娶她,戚老伯瞒我下聘,又逼我过府成亲,我也是无可奈何呀。

柳夫人　今后,你如何打算?

韩琦仲　实不相瞒,我和令爱今生今世只有夫妻之名,若想同床共枕,那就是万万不能。

梅　香　(焦急地)那未必要小姐守寡?

柳夫人　贱人下站!(对韩琦仲)看来是我家教不严,也难怪状元动怒,请退后面,待老身拷问那个贱人。

韩琦仲　　慈母尚且动怒，夫婿相容岂有此理？（下）

柳夫人　　天哪！此事若被老爷知道，不仅责怪我治家不严，还有引诱良家子弟之罪，这……这是从何说起呀！

　　　　　［唱］　千不是万不是是我不是，

　　　　　　　　　捡什么风筝和什么诗。

　　　　　　　　　梅香带路回房去，（圆场）

　　　　　　　　　无耻贱婢快滚出。

詹淑娟　　（上）

　　　　　［念］　慈母呼声急，叫人心惊疑。

柳夫人　　气死我了！

詹淑娟　　母亲为何动怒？

柳夫人　　（打詹淑娟耳光）贱人！

　　　　　［唱］　平日间娘对你是何等的教养，

　　　　　　　　　难道你忘记了三纲五常？

　　　　　　　　　黉夜约会行为耻，

　　　　　　　　　招蜂引蝶乱闺房。

　　　　　　　　　真情实话快快讲，

　　　　　　　　　如不然叫丫头顷刻命亡。

詹淑娟　　［唱］　晴天霹雳从天降，

　　　　　　　　　是何人诬蔑奴信口雌黄？

　　　　　　　　　何凭何据快快讲，

　　　　　　　　　说清了是和非死也无妨。

柳夫人　　［唱］　小丫头你还在装模作样，

　　　　　　　　　有何颜面追问娘。

　　　　　　　　　自那日和诗风筝上，

　　　　　　　　　韩生一见倾心肠。

　　　　　　　　　二次又把风筝放，

　　　　　　　　　风筝荡线落府堂。

　　　　　　　　　你约他黑夜把楼上，

　　　　　　　　　言辞淫荡举止轻狂。

韩生见状气往上，

借机脱逃免乱纲常。

真凭实据对你讲，

有何颜面见为娘？

詹淑娟　　（欲申诉）母亲——

柳夫人　　[唱]　自古道无风不起浪，

自古道无风不起浪，

韩状元绝不会无故栽赃。

名节二字全不讲，

做出丑事瞒为娘。

为娘无面见乡党，

你爹怎好立朝堂。

贱人做事不思量，

活活气坏年迈的娘。

詹淑娟　　[唱]　听娘言才知道其中的真相，

这都是韩状元无故栽赃。

儿何曾私自与他来往？

娘不信可以问梅香。

自从爹爹把京上，

母女二人住后房。

日同桌夜同床，

女儿何时离过娘？

求母与儿辩冤枉……

我的娘啊……

莫让儿含冤负屈见无常。

柳夫人　　（半信半疑地）低声些，让隔壁的娘两个听到，我母女如何见人？

詹淑娟　　母亲，你一定要追问清楚才是呀！

柳夫人　　粪坑越挖越臭。

詹淑娟　　有怨不可不明。

柳夫人　　你先下去，我再去问。（詹淑娟抹泪下）这件事好不明白，听门婿说的是千真万确，依女儿所讲踪影全无。嗯，待我拷问丫头梅香。梅香！

梅　香　　(沉睡中惊醒) 嗯。

柳夫人　　你在做什么?

梅　香　　我在做梦。

柳夫人　　拿家法来。

梅　香　　嗯。

柳夫人　　跪下!

梅　香　　(莫名其妙地) 耶? 官司打到我头上来了。(跪)

柳夫人　　是你把韩状元引进来的吧?

梅　香　　他是哪个?

柳夫人　　韩状元。

梅　香　　(叫屈地) 哎呀我的个娘, 我是几时把他引进来的咧? 不信我赌咒,
　　　　　观音菩萨、土地菩萨、司命菩萨……

柳夫人　　你说这多菩萨做么事?

梅　香　　多请几个菩萨作证, 说得清白些。

柳夫人　　快讲。

梅　香　　我要是把韩状元引进来了的, 让我上楼爬死、下楼跌死、吃汤圆哽
　　　　　死、喝稀饭烫死……

柳夫人　　住口。小小年纪, 油嘴滑舌, 小姐就你一个贴身丫鬟, 除你穿针引
　　　　　线还有何人? 不说实话定打不饶。

梅　香　　这才是怨死人呢!

柳夫人　　招打!

　　　　　[柳夫人追打梅香, 戚友先略有醉意携詹爱娟上, 柳夫人举家法打在戚友先的头上。

戚友先　　哎哟! (捂头)

柳夫人　　(尴尬地) 哟, 姑娘女婿来了, 打得不重吧?

戚友先　　我的脑壳, 经常敲敲打打, 这算么事, 比她 (指詹爱娟) 的劲小多了。

詹爱娟　　梅香姑娘, 好日好时的, 你为什么惹夫人生气?

梅　香　　姑爷不肯进洞房, 他说小姐……

柳夫人　　住口!

詹爱娟　　不进洞房这还了得? 一个小小的状元, 有什么了不起, 我詹家的姑
　　　　　娘也是不好惹的。梅香, 把他叫出来, 让我来教训教训他。

戚友先	娘子，他是我的好兄弟。
詹爱娟	兄弟又怎样，你爹做错了事，我也要管。
柳夫人	大姑娘，他们只是发生了一点口角，我已经劝说过了。天色不早，你们安歇去吧。
戚友先	酒喝多了点，先让我靠一靠。
詹爱娟	二娘，你要是镇不住邪，还是让我出马。
柳夫人	那晚接韩公子进府的，会不会是她？嗯。（梅香自觉地跪下）还跪倒做么事？
梅　香	我看样子，你们的气还没有出完。
柳夫人	哼！掌灯。
梅　香	哪里去？
柳夫人	状元房中去。
梅　香	今天晚上，像走马灯一样，就这样来回不停地坡度了一晚上。（圆场）夫人，到了。
柳夫人	请状元。
梅　香	韩状元，出来呐。
韩琦仲	一夜未安枕，
梅　香	夫人来了。
韩琦仲	何事又来缠？
柳夫人	贤婿讲的，一点都不假？
韩琦仲	何尝有假。
柳夫人	小女讲的踪影全无。
韩琦仲	这就难说了。
柳夫人	你去年进府，可曾见过小女？
韩琦仲	怎能不见？
柳夫人	方才洞房之中，你又见过没有？
韩琦仲	不消。
柳夫人	为什么？
韩琦仲	看了难过。
柳夫人	请状元公受点委屈，再看一次。若果真是她，不但不要她为妻，我

也不认这个女儿。

韩琦仲		倒霉，还要看一次。
柳夫人		梅香，请小姐多点几盏灯，让姑爷仔细看看。贤婿请看。（韩琦仲勉强转身，见詹淑娟惊呆）
韩琦仲		怎么？我的眼睛看花了？
柳夫人		贤婿，是不是她？
韩琦仲		错了，错了！
柳夫人	［唱］	是她错是你错究竟是谁错？
		今夜晚必须要辩个石出水落。
韩琦仲	［唱］	我以为还是那个丑鬼恶婆，
		想不到竟是一位月中嫦娥。
柳夫人		是不是她？
韩琦仲	［唱］	不是，不是，是我看错，
梅　香	［唱］	既不是你为何信口开河？
柳夫人	［唱］	损人名节非小可，
梅　香	［唱］	险些害得小姐要上吊投河。
柳夫人	［唱］	韩状元太荒唐……
韩琦仲	［唱］	哎！罪过、罪过，
		怪小婿有眼无珠委屈了娇娥。
柳夫人	［唱］	事未三思欠检点，
詹淑娟	［唱］	话说明娘随儿转回楼阁。
韩琦仲	［唱］	贤小姐请留步，
梅　香	［唱］	你要干什么？
韩琦仲	［唱］	恕卑人太冒昧信口开河。
詹淑娟	［唱］	男子名女子节非同小可，
		无凭证怎能够掀起风波？
		我淑娟出水芙蓉不染尘垢，
		却被你一盆黑水污了清白。
		你既然是至诚君子守身如玉，
		黑夜间闯入闺阁却是为何？

韩琦仲	[唱]	得和诗敬慕小姐诗才不错, 一心想会诗文应邀赴约。
詹淑娟	[唱]	如此说败门风并非是我, 堂堂状元郎也转入漩涡。
韩琦仲	[唱]	问得我脸红耳热无处藏躲, 求小姐不咎既往海量宽阔。
梅 香	[唱]	韩状元你真会见风使舵,
柳夫人	[唱]	小梅香也不得故意挑拨。 话说明劝女儿不必深究,
梅 香	[唱]	真求饶你就该……（作下跪）
柳夫人	[唱]	你的古怪真多。
韩琦仲	[唱]	无奈何跪尘埃赔礼认错,（跪）
梅 香	[唱]	朝观音你就该口念弥陀。
韩琦仲	[唱]	梅香姐多说好话
柳夫人	[唱]	得过且过,
梅 香	[唱]	犟姑爷就应该受点折磨。
柳夫人	[唱]	小丫头你还在幸灾乐祸,
詹淑娟	[唱]	谁叫他杯弓蛇影自起风波。
柳夫人	[唱]	门婿儿跪久了娘心难过,
梅 香	[唱]	你快去牵起他！
詹淑娟	[唱]	脸似血泼。

[詹爱娟上前, 戚友先拦住。

| 戚友先 | [唱] | 解劝的人要沉住气先莫发火, |
| 詹爱娟 | [唱] | 问清病拿住脉对症下药。 |

[韩琦仲见戚友先、詹爱娟进房, 慌忙站起来。

戚友先 詹爱娟	[唱]	进洞房……恭喜, 恭喜!（戚友先对韩琦仲, 詹爱娟对詹淑娟）
柳夫人	[唱]	你二人见过大姐大哥,
詹淑娟 韩琦仲	[唱]	上前来见大姐、姐丈——（八目相对, 除詹淑娟外各有所思）
韩琦仲	[唱]	你又来找我?

戚友先	[唱]	到今天才看见凤凰出窝。
詹爱娟	[唱]	那晚的事就怕他当面说破,
戚友先		兄弟!
	[唱]	新婚夜为什么钉钉壳壳?
韩琦仲	[唱]	就因为,就因为……(难以启齿)
戚友先	[唱]	因为什么?
詹爱娟	[唱]	有些话大姐不说哪个又敢说?(暗示韩琦仲)
		年轻人谁无有一差二错?
		人有脸树有皮莫捏痛脚。
		以往的误会风过雨过,
		且莫要翻旧账,让肉烂在锅。
韩琦仲	[唱]	好大姐金玉良言点醒了我,
戚友先	[唱]	像她那样的贤惠人世间不多。
柳夫人	[唱]	察其言观其色不攻自破,
詹爱娟	[唱]	论才貌我和她也差不了几多。
		人非圣贤孰能无过?
		官家女宦家郎要心胸开阔。
柳夫人	[唱]	叙清误会再莫提风过雨过,
众	[唱]	好!好!好!
		谢风筝牵红线男婚女合。

[幕落。

剧终

鸳鸯谱

根据同名川剧本移植改编

剧情简介

　　孙润与刘惠娘，裴政与徐文姑这两对青年男女赶庙会时一见钟情，在交换信物时却把对象搞错，从而引起几方家庭一系列不可开交又令人捧腹的喜剧冲突。最后，在乔太守的"乱点"下，有情人终成眷属。

人　物

孙　润	刘惠娘	刘　璞	孙珠姨	裴　政	徐文姑
刘秉义	谈　氏	裴九老	徐　雅	乳　娘	碧　莲
乔太守	二班头	孙　母	卞爷爷	庹二嫂	四衙役
八抬夫	众香客				

第一场 庙 会

[音乐中幕启：众香客、徐雅父女、裴九老父子提香篮过场。裴政发现徐文姑，爱慕追逐，但均被其父叫走。孙润漫步闲游上。

孙 润　[唱]　翠柳风飘，

　　　　　　　黄鹂枝头叫声高。

　　　　　　　掩却芸窗藏诗稿，

　　　　　　　庙会闲游遣寂寥。

　　　　　　　雾腾腾香烟缭绕，

　　　　　　　善男信女似水潮，

　　　　　　　好热闹！

[孙润下。音乐继续。徐雅携徐文姑，裴九老携裴政分头上，各在神前焚香祈祷。

徐 雅　菩萨，我叫徐雅。

裴九老　我叫裴九老。

徐 雅　我儿文姑。

裴九老　我儿裴政。

徐 雅　保佑她聪明伶俐。

裴九老　保佑他功名早成。

[两对烧香人交换位置，重说一遍。

徐 雅　文姑，快叩头。

裴九老　裴政，快叩头。

[徐雅、裴九老分别先下，徐文姑与裴政对碰，偷看生情，依依不舍。

徐 雅　(内) 文姑，文姑……

[徐文姑含羞急下，裴政欲追。

裴九老　(内) 裴政，裴政……

[裴政犹豫片刻，不顾其父呼唤，追赶徐文姑下。

[孙润上。

孙 润　[唱]　后殿清幽香客少，

　　　　　　　廊间画图笔法高。

云雾中微露仙姬貌，

红拂拂香腮出落娇。

笔尖下栩栩如生惟妙惟肖！

谈　氏　(内) 二女子，快来！

孙　润　(逢见刘惠娘) 呀，莫不是——

[唱]　画中仙子下青霄。(躲在一旁偷看，诗稿遗失地上)

[谈氏携刘惠娘上。

谈　氏　[唱]　母女来至城隍庙，

　　　　　　　虔诚顶礼把香烧。

刘惠娘　[唱]　前殿人多太喧闹，

　　　　　　　后殿求签告神曹。

谈　氏　(拉刘惠娘同跪) 菩萨呀！

[唱]　我儿刘璞凶星照，

　　　病榻缠绵苦难熬。

　　　城隍爷爷把万民保，

刘惠娘　[唱]　望将哥哥的宿孽消。

谈　氏　(默默祷告，摇签) 惠娘，这签好不好？

刘惠娘　上上签。

[唱]　好好好！

　　　母亲快去取签票。

谈　氏　可得。(走几步又折回) 我的伢！

[唱]　切不可胡乱行走把祸招！(叮咛，下)

刘惠娘　妈妈把人家管得好紧呵！

[唱]　女儿家好似笼中鸟，

　　　有翅难以飞九霄。

　　　桃红杏白相含笑，

　　　雕楼画阁惹人瞧。

　　　问嫦娥何事要将灵丹盗，

　　　飞向广寒受寂寥。

　　　牛郎织女鹊桥会，

奈何一年会一宵！

王魁贼，贪新欢，忘旧好，

桂英屈死恨难消。

观画更增我烦恼，

怕只怕姻缘非偶无下梢。

望空祈祷，望空祈祷，（跪地，发现诗稿，拾起）

［念］　钱塘岸，柳青青，盼得春到欲问春。

素笺题就相思句——

孙　润　［念］　天涯何处赠知心？

刘惠娘　（见孙润，羞避）你这个人才怪哟，人家又没有跟你讲话，谁要你来接嘴嘛。

孙　润　大姐手中的诗稿，乃是学生失落，既遇知音，便求指教。

刘惠娘　怎么说是你写的？

孙　润　信笔涂鸦，大姐不必见笑。

刘惠娘　我不信。

孙　润　大姐不信，听生念来。

　　　　［念］　钱塘岸，柳青青，盼得春来欲问春。

素笺题就相思句，

孙　润
刘惠娘　［念］　天涯何处赠知心？

刘惠娘　（背躬）果然是他写的！（偷看后对孙润）那我就还你。（递诗稿）

孙　润　大姐若是喜爱，学生就以诗稿相送。

刘惠娘　呸哟！哪个女儿家随便收人家的东西呵。

孙　润　你收下。

刘惠娘　我不收。

孙　润　收下。

刘惠娘　你不拿去，我就要骂你。

孙　润　女儿家出口骂人，岂不怕人笑话？

刘惠娘　我偏要骂！

孙　润　大姐一定要骂，学生没奈何，那就请骂。

刘惠娘	你呀！
	[唱]　身着蓝衫风致高，
	瓜李之嫌全不晓。
孙　润	承骂呀承骂，学生乃是簧门秀士，大姐还要舌下留情。
刘惠娘	呸哟！谁与你留情，我呀，不但要骂，还要找学里老师告你。
孙　润	告我什么？
刘惠娘	[唱]　分明是忘古训违师教，
	当施重责不轻饶。
孙　润	哎呀，大姐，千万告不得呀，告不得！倘若大姐告了老师，老师责打起来，岂不痛哉，岂不痛哉！
刘惠娘	那你就快走，我妈要是来了，只怕不会与你干休。
孙　润	大姐……
刘惠娘	哎呀！
	[唱]　妈要来到！
孙　润	是是是，学生去了，去了。(虚下，暗中偷望)
刘惠娘	(张望) 他——
	[唱]　真的去了！
	但见他风流儒雅，风流少年，
	性温柔，才华高，
	愿夫婿能似他——
孙　润	(急出)
	[唱]　生若负义天不饶！(跪)
刘惠娘	(羞避) 哎呀！
	[唱]　妈来了！(躲开)
	[谈氏上，与孙润相碰。
谈　氏	嘿！你这个人才怪，这里又没得菩萨，你在给哪个磕头？
孙　润	(急起) 我……我在对天许愿。(溜下)
谈　氏	嘿！这个小伙子定然是个疯子。(张望) 二女子！二女子！
刘惠娘	(走近) 妈！
谈　氏	(递签票) 快看快看！

刘惠娘　　(念签票) 莫怕病中犯罗候，殿前遍布渡人舟；多积阴德行善事，自有紫微照当头。官司必胜，行人即归，有病冲喜，逢凶化吉。妈，签票上说的，哥哥的病要冲喜才得好。

谈　氏　　城隍爷爷说的不得拐！跟即找人到孙家去说，把你珠姨嫂嫂接过门来给你哥哥拜堂冲喜。走，我们去找个八字先生择喜期。(拉刘惠娘走)

刘惠娘　　妈，你先走，我随后就来。

谈　氏　　你要做啥？

刘惠娘　　我……要看这些图画。

谈　氏　　有么事看头呵，快走！

刘惠娘　　(无奈) 走吵！(在前面慢慢地走了几步，忽回身将谈氏推在前面)

谈　氏　　你做么事？

刘惠娘　　妈走前面，我找不到路。

谈　氏　　跟我来呀。(前行)

刘惠娘　　(双关地) 那我一会儿又来。

谈　氏　　不来了，快走！(拉刘惠娘下)

孙　润　　(上) 呵嗬！去了。

　　　　　[孙润急追，徐雅带徐文姑上，孙润与徐雅对碰，不顾而去。

徐　雅　　(抓孙润，未抓住) 嗨！岂有此理！

　　　　　[唱]　这小子，太毛躁，

　　　　　　　　走路不把行人瞧。

　　　　　　　　把我的香囊来撞掉，

　　　　　　　　不瞅不睬便脱逃。

　　　　　　　　文姑儿路旁且候了，

　　　　　　　　不找他评理气难消。(追下)

徐文姑　　(欲阻) 爹爹，爹爹我！呀！

　　　　　[唱]　那书生，真堪笑，

　　　　　　　　慌慌张张把祸招。

　　　　　　　　爹爹年迈性急躁，

　　　　　　　　岂肯轻易把他饶？

（想）哎！

> 方才随父前殿到，
>
> 见一生频频把我瞧。
>
> 我观他风流儒雅好品貌，
>
> 只恨无路通兰桥；
>
> 那生的姓名不知晓，
>
> 御沟怎把红叶漂？

［裴政暗上。

裴　政　［唱］　赋同心愿订百年好，

> 何必御沟把红叶漂？
>
> 请把芳名对生表，
>
> 也好归家把媒邀。

徐文姑　（惊、羞）我……

［徐雅上，见裴政，怒。

徐　雅　［唱］　哈，哪里来的这恶少，

> 偷看妇女罪难饶！

还不与我走开！（裴政惊下）文姑儿！

> 你的年纪已不小，
>
> 见生人不躲为哪遭？
>
> 太胡闹！
>
> 休在此地惹烦恼，
>
> 赶快归家把花挑。

［徐雅与徐文姑同下。裴政复上欲追徐文姑，裴九老突上。

裴九老　裴政，你走哪里去？

裴　政　我——去看花。

裴九老　胡说！快去烧香求功名呵。（拉裴政下）

　合　　［唱］　千目睽睽，万目昭昭，

［合唱中刘惠娘与徐文姑对上，寻孙润、裴政，过场下；孙润、裴政对上，寻刘惠娘、徐文姑，下。

［谈氏、裴九老、徐雅分上，三穿花，各呼其子女姓名，过场下。孙润、裴政、刘惠娘、徐文姑同时分上，互相寻找，终于相遇。两对情人刚欲答话，场内其父

母的喊声顿起。

　　　　衷肠难表，衷肠难表，

　　　　权将信物当着那红叶儿漂。

[四人于慌乱中各以手绢、白扇互相错赠。

孙　润　　（展开手绢念）徐文姑！

刘惠娘　　（展开白扇念）裴政！

裴　政　　（展开手绢念）刘惠娘！

徐文姑　　（展开白扇念）孙润！

　　　　[四人在父母的呼唤声中，惊喜地应声下。

第二场　下　聘

　　　　[庹二嫂、卞爷爷、抬夫、抬盒上

卞爷爷　　[唱]　身穿新衣裳，

　　　　　　　锣鼓打得响。

　　　　　　　唢呐吹得嚷，

　　　　　　　夸男像金童美，

　　　　　　　夸女胜仙娘。

庹二嫂　　哎哟，我怕是哪个，原来是卞爷爷咧！卞爷爷，你穿了一身新衣裳，又有抬盒，你去帮哪家公子下聘呵？

卞爷爷　　庹二嫂也！

　　　　[唱]　不远有个孙秀才，

　　　　　　　城隍会上去观彩。

　　　　　　　得见徐家女裙钗，

　　　　　　　只生得桃腮杏额，

　　　　　　　似仙女降下蓬莱。

　　　　　　　两相见，便生爱，

　　　　　　　请我做媒去纳彩，去纳彩。

庹二嫂，你也带的有抬盒，你又去帮哪家公子下聘呢？

庹二嫂　哎呀！卞爷爷！

　　　　[唱]　本乡裴政新秀才，

　　　　　　　城隍会上遇裙钗。

卞爷爷　遇着哪个了吵？

庹二嫂　[唱]　就是那刘惠娘，

　　　　　　　他爱她风采，异彩，

　　　　　　　人才，文才，

　　　　　　　年轻人只把年轻人爱，

　　　　　　　媒做成送我一双花花鞋。

庹二嫂
卞爷爷　(同笑) 哈哈……

抬　夫　时候不早，走得啰！

庹二嫂
卞爷爷　请了！

　　　　[唱]　你一程来我一程，

　　　　　　　哪怕山高路不平。

　　　　　　　这个媒人做得好，

　　　　　　　一身衣裳——

　　　　哈哈……

　　　　　　　都换新，都换新！

　　　　[二人各带抬夫抬盒下。

第三场　男　扮

　　　　[孙润上。

孙　润　[唱]　东庄得报，

　　　　　　　我姐于归期到。

　　　　　　　愁丝千条，

　　　　　忙归家看个分晓。

　　　儿拜请母亲。

　　　[孙母上。

孙　　母　　半世孤孀守儿女，儿女成人更操心！

孙　　润　　儿见过母亲。

孙　　母　　不消，一旁坐下。我儿不在学中攻书，归家何事？

孙　　润　　闻说刘家要接姐姐过门冲喜，可有此事？

孙　　母　　正有此事。

孙　　润　　不知母亲可叫姐姐过门冲喜？

孙　　母　　为娘本来不允，无奈刘家一再说项，约定冲喜拜堂，原轿而去，原
　　　　　　轿而回，为娘只得应允了。

孙　　润　　母亲万万不可！想刘家姐夫重病卧床，姐姐过得门去，日后有个三
　　　　　　长两短，岂不是误姐一生？

孙　　母　　哎，儿哪！

　　　[唱]　我孙家书香门第人尊敬，
　　　　　　三从四德当谨遵。
　　　　　　纵生巨变传凶信，
　　　　　　你姐姐也是刘家人。
　　　　　　更何况娘与刘家已商定，
　　　　　　拜罢堂冲罢喜，
　　　　　　原轿归家不留停。

孙　　润　　人心难测呀！

孙　　母　　[唱]　刘亲翁虽则经商性直耿，
　　　　　　　　　谅不至翻云覆雨起异心。

　　　[乳娘上。

乳　　娘　　禀安人，刘家迎亲的花轿临门了。

孙　　母　　花轿临门了！哎！

孙　　润　　母亲，花轿临门，这便怎么处？

孙　　母　　如今还有什么说的，乳娘，快叫你大姑娘收拾上轿嘛！

乳　　娘　　是。

孙　润	慢着。母亲，依儿之见，叫姐姐出来问过本人去也不去，免得将来埋怨。
孙　母	也好。乳娘叫你大姑娘。
乳　娘	请大姑娘。
孙珠姨	（内）乳娘，姑娘病了，快来搀扶。

[乳娘下，扶孙珠姨上，孙珠姨装病跌倒。

乳　娘	大姑娘，你清早都是好的，咋个突然病了嘛？
孙珠姨	人吃五谷生百病。
乳　娘	（摸孙珠姨头）你咋个不发烧呢？
孙珠姨	我……我是内烧外不烧。
乳　娘	她是内烧外不烧呵！
孙珠姨	（背躬）

[唱]　　怕坠孽海，
　　　　　装疾病步履难挨！

　　　见过母亲、兄弟。

孙　母	女儿，你……
孙珠姨	病了。
孙　母	（急）你怎么早不病，迟不病，花轿临门你就……
孙珠姨	[唱]　母亲休把女儿怪，
谁保得无病无灾。

　　　（故意呻吟）哎哟……

孙　润	母亲，你看姐姐病成这个样子，只怕去不得了！
乳　娘	人家花轿都抬来了，未必叫人家抬空轿子回去呀？
孙　润	这……
孙　母	急人，急人！
孙　润	母亲不必着急，事到如今，只好选一俊俏丫头代替姐姐过门冲喜，瞒过一时，再作道理。
乳　娘	使不得呀，使不得！
孙　母	为何使不得？
乳　娘	安人，这样一来，虽是好了姑娘，却不苦了丫头？况且我家姑娘相

貌，刘家安人是见过来的，倘被识破，张扬起来，你家脸面何存？

孙　润　这就难办了！

孙　母　为娘倒有一计可使。

孙　润　母亲有何良策？

孙　母　你们姐弟面貌相似，你不如扮就你姐姐模样，去到刘家拜拜堂，冲冲喜，原轿而去，原轿而回，岂不是解了目前忧、将来愁？

孙　润　哎呀，别的事儿倒还替得，这如何替得？你们的事，真是难管！

乳　娘　姑娘，你就求大相公嘛。

孙珠姨　兄弟，你替为姐前去，为姐与你万福。

孙　润　就是磕头，我也不去嘛。

乳　娘　姑娘，你就跪下嘛。（孙珠姨跪倒在地）相公，姐姐都与你跪下了！

孙　润　哎呀，姐姐！

孙珠姨　兄弟呀！

　　　　〔唱〕　双膝跪倒，

　　　　　　　你替为姐走一遭。

孙　润　这怎么替得？

孙　母　哼，这是为娘的主意！

乳　娘　大相公！

　　　　〔唱〕　安人命休得违拗，

　　　　　　　还须念骨肉同胞。

　　　　走，走，走！（拉孙润下）

　　　　〔孙珠姨下。

孙　母　哎！

　　　　〔唱〕　心儿焦！

　　　　乳娘快来！

　　　　〔乳娘上。

乳　娘　来了，安人，什么事？

孙　母　乳娘！

　　　　〔唱〕　你必须仔细照料。

乳　娘　不用吩咐，自有奴婢。

孙　母　　乳娘！

　　　　　[唱]　泄露机关事非小，

　　　　　　　　失脸面惹人笑嘲。

乳　娘　　安人，你尽管放心。到了刘家，下得花轿，自有奴婢在他身边前遮
　　　　　后掩，一不让他们问相公的话，二不让他们看相公的脚。他们若问
　　　　　相公的话，我就跟他们一个岔；他们若看相公的脚，我就给他们一
　　　　　个划。拜完堂，冲罢喜，立刻我就喊提轿子，鸡不叫，狗不咬，哦，
　　　　　说错了，人不知，神不晓，大相公就回来了。你看好不好？

孙　母　　你家大相公装扮以后，叫你大姑娘不用出堂。若被外人瞧见，此事
　　　　　不妙。

乳　娘　　[唱]　我知道，莫心焦，

　　　　　　　　管叫他扑朔迷离，

　　　　　　　　是雌是雄难分晓。

　　　　　[孙润扮女装上，孙珠姨随上。

孙　润　　[唱]　脱蓝衫换上红袄，

乳　娘　　(看孙润，惊喜) 呀！

孙珠姨　　[唱]　千斤重担弟承挑。

乳　娘　　安人，你看大相公扮得可像？

孙　母　　扮得倒像，可惜脚大了些。

乳　娘　　不怕，待我把裙放低些。(扯裙)

孙　润　　哎，看你们今天要把我怎么样！

孙珠姨　　兄弟，你到他家怎样行礼？

孙　润　　堂堂秀才，难道连礼节都行不来吗？一到他家，下了罗轿，上了华
　　　　　堂，躬身一揖。

孙珠姨　　要不得，要学女儿家这样怀中抱月。(教孙润行礼)

孙　润　　呵，要学你们女儿家这样怀中抱月？(学孙珠姨)

乳　娘　　哦！就是那个样子，打轿子来！

　　　　　[孙珠姨避下，乳娘搀孙润上轿下。孙母送出门外，徐雅暗上，见孙母转身，急
　　　　　忙呼叫。

徐　雅　　孙亲家母！

孙　母　(回头惊视) 你是……

徐　雅　老朽徐雅，特来与亲家母贺喜。

孙　母　原来是徐亲翁，请进。

徐　雅　擅造! (同入内分坐) 令爱喜期，贫亲特备薄礼，过府恭贺。

孙　母　(接礼单) 深谢徐亲翁! (徐雅四顾) 亲翁看些什么？

徐　雅　为何不见我那门婿孙润？

孙　母　他……他在学中攻书未归，亲翁请至花厅待宴。

徐　雅　慢着，亲翁还有一事相商。

孙　母　亲翁请讲。

徐　雅　请听!

[唱]　　发妻早废命，

　　　　小女已成人。

　　　　我为人治病，

　　　　时常出远门。

　　　　门户不谨慎，

　　　　叫人难放心。

　　　　欲把亲母请，

　　　　早早定良辰，

孙　母　亲翁不必性急，今年下半年便要迎娶令爱与小儿完婚。

徐　雅　等不及了!

孙　母　怎么等不及了？

徐　雅　[唱]　有远行，

　　　　　　看病去邻邦，

　　　　　　归来是明春。

孙　母　这么说亲翁要出外行医？

徐　雅　邻邦再三差人相邀，不得不去。

孙　母　几时启程？

徐　雅　十日之内。

孙　母　这十日之内，怎么备办得及呢？

徐　雅　匆忙之间，诸事从简，贫亲绝无二言。

孙　母　　也好，十日之内，定来迎娶令爱。

徐　雅　　我们一言为定，告辞！

孙　母　　奉送。(徐雅下) 哎！男扮女吉凶未料，催娶媳又添烦恼！(下)

第四场　女　扮

[刘秉义、谈氏上。

谈　氏　　[念]　亏我操心又劳神，才将媳妇哄过门。

刘秉义　　[念]　虽然华堂添喜庆，可惜我儿是病人。

谈　氏　　爹爹，不要呻唤，媳妇过门，喜神一冲，凶星退位，伢的病就会好的。
　　　　　　[碧莲上。

碧　莲　　员外、安人，裴府亲家老爷过府贺喜。

谈　氏　　哎呀！裴亲家头回上门，快请嘛！(碧莲下。裴九老上，刘秉义夫妇出迎)
　　　　　　裴亲家，你是个稀客呐！

裴九老　　刘亲翁，亲家母！

刘秉义　　请进，请进！
　　　　　　[裴九老、刘秉义同入内，分坐。

裴九老　　令郎完婚，贫亲备有薄礼，望祈笑纳。

谈　氏　　(抢过礼单) 要亲家花"把"，那咋个对嘛！

刘秉义　　多谢，多谢！

裴九老　　亲翁，贫亲今日过府，还有一事相求。

谈　氏　　有啥话尽管说，有我做主。

裴九老　　亲翁、亲家母请听。

　　　　　　[唱]　叹贫亲，年纪老，

　　　　　　　　　单生一子人手少。

　　　　　　　　　有心早娶贤媳妇，

　　　　　　　　　好与我裴门接宗祧。

刘秉义　　哦，亲翁要迎娶小女与令郎完婚呀？

裴九老　　正有此意。

刘秉义　　这——

谈　氏　　裴亲家，这件事情——

　　　　　　[帮腔]　办得到。

刘秉义　　[唱]　慢慢商量——

谈　氏　　[唱]　你莫唠叨！

　　　　　　　　这件事情办得到，

　　　　　　　　裴亲家你莫心焦。

　　　　　　　　喜期由你择，

　　　　　　　　良辰任你挑。

　　　　　　　　半年不为多，

　　　　　　　　三天不算少，

　　　　　　　　几时发来那个花花轿，

　　　　　　　　几时抬回那个小娇娇。

裴九老　　对对对。

谈　氏　　只是一件呵！

裴九老　　哪一件？

谈　氏　　[唱]　要赶急，

　　　　　　　　陪奁我就办得少，

　　　　　　　　来日不要把脸毛。

裴九老　　亲家母放心，我裴九老绝不会跟你争陪奁，你拿得出手，我收得下。

谈　氏　　那就算事。好久来抬人？

裴九老　　今天初八，十五来迎亲。

刘秉义　　十五来不及！

谈　氏　　来得及，一言为定。

裴九老　　告辞。

谈　氏　　你叫了油大再走嘛！（明留暗推）

裴九老　　亲家母不要掀，我要回家准备办喜事。

　　　　　　[裴九老下。乳娘上。

乳　娘　　见过员外、安人！

谈　氏　　乳娘，你来了，新人呢？

乳　娘　　花轿都到门外了。

谈　氏　　碧莲，花轿来了，快请小姐嘛！

碧　莲　　请小姐！

　　　　　〔刘惠娘上。

刘惠娘　　〔唱〕　哥哥今日完婚，知妹妹佳期何日？

　　　　　妈，唤儿何事？

谈　氏　　幺儿，你新嫂嫂来了，快去看一下。

刘惠娘　　新嫂嫂来了，我要去看新嫂嫂。（跑下）

　　　　　〔刘惠娘与乳娘搀孙润上。

谈　氏　　碧莲，快去搀大相公出来拜堂。

碧　莲　　是。（下）

刘　璞　　（内）哎哟！哎哟！

　　　　　〔碧莲扶刘璞上。刘璞拄杖，披新衣，戴新帽，不住地呻吟，至中场跌倒。碧莲
　　　　　抓住衣帽，刘璞脱身退下。

刘秉义　　碧莲，你家大相公怎么样了？

碧　莲　　大相公病重，拜不得堂。

刘秉义　　拜不得堂？

谈　氏　　爹爹，那又找哪个来拜呢？

碧　莲　　安人，有一个人能拜得。

谈　氏　　哪一个？快说！

碧　莲　　就是小姑娘才拜得。

刘惠娘　　噫！怕拜不得吧？

谈　氏　　幺儿，拜得，拜堂多喜庆的。

刘惠娘　　呵！拜堂喜庆呀？对嘛，那我又来试一下。碧莲，拿头巾蓝衫来穿
　　　　　戴起嘛。（穿戴）爹爹，你看，儿这个样子要不可得？

刘秉义　　男不像男，女不像女，要不得！

刘惠娘　　妈，爹说儿要不得！

谈　氏　　幺儿，你可得，你可得！（对刘秉义）死爹爹，要不得你去抵倒嘛！

刘秉义　　是！可得，可得！

碧　莲　　小姑娘，你可会行礼？

刘惠娘　　就是不会。

碧　莲　　男儿家行礼，上齐眉，下齐膝，当胸一拱。

刘惠娘　　呵！上齐眉，下齐膝，还要当胸一拱。我会了，叫她来拜嘛。

乳　娘　　呵，你拜？

谈　氏　　要不得吗？

乳　娘　　(急转话头) 可得，正是一对。

谈　氏　　我怕要不得呵！碧莲，叫礼。

碧　莲　　拜天地，拜祖宗，拜高堂，夫妻交拜。

乳　娘　　嘿，莫乱喊！人家是姑娘，么样说是夫妻？

谈　氏　　姑嫂、夫妻是一样的嘛，大惊小怪！

乳　娘　　姑呀、嫂呀，夫呀、妻呀，安人都说是一样的，我还有啥话说的呐。

谈　氏　　碧莲，掌灯看看新人容貌。

乳　娘　　(急) 哎哟！

　　　　　[刘惠娘揭开新娘盖头。

谈　氏　　(看孙润) 哎呀，乳娘，不像呢！

乳　娘　　安人，像，像呵！

谈　氏　　我说不像就不像。你看，我从前见她的时候，哪像这阵长得泡酥酥的呵！

乳　娘　　安人，有道是女大十八变呀！

谈　氏　　呵，女大十八变，越变越好看呀！

乳　娘　　打轿子来，打轿子来！

刘秉义　　乳娘，打轿子来做甚？

乳　娘　　员外，从前安人托媒，到我家为求亲，我家安人原是不允。安人说，接过门来无非拜拜堂、冲冲喜，原轿而来，原轿而归。安人说过这句话，我家安人才应允。打轿子来！

刘秉义　　慢着。安人，你从前说过"原轿来、原轿去"这句话吗？

谈　氏　　话是说过的，爹爹，那是哄他家的唦。

刘秉义　　如今乳娘便叫打轿，这又如何处置？

谈　氏　　没出息，看我回答她。乳娘，你怎么这点都不晓，尘世之上，哪有

才拜堂的媳妇便回娘家的道理？再说，也要在我家住上一夜才去嘛。

乳　娘	住不得，打轿子来！
谈　氏	哎，乳娘，又道是在他家由他家，在我家由我家，莫道住上一晚，就是住上十天半月，哪个敢道我家不是？怎么住不得？
刘秉义	是呀，怎么住不得？
乳　娘	住得，住得。只是我家姑娘胆小，晚来不惯独宿。打轿子来！
谈　氏	没来头！媳妇不惯独宿，就叫……
刘惠娘	妈，什么事呀？
谈　氏	哎呀，你看我倒忘了！乳娘，既然姑娘不惯独宿，我叫小姑娘去陪她。
乳　娘	哎……
谈　氏	这还要不得呀！幺女，今晚上你去陪新嫂嫂。
刘惠娘	可得，我陪新嫂嫂。
乳　娘	安人，这、这、这……
谈　氏	这下你总放心了。
乳　娘	我……放心了，放心了。
谈　氏	莫说你放心，我二老也放心了。爹爹，走，喝喜酒。
刘秉义	我要料理账目。
谈　氏	我叫你走，走，走！（扯刘秉义胡须）
刘秉义	呵哟！呵哟……（跟谈氏下）
刘惠娘	碧莲，掌灯。（拉孙润欲下）

[乳娘急，暗扯孙润，但孙润被刘惠娘拉走，乳娘急随下。

第五场　巧　配

[刘惠娘拉孙润上，碧莲、乳娘随上。刘惠娘、孙润对坐。

碧　莲	请小姑娘更衣。
刘惠娘	嫂嫂我要告便一时。
孙　润	姑姑请便。

刘惠娘　　碧莲，掌灯来。

孙　润　　(起望，猜疑) 乳娘，她可姓徐?

乳　娘　　这才问得奇怪，她是刘家小姑娘刘惠娘。

孙　润　　哎呀，错了!

乳　娘　　不得错，我认得。

孙　润　　(急) 我要回去。

乳　娘　　去不得。

孙　润　　你把我扮得男不像男，女不像女，叫我好不作难!

乳　娘　　哎呀! 大……大相公，你们平时与些书友，三个成群，五个结党，
　　　　　偷看人家妇女，一时评头，一时论脚，今天你才装了一会儿女儿家，
　　　　　哟，你也知道妇道人家的难处了呀!

孙　润　　哎呀，罢了! 如今堂也拜了，喜也冲了，这顶珠冠我也不戴了，我
　　　　　要回去了!

乳　娘　　去不得，去不得! 你一走倘若露了马脚，二家斗起口来，你的脸面
　　　　　未必就不顾了?

孙　润　　乳娘，倘若不去，如何得了?

乳　娘　　做都做到这种事情，不了也要了。大相公，你只要把心稳住，不要
　　　　　慌张，天一亮我们就走。

孙　润　　你把我害了!

乳　娘　　吧，是我在害他呀?

孙　润　　你够了!

刘惠娘　　(内声) 碧莲，掌灯来。

乳　娘　　她又来了，快把珠冠戴上。

　　　　　[刘惠娘、碧莲上。

刘惠娘　　失陪嫂嫂。

孙　润　　好说了。

刘惠娘　　碧莲，去问新嫂嫂，珠冠为何歪戴?

碧　莲　　是。(向乳娘) 对行，小姑娘问新人珠冠为何歪戴?

乳　娘　　(悄声问孙润) 大……姑娘，你揭的好，小姑娘问你为何珠冠歪戴?

孙　润　　这……呵，姑姑，只为钗儿小了，因此歪戴。戴歪了，我就不戴了!

鸳鸯谱

(揭去珠冠)

[乳娘急。

刘惠娘　　碧莲，去问新嫂嫂，这大一个姑娘，为何不穿耳？

碧　莲　　对行，小姑娘问新人为何不穿耳？

乳　娘　　(惊) 嗳！哦，是这样的，皆因我家安人心疼大姑娘，所以未曾与她
　　　　　穿耳，不像你们安人，不心疼姑娘，管她受得受不得，哼，就把耳
　　　　　朵上给她锥一个窟窿。

碧　莲　　小姑娘，孙家安人心疼女儿，故未穿耳。

刘惠娘　　碧莲，掌灯来，看看新嫂嫂的鞋儿做得可好。

乳　娘　　看不得！(挡于孙润前)

[碧莲掌灯，刘惠娘看，孙润躲，乳娘挡。

孙　润　　[唱] 　休啰唣，

　　　　　　　　红绣花鞋不堪瞧，

　　　　　　　　怎及姑姑针线巧？

刘惠娘　　[唱] 　怪道母亲夸嫂嫂，

　　　　　　　　性情温柔人俊俏。

乳　娘　　小姑娘，我家大姑娘害羞。

刘惠娘　　害羞就不看了。

乳　娘　　阿弥陀佛！

[孙润、刘惠娘入座。

刘惠娘　　嫂嫂，夜已深了，请安宿吧。

孙　润　　安宿？(乳娘扯衣) 姑姑，这小房之中，只有一床一帐，我们二人如何
　　　　　安宿？我们坐吧。

刘惠娘　　呵，嫂嫂，我家哥哥有恙，未来伴你，你呀……

孙　润　　姑姑，不要乱猜！

刘惠娘　　乱猜呀！(怀疑地) 噫！(听二更鼓响) 碧莲，同乳娘去安宿。

碧　莲　　对行，我们去安宿。

乳　娘　　不不不，我要陪伴我家姑娘。

碧　莲　　你家姑娘有我家姑娘陪伴，你放心。

乳　娘　　我就是不放心，要陪伴。

411

碧　莲	对行，你舍不得离开你家姑娘？

碧　莲　对行，你舍不得离开你家姑娘？

乳　娘　呵！是那样的。

碧　莲　舍不得呀？可惜我家安人已经盼咐下来，叫我明天早晨重重地给你封个礼信，送你回去转告亲家太太，你家姑娘至少要住三朝五日才走。

乳　娘　嗳，坏了！

碧　莲　坏啥子呵！快走，快走。（拉乳娘下）

刘惠娘　嫂嫂，夜已深了，到底是坐是睡？

孙　润　还是坐的好。

刘惠娘　好嘛！我就陪你坐嘛。（渐入睡）

孙　润　（轻呼）姑姑！姑姑……乳娘！乳娘……哎！

[唱]　刘亲母全然不知这底细，

　　　反命小姑来伴儿媳。

　　　我虽然志坚宁无他意，

　　　犹恐微瑕玷白璧！（过场，三更鼓响）

　　　三更起，夜露滴，

　　　堂前无闹声，

　　　窗外月影移。

　　　见小姑香梦正甜眼微闭，

　　　脱身休误好时机……

哎呀！走不得！

　　　似这等不男不女，

　　　何颜赴通衢！（过场）

　　　小姑伴我拜天地，

　　　身旁犹存男儿衣，

　　　待我来轻轻窃取……（细看刘惠娘，惊愕）

[帮腔]　曾相识，

[唱]　分明意中人，

　　　变作刘氏女。

　　　莫非徐刘是亲戚……

　　　　　　总不会小姑也是人代替?

　　　　[风声,刘惠娘渐醒。

　　　　[帮腔]　夜露风,惊梦回。

　　　　[孙润假装入睡。

刘惠娘　　[唱]　洞房中空设芙蓉帐,

　　　　　　　　可惜鸾凤不成双。

　　　　　　　　闪得她孤零零无依傍,

　　　　　　　　冷清清靠椅入梦乡。

　　　　　　　　怎经得晚风儿阵阵透罗裳,

　　　　　　　　冒风寒,罹病殃。(执衣走近,注视)

　　　　　　　　细观这面庞,

　　　　　　　　日夜在心上。

　　　　　　　　分明是多情的裴郎,

　　　　　　　　却为何艳抹浓妆?

　　　　　　　　莫不是,一胎生,同母养,

　　　　　　　　孙裴二姓非亲房。

　　　　　　　　不放心秉烛再观望……

　　　　　　嫂嫂!

　　　　　　　　夜寒休贪梦黄粱。

　　　　　　嫂嫂,夜凉露冷,这里有我装新郎的蓝衫,暂且穿上,以御风寒。

孙　润　　穿上更好!(穿上蓝衫,现出男子形态)

刘惠娘　　(见状更疑)嫂嫂,你……

孙　润　　(自知失慎)姑姑,你……说什么?

刘惠娘　　嫂嫂穿上蓝衫,竟与那人一般无二。

孙　润　　那人是谁呀?

刘惠娘　　他叫裴……政。

孙　润　　裴政!他是姑姑什么样人?

刘惠娘　　他是我的……

孙　润　　什么?

刘惠娘　　郎君。

孙　润　　（惊）呵！听姑姑之言，像是见过裴政的？

刘惠娘　　在城隍会场中见过。

孙　润　　姑姑，你该不姓徐嘛？

刘惠娘　　我如何会姓徐？

孙　润　　姑姑，你那郎君在会场中可赠过你一柄扇儿，你可是赠他一张罗帕？

刘惠娘　　（惊）嫂嫂，你怎么知道？

孙　润　　我有一同宗兄弟，与我面貌一般无二，他曾向我说过。

刘惠娘　　那赠扇的书生他姓裴呀？

孙　润　　怎见呢？

刘惠娘　　那扇儿上有裴政二字呀！

孙　润　　你赠他的罗帕上，为何又绣有徐文姑三字呢？

刘惠娘　　不对呀！帕上绣的是刘惠娘三字呀！

孙　润　　莫非忙乱之中，你们将信物递错了？

刘惠娘　　可不是递错了！你到底是谁？

孙　润　　我是你嫂嫂珠姨，你都不认得吗？

刘惠娘　　为何庙中之事，你全知道？

孙　润　　方才说过，是我同宗兄弟对我讲的。

刘惠娘　　他叫什么名字？

孙　润　　他叫孙——润。

刘惠娘　　孙润！错了！

孙　润　　错了！

孙　润
刘惠娘　　[唱]　　定是忙中错认人，

　　　　　　　　错将信物赠裙钗
　　　　　　　　　　　　付裴生。

　　　　　　　　错了错了，

　　　　　　　　红丝错系鸳鸯颈，

　　　　　　　　好事多磨，天公无情。

刘惠娘　　[唱]　　说什么好事多磨，

　　　　　　　　道什么天公无情。

　　　　　　　　拼着个香消玉殒，

鸳鸯谱

		求爹妈退掉那门亲。
孙 润	[唱]	那裴政年少负才名， 配姑姑佳偶自天生。
刘惠娘	[唱]	我与孙郎心相印， 纵死不嫁裴家人。
孙 润		好，好，好！
	[唱]	贤小姐不负心， 生岂肯负前盟。 我与你永结同心，
刘惠娘		你究竟是谁？
孙 润	[唱]	怕家姐误终身， 李代桃僵着红裙。
刘惠娘	[唱]	到如今，我错许，君错聘， 谁是解铃人？
孙 润	[唱]	我归家禀慈亲。
刘惠娘		走——不——得！
	[唱]	娘要儿媳谁应承？
孙 润		小姐呀！
	[唱]	虽则是错许错聘， 岂由造化作弄人？
		小姐！
		我与你永结同心。
刘惠娘		孙郎——嫂嫂！
孙 润	[唱]	说什么嫂嫂郎君， 银河巧渡配双星。
刘惠娘		孙郎……

[孙润拉刘惠娘同拜。

| 孙 润
刘惠娘 | [唱] | 昭昭日月心耿耿，
海枯石烂不渝情。 |

第六场 泄 密

[刘璞上。

刘 璞　[唱]　闻听新人好容貌，

　　　　　　娶来我家已三朝。

　　　　　　且喜今日病稍好，

　　　　　　去至新房把她瞧。(走)

[谈氏上。

谈 氏　哎，我的伢！

　　　　[唱]　莫乱跑，

　　　　　　谨防把风冒，

　　　　　　受寒又发烧。

　　　　我的伢，你要到哪里去呀？

刘 璞　儿意欲去至新房，看看你那媳妇。

谈 氏　哎呀，人都抬过来了，早看迟看是一样的。

刘 璞　母亲……

谈 氏　好好好，让我的伢看一眼才放心。

　　　　[二人转场。

孙 润　(内声)小姐。

刘惠娘　(内声)孙郎！

刘 璞　(惊)呀！

谈 氏　噫，有鬼！

　　　　[碧莲捧茶盘上。

碧 莲　安——(被谈氏捂住嘴)

刘 璞　哎！(下)

　　　　[谈氏拧着碧莲的耳朵，转场。

碧 莲　安人，什么事呀？

谈 氏　什么事！你在新房伺候，我只问那新人到底是什么样人？

碧 莲　安人，你附耳来嘛。(与谈氏耳语)

谈　氏	嗳！
碧　莲	说的实话，我没有编。
谈　氏	哎呀！坏了！爹爹快来呵！

　　　　　[刘秉义上。

刘秉义	安人，何事这般惊惶？
谈　氏	爹爹，孙家将男作女，我们遭了卖假货的了！
刘秉义	嗳？
谈　氏	不憨么样会上当咧？！
刘秉义	哎呀，气人！

　　　　　[唱]　　闻一言，气杀人，
　　　　　　　　　　此事要怪老乞婆。

谈　氏	怪我啥子？
刘秉义	[唱]　　都怪你，求啥神，问啥卜，

　　　　　　　　　　冲啥喜，驱啥魔，
　　　　　　　　　　到而今出乖露丑，
　　　　　　　　　　这张老脸往哪里搁？！

谈　氏	[唱]　　死爹爹，你打胡说，

　　　　　　　　　　都怪你平时太软弱，
　　　　　　　　　　孙家才敢来卖假货！

刘秉义	[唱]　　女是娘裙带，总该你教育，
谈　氏	[唱]　　吧，火上浇油你要气死我，

　　　　　　　　　　老娘打你三下锅！

　　　　　[二人相打。
　　　　　[碧莲急上，引刘璞上。

刘　璞	爹，妈！

　　　　　[唱]　　劝爹妈，息怒火，
　　　　　　　　　　此事还要慢商磋。

谈　氏	老娘要去跟那畜生拼命。
刘　璞	[唱]　　惊动四邻不光彩，
刘秉义	老子要找他打官司！

刘 璞	[唱] 丑事传扬后患多。
谈 氏 刘秉义	难道罢了不成？
刘 璞	[唱] 倒不如将错就错， 将妹妹改配孙润息风波。
谈 氏	呸，没出息！
刘 璞	母亲，我家的脸面……
谈 氏	不要了！
刘秉义	（唾谈氏）呸！事到如今，且把两个畜生唤出，骂他们一顿，将孙润赶出门去，以后将此事瞒下去，全得两家体面，我便饶他。若其不然，定不与他干休！
刘 璞	爹爹高见。
谈 氏	高见？我说难看！碧莲，看到做啥呢？去喊他们出来！
碧 莲	请小姑娘，大……奶奶。
谈 氏 刘秉义	（同恨）哼！ [孙润女装同刘惠娘上。
孙 润	[念] 羞脸怕人瞧，机关怕人晓。
刘惠娘	[念] 生为连理枝，死作比翼鸟。
孙 润	小姐，你爹娘堂前呼唤，但愿是三朝已满，要送我回家才好。
刘惠娘	孙郎，归家之后，勿得相忘！
孙 润	那是自然！（欲入） [谈氏、刘秉义恨声，孙润惊，刘惠娘示意勿惧。二人偕入。
刘惠娘	见过爹娘，哥哥有礼！
孙 润	见过公婆，大郎万福！
谈 氏	呸哟！ [孙润惊，退立上场口，刘惠娘赶去与孙润并肩而立。
谈 氏	（拉孙润）你给我站过来！（孙润退站下场口，刘惠娘又赶去并立）完了！完了！才两三天就离不开啰！（拉刘惠娘）你给我站过来！
刘惠娘	母亲为何这般气恼？
孙 润	婆婆，姑姑纵有不是，还望大量。

谈　氏	哎哟，他还在半天云里吊口袋——跟老娘装风（疯）呵！你究竟是男是女？快给老娘实说！
孙　润	（大惊）嗳？
谈　氏	爹爹，他还骂你憨呵！

[刘秉义大怒，欲打孙润。

刘惠娘	（急护孙润）爹，妈！

[唱]　爹娘何事生烦恼，

　　　　他本是秀才孙润才华高。

孙　润	[唱]　同心永结百年好，

　　　　还望二老要架鹊桥。

刘秉义	[唱]　廉耻二字全不晓，

　　　　坏人闺阁罪难饶。

[刘秉义又欲打孙润，刘惠娘护住。

孙　润	[唱]　天大罪名我承挑，
刘秉义	[唱]　气得人七窍火冒！
谈　氏	我不骂你呀——

[唱]　这口恶气实难消！

　　　　哒，孙润，孙秀才！

孙　润	岳母！
谈　氏	孙娃子！哒，啥子事你都可以做，谁叫你男扮女装呵？
刘秉义	你站开呵！孙润，小畜生！你乃黉门秀士，为何不顾礼法，竟敢有伤风化？
谈　氏	你站开，等我把气出完了你再骂。孙润，小奴才！骂你呢，我是坤道人家，有些话又不好出口，我骂你杂种，唯愿你活不到一百二十岁就短嫩尖！
刘　璞	母亲，你骂的什么？
谈　氏	你莫要打岔。嗳，你纵然看上我的女儿，就该早来央媒说合才是道理，嗳，你这样糊里糊涂来在我家……
孙　润	稳言，谁是糊里糊涂来在你家？是你们用花花轿儿把我抬来的。
刘秉义	抬你则甚？

谈　氏	抬你来求雨呀！
刘秉义	吓！
谈　氏	哎呀，把我都气糊涂啰！
孙　润	事到如今，生米已成熟饭，不成全也要成全，我就站在这里，看你们把老爷怎么样？
谈　氏	哎哟，他还把人估倒啰！（向刘璞）我的伢，你坐倒做啥？快去帮妈骂。
刘　璞	大舅，你大为不该！
孙　润	二舅，你还要大量。
谈　氏	嗨，这两个客客气气地认亲戚、要礼信去了。（打刘璞）悖时伢、悖时伢，滚下去！

　　[刘璞下。

刘秉义	孙润，小奴才！
孙　润	岳父息怒。
刘秉义	谁是你的岳父？
谈　氏	哪个乌龟王八是你岳父？
刘秉义	孙润，小畜生！这口气，今天算我暂时忍了。此事不传扬则罢，传扬出去，我与你不得甘休。碧莲，把这畜生与我赶出去！（下）
孙　润	难道叫我就这样的走法？

　　[刘璞拿蓝衫上。

刘　璞	大舅，此有蓝衫，拿去穿上回家。
刘惠娘	哥哥，请受小妹一礼，望哥哥在爹妈面前方便方便。
刘　璞	哎呀，为兄受之不了。
刘惠娘	小妹见了礼的。
刘　璞	为兄情愿还礼。（躬身作揖）

　　[刘惠娘趁势拉下刘璞头巾，刘璞下。

刘惠娘	孙郎，回去速设良法，我在家中等你，就此一别了！

　　[孙润与刘惠娘三次抱头哭泣，谈氏做鬼脸惊骇二人下，谈氏踩下。

第七场 闹 家

　　　　　　[裴九老上。

裴九老　　(叫门) 刘秉义，快给我滚出来！

　　　　　　[刘秉义上。

刘秉义　　呵！原来是亲家。

裴九老　　呸！谁是你的亲家？

　　　　[唱]　老杀才，脸不要，

　　　　　　　替女儿暗把情郎招。

　　　　　　　裴九老清白家声好，

　　　　　　　金屋岂作狐狸巢？

　　　　　　　你赶快服理认输，

　　　　　　　挂红放炮，

　　　　　　　再把聘礼全退了，

　　　　　　　裴九老方能把你饶！

刘秉义　　这……

　　　　[唱]　闻他言，心惊跳，

　　　　　　　张口结舌脸发烧。

　　　　　　　这丑事怎被他知晓？

　　　　　　　还须忍让息波涛方为高。

　　　　　　　明知道来假不晓，

　　　　　　　亲家此言太蹊跷。

裴九老　　呸！你女儿做出那样的丑事，还说我说话蹊跷呀！

刘秉义　　亲家，这话哪里说起？

裴九老　　若要人不知，除非己莫为。你瞒得过我隔街隔巷的裴九老，瞒不过
　　　　　　院墙隔壁的众邻居。还我聘礼来！

刘秉义　　亲家，这等大事非同儿戏，我两家的脸面……

裴九老　　呸！你还要脸呀！

刘秉义　　(恼羞成怒) 裴九老，你清晨大早上门欺人，你说我女儿不是，你就拿出个把凭来。若其不然，我与你拼了！(撞裴九老)

裴九老　　(被撞倒，起身) 嗳，老杀才，你还敢打人呀？

　　　　　[唱]　老杀才，脸不要，

　　　　　　　　闺门不正还耍刁。(相打过场)

刘秉义　　[唱]　我刘家门大户不小，

　　　　　　　　岂容你乱把舌头嚼？(相打过场)

裴九老　　[唱]　回头我把邻舍叫，

　　　　　　　　他刘家是不是明娶暗嫁把郎招？(内场笑声)

刘秉义　　[唱]　众邻舍笑得我鬼火冒，

　　　　　　　　老杂种，我要扯你嘴上的毛。(抓裴九老厮打)

　　　　　[谈氏，碧莲上。

谈　氏　　爹爹、爹爹，丢手！

碧　莲　　员外、员外，丢手！(拉开二人)

裴九老　　老杀才，你打得好，走，打官司！

刘秉义　　(躲) 哎哎，好说、好说。

裴九老　　说不好，走呵！(拉刘秉义下)

谈　氏　　爹爹，去不得！碧莲，拐啰！

　　　　　[唱]　只说丑事可阴消，

　　　　　　　　谁知转眼起波涛。

　　　　　　　　告到官前咋得了？

碧　莲　　冤有头，债有主，找孙家嘛。

谈　氏　　对呀！

　　　　　[唱]　不找孙家气难消。

　　　　　(圆场，怒喊) 开门，开门！

　　　　　[孙母、乳娘上。

孙　母　　[唱]　何人外面把门叫？

乳　娘　　是哪个喊门呀？

谈　氏　　是老娘！

乳　娘　　安人，坏了！

[唱]　　刘安人气势汹汹吼声高。

定然是事情发作，刘安人找你面理来了。

孙　母　这怎么得了！不要开门。

谈　氏　把你这牢门关倒，未必就罢了呀？开门！

乳　娘　安人，不开门，她在门外闹起来，那才叫香香棍搭桥——难过！

孙　母　这……乳娘。

[唱]　　且把门儿来开了。

乳　娘　(开门) 哎呀，安人，快来接亲家母呵！

孙　母　亲家母，你好嘛！

谈　氏　你好，(抓住孙母) 你养的好儿子！

[唱]　　看不出你绵里藏针笑里藏刀！

你嫁女为啥把包掉？

给我个男女乱混淆。

裴家官前把我告，

这个干系你难脱逃。

走！

孙　母　亲家母，哪里去？

谈　氏　事大事小，见官就了，我脱得了手，你也脱得了爪子。走！

孙　母　亲家母……

谈　氏　亲家公也劝不倒，走！(拉孙母下)

乳　娘　刘家安人！孙家安人！两个安人！哎呀，咋得了呵！大相公，大相公！

[孙润上。

孙　润　乳娘，什么事这样惊慌？

乳　娘　就为你那件事，你母亲都被刘家安人拉上公堂去了！

孙　润　哎，坏了！待我去！(走)

[徐雅急上，拦住孙润。

徐　雅　小奴才！你干的好事！

孙　润　我愿退还令爱红庚，另许高门。

徐　雅　没得那么轻巧，黄门秀士，有伤风化，送交官府治罪，走！(拉孙润下)

乳　娘　大相公，大相公……大姑娘，快来！

423

[孙珠姨上。

孙珠姨　　乳娘，什么事呀？

乳　娘　　刘家安人把你母亲拉上公堂打官司去了。

孙珠姨　　嗳？

乳　娘　　徐亲翁把你兄弟也拉上公堂去了！

孙珠姨　　乳娘，这便如何是好呀？

乳　娘　　事到如今，顾不得抛头露面，赶至公堂，看个明白，再作道理。

孙珠姨　　凭在乳娘。

乳　娘　　快走！

　　　　　[唱]　　去到衙门走一遭。（同下）

第八场　乱　点

[公堂上，班头甲高卧公案，鼾声如雷。

[裴九老扭刘秉义，谈氏拉孙母，徐雅拉孙润上。乳娘、碧莲随上。裴九老抢击法鼓，班头甲惊醒，滚下公案。

班头甲　　么事？么事？

众　人　　伸冤！

班头甲　　嗬！许久不开张，开张就打拥堂，候着。（向内）禀老爷，有人击鼓喊冤。

乔太守　　（内声）惊醒爷的好梦，升堂。

班头甲　　升堂！

　　　　　[四衙役、班头乙引乔太守上。

乔太守　　[念]　　养身自有道，百事少操心。

　　　　　（升座）来，带喊冤人。

班头乙　　带喊冤人！

众　人　　（上堂）见过老爷，伸冤……

班头乙　　不要嚷，一个个说。

众 人	我先说。
乔太守	退堂……
众 人	老爷，案还未问怎么就退堂？
乔太守	你们上公堂大吵大叫，把老爷头都嚷昏了，要嚷出去嚷！
众 人	我们不嚷了。
乔太守	不嚷啰，那我又来问案嘛。你们先给老爷报上名来。（众报名）你们 谁是原告？
众 人	我是原告，我是原告。
乔太守	啊呀呀呀！你们都是原告，难道老爷来当这个被告？你们的案子是 一桩两桩？
徐 雅	案是几桩，事有牵连。
乔太守	可有词状？
众 人	我们没有。
裴九老	我有词状。
刘秉义	我的被他撕了。
乔太守	还好，还好，有张词状也就罢了，呈上来。你们谁先诉？
众 人	我先诉，我先诉。
乔太守	啊呀呀呀！你们六个人，六张口，老爷两只耳朵，到底怎么个听法？ 好好好，没有词状的退至一旁，有词状的先诉。
众 人	是！（退至一旁）
	［裴九老得意扬扬地站在前面。
乔太守	（看词状后，怒）胆大的东西！（裴九老急跪）自老爷上任以来，民归教 化，礼义为先，怎会有这等伤风败俗之事？来呀……
裴九老	老爷，老爷！刘秉义养女不教，明娶暗嫁，确有这伤风败俗之事啊！
乔太守	传刘秉义！
刘秉义	老爷，伸冤呀！
	［唱］　　为儿娶妇， 　　　　　受尽了百般凌辱。
乔太守	受什么凌辱？
谈 氏	［唱］　　老爷要问容我诉。

乔太过	你是何人？

谈　氏　　[唱]　刘秉义本是我丈夫，

这件事我还比他更清楚。

乔太守　　[唱]　既清楚赶快直说。

讲来！

谈　氏　　皆因我夫妻之子刘璞，原定孙家之女珠姨为妻。不幸我儿重病卧床，
民妇与他求神问卜，城隍老爷降下灵签，若要病好，除非与他娶妻
冲喜……

乔太守　　呵呀呀，有病求医，然为理也。冲喜能治病，那生药铺就不用开了。
你可曾与他拜堂冲喜？

刘秉义　　老爷，不冲喜就没有这件事啰！

[唱]　可恨那孙家寡妇，

男扮女鱼目混珠。

谈　氏　　[唱]　儿有病鹊桥难渡，

伴新人权用姑姑。

乔太守　　这么说你们叫女儿去陪伴新人？

谈　氏
刘秉义　　正是。

乔太守　　呵呀呀，你倒不用诉得，老爷心中明明白白了。

[唱]　何用详查？

你夫妻做事有差。

裴九老　　老爷真是活神仙！

乔太守　　嘻嘻，衙役们，你们今后不用叫老爷。

四衙役　　叫什么？

乔太守　　叫活神仙！

四衙役　　活神仙！

裴九老　　老爷既是活神仙，就该重责刘秉义，惩办孙润。

乔太守　　这与孙润何干呢？

裴九老　　老爷，词状上写得有！

乔太守　　哦，哦。（又看词状）

| 裴九老 | [唱] | 孙润代姐去出嫁, |
| | | 刘秉义反将女儿陪伴他。 |

乔太守　呵呀呀呀！

孙　润　父师！

[唱]　皆因母命比天大，
　　　　学生才扮女娇娃。

乔太守　好个不晓事的母亲！

孙　母　老爷！

[唱]　怕女儿去守活寡，
　　　　才将娇儿嫁到刘家。

乔太守　如此说来，倒也理在情中，只是干柴烈火，噫，只怕要燃！

谈　氏　老爷，没有燃。

裴九老　哄鬼。

乔太守　哼！孙润实说。

孙　润　学生有口难言，请老爷详查。

乔太守　新房之中，可有伴娘伺候？

孙　母　我家乳娘。

谈　氏　我家碧莲。

乳、碧　叩见老爷！

乔太守　新房之事，从实讲来。

碧　莲　老爷。

[唱]　鸳鸯难辨真与假，

乳　娘　[唱]　他们成亲我便归家。

乔太守　他二人有无苟且行为，你们都不敢作证？

碧　莲　不敢作证。

乳　娘　这些事要他们自己心里才明白。

乔太守　是话，站过一旁。刘秉义，你那女儿现在何处？

刘秉义　现在堂下。

班头甲　老爷，堂下的人还多咧。

乔太守　都是些什么样的人？

刘秉义　　我儿刘璞。

孙　母　　小女孙珠姨。

裴九老　　我儿裴政。

徐　雅　　小女文姑。

乔太守　　呵呀呀，你们都把子女带来，莫非要与老爷认亲不成？

徐　雅　　小女原许孙润，我要与他退婚。

裴九老　　小儿原聘惠娘，我家不得要她。

乔太守　　既有牵连，都与老爷带上堂来。

　　　　　[班头甲、乙应声，带刘惠娘、刘璞、孙珠姨、裴政、徐文姑按"男左女右"分
　　　　　上。徐文姑与裴政对面。

徐文姑　　你是孙润？

裴　政　　你是惠娘？

裴　政
徐文姑　　不是，哎呀，错了！

二班头　　走起！

五　人　　(入内) 叩见老爷！

乔太守　　仰面。(看五人，又看孙润) 呵呀呀，你们都站起去。(五人称谢后，刘惠
　　　　　娘趋近孙润，徐文姑傍着裴政，刘璞、孙珠姨各依父母。下位，复看六人)
　　　　　妙呀！

　　　　　[唱]　六人站堂下，

　　　　　　　　个个令人夸。

　　　　　　　　恰好似金童玉女活菩萨！

　　　　　　　　一缕情丝相牵挂，

　　　　　　　　他看着她来，她看着他，

　　　　　　　　都愿我撮合良缘笔尖下，

　　　　　　嚓，嚓，嚓！

　　　　　　　　又怎奈孙润做事背礼法。(上案)

　　　　　　　　公堂上开口要问话，

　　　　　　　　你几人有何言词诉与爷？

刘惠娘　　老爷！

　　　　　[唱]　民女愿死不另嫁，

孙　润	[唱]	惠娘爱我我爱她。
徐文姑	[唱]	庙会错交香罗帕,
裴　政	[唱]	不娶文姑我愿削发。
裴九老		老爷!
	[唱]	刘惠娘偷情罪该剐!
刘秉义	[唱]	小畜生坏人闺阁罪该杀!
谈　氏	[唱]	裴九老上门欺人该责打!
徐　雅	[唱]	论理来你们两家都该受罚。
乔太守	[唱]	老爷未把朱笔下,
		岂由尔等嘴喳喳?
乳　娘	[唱]	老爷休听他们的话,
碧　莲	[唱]	论事坏在老人家。
乳　娘	[唱]	刘家哄来,
碧　莲	[唱]	孙家诈,
乳　娘	[唱]	裴九老打人,
碧　莲	[唱]	犯王法。
		孙家不该男扮女,
乳　娘	[唱]	将女作男怪刘家。
裴九老		(四老互指责)

| 裴九老 刘秉义 谈　氏 孙　母 | [唱] | 是他错, |
| | | 该怪他、该怪他、该怪他! |

　　　　　　[乔太守一惊堂木截住。

乔太守		吵么事? 闹么事? 把爷的头都闹昏了!
	[唱]	叽里呱啦, 叽里呱啦,
		吵得人头闷眼儿花! (对徐雅唱)
		你养女不教该责打,
徐　雅	[唱]	不是我, 是他。(指刘秉义)
乔太守		(对刘秉义)
	[唱]	你将男作女该受罚。
刘秉义	[唱]	是她错, 该罚她。(指孙母)

乔太守　　　（对裴政）

　　　　　　[唱]　你坏人闺阁罪名大，

裴九老　　　是那个！（指孙润）

乔太守　　　（对孙珠姨）

　　　　　　[唱]　你为何不顾廉耻乱勾搭？

裴九老　　　（拖出刘惠娘）在这里！

乔太守　　　（对裴九老）

　　　　　　[唱]　唯有你，喉咙粗，声气大，

　　　　　　　　　咆哮公堂嘴喳喳，

　　　　　　　　　刘家与你啥牵挂？

裴九老　　　[唱]　原来是亲家。

乔太守　　　[唱]　是亲有三顾，

　　　　　　　　　你也该戴枷！

裴九老　　　哎！老爷！

　　　　　　[唱]　他二人，伤风化，

　　　　　　　　　悖礼义，犯王法。

　　　　　　　　　老爷是清官，

乔太守　　　[唱]　半点也不善。

裴九老　　　[唱]　为何不，惩奸夫，办淫妇，

　　　　　　　　　反道我，原告差？

乔太守　　　嗨！

　　　　　　[唱]　会说话！（入位宣判）

　　　　　　　　　孙家子先革功名后责打，

刘惠娘　　　孙郎！

乔太守　　　[唱]　刘氏女当街示众戴锁枷。

孙　润　　　小姐！（二人抱头痛哭）

乳　娘　　　老爷，你老人家这样断要不得呵。

乔太守　　　怎样要不得？

乳　娘　　　要死人！

乔太守　　　要死人？

乳　娘	逼出两条人命，你老人家清官的名声就不好听啰！
乔太守	对对对，重判、重判。（提起朱笔，无法判决，急得满头大汗）

　　　　[唱]　　汗如雨下！

乳　娘	（与乔太守打扇）老爷，看你这满头的大汗，你急啥嘛？
乔太守	你不晓得！

　　　　[唱]　　这桩案情有个疙瘩。

乳　娘	老爷！我们妇道人家时常理麻线、锥鞋底，遇见疙瘩我就慢慢地解。
乔太守	解不开！
乳　娘	解不开，我就拿刀刀儿给它一宰，这就叫"快刀斩乱麻"。
乔太守	（大悟）唔！

　　　　[唱]　　你真会说话，

　　　　　　　　一言提醒爷。

　　　　　　　　执快刀，斩乱麻，

　　　　　　　　管它疙瘩不疙瘩。

　　　　　　　　提朱笔银钩铁划，

　　　　　　　　断奇案，有妙法。

　　堂下肃静，听爷来宣读判单。（念判词）弟代姐嫁，姑伴嫂眠，爱儿爱女，人之常情。孙润因其姐而配惠娘，惠娘因其兄而嫁孙润，二人既然相悦，论事可以权宜。使裴政改娶文姑，判惠娘招婿孙润，两家各有佳儿佳妇，恩怨可了，风波自息，三对夫妻，各偕鱼水。人虽对换，十六两还是一斤。以爱至爱，伊父母自作冰人；非亲是亲，我官府权为月老。已经明断，各赴良期。尔等还有什么说的？

众　人	愿遵明断。
裴九老	我就不服！
乔太守	我把你这不知事的东西！

　　　　[唱]　　裴九老，太胆大，

　　　　　　　　不遵官断犯王法。

　　　　　　　　须知这样断，

　　　　　　　　丑事变美事，

　　　　　　　　笑话变佳话。

切莫要找虱子头上爬，

满天乌云已随风化。

裴九老！(帮尾腔)

粪缸切莫要搅它。

裴九老 既是如此，小人遵断。

乔太守 遵断就好。来！库里取喜红六段与三对夫妻披挂，喜乐送出衙去。

二班头 是。(呈红)

乔太守 (下位)

[唱] 风流佳话，

宜尔室家，

待爷来把红挂。(与三对夫妻挂红)

众 人 [唱] 愿老爷子子孙孙戴乌纱！

[幕落。

剧终

炼 印

移植：根据同名闽剧移植

剧情简介

　　公差杨传和李乙因替百姓说话，被撤了职。在回家的路上，听说告老还乡的萧太师利用权势做尽坏事，他们心中愤恨不平。杨传利用新任按院陈魁还未到任的时间冒充按院，替百姓平反，并把萧太师带来贿赂的钱分给被欺压的百姓。当真按院来上任时，杨传急中生智巧妙换印，结果陈魁反被扣押，杨传则假装外出，与李乙扬长而去。

人　物

杨　传	李　乙	文溪明	杨振达	陈　魁	萧太师
李亨厅	黄　卞	老　道	中　军	陈仆人	高　杰
马　三	四校尉	四龙套	禁　子	家　院	茶小二
旗　牌					

[路边茶馆，转福神祠。

[启幕时前奏，合唱：

> 君昏臣暴纪纲败，
>
> 翻云覆雨生祸灾。
>
> 天下百姓遭残害，
>
> 抱怨不平二公差。

[启幕：桌旁放着包裹雨伞，杨传边饮茶边思考，李乙心烦意乱。

李　乙　(叹气) 唉！那些奸官恶吏，真不讲理。为了受屈老百姓说了几句公道话，揭穿了他们贪赃枉法的丑事，啊，就革掉了差事，真是叫我这一肚子里怨气难消！(气得捶桌子)

杨　传　吓！在这茶楼酒肆里，你说话要……(关照) 小声点！

李　乙　怕什么！你呀，简直是鼓楼的麻雀，好小的胆子呀！

杨　传　哼！说错了，鼓楼的麻雀，是吓大了胆子的。

李　乙　对，你晓得吓大了胆的，为什么又像一个受了惊的兔子呢？我们已被革职出京，如今不当他的差，就不得服他管！

杨　传　吓，老弟！革掉了差事，说老实话，我老早都不想干的。(喝茶)

李　乙　那你？

杨　传　老弟，如今这个年头，只准州官放火，不让百姓点灯。

李　乙　不让百姓点灯哪！哼，此地出了京城地界，有道"天高皇帝远"，未必还不让我点点灯？

杨　传　兄弟，天下乌鸦一般黑，京城外面又有个什么两样？我们来到这个地方，听说告老的萧太师强抢杨振达的妹子——那文溪明的未婚妻。他们两个到官府控告，反被诬陷入狱，你忘记了？我们遇着的两个老少妇人，身背冤单喊冤的，就是他们的老母和妻子。可怜百姓畏惧萧太师权势，哪个敢惹他？嗨，天下的黑暗真是一言难尽啊！

李　乙　[唱]　奸官恶吏遍天下，

　　　　　　　黎民百姓受欺压。

杨　传　[唱]　茶楼酒肆少讲话，

　　　　　　　忍耐一些快喝茶。

[黄下上。

炼 印

| 黄 卞 | [唱] 炎天酷热把路赶, |
| | 按院命我到济南。 |

哎呀！好炎热的天气。（拭汗）吓，此处有一茶馆，不免进去饮茶。这个地方倒风凉，吓，泡碗茶来！

[茶小二上。

茶小二	（看）吓，来了！（回身取茶，下）
杨 传	（问黄卞）兄台！你这样装束是从哪里出差来的呀？
黄 卞	小弟在新按院台下当差。
杨 传	啊！现任官。
李 乙	好赚钱。
黄 卞	岂敢，只是苦差。二位兄台身带包裹，是哪个公衙中派出的远差吧？
李 乙	嗯。
杨 传	小弟在京城刑部衙门当差。
黄 卞	也是现任官，好赚钱，好赚钱！
李 乙	岂敢，也是苦差。
杨 传	兄台，你到这边来谈谈吧！
黄 卞	兄台，你请过来坐坐可好？
杨 传	不必客气哟，请过来！（黄卞过来）兄台贵姓？
黄 卞	敝人姓黄，单字名卞。
杨 传	原来是黄卞兄台，多有失敬！
黄 卞	岂敢，未曾请教二兄。
李 乙	敝人姓桃隔壁……
黄 卞	啊？桃隔壁……
李 乙	不敢，姓李。
黄 卞	啊，桃李。那……（问杨传）兄台？
杨 传	不敢，姓杨。
黄 卞	（自作聪明）哦……兄台敢莫姓柳？
杨 传	我实在是姓杨。
黄 卞	有道是：桃李杨柳。
李 乙	（笑）哈哈……

杨　传　　好，我们就把茶当酒。

李　乙　　请茶吧！

黄　卞　　请。

杨　传　　兄台，你家按院老爷，已经到任来了吗？

黄　卞　　尚未到任。

杨　传　　怎么？

黄　卞　　这，吓……嘿嘿！（笑，饮茶）

杨　传　　（故意奉承）兄台真是遇事老练，精明强干。小弟看来，你必是按院
　　　　　大人的一个得力的心腹人。

黄　卞　　吓，兄台你夸奖了，我也不懂什么。不过小弟为人就是一点忠心，
　　　　　蒙我家老爷抬爱，公事私事都要经过我手就是。

李　乙　　对呀，我们都是吃衙门饭的，咃，是自己人喽！

杨　传　　自己人什么话都可以讲呀！

黄　卞　　是、是，我家老爷本来是奉旨到此地上任，只因他转道去完……

李　乙　　吓，你何不完下去呢？

黄　卞　　嗯……

杨　传　　（会意）哦，是不是转道完婚？

黄　卞　　吓……

杨　传　　兄台，有道是瞒公不瞒私。

李　乙　　对，瞒下不瞒上。

杨　传　　你说错了，瞒上不瞒下。

李　乙　　吓，我又说错了。

黄　卞　　杨兄，被你猜中了。我家老爷本来是转道完婚，才派我先往济南禀
　　　　　报太老爷知道。

杨　传　　唔唔！兄台，你我初次相遇，可算一见如故呀。

黄　卞　　好说了。你二位是来查什么案件的？

李　乙　　公门中人，总不是那么些事。

杨　传　　听说这位按院大人到此上任，百姓们都盼望他为民除害呢！

李　乙　　是呀！

黄　卞　　那就很难说哟！

杨　传		未必你家大人……
黄　卞		我家按院大人的父亲是济南道，他与此地萧太师是同年至交，交代我的老爷，到此上任不可得罪萧太师，还要他照顾我家老爷呢！
杨　传		你按院老爷意又如何呢？
黄　卞		哎！做官不过如此，还不是马马虎虎。
杨　传		兄台，你老爷住在哪里，姓甚名谁？
黄　卞	[唱]	住河南开封府登云县城，
		城外南乡太平村。
杨　传	[唱]	昆仲有几人，
		他父母可康宁？
黄　卞	[唱]	无姐妹来无兄弟，
李　乙	[唱]	独苗只一根。
杨　传	[唱]	请问太老爷的名和姓？
黄　卞	[唱]	老太爷名叫金龙本姓陈。
		两榜进士——
李　乙	[唱]	放的什么缺分？
黄　卞	[唱]	山东济南道，赫赫有名声。
杨　传	[唱]	按院他叫什么名，多大年龄？
黄　卞	[唱]	刚满二十八春，陈魁是官印，探花第三名。
杨　传	[唱]	转道济南为完婚，何日上任？
黄　卞	[唱]	一月转回程。
杨　传	[唱]	一路要小心，(嘱黄卞)
李　乙	[唱]	你办差真正行。(对黄卞)
黄　卞		夸奖了，夸奖了。吓！(热心快肠地) 二位兄台，这里萧太师是很棘手的，你们在此地办案子要小心一二哟！
杨　传		承关照！
黄　卞		吓！(看) 天色不早了。
杨　传		小二，拿茶钱。
茶小二		(上) 来了，来了。
黄　卞		这里拿吧！

杨　传	不，不……几碗茶钱一起拿了。(给钱)
黄　卞	让兄台破费了。
杨　传	小意思。
黄　卞	就此作别。
杨　传	后会有期。
李　乙	请吓！
黄　卞	请。(下)
杨　传	老弟你听清楚了吗？
李　乙	听清楚了。吓，黄卞这家伙啰啰唆唆谈了一大套，随便听听就是。
杨　传	哎！我真要冒火。
李　乙	你冒什么火？
杨　传	(有所考虑) 这里不是讲话所在，找一清静地方，我再讲给你听。
李　乙	那我们就走。(出茶馆，茶小二送下，圆场转福神祠)
杨　传	(看) 福德正神。
李　乙	(看) 土地庙。吒，进去。(进庙)
杨　传	斋公！
李　乙	庙叔！
杨　传	有人吗？
李　乙	没有人……
杨　传	嗨！
李　乙	你不要冒火，我看你是在怄气。
杨　传	兄弟！
	[唱] 压不住心头火让我说你听，
	那黄卞说的话——
李　乙	[唱] 我早已听清。
	新按院叫陈魁，一月后来上任，
杨　传	[唱] 他的父亲与萧太师，两下里有交情。
李　乙	[唱] 必然是官官相卫，勾结得紧，
杨　传	[唱] 苦了杨、文二家，冤沉海底无处伸！
李　乙	[唱] 真正是天下苦楚诉不尽，

杨　传	［唱］	岂能够袖手旁观？我要打这个抱不平。
李　乙	［念］	要救人，我赞成，我问你有什么本领？
杨　传	［念］	你放心，我有本领！
李　乙	［念］	讲出来让我听一听。
杨　传	［念］	我要做官，
李　乙	［念］	呀，你要做官哪？
杨　传	［念］	吓，你信不信？
李　乙	［念］	做么官？
杨　传	［念］	做一个八面威风的巡按大人！
李　乙	［念］	我看你，只怕得了做官的病，
杨　传	［念］	官场中鬼把戏，说穿了不值半文。
李　乙	［念］	我问你，要做官，究竟有什么把稳？
杨　传	［唱］	天下无难事，
		怕的是有心人。
		陈魁他完婚，
		一月不上任，
		我要去假冒按院——
		鱼目混珠，
		谅他们真假分不清。
		大展我的雄才，
		打开监门，
		放出那杨振达，
		也救了文溪明。
		开释那些受屈的老百姓，
		岂不是大快人心？
李　乙	［唱］	哈哈，行！你真行！
		吓，还是不行。
杨　传		怎么不行？
李　乙		你讲的是有些道理，只是黄卞的话……
杨　传		我都记得。

李　乙　当真吓？

杨　传　他是无意说，我是有意听。老弟，胆子放大些，不要怕，大胆跟我前去，我包做得像。

李　乙　哦，你包做得像！好，走哪！（拉杨传）

杨　传　哪里去？

李　乙　做官去。

杨　传　慢点着！做官的礼节要练一下，万一露出马脚，弄不像就会坏了大事。

李　乙　哎！你包了做得像，何必要练呢？官场中礼节，又不是不懂，要练你一个人去练！

杨　传　吓，常言说得有，会打三盘鼓，少不得两个人。这样，我来扮按院，你扮我的亲随。我叫你，你就答应。来，试试看！

李　乙　唔。

杨　传　（做身段）来，前头带路！

李　乙　遵谕。吓，（笑）做得像。

杨　传　来，本院方才来此到任，外面百姓不准喧哗，倘若吵闹，将他拿来重办！

李　乙　喳喳。（背躬）哎呀，好威风！（出门左右看，欲开口，见无人）呀，一个鬼都没有。（进庙）启禀大人，小人奉命传话，外面连一个鬼也有得，报与大人知道。

杨　传　啊！你这是说的么话？

李　乙　么样？

杨　传　你刚才怎么说的？

李　乙　是连鬼都没得吵！

杨　传　哎！是没有人就说没有人，你怎么说连鬼都有得？随便编两句也编不倒？未必连这一点才干都没有？

李　乙　哎呀！我有才干还不晓得做按院，何必跟你做奴才呢？

杨　传　啊！你还是怪我做了按院，你不愿意做奴才？吓！兄弟，我不是想做官嗹，我们是为民除害，你要做，你就来做吧！自己兄弟，都可以商量。好吓，现在还没有上任，调换还来得赢。你来做巡按，我来做奴才。

炼　印

李　乙　好，我做我做嘞！来！

杨　传　有。

李　乙　（照杨传一样做）来！本院今日来此到任，命你外面传谕，倘有百姓喧哗，将他拿来重办！

杨　传　是。哎，兄弟你不坏啊！（出门）众百姓听者：今日新按院大人来此到任，尔等倘若喧哗，拿来重办。（看）咦，当真的一个鬼都没有。（想）呣！随便进去说两句，看他怎样回话。（进庙）启禀大人，小人奉了大人之命，往外面传谕百姓，有一家父母早死，兄弟争家产，打得头破血流，请大人定夺！

李　乙　（一怔）哎呀！兄弟争夺家产，打得头破血流，本院不许这样做，两兄弟都给我拿来，每人打他四十板，家产全部充公，他们都没有份。

杨　传　哎呀，坏了嘞！兄弟，我一直在听，起头听得倒很顺耳，还有点做官的味道，末尾怎么会讲到家产充公？你一做官就想赚钱，这个场面就被你搞坏了。

李　乙　只错了一句，算么事嘞！

杨　传　半句都不能错。

李　乙　嗳，算了吧！这个官架子憋死人。吓，我还是做我的奴才，你来做巡按。

杨　传　好，那就这样办嘞！现在要去买衣裳。

李　乙　慢点！去买衣裳，包裹里有那些钱吗？

杨　传　不要紧，要是钱不够花，先卖了这（指自己衣服）再去买那，这叫好汉为难，自己想法。

李　乙　你倒想得不错。

杨　传　来呀！

李　乙　（慌忙站好）吓，有、有。

杨　传　今夜先住客栈。

李　乙　喳！

杨　传　前头带路！

李　乙　（喝道似的）哦哦哦……（二人亮身段）

　　　　[灯光暗转，按察司衙。

　　　　　[牌子。李亨厅、旗牌、老道同上。

旗　牌　喂，老道，快来见过我家老爷！

老　道　是。叩见大人。

李亨厅　你是玉清观的当家吗？

老　道　贫道正是。

李亨厅　老道，前日马牌报到，新按院大人到此上任，老爷就将行台设在你的
　　　　观中，命你打扫洁净，小心伺候。大人若要来了，你速报本司知道。

老　道　贫道遵谕。(下)

李亨厅　哦，有回书！待我拆书一观。(看，牌子) 哦哦哈哈……

　　　　　[唱]　告老太师手腕大，

　　　　　　　　陈魁的父与他是通家。

　　　　　　　　黄口孺子何足怕，

　　　　　　　　急速准备去接他。

　　　　哈……(下)

　　　　　[锣鼓送下，转店房。五更天明。

　　　　　[杨传上。

杨　传　[唱]　一夜未睡把心用，

　　　　　　　　巧计安排在心中。

　　　　　　　　胆大心细要稳重，

　　　　　　　　今日上任我要把按院冒充。

　　　　　　　　叫一声李贤弟你快走动！(向内叫)

　　　　　[李乙上。

李　乙　(哈欠) 哎啊啊……

　　　　　[唱]　一夜晚你一人闹了一大通。

　　　　喊么事哟！(鸡叫) 你看鸡也叫起来了，天也亮了，你也该去睡一
　　　　下啊！

杨　传　睡！你怕睡不着？兄弟，你记不记得，今天是什么日子？

李　乙　(想) 八月十五。

杨　传　嗨！什么中秋节嗫，说你记事你又爱误事。八月十五该是我们做什
　　　　么的日子？

炼　印

| 李　乙 | 哦！是的，是的，今天就是你做假…… |

[杨传打手势。

李　乙	是，做官上任的日子。
杨　传	做官上任第一要紧的要有么东西？
李　乙	这也不晓得？做官上任要有金印。
杨　传	你晓得上任要金印，你是我的随差，到底预备好了没有吓？
李　乙	哟！我忘记了。嗳，还来得及，我去找块木头来戳一个。
杨　传	等你戳一个，那还行？你看这不是一个按院金印？（拿出）
李　乙	（信以为真）这颗金印，你……从哪里得来的？
杨　传	连你都看不出来，那真有办法。昨天夜晚是我赶做了这颗蜡印。（递印给李乙看）
李　乙	像倒是很像。（放在手里托一托）
杨　传	你真傻，到哪里去分真假呢？（指印）再说下属官要我们会金印，我把嘴巴一动，你就把金印拿出来照一下，他难道讲"大人，金印拿给我称称看，有多重"？
李　乙	吓，有道理。兄长，让我去打听行台设在哪里？
杨　传	我都打听了，行台设在玉清观。
李　乙	我所想的事，你早都做了，真有一手嘞！
杨　传	兄弟，前头带路。
	［唱］　怨声载道民困穷，
李　乙	［唱］　十家百姓九家空。
杨　传	［唱］　穿过大街过小弄，
李　乙	［唱］　观门坐西面朝东。

［转玉清观。

杨　传	［唱］　大摇大摆观门拢，
	带路进观！
李　乙	喳！（同进观）
杨　传	（坐）
	［唱］　有人前来你就摆威风！
李　乙	（低声）晓得。

[老道上。

老　道　哎呀！施主，这里坐不得。

李　乙　为什么坐不得？

老　道　这是特地设得新按院大人坐的。

李　乙　去你的，滚！

老　道　(骇得出门) 哎呀！这两个人的架子、口气倒真像按院大人。吓！贫道不免报与按司大人知道。(下)

杨　传　兄弟，你的威风不小。

李　乙　你的官派十足。

杨　传　我看，这个道人一定去报信去了，马上就会有人来。

李　乙　那怎么好？

杨　传　放心，看我眼色行事。

[水底鱼。李亨厅、旗牌、中军、四龙套捧冠袍上。

李亨厅　老道，他二人是否在里面？

老　道　大人，他二人正在里面。(看一下)

李亨厅　你退下。哎呀！新按院大人，要真……

李　乙　(出门) 吓嘿！

李亨厅　(慌忙地) 贵差请了吓！

李　乙　你是何官？

李亨厅　按察司李亨厅。

李　乙　到此何干？

李亨厅　(察言观色) 要见你家大人。

李　乙　等候一时。(进观内) 老大，来了，来了！

杨　传　什么人来了？

李　乙　按察司李亨厅到此求见。

杨　传　啊！按察司要见，传！

李　乙　是。(出门) 传！

李亨厅　有劳带进。(进观) 参见大人！(行礼)

杨　传　你是何官？

李亨厅　按察司李亨厅。

杨　传	呔！大胆按察司，本院到此上任，不备夫马迎接，是何道理？
李亨厅	启上大人，前三日马牌报到，未见大人到来，此事难怪卑职。
杨　传	看过冠带。
李亨厅	请慢！要会大人金印。
杨　传	啊啊！如此说来，难道本院是假的？
李亨厅	真假难辨。
杨　传	来！
李　乙	有。
杨　传	看过金印。
李　乙	抬头观看！（取出金印一照收起）
李亨厅	禄位高升，（恍惚看一下）啊！（鞠躬）请大人下面更衣！
	〔牌子。
杨　传	来，带路！
	〔李乙、杨传下。
李亨厅	（惊恐地）哎呀呀……（拭汗）多亏老道送信快，幸喜接到按院来。（看）旗牌过来，速速吩咐下去，府县州官，接待车马，守备城防，护卫巡查，保甲打扫街道，百姓不准嘈杂。有人违犯禁谕，将他抓到公衙，一打！
旗　牌	喳！
李亨厅	二夹！
旗　牌	喳。
李亨厅	三押！
旗　牌	喳。
	〔杨传、李乙上。
杨　传	（对李亨厅）你的官威倒不小吓？
李亨厅	卑职不敢。大人，一路行程，受尽跋涉之劳，卑职备办歇马之处，（谄媚地）请大人起驾！
杨　传	慢来，本院出京，只知君为轻，民为贵。你我为官者，岂畏这区区跋涉之劳？难道就不理民情么？
李亨厅	这个……

杨　传	按察司，你速将案件、人犯，一起送到本院台前审阅！
李亨厅	卑……职……遵谕。（下）
杨　传	来呀！
李　乙	有。
杨　传	吩咐排道上任！
李　乙	下面的，排道上任呀！
四龙套	哦哦……

[吹打，圆场转公堂。

| 杨　传 | （进门，中场）升堂！（升座） |

[吹打。

李亨厅	（上）启上大人，案件一并在此，大人请观！（呈卷）
杨　传	在旁听审！
李亨厅	喳。（畏惧）
杨　传	来，挂起放告牌！
中　军	是。

[众百姓幕内喊冤声："冤枉吓！"

| 杨　传 | 传谕良民：本院秉公理事，呈词收下，静候审理。 |
| 李　乙 | 喳。下面良民听着：按院大人传谕，一切秉公理事，呈词收下，静候审理。 |

[幕内众百姓退下声。

| 杨　传 | 来，收起放告牌，挂起听审牌，两厢肃静。待本院打开第一案一观！ |

［唱］　酒醉行凶伤人命，

马三监禁判终身。

这桩案件有疑问，

来，带马三！

| 禁　子 | 喳！ |

[马三随禁子上。

马　三	［唱］　匍匐堂前叩大人。
杨　传	大胆马三，酗酒成性，大街之上打伤人命，该当何罪？
马　三	回禀大人：小的欠死者钱财，大街相遇，他问我讨还，是小人醉酒失

理，与他争闹起来，互相扭打两下。后来他得病而死，与小人无关。

杨　传　本院问你，何时打他？

马　三　三月初三。

杨　传　何时病故？

马　三　七月初八。

杨　传　你是怎样殴打于他？

马　三　小人实是酒醉，记之不清。

杨　传　这……（想）三月初三殴打，到七月初八病故。（翻卷）说得不错，虽然打了两下，但是病故属实。何况三、四、五、六、七，一百日之外，算不得命案，本院自有道理。嗯，来呀！将马三拖下去，责打四十大板，惩戒上次酗酒打人。

中　军　来，拖下去打！

四龙套　喳。（拖马三下，即上。李亨厅痴呆状）

杨　传　（目视李亨厅，李亨厅惶悚）待本院打开第二案一观呀！

　　　　［唱］　杀人放火名高杰，

　　　　　　　　为何监禁三个月？

　　　　　　　　姑念初犯卷上写，

　　　　　　　　贿赂公行不分黑白。

　　　　来，带高杰！

中　军　带高杰！

禁　子　喳。

高　杰　（内）来也！（上）

　　　　［念］　我独霸扬州谁敢惹，光棍人，一骗、二诈、三吹拍。

　　　　　　　　翻脸就把拳头捏，刀子一亮使恐骇。

　　　　　　　　大事不要命，小事流点血，开堂抹头就地来个九滚十八跌。

　　　　　　　　人送绰号叫我是地头蛇，走门路把官府来勾结。

　　　　　　　　明夺暗抢外偷窃，一贯强奸不信邪。

　　　　　　　　谋财害命被捕获，什么王法律条简直是胡扯。

　　　　　　　　钱能通神我监禁三个月，好汉头上有风车。

　　　　咳！

[唱]　　大摇大摆，

　　　　　去见我的大老爷。

　　　　哈……

杨　传　　哼……

高　杰　　(骇得跪下) 叩见大人！

杨　传　　哒！大胆高杰，满脸杀气，竟敢拦路劫杀，奸淫放火。原案判你监禁三个月，明是受贿卖放，为你减轻罪过。本院审判，岂容你逃脱法网？来呀！将高杰推出去斩了！

高　杰　　(惊) 哦呀，完了！

中　军　　绑了下去！(绑高杰下，斩。李亨厅更惊怕，李乙亦怕) 斩首示众！

杨　传　　斩之无亏。待本院打开三案一观。(看卷) 文溪明、杨振达！吓，着着着！交朋结社，存心反叛，按律应斩！

李亨厅　　启禀大人，此案是萧太师交代，应当严办。

杨　传　　唔！(李亨厅退下) 本院此次前来，一路微服访察，查明是萧太师强抢杨振达胞妹、文溪明的未婚妻子。他们前来控告鸣冤，反遭诬陷。李大人！

李亨厅　　卑职在。

杨　传　　你为何不与他二人辩冤，反革掉文溪明的解元，又判斩罪，是何道理？

李亨厅　　(惧) 这……

杨　传　　哼！待本院公正判断得你看看。

李亨厅　　卑职……

杨　传　　来呀，将文溪明、杨振达带上来！

中　军　　文溪明、杨振达带上堂来！

　　　　[禁子押文溪明、杨振达上。

杨振达
文溪明　　苦吓！

文溪明　　[唱]　　弟兄无辜遭冤害，

杨振达　　[唱]　　老贼有势又有财。

文溪明　　[唱]　　项带链，

杨振达　　[唱]　　足拖镣，

杨振达 文溪明	[唱]　堂口叩拜！（二人拜倒）
杨　传	啊！
	[唱]　快快把枷锁打开！
中　军	喳。（打开刑具）
杨振达 文溪明	（莫名其妙地）这……
杨　传	文溪明、杨振达！本院奉旨到此上任，知你二人系被萧太师诬陷，当地官府又曲断冤情，本院查明此案，今日当堂开释你等，文溪明复还功名，你等权且回家，听本院……（略停一下）吓，随传随到。
杨振达	大人，还有我那妹……
杨　传	吓……
杨振达 文溪明	叩谢大人！（叩头）
李　乙	下堂去吧！快走！
文溪明	兄长，这位大人，真是明镜高悬！
杨振达	吓，如同月照万里。（伸出大拇指称赞）
	[文溪明、杨振达下。
杨　传	李大人！
李亨厅	卑职在。
杨　传	你看本院判得如何？
李亨厅	吓，大人高才，判得有理。
杨　传	（故意）哼！你可知罪吗？
李亨厅	卑职知罪。
杨　传	唔！待本院阅毕案卷，再行究办！先行回衙理事。
李亨厅	谢……大人。（出门外背躬）待本司报萧太师知道，并求他作主。（下）
杨　传	来！
中　军	有。
杨　传	收起听审牌。
中　军	是。（收牌）
杨　传	传话下面：今日本院新到上任，连审三案，把众人役辛苦了，尔等

好好与民办事，有功必赏，有过必罚。

众　人　多谢大人！

杨　传　退堂！

众　人　呵……（下）

[中军引杨传、李乙进二堂，暗转。

杨　传　（对中军）退下！

中　军　是。（下）

李　乙　（慌忙四顾，关门，踢杨传一脚）你……这家伙……

杨　传　哎哎，你为何踢我？

李　乙　你这个冒失鬼，我站在你身边，都骇破了胆。你乱出主意，要打就打，爱杀就杀，爱放就放。

杨　传　这是公事公办呀！

李　乙　什么公事公办，你我是假——

杨　传　（低声）虽是假的，但对事要认真吵！应打则打，应杀则杀，应放则放，这样做才算是一个清官。

李　乙　嗳！我问你，那一个到底是什么人？你无缘无故打了人家四十大板，打得人家叫苦连天。

杨　传　这一个叫马三，因他酒醉在街上，死者向他讨钱，言语不合殴打了两下。他三月初三打的，到七月初八那人病死，原案判他终身监禁，判得不公道，所以我给他四十大板，惩戒下次不可酗酒打人，当堂释放他回去了。

李　乙　你把那个杀死的，又是什么人呢？

杨　传　那是个大大的坏东西。他姓高名杰，胆大妄为，白天拦路劫杀，夜间奸淫放火，已经破获几案了。仗着进款容易，有时就找银子行贿，三年只判三月，三月就判得没有罪放出来。原案判他监禁三个月，明明是买人情私下行贿，今天落到我手里，他死得已经太晚了。

李　乙　哼！该杀的东西！吓，我问你，最后放的两个人，是那杨振达和文溪明吧？

杨　传　是的。你我遇见一老一少两个妇女，肩背冤状，口口声声说他二人是被萧太师诬陷，被判处斩，我们早都要为他们伸冤，放他二人回

去、复还文溪明的功名，难道还有错吗？

李　乙	嗯，案子是没有判错。(想) 嗨！只是便宜了那个萧太师去了。
杨　传	(想) 来，传中军！
李　乙	是。(开门) 中军！
中　军	(上) 叩见大人！
杨　传	看本院名帖一张，命你请萧太师过衙叙话。

　　[李乙递帖给中军。

中　军	遵谕。(下)
李　乙	(望中军下后，急躁地抓杨传) 你，你传萧太师来做什么？
杨　传	你刚才不是说便宜他去了？我把他传来摆布摆布那个老狗。
李　乙	哎哎！什么花样不好出。你想想，他虽是一个告老太师，就是皇帝也都怕他。我劝你莫太岁头上动土哟！
杨　传	什么？皇帝怕他，我就不得怕他。哼哼，太岁头上动土，我就要在他祖坟上栽花，兴点花样他看看。少时叫他前来，审问审问他的口供，给他一个下马威。老弟！到那时你就看看愚兄的威风！
中　军	(内) 萧太师到。
李　乙	(惊) 吓！萧太师来了，看你有么威风嘞？
杨　传	(机智地) 附耳上来。(耳语后使眼色，下)
李　乙	(会意地) 嗯嗯嗯。(点头) 有请！

　　[中军上。

中　军	有请！

　　[牌子。萧太师上，中军下。

萧太师	(趾高气扬地) 哈哈……吓……(与李乙碰面) 贵差，你家大人呢？
李　乙	我家大人正在办案阅卷，命你稍坐一时。(下)
萧太师	(生气) 哼！陈魁这个娃娃，初来上任，先不拜候，用帖相邀，这样轻慢相待，真乃藐视老夫，这还了得！难怪李亨厅讲道他目空无人，独断独行，将文溪明、杨振达释放，胆敢与我为难。少时前来，老夫定要责问与他，管教他知道我的厉害……哎呀，他少年为官，又是个现任按院，老夫我是告老之臣，倘若他不留情面，将置于老夫何地？(想) 嗯！他父亲陈金龙与我深交不浅，已有书前来，要我另

眼照顾与他，不免设法将他拉在我的身边，以做心腹之人，更是添了老夫的威风。哦，这些小节何必计较。正是：

[念] 宰相肚里有容人量，见机行事他难提防。

李　乙　　(内) 按院大人到！

[杨传昂然拿词状上，李乙同上，旁立。

萧太师　　(逢迎地) 吓，贤侄！

杨　传　　(假作惊讶地递状给李乙) 老伯驾到，小侄迎驾来迟，望乞恕罪！

萧太师　　愚伯来得鲁莽，贤侄海涵。吓哈哈！

杨　传　　哼哼……(坐下) 请坐。

萧太师　　吓，贤侄年幼为官，探花及第，现放江南八府，真是陈门之幸也！

杨　传　　老伯夸奖了。

萧太师　　不知贤侄备帖相邀，为了何事？

杨　传　　小侄初到任上，百姓状词如雪片飞来，都是告在老伯你的身上。嗨，此事把小侄为难哪！

萧太师　　怎么，他们都告在愚伯的身上？哼！(生气) 竟敢如此大胆。贤侄，不知告我何来？

杨　传　　他告你盗人坟墓。

萧太师　　哪有此事？

杨　传　　谋命霸产！

萧太师　　吓！尽是无稽之谈。

杨　传　　夺人之妻！

萧太师　　嗨！这还了得。啊！贤侄你初到任上，不要听那些刁民的片面之词。愚伯在扬州地面，乐善好施，开仓济贫。这些穷百姓信口雌黄，尽是污蔑老夫的呀！嗨！恨我善门难开，他等竟敢无理栽赃，贤侄，你要与我做主才是。

杨　传　　是呀，为官理当与民做主。老伯，你强抢杨振达的妹子、文溪明的未婚妻，你反将他二人诬陷入狱，小侄一路之上会着那文溪明的母亲，这难道还有什么假的吗？

萧太师　　嗯……

杨　传　　你还不与我从实讲来！

萧太师	愚伯纵有些错事，你是怎样判断呢？
杨　传	小侄只知食君之禄，秉公理事。
萧太师	你也要念在令尊与我同年至好，留情三分！
杨　传	哼！王法无情！
萧太师	这个……
杨　传	若不从实讲来，怪不得小侄办本上奏，到那时你就悔之晚矣！
萧太师	（背躬）哎呀！陈魁这娃娃少年为官，不畏权势，这便如何是好？ （想）家院，家院快来！
	［家院上。
家　院	有。
萧太师	速取银票。
家　院	银票在此。（递票）
萧太师	退下。
家　院	是。（下）
萧太师	（恳求地）吓！贤侄，愚伯这有微薄之敬。（递票）
杨　传	这做什么？
萧太师	这有银票两千两，送与贤侄……
杨　传	哼！无功不受禄。
萧太师	敢莫嫌轻，下次……
杨　传	不！权且收下。（想）作为你的罚款。
萧太师	怎么罚来？
杨　传	一千两送与杨振达，一千两送与文溪明！
萧太师	吓！那两个畜生，怎受得老夫我的银子？
杨　传	他二人被你诬陷入狱，弄得他们家破人亡，难道还不应该吗？
萧太师	（无言）啊啊啊，应该应该。
杨　传	来，传中军。
李　乙	中军进见。
	［中军上。
中　军	叩见大人！
杨　传	命你速将这二千两银票送与杨、文二家，不得有误！（上座）

中　军	遵谕。(在萧太师手上取银票下)

中　军　遵谕。(在萧太师手上取银票下)

萧太师　吓……贤侄，愚伯告退！(卑躬)

杨　传　不送！(冷看一下)

萧太师　吓！不送，不送！嗨！(叹气狼狈下)

李　乙　(直眼看萧太师下后)你这个该打的东西！(伸手要打)

杨　传　(骇得一跳)你怎么打起老爷来了吓？

李　乙　打你呀！

杨　传　一点礼貌都没有。

李　乙　这没有出血汗的二千两银子，到手上来了，你怎么不要吓？

杨　传　你真是傻得很。我们要是接了这两千两银子，那真是一钱不值。

李　乙　那这银子呢？

杨　传　一千两送文溪明，一千两送杨振达，他两家都是被这老贼害苦了的。送得他们，这难道有错吗？

李　乙　嗳！错是没有错。吓，老大啊！我看你这个官做了两三天，过了瘾就算了，再不可往下做了。

杨　传　嗯！我还要多做两天，这个瘾还没过够。再说还有许多案件未结，我还要那些狗官知道知道我的厉害！

李　乙　那吓！当心不好下台哟！

杨　传　你放心，我包好下台。(想)嗯，我倒想起来了。那杨振达、文溪明得了银子，你快送信他们，叫他们速速离开此地。

李　乙　好，我马上送信去。(欲下)

杨　传　转来，你到下面换上青衣小帽去，千万不要让人看见了。

李　乙　对，我去了！

杨　传　嗯，小心喽，快去！

[李乙、杨传分下。

[暗转外景。

[陈仆人引陈魁骑马上。

陈　魁　[唱]　春风吹得喜洋洋，

　　　　　　　陈魁哪顾马蹄忙。

　　　　　　　那一日奉旨把任上，

转道完婚拜花堂，拜花堂。

走马上任大权掌，

黄金白银赚几箱。

萧太师钱多势力广，

财礼往来好商量。

主意拿定紧丝缰，（身段圆场到按司衙）

陈仆人　来此已是按司衙门。

陈　魁　[唱] 　与我击鼓报公堂。

陈仆人　喳！（击鼓二响）

　　　　[李亨厅、旗牌、四龙套闻鼓响涌上。

旗　牌　什么人击动堂鼓？

陈仆人　新按院大人到！

旗　牌　新按院大人来了！（惊惶地）

李亨厅　呀，快开中门迎接。（出门接陈魁进衙，站中场看）吓！你是何人？

陈　魁　（冷不防地被骇一惊）你是何官？

李亨厅　按察司李亨厅！

陈　魁　咄！大胆按察司，本院到此上任，你这样张牙舞爪，如此无理，该当何罪？

李亨厅　哎呀，不妙，前三日已经来了新按院大人啦！

陈　魁　据你所辩，难道本院还是假的不成吗？

李亨厅　哼！真假难辨，要会大人金印。

陈　魁　好！家院取出金印一用。

陈仆人　抬头观看……（取印一照，李亨厅注意看，惊疑）

李亨厅　禄位高升！

陈　魁　咄！胆大按察司，前三日来的按院乃是一个假的，想是你等通同作弊，欺骗朝廷，冒充巡按，这还了得？

李亨厅　卑职……不敢……

陈　魁　哼！本院既已到任，不准泄露风声，命你跟随本院同去会他，前面带路！

李亨厅　是……

[转内衙

[四龙套、旗牌、陈魁、陈仆人同下。

李亨厅	贵差请了！
李　乙	到此何事？
李亨厅	有劳通禀：今日又来了一个按院大人。
李　乙	啊！（惊）
李亨厅	要见你家大人。
李　乙	这……西厢等候！（镇静地）
李亨厅	是。（暗地察看李乙行色）
李　乙	快去！（催促地）
李亨厅	喳！（慢慢退下）
李　乙	（看李亨厅下，慌张地）坏了，真货来了。老大吓……
杨　传	（得意地）何事呀！
李　乙	（急躁地）坏了，坏了哟，真货来了……
杨　传	（暗惊）啊！（冷静考虑后）请来一见。
李　乙	（直眼望着杨传）见啦？
杨　传	（点头）嗯，见！
李　乙	是。大人传话，请见！（担心地）
李亨厅	（内）大人传见吓……

[紧急风。陈魁上，身段，慌看杨传，二人对面，互看。

杨　传 陈　魁	请了！

[陈魁冷眼，杨传不理。

陈　魁	动问兄台家住哪里？
杨　传	家住河南。
陈　魁	哪一府？
杨　传	开封府。
陈　魁	哪一县？
杨　传	登云县。
陈　魁	城里城外？
杨　传	城外太平村。

陈　魁　老伯？

杨　传　陈金龙！

陈　魁　（急躁地）哪里为官？

杨　传　山东济南道！

陈　魁　兄台是何出身？

杨　传　探花。

陈　魁　多大年龄？

杨　传　二十八岁。

陈　魁　是何官讳？

杨　传　陈魁。

陈　魁　你在怎讲？

杨　传　陈魁，陈魁！

陈　魁　（不知所措地）啊？

杨　传　我且问你：家住哪里？

陈　魁　家住河南。

杨　传　哪一府？

陈　魁　开封府。

杨　传　哪一县？

陈　魁　登云县。

杨　传　城里城外？

陈　魁　城外太平村。

杨　传　老伯？

陈　魁　陈金龙！

杨　传　哪里为官？

陈　魁　山东济南道！

杨　传　兄台是何出身？

陈　魁　（急得几乎说不出话来）探花！

杨　传　多大年龄？

陈　魁　二十八岁。

杨　传　是何官讳？

陈　魁　　陈金龙……我是陈魁，陈魁！

杨　传　　哒！何方狂徒，胆敢假冒本院名讳，该当何罪？

陈　魁　　(捶胸顿足) 你……吓，哒！何方狂徒，胆敢冒本院名讳，该当何罪？

杨　传　　该当何罪？

陈　魁　　该当何罪？

杨　传　　(叫白) 你、你、你，该当何罪！

陈　魁　　(气得连话都说不出来，想了一想，镇定下来) 哼！本院的名字可以假冒，难道皇上的金印也有假冒的吗？

杨　传　　(一怔地，退一步) 啊！你要与本院验印？

陈　魁　　唔！

杨　传　　验印就验印，怎样验法？

陈　魁　　(想) 嗯，将炉子抬上堂来，内燃红火，再将金印投入火中一炼。

杨　传　　(考虑地) 火中炼印，(想) 若是真的？

陈　魁　　真金不怕火。

杨　传　　怕火呢？

陈　魁　　怕火不真金。

杨　传　　(允许地) 好。李按察司！

李亨厅　　在。

陈　魁　　准备明日当堂炼印。

李亨厅　　卑职照办！

杨　传　　请。(拱手，李乙随下)

陈　魁　　请。(拱手，气着欲下场)

李亨厅　　送过大人！

陈　魁　　(回头) 哼！(拂袖下)

李亨厅　　哎呀，奇怪哟！前日来了一个巡按，今日又来了一个。吓，这衙门里才热闹啊……嗯，慢来！他们定明日炼印，必有一真一假，万一要是今夜逃走了一个，那我还吃罪得起？哎呀，这……(想) 嗯，我不免多派人役，明里就说是伺候他二人，暗里把门软禁起来。嗳，此计甚妙，此计甚妙。(转书房下)

　　　　　[杨传、李乙上。

李　乙	（焦急地）唉，（叹气）完了，嗨，完了啊！

李　乙　　　（焦急地）唉，（叹气）完了，嗨，完了啊！

杨　传　　　低声些！

李　乙　　　吓！么事不好讲，你怎么答应他炼印喽？

杨　传　　　事已至此，莫说是炼印，就是赴汤蹈火，也在所不辞。

李　乙　　　嗯，我怕明天当堂炼印，火炉往堂上一抬，那陈魁的金印，是皇帝给他的，放在炉中当然炼不燃。你不想想我们那颗印，是蜡做的，要是放在火中，那不烧得吱哩喳吵的，那看怎么办喽？哼，炼明了假印，你我是死得成！

杨　传　　　就是死了，我们也要为民除害，你何必骇得这个样子？

李　乙　　　好嘞，我不骇哟！（看窗子）吓，老大，我两人不免就从这窗子里逃走！

　　　　　　[窗外打初更。

杨　传　　　逃走……你听……外面早就有人看守，哪里逃得脱哟！

李　乙　　　（叹气）唉……

杨　传　　　（想）兄弟，你快拿些酒菜出来。

李　乙　　　哎哟，你还吃得下去？

杨　传　　　有了酒菜，让我好慢慢想出计来吵！

李　乙　　　要是想不出计来嘞？

杨　传　　　吃饱了，也好做个饱死鬼。

李　乙　　　好嘞，做个饱死鬼嘞。（下去取酒菜，杨传沉思，李乙上）酒菜来了，喝嘞！

　　　　　　[杨传自酌自饮喝两杯，李乙坐一旁也喝一杯。起二更。

杨　传　　　[唱]　鼓打二更心破碎，

　　　　　　　　　　为打不平惹是非。

　　　　　　　　　　天明炼印难逃避，

　　　　　　　　　　苦思良计出重围。

　　　　　　[三更。

李　乙　　　[唱]　劝君莫把心思费，

　　　　　　　　　　三更鼓儿把命催。

　　　　　　　　　　权且做个饱死鬼，（饮酒）

　　　　　　　　　　逃出虎口事难为。

　　　　　　[四更。

杨　传	吓，兄弟。(焦急地，看窗外月色)

[唱]　四更鼓起月偏西，

　　　　照得杨传心焦急。

　　　　快快与我出主意，

　　　　莫让五更金鸡啼。

　　　　月儿月儿我问你……

　　　　你不言，你不语？

嗨！(叹气，略想)

　　　　我好呆，(看见桌上的酒)

　　　　拼着今夜醉如泥！

[杨传忙去拿杯，急饮酒后，把杯当印往火中一掷，想起假印不能见火，又考虑到真印不怕火，无意将手中杯往李乙那边一指，李乙误会要酒，忙递与杨传喝。杨传发现李乙的杯子，前进一步，考虑换印动作，往返晃两次，觉得可以换印，非常高兴，但李乙莫名其妙。

李　乙	你在做么事哟？(杨传又想到堂上人多，这印如何换得过手，更加焦急时，无意将头晃到桌上蜡烛跟前) 吓，慢点烧到了喽！(急取蜡钳灭火。杨传又想到火的作用，将李乙的蜡烛接到手中，在李乙面前一晃，将右手换过李乙的酒杯，未被李乙发现，感到此计甚妙，表示得意。李乙直眼看杨传) 你照呼火哈。
杨　传	这火！嗯，(点头) 好计哈！(下桌)
李　乙	啊？
杨　传	[念]　明天炼印，慌张不必，

　　　　将印一举，你急忙跑出。

　　　　附耳上来，如此如此。

　　　　众人大乱，乘此时机。

　　　　千钧一发，神鬼不知。

李　乙	啊！(会意地与杨传同身段，喜悦地)

[暗转，公堂。

[牌子。四校尉，旗牌，中军，李亨厅，中放一火炉。

李亨厅	(站中场吩咐) 中军、旗牌过来。
中　军 旗　牌	有。

炼　印

李亨厅	少时炼印一毕，见了假按院，我叫你捆就捆！
旗　牌	喳。
李亨厅	叫你绑就绑！
中　军	喳。
李亨厅	众人役，小心堂口伺候！
四校尉	喳。
李亨厅	有请大人！
杨　传 陈　魁	（内）噢嗨！（同上整冠后对面，同上公案）
杨　传	本院出公堂，
陈　魁	人役列两旁。
杨　传 陈　魁	本院陈魁。（陈魁望杨传）
杨　传	按察司，火炉可曾准备？
李亨厅	卑职早已准备，请大人取出金印一炼。
陈　魁	（暗笑，得意地，由袖内取出金印放桌上）哼……
杨　传	（机警地，注视陈魁的金印时也取印）来，看印炼过！
李　乙	（惊慌跑上）后街起火！
陈　魁	（惊慌地）啊！
杨　传	（乘机换印到手）快去救火！
李　乙	是。
	［堂上人役全下救火。
杨　传 陈　魁	（同身段，互相对看）
	［李乙、众人役同上。
李　乙	禀大人：火已熄灭。
杨　传	站过一旁。
李　乙	喳。
杨　传	按察司，速速将印炼过。
李亨厅	卑职遵命。
	［李亨厅用钳夹印炉中一炼时，陈魁注视印炼后疑惑。
杨　传	（暗笑）哼……真金不怕火！

461

陈　魁	嗯。怕火不真金。
李亨厅	(看印发火)吓,假印!
杨　传	来,绑了!
陈　魁	啊!(被四校尉抓住,手足无措)
杨　传	何方狂徒,假冒本院,将他押下!
李亨厅	你这个该死的东西!(打陈魁一耳光)
陈　魁	(叫白)呀……(校尉拉下)
杨　传	哼……按察司,你可知罪?(拍桌,下位)
李亨厅	卑职该死,卑职该死!(望位上无人,退至杨传跟前)还望大人成全! (磕头如捣蒜)
杨　传	本院限你三日,将这假按院的口供审出,问他为何假冒本院。倘若 审之不出,本院唯你是问。
李亨厅	喳。卑职照办。
李　乙	(向杨传示意要走)吓……
杨　传	(会意)哼!像你这样为官,不知害了多少百姓!本院放心不下,我 要乔装改扮,微服私访。
李亨厅	卑职派人役一路保护大人。
李　乙	有我伺候,不用。
杨　传	速速准备,看衣更换。
李亨厅	中军看衣,大人更换。
中　军	喳。请大人更衣。
杨　传	带路!(李乙随下)
李亨厅	众人役,将火炉抬下。
四校尉	喳。(抬炉下)
李亨厅	(一人在场,思考)呀,好险,好险吓! [杨传、李乙上。
杨　传	来呀,吩咐外厢备马伺候!
李亨厅	遵命。(众人役到下场一字形摆开)送过大人!(场上人全都躬身相送)
杨　传	免! [杨传、李乙互相做身段,下。 [幕落。

剧终

462